1953년 결혼사진

1954년 첫딸을 안고

1981년 이상문학상 시상식장에서
최정희 선생(왼쪽),
한말숙(오른쪽)과 함께

1995년 후배 문인들과 함께

작가가 성장기를 보냈던 서울의 현저동

부끄러움을
가르칩니다

박완서
단편소설
전집 1

부끄러움을
가르칩니다

박완서 소설

문학동네

2판 작가의 말

 문학동네에서 등단 후 삼십 년 동안 쓴 단편들을 모아 다섯 권짜리 전집을 낸 지 칠 년 만에 장정을 바꾸면서 한 권을 더 보태게 되었다. 추가하게 된 여섯 권째는 역시 칠 년 전에 창비에서 나온 단행본 『너무도 쓸쓸한 당신』을 제목만 바꾼 것이다. 처음 다섯 권을 전집으로 묶기 위해 훑어볼 적엔 내 개인사뿐 아니라, 마치 내가 통과해온 시대와의 불화를 리와인드시켜보는 것 같아 더러 지겹기도 하고 더러는 면구스럽기도 했다. 한때는 글의 힘이 세상을 바꿀 수도 있을 것처럼 치열하게 산 적도 있었나본데 이제 와 생각하니 겨우 문틈으로 엿본 한정된 세상을 증언했을 뿐이라는 걸 알겠다.
 새로 추가하게 된 『그 여자네 집』은 그런 전작들보다 한결 편안하게 읽힌다. 독자로서의 나의 현재의 나이 탓인지, 혹은 그 작품을 집필할 당시의 작가로서의 연륜 탓인지, 아마 둘 다일 것이다. 편안한 게 반드시 좋은 것만은 아니라는 건 나도 안다. 그러나 지금 내 나이가 치열하게 사는 이보다는 그날그날의 행복감을 놓치지 않도록 여유를 가지고 사는 사람이 더 부럽고, 남들이 미덕으로 치는 일 욕심도 지나치면 오히려 돈 욕심보다 더 딱하게 보이는 노경에 이르렀다는 걸 무슨 수로 숨기겠는가. 내가 쓴 글들은 내가 살아온 시대의 거울인 동시에 나를 비춰볼 수 있는 거울이다. 거울이 있어서 나를 가다듬을 수 있으니 다행스럽고, 글을 쓸 수 있는 한 지루하지 않게 살 수 있다는 게 감사할 뿐이다.

새로 선보이는 여섯 권짜리는 한 권이 더해졌을 뿐 아니라, 장정도 젊은 취향으로 새로워져서 마치 내가 구닥다리 옷을 최신 유행으로 갈아입은 것처럼 으쓱하다. 나에게 이런 기분을 맛보게 해준 문학동네 여러분에게 깊은 감사를 드린다.

                        2006년 여름, 지루한 장마를 견디며
                                        박완서

작가의 말

 내년이면 등단한 지 삼십 년이 된다. 늦게 시작했기 때문에 이젠 나이도 많이 먹었다. 틈만 나면 은근히 주변 정리를 하는 게 일이다. 정리라고 해도 무얼 가지런히 하는 게 아니라 주로 없애는 일을 한다. 평생 비싼 걸 소유해본 적이 없기 때문인지 아까운 것도 없고 버릴 때 망설임도 없다. 꽉 찬 서랍보다 빈 서랍이 훨씬 더 흐뭇하다. 끄적거려놓은 일기나 비망록 따위도 이미 다 없앴고 그때그때 필요에 의해 남긴 메모도 시효가 지나는 대로 지딱지딱 없애는 걸 원칙으로 하고 살고 있다. 그렇게 말하고 나니 도통이라도 한 것 같지만 이미 활자가 되어 세상에 내놓은 글에 대해서는 그렇게 무심한 편이 못 된다. 세상에 퍼뜨려놓은 활자를 다 없이 할 수 없는 바에야 생전에 한 번쯤은 가지런히 해놓고 싶은 마음은 책임감 같지만 어쩌면 과욕인지도 모르겠다.
 장편은 이미 전집으로 묶였고, 단편도 한 권 분량이 되는 족

족 책을 냈으니 늦어도 사오 년 터울로 작품집을 냈는데도 더러 빠진 것도 있고, 절판된 것도 있고, 선집이란 명목으로 중복된 것도 있고 하여 뒤숭숭하던 차에 문학동네에서 전집 제안을 받고는 못 이기는 척 응하고 말았다. 책임감이든 과욕이든 내 마음을 읽어준 출판사가 있었다는 걸 큰 복으로 생각하면서 지난 삼십 년 동안 쓴 단편들을 연대순으로 통독할 수 있는 기회를 가졌다. 그중에는 이런 글을 언제 썼을까, 잘 생각나지 않는 것까지 섞여 있었다. 발표 당시 주목도 못 받았고 내가 생각해도 완성도가 떨어져 아마 잊고 싶었던 글이 아니었나 싶다. 그런 글까지 이번 전집에는 포함시켰다. 한 작가가 걸어온 문학적 궤적을 가감 없이 정직하게 드러내 보여주는 것도 전집 발행의 의의라고 생각해서이다. 수준작이건 타작이건 간에 기를 쓰고 그 시대를 증언한 흔적을 읽는 것도 나로서는 흥미로운 일이었다.

이 어려운 시기에 아무리 생각해도 장사가 될 것 같지 않은 일을 선뜻 맡아준 문학동네에 깊은 감사를 드린다.

1999년 11월
박완서

일러두기

『박완서 단편소설 전집』(전7권)은 1971년 3월, 작가가 처음으로 발표한 단편소설 「세모(歲暮)」부터 2010년 2월까지 발표한 단편소설 작품 전부를 연대순으로 편집하였다. 각권은 수록 작품들의 발표 시기에 따라 다음과 같이 나누었다.

1권 : 1971. 3~1975. 6
2권 : 1975. 9~1978. 9
3권 : 1979. 3~1983. 8
4권 : 1984. 1~1986. 8
5권 : 1987. 1~1994. 4
6권 : 1995. 1~1998. 11
7권 : 2001. 2~2010. 2

차례

부끄러움을 가르칩니다

2판 작가의 말	4
작가의 말	6
세모(歲暮)	11
어떤 나들이	37
세상에서 제일 무거운 틀니	64
부처님 근처	89
지렁이 울음소리	121
주말 농장	147
맏사위	173
연인들	191
이별의 김포공항	215
어느 시시한 사내 이야기	241
닮은 방들	272
부끄러움을 가르칩니다	299
재수굿	328
카메라와 워커	352
도둑맞은 가난	383
서글픈 순방(巡房)	407
해설 류보선 개념에의 저항과 차이의 발견	423
작가 연보	464
단편소설 연보	470

세모(歲暮)

 많이 늙었다. 이마에 늘어진 머리카락 속에 몇 가닥의 흰머리도 보인다. 그러나 나는 지금의 그가 좋다. 지난날의 어느 때보다도 둘이 연애하던 때보다도 지금의 그가 좋다. 그가 좋아서 막 신바람이 날 만큼 그렇게 좋다.
 돈을 잘 버는 남편을 가졌다는 건 얼마나 큰 기쁨이요, 자랑일까.
 가난했던 게 바로 일 년 전쯤인데 아니, 아주 형편이 편 건 바로 올 가을쯤부터인데 어쩌면 가난은 그렇게 멀고 구질구질한 것일까.
 하늘은 화이트 크리스마스를 약속하듯이 부드럽게 흐렸고 자선냄비 곁에서 구세군의 종소리가 처량하다.
 세모의 거리에서 종소리가 없다면—그래, 가난이란 바로 구세군의 종소리를 위해 있는 건지도 모른다고 냉큼 생각할 만큼 내 재치는 놀랍고 가난은 내게서 그렇게 멀다.

백화점으로 사람이 꾸역꾸역 몰려들어가고 나는 슬며시 남편의 팔짱을 끼고 그 인파에 섞인다.

핸드백 속에 지폐뭉치를 넣고 쇼핑의 인파에 섞이는 유열(愉悅)로 나는 상기한다.

새침한 점원 아가씨의 눈이 짙은 속눈썹 속에서 약삭빠르게 내 눈치를 살피더니 쌩긋 웃으며 치렁치렁한 머플러를 건네준다.

"잘 어울리실 거예요."

서슴지 않고 받아 머리와 목을 한 바퀴 동이고도 머플러의 한 쪽 끝은 발등을 덮게 길고, 실크의 감촉은 매끄럽고도 따습다.

"어쩜 예뻐라!"

아가씨의 경탄과 동시에 금빛 테를 두른 둥근 거울이 내 앞에 와 있고 나는 헝클어진 무지개처럼 풍성한 색조에 둘러싸인 내 얼굴을 본다.

나는 거울 속의 나에게젠지, 점원 아가씨에게젠지 상대가 분명치 않은 미소를 크게 지어 보였을 뿐 머플러는 풀어놓는다.

"왜요? 아주 잘 어울리시는데…… 최고품이에요."

그러나 나는 사지 않는다. 머플러를 둘러보고 안 샀대서 조금도 미안하지 않다. 돈이 있고도 물건이 마음에 안 들어서 안 샀으니까, 돈도 없는 주제에 고급품에 분수 없이 추파를 던진 게 결코 아니니까, 나는 자못 떳떳하고 오만하기까지 하다.

돈을 가졌다는 건, 이 백화점에 진열된, 제아무리 빼어난 고급품이라도 아양을 떨지 않고는 못 배길 돈을 가졌다는 건 얼마나 신바람나는 일이냐 말이다.

나는 여러 가지 물건을 구경도 하고 만져도 보았으나 하나도 절실하게 탐나지는 않는다.

다만 두둑한 핸드백을 들고 남편과 팔짱을 끼고 인파대로 휩쓸리는 게 디즈니랜드에서 유람선을 탄 어린애처럼 천진스럽게 즐거울 뿐이다.

"당신 왜 아무것도 안 사지? 그렇게 벼르더니."

"뭐 급해요, 천천히 사죠 뭐."

"난 좀 피곤해서 그래. 벌써 몇 바퀴를 돌았다구. 어디서 차라도 마실까? 웬만하면 난 거기서 기다리고 있을게. 당신 혼자 쇼핑을 하든지."

우리는 크리스마스 데커레이션이 요란한 구내다방에 마주 앉았다. 아닌게 아니라 남편은 몹시 피곤해 보인다.

남들은 돈을 벌면, 우선 배가 나오고 살갗에 기름이 오른다는데 그는 요새 한층 까칠해 보인다. 하긴 돈을 번 지가 일 년, 아니 제대로 번 지가 반년밖에 안 됐으니 배가 나오고 기름이 오르기는 좀 기다려야 할까보다.

그건 그렇다 치더라도 전에는 아무리 의기소침했을 때도 비분강개했을 때도—실상 돈을 못 벌 때의 그는 늘 그 둘 중의 하나였지만—한결같이 그의 표정의 바탕색을 이루었던 의연한 기품이 엉망으로 구겨 보이는 건 어쩐 일일까?

그렇지만 나는 그 일에 오래 마음 쓰지는 않는다. 그런 부질없는 생각으로 모처럼의 유열을 침해당할 수는 없었다.

나는 커피를 마시다 말고 집에서 미리 메모해온 것을 꺼내 남편에게 보이며,

"여보, 김교수 댁엔 와이셔츠 넥타이로 했는데 인삼으로 할까봐요. 아까 보니까 고려인삼을 선물용으로 포장해놓은 게 값은 더하지만 볼품이 근사합디다. 그리고 황전무한테는—그 집에 그까짓 조미료가 없을라구요. 거긴 자개소반으로 합시다. 그리고 민대리한테는."

"원 사람두, 돈이 얼마나 있기에 그렇게 마구 허풍을 떠누."

"허풍이 아녜요. 이왕 신세진 사람들한테 선물할 바에야 좀 눈에 띄는 걸로 합시다. 우리도 이만큼 살게 됐으니 다신 신세 안 지겠습니다 하는 투로 말예요. 돈은 염려 말아요. 제 걸 안 사면 될 게 아녜요."

"당신 걸 안 사다니…… 며칠을 두고 그렇게 벼르고서."

"막상 사려니 어디 마땅한 게 있어야죠. 물건이라고 맨 요란번 쩍했다뿐이지 정작 눈에 차는 건 없습디다."

남편은 내 지껄이는 양을 물끄러미 보더니 쓸쓸하게 웃고는 메모지를 확 빼앗아다가 꾸깃꾸깃 재떨이에 던져버린다.

"그만둬요, 선사고 뭐고. 그치들을 언제 다시 볼 거라고 선사야?"

아까보다 좀더 쓸쓸하게 그리고 좀 밉게 웃는다.

"그야 그렇죠. 다시는 남의 신세 안 지고 살아봐야죠. 그렇지

만 과거에 신세진 건 진 거니까 이럴 때 도리를 차리는 게⋯⋯"

"글쎄 고만두라면 고만둬. 다시는 김교수네 집에 얼씬거리며 번역 나부랭이를 구걸하지도 않을 테고 사장이니 전무니 하고 출세한 동창놈들한테 돈 취하러 다닐 턱도 없으니까. 난 이제 어엿한 장사꾼이란 말야. 좀더 실속 있는 투자를 해야겠어."

"실속 있는 투자라뇨?"

"당신 뒤를 따라다니면서 문득 생각한 건데⋯⋯ 상가고 백화점이고 고객 유치 작전이, 새록새록 눈부시더구먼. 배우 일일점원이니 선물부 사은 대매출이니 하고. 우리도 우리 고객에게 사은을 좀 합시다."

"네? 어떻게요?"

"단골집 식모들에게 골고루 나누어줄 만한 걸 생각해봐요. 하다못해 싸구려 머플러라든가 양말이라든가⋯⋯"

"어머머⋯⋯ 어쩜 당신도 그런 생각을."

나는 좀 호들갑스럽도록 들뜬 소리를 내고 다방이 아니라면, 남의 이목만 없다면 와락 안아주고 싶게 그가 사랑스럽다.

그가 그런 잇속 있는 생각을 짜낼 수 있다니, 그가 철두철미한 이악한 장사꾼일 수 있다니. 비로소 다시는 가난하지 않아도 될 것 같은 자신이 확고해진다.

실은 여직껏 좀 불안했던 것이다. 세모의 거리에서 지나치게 들떴음도 그 지긋지긋한 가난에서 완전히 놓여난 내가 썩 미덥지 못하고, 마치 좋은 꿈을 꾸인 줄 알고 꾸고 있을 때처럼 아슬아슬했기 때문이었던 것이다.

남편은 내 정겨운 시선에 다시 쓸쓸하고 좀 미운 웃음을 보낸다. 그러나 나는 곧 그의 미운 웃음까지도 사랑하게 될 것이다.

유복한 사람의 눈으로 보는 모든 것은 얼마나 친근하고 아름다운 것일까? 구석자리에서 서로의 손을 애무하는 연인들. 아까부터 기고만장 토론을 벌이는 장발(長髮)의 청년들. 알사탕 같은 전구를 조롱조롱 매단 은빛 크리스마스 트리. 그리고 미더운 내 남편.

나는 문득 잘사는 여러 친구들의 이름을 아무런 아픔 없이 구구단처럼 암송할 수도 있어진다.

"난 여기 있을게 어서 다녀와요. 오후엔 인수 학교도 가봐얄 게 아냐."

"참 그렇군요. 내 정신 좀 봐."

나는 시계를 보며 황급히 자리를 떴다.

인수네 학교. 오렌지빛 교복이 멋진 명문의 사립학교—인수! 내 막내아들이자 외아들, 딸을 넷씩이나 낳고 마지막으로 얻은 귀하디귀한 아들, 앞니가 두 개 빠지고 귓바퀴엔 버들강아지 같은 솜털을 두른 이 소중한 외아들에 대한 애정은 가슴이 저릴 만큼 절실하다.

어떻게 끗발에 그래도 고추 달린 놈을 낳았노 생각할수록 신통하고 누구에게랄 것 없이 두루 감사하다.

아침에 큰길까지 나가 오렌지빛 스쿨버스에 틀림없이 태워줬

건만 잘 갔나가 궁금하고, 학교 파하고 집에 돌아올 때 행여 스쿨버스를 안 타고 한길 구경이라도 하려고 걸어오지 않을까 근심스럽게 한번 시작한 근심에 갖가지 방정맞은 생각이 꼬리에 꼬리를 물고 잇따른다.

딸들을 넷씩이나 보낸 공립학교를 지척에 두고 공연히 먼 곳의 사립학교에 보내가지고서 밤낮없이 애를 태우나보다고 후회가 되기도 하지만 그게 어떤 아들이라고 남의 모에 빠지게 키우랴.

자식이 제 먹을 것은 갖고 태어난다는 말이 얼마나 허황한 거짓부리인지는 맬서스의 인구론이 아니더라도 딸 넷을 낳는 동안 뼈에 사무치게 알고도 남는 처지이지만, 이 막내놈만은 여느 애들하고는 좀 다르다. 이놈만은 먹을 것뿐이랴 배울 것까지도 타고난 놈이다. 친정어머니가 인수란 어엿한 이름 제쳐놓고 복두꺼비니 업둥이니 부를 만큼 이 막내놈은 찢어지게 가난하던 집에 엄청난 복을 갖고 태어난 놈이다.

인수를 배어 만삭이 되던 해 겨울, 만돌린같이 부푼 배를 안고, 빚에 쪼들리다 못해 대대로 살던 시내의 집을 처분해 빚을 갚고 전셋거리밖에 안 남은 걸 가지고, 그래도 집을 사겠다고 변두리란 변두리는 다 쏘다니다가 말이 서울특별시지 전기도 수도도 없는 얼마 전까지도 광주군이던 곳에 채마밭이 딸린 조그만 초가집을 사서 이사라고 할 때의 그 을씨년스러운 몰골이란 지금 생각해도 눈물이 술술 나올 만큼 가엾었다.

이사 온 지 며칠 후에 인수를, 어쩜 아들을, 틀림없이 고추가

세모(歲暮) 17

달린 놈을 낳았던 것이다. 그 촌구석에서 산파도 없이. 그 당시의 우리의 가난은 참담했다. 남편은 대학까지 나오고 그의 출근처는 관청가의 장엄한 팔층 건물이었고, 월급도, 공무원으로서의 급수도 정상적인 상승률을 보였으나 내 왕성한 생식능력엔 멀리 미치지 못했다. 우리는 둘 다 어딘지 크게 잘못돼 있었다.

나는 한 해 걸러 하나씩 규칙적으로 자꾸 식구를 늘리고, 그는 얄팍한 월급봉투에서 교통비니 담뱃값까지 타다 쓰는 걸 조금도 부끄럽게 생각하지 않을뿐더러 그만한 푼돈도 어떻게 마련해 쓰지 못하느냐고 핀잔을 주면 공무원에게도 뭐 팁이 있는 줄 아느냐고 짐짓 근엄한 얼굴을 했다.

나는 기가 차서 딴 사람들은 공무원질을 해서도 얼마만큼 잘살더라는 얘기를 신들린 것처럼 유창하게 주워섬기고, 그는 곧 귀라도 씻으러 나갈 듯한 거북한 모습으로 내 얘기를 듣는 둥 마는 둥 했다.

내 기억 속에는 지금도 생생한 한 폭의 지옥도(地獄圖)가 있다.

아침에 아이들이 책가방을 든 채 방 문지방이나 대문간에 꼭 붙어서서 학교에 오늘까지 꼭 내지 않으면 안 된다는 돈을 재촉한다.

"기성회비 오늘까지 안 가져가면 교실에 못 들어간단 말야."

"오늘까지 수업료 안 내면 시험도 못 치른단 말예요."

자못 표독하다. 돈은 정말로 한푼도 없다. 꿀 데는 더군다나 없다.

아무리 좋은 말로 타일러도 아이들은 마치 그 자리에 박아논 말뚝처럼 요지부동이다.

벌써 아이들은 내 자식이 아니다. 가장 비정한 세리(稅吏)다.

나는 악을 쓴다. 잡히는 대로 내던진다. 학교고 뭐고 우선 저년들을 내쫓지 않으면 곧 내가 미치고 말 것 같다.

이런 나를 아이들은 꼼짝도 안 하고 말끄러미 싸늘하게 노려본다.

이미 세리도 아니다. 모녀간도 더군다나 아니다.

핏발 선 증오가 머리끝까지 오른 원수끼리다.

설사 불구대천의 원수끼리도 이 순간처럼 뜨겁게 미워할 수 있을까.

이건 마귀다. 전설에도 없는 마귀. 제 자식에 대한 미움으로 미쳐가는 마귀.

얼마나 끔찍한 지옥의 풍경일까.

빤짝이는 바늘산, 설설 끓는 기름가마 따위, 유연한 옛사람이 생각해낸 극한 상황들은 이에 비하면 얼마나 낭만적이고 미소롭기까지 한 것일까.

이중에 인수가 태어난 것이다. 인수의 고추를 보고 남편은 당신 참 큰 기적을 이룩했군 했다. 나는 당신도 좀 기적을 이룩해보라고 뻐겼다.

나는 좀 뻐기느라고 한 소리인데 그는 정말 기적을 이룩하기 시작했다. 월급 외의 돈을 마련하기 시작한 것이다.

그렇다고 공무원이 국록 외에 팁을 받을 수 있게 된 게 아니고 옛 은사의 연줄로 번역 같은 걸 맡아 하게 되고 그런 연줄을 찾으러—물론 떳떳이 역자(譯者)의 서열에도 못 오르는 번역이지만—부지런히 싸다니기도 하고 제법 친구 교제가 넓어지더니 아쉬울 때 돈을 돌려오는 재주까지 피우게 되었다.

아내가 아들을 낳고, 남편이 돈을 버는 지극히 당연한 일이 못난 우리에겐 크나큰 기적이었다.

그러나 더 큰 기적은 운명이 베풀어주었다.

땅값이 오른 것이다. 마구 올랐다. 조그만 채마밭을 파랗게 덮은 상추는 이미 상추가 아니라 백원권이었다. 한 평에 몇백원씩 하던 땅이 그렇게 꼭 백원권으로 한 평을 덮을 만큼 그렇게 올랐다.

이미 전기 수도가 들어오고 번지르르 기름진 아스팔트까지 깔리자 채마밭의 백원권은 다시 오백원권으로 둔갑했다.

남편은 또 한번 재주를 부려 은행 융자까지 맡아다가 초가를 헐고 큼지막하게 블록집을 지었다.

강남 바람을 타고 허허벌판에 하나 둘 주택이 들어서더니, 주택은 아니 저택은 자꾸 늘어서 아름다운 저택가를 이루었다. 적어도 백 평 이상의 정원을 갖춘 집들이라 제일 먼저 대규모 화원이 생겼다.

그러나 어쩐 일인지 시장이 먼데도 구멍가게 하나 안 생겼다. 그런 지저분한 걸 해먹고 살 집이 있을성싶지 않았다. 드디어 남편은 그 장엄한 팔층 건물을 사직하고 식품점을 차렸다. 물론 고급 주택이니만큼 명동의 유수한 식품점을 본떠 고급 식품만을 취급하기로 했다.

남편의 상재(商才)는 놀라웠다. 그런 재주를 그 팔층 건물 속에서 십 년이 넘도록 썩혔던 것이다.

특히 그는 포장이나 진열에 천재적인 솜씨를 보였다.

부자들이란 H제과나 O제과에서 나오는 대중적인 것보다 좀 더 나은 것을 자기들은 먹어야 한다고 생각하고 있었고, 남편은 방산시장에서 사모은 허드레 사탕이나 과자도 능란한 포장과 진열로 부자들의 허영심을 만족시킬 만한 최고급품으로 위장시킬 줄 알았다.

게다가 부자들은 밤참이나 아이들 군것질거리에 이르기까지 거의 식모들에게 내맡겼으므로 식모들만 잘 구슬려놓으면 부르는 게 값일 수도 있었다.

차차 미제 깡통까지 취급하게 되고, 단골은 자꾸 느는데 가게가 더 생길 기미는 보이지 않았다. 독점사업이란 얼마나 알토란같이 실속 있고 고소한 것일까?

그러다 올 봄부터는 뒷산까지 택지가 조성이 되고 다시 한번 건축 붐이 일었다.

아아! 인부들이나 공사 감독들이 매일매일 먹어대는 빵과 맥주라니. 마치 그 더운 여름날, 다만 우리집에 돈을 갖다주기 위해 그 힘든 일을 하고 있는 듯이 나에게 보일 만큼, 그렇게 그들은 버는 대로 먹었다.

매일 한 트럭은 됨직하게 듬뿍 빵을 받아놔도 저녁에는 달렸다.

그리고 그 돈! 밤에 남편과 돈을 세는 재미라니. 부피 많은 돈을 세는 재미에 비할 인생의 열락이 다시 있을까. 맹자님이 지금 세상에 살아 계시다면 별수 없이 돈 세는 재미를 인생 삼락 중 으뜸가는 열락으로 꼽으셨으리라. 가게를 닫고 금고를 들여다가 남편은 마구 섞인 돈을 백원권과 오백원권으로 분리만 해놓고 나는 적당한 부피를 집어다가 척척 넘겨간다. 간혹 백원권 중에 오백원권이라도 섞여 있으면 혀를 끌끌 차고 쏙 뽑아내어 무릎 밑에 넣는 맛이라니, 어찌 숲속에서 알밤을 줍는 재미 따위에 비하랴.

아무리 적어도 삼만원, 대개는 그 이상—아무리 부피가 많은 돈을 셀지라도 나는 절대로 물을 쓰지 않고, 가끔 아랫입술을 아래로 홀렁 뒤집고, 엄지손가락 끝에 침을 듬뿍 묻혀가며 센다.

지폐가 새로 탄생했을 때의 그 생경한 체질에서 차차 세파를 겪으면서 우아하고 원만하게 늙어갈 때의 체취는, 어떤 동식물의 체취하고도 안 닮은 착잡한, 그러나 비할 데 없이 구수한 것이다.

"얼마나 남았을까? 이익 말예요, 이익."

"이 할쯤. 외상이 있으니 더 줄잡아야지. 아마 일 할 오 부쯤……"

"뭘, 더 되죠? 그렇죠, 더 되죠? 당신이 잔꾀를 부렸으니까 훨씬 더 될걸. 그렇죠, 그렇죠?"

나는 그의 턱살을 치받치며 다그치고 그는 대답 없이 쓸쓸하게 그리고 밉게 웃고 고만이다.

그러나 오랜 가난 끝에 번 돈이란 마치 가뭄 끝에 가랑비처럼 시원히 고이는 법이 없어, 공연히 허욕만 앞서는 초조한 나날이기도 했다.

인수를 사립학교에 넣을 때만 해도 미처 건축 붐도 일기 전 겨우 식품점이 자리를 잡기 시작할 때라 남편이나 나나 은근히 켕기기도 했지만 다행히 추첨에 들고, 또 사립학교에 대한 나의 오랜 선망이 좀 과한 기부금이 아깝지 않은 용기가 되었다.

요즈막에야 아주 자리가 잡힌 것이다. 가게에 전화도 놓고 점원도 두고 은행 빚도 갚고, 그리고 큰맘먹고 옷도 한 벌 해입어 처음으로 참관일에 학교도 갈 수 있게 된 것이다. 오늘은 참관일치고도 올해 마지막이자 방학과 크리스마스를 내일모레로 앞둔 참관일. 나는 사립학교의 풍습은 잘 모르는 채 빈손으로는 갈 수 없는 것으로 짐작하고만 있었지, 선생님께 드릴 선물은 식모 선물 고르기처럼 만만치가 않았다.

키가 작고 오동통한 그 여선생님을 인수는 얼마나 좋아하고 따르는 것일까.

"오늘 선생님이 나 손톱 깎아줬다. 좀 길대."

"저런, 아휴 미안쩍어라. 내가 진작 봐줄걸 선생님이 엄마 욕하셨겠다."

"엄마는…… 우리 선생님은 아무도 욕 안 해. 얼마나 좋다구.

그리구…… 응, 말야, 난 엄마가 깎아주는 것보다 선생님이 깎아주는 게 훨씬 기분 좋은걸. 그래서 일부러 엄마한테 손톱 안 보였어."

"저런 녀석 좀 봐, 그래 선생님이 너도 귀여워하시든? 혹시 엄마가 자주 찾아가지 않아서 구박하지 않아?"

나는 안 할 소리까지 하고 만다.

"엄마 참 이상하다. 우리 선생님은 우리 반 애가 똑같이 예쁘대. 머리 쓰다듬어줄 때도 똑같이 쓰다듬어주는걸."

"그게 정말이겠지? 인수야."

"그럼 왜 거짓말을 해. 우리 선생님이 거짓말하는 애가 제일 싫댔는데."

"그렇구나 참 그렇구말구. 고마우셔라. 고마우셔라."

누가 학원의 부패니, 교육자의 타락이니 함부로 씨부렁대 선생님의 권위를 훼손하려 드는 것일까?

입학 때 몇 번 보고 가정방문 때 처음 이야기다운 이야기를 몇 마디 나누어본 것뿐인 이 오동통하고 늙도 젊도 않은 여선생님이 내 심상(心像) 속에서 점점 거룩하게 윤색돼, 그분의 손을 꼬옥 잡고 대화를 나누어보고 싶다는 갈망과 그분에 대한 깊은 신뢰와 애정이 청정(淸淨)한 샘물처럼 내 내부에서 넘치고 있었다.

그래서 그분의 선물 사기는 더 쉽지 않았다. 그분에게 드리기에는 온통 조금씩 미흡했다. 너무 간소해도 안 되고 너무 요란하거나 사치스러워도 그분에 대한 내 진정에 사념(邪念)이 끼어드는 것 같아 싫었다. 시간은 자꾸 갔다.

나는 공립학교에 딸을 넷씩이나 보내본 경험으로 참관일날 빈손으로 가서 그야말로 수업 참관만 하고 돌아온다는 것이 얼마나 면목 없는 일인가를 익히 알고 있었다.

돈을 걷는 소위 대의원이라는 자모가 끔찍이 두려워 슬슬 피하다가 어쩌다 잡히는 날이면 멋쩍게 비실비실 웃으며

"저어ㅡ 오늘 마침 돈을 안 가지고 나왔구먼요……"

"아유 그러셔요. 호호호, 뜻만 있으시면 애기 이름하고 액수만 적어놓으시고 내일 애기 편에 보내주셔도 돼요, 호호호. 애기 이름이……? 네……?"

"그게 글쎄, 요다음달부터나 어떻게, 이달엔 흐흐 히히……"

나는 열없게 비적비적 웃으며 내 웃는 꼴이 얼마나 흉할까 혼자 속으로 몸서리를 친다.

상대방은 이미 웃음을 거두고, 모멸의 일별을 던지고는 다른 자모에게로 옮겨간다.

멋모르고 큰애 때, 몇 번 가보다가 다음 애부터는 아예 졸업식 때까지 학교 근처엔 얼씬거리지 않는 것을 수로 알게끔 돼버렸다.

"난 아무리 손을 들어도 딴 애만 시킨다구. 치 엄마 때문이야."

"난 올 겨울 내내 난롯가에 한 번 못 앉아봤다. 엄마가 와이롤 안 쓰니 별수 있어."

샘 많은 계집애들이 일러바치는 소리가 분노나 슬픔이 되어 와 닿기에는 나는 그때 너무도 가난했었다. 지금은 사정이 아주

달라진 것이다. 인수란 놈만은 남부럽지 않게 키울 수 있게 된 것이다. 학교만 해도 그놈은 우선 이부제에다 한 반에 백 명씩 쓸어넣는 치사스러운 의무교육의 공립학교가 아니라 수익자 부담의 사립학교에 다니고 있는 것이다. 사람 구실도 부모 구실도 돈이 다 시키는 거나 진배없으렷다.

나는 다시 한번 신바람이 난다.

상가마다 사람들이 붐비고 그런 세모의 혼잡이 조금도 싫지 않다.

오랜만의 나들이자 흥얼대는 인파에 소외되지 않은 첫나들이. 나는 문득 제아무리 사립학교라도 돈을 걷을지도 모른다고 생각한다.

돈을 걷는데 섣불리 선물 꾸러미를 들고 가 그 돈 걷는 축에서 빠지기도 싫고 돈도 내고 선물도 드리고 둘 다 해서—실상 둘 다 못 할 것도 없지만—딴 자모한테 눈총을 받기도 싫었다.

그렇게 생각하자 틀림없이 돈을 걷고 있을 것 같고 나도 돈 내는 축에 꼭 끼어들고 싶었다.

수첩을 슬쩍 넘겨다보며 제일 많이 낸 액수만큼 척척 세어주고는

"호호호 이름은 강인수, 네, 네, 강인수 엄마예요. 사업이 좀 바빠서 고만 그 동안 학교에 등한했었나봐요. 앞으론 적극 협조하겠어요. 호호호…… 별말씀을…… 다 제 자식 위한 노릇인데. 호호호 수고하세요."

이럴 수 있는 것이다.

그러고 보니 이 세상에 돈으로 못 사는 게 없는 바에야 돈보다 윗길에 드는 선물이란 있을 수 없다는 생각이 든다.

더군다나 물건은 그 물건으로서의 성능이 주는 기쁨을 줄 뿐이지만 돈은 물건과 더불어 물건을 사는 유열까지를 줄 수 있지 않은가?

나는 다방에서 기다리는 남편에게 식모들에게 줄 선물 꾸러미를 들려 혼자 집으로 보내고 학교로 향했다.

멀리 언덕 위에 동화에 나오는 집같이 아기자기한 인수네 학교가 보인다.

가까이 갈수록 아기자기하기보다는 차라리 웅장하다는 느낌이 든다.

넓은 풀―겨울에는 스케이트장도 될 수 있는―잘 다듬어진 잔디, 월동 준비를 단단히 한 장미밭, 유리에 함빡 땀을 흘리고 있는 온실, 아이들이 만든 알록달록한 크리스마스 장식물로 성장을 한 전나무 측백나무 들, 각종 운동틀이 알맞게 자리잡은 넓은 운동장. 이 아름다운 배치를 아늑히 포옹한 벽화가 그려진 길고긴 담장. 이 광활하고 아름다운 고장이 바로 내 아들의 영토인 것이다.

복도는 좀 답답할 정도로 훈훈한데 포인세티아의 화분이 창틀마다 놓여 있고 복도에서 교실을 들여다볼 수 없게 창에는 오렌지빛 커튼이 무겁게 드리워져 있으나 선생님의 상냥한 목소리와 아이들의 "네 네" 하는 힘찬 소리는 잘 들렸다.

나는 조용히 교실 뒷문으로 해서 안으로 들어섰다.

아이들의 오렌지빛 스웨터가 눈부셨다. 어머니들은 벌써 많이 와서 양옆과 뒤에 서 있었다.

수업은 벌써 끝난 모양으로 아이들은 책가방을 챙겨 책상 위에 놓고 산만한 모습으로 선생님의 주의말씀을 듣고 있다.

"찻길을 건너는 어린이는 신호등을 잘 보고 건너도록…… 무슨 불이 켜지면 건너나?"

"파란 불이요."

"아유 착해라. 잘 맞혔어요. 꼭 그렇게 해요."

"네."

"그리고 곧바로 집으로 가야지, 친구집이나 만화가게에서 놀다 가면 안 돼요. 알았지요?"

"네."

아이들은 가방을 만지작거리며 궁둥이를 반쯤 들고 건성 악만 쓴다.

"그럼 〈안녕〉 노래하면서 조용히 한 줄로 서서 나가요."

"헤어지면, 언제 만나, 새해에 새달에, 아니 아니 내일, 바로 바로 내일, 만나자 아안녕."

선생님은 자기 앞을 일렬로 지나는 아이들에게 정겨운 미소를 보내며 옷매무새도 고쳐주고 모자도 바로잡아주고 악수를 청하는 놈에겐 악수도 해준다.

아무리 보아도 싫증날 것 같지 않은 아름다운 광경이었다.

그런데 어머니들 사이에선 아무도 돈을 걷을 기미가 보이지 않는다.

벌써 걷었나 아니면 나를 깔보고 빼돌리는 거나 아닌지.

명동에서도 저 유명한 백화점에서도 별로 초라한 줄 몰랐던 내 차림새가 갑자기 초라해 보이며 나는 좀 풀이 죽었다.

그렇지만 인수를 위한 일인데 조신하게 뒷줄에 처져 있다니 안 될 말이다.

나는 눈치껏 대의원 벼슬이 알맞을 만큼 살집 좋고 거만해 보이는 부인 옆으로 가서 섰다. 붉은 벨벳코트 위로 살진 은빛 밍크목도리가 눈부시도록 아름다워 나는 좀더 위축됐지만 안심은 되었다. 설마 바로 옆에 있는 사람을 빼돌리진 않겠지 하고.

그러나 아무리 기다려도 그런 기미는 안 보이고 벌써 몇몇 어머니들은 선생님에게 목례를 던졌을 뿐으로 자기 애를 따라 귀가하고 말았다.

이미 끝난 것일까?

나는 하도 답답해 밍크목도리보다 좀 덜 거만해 보이는 어머니에게

"저, 선생님께 성의 표시를 좀 했으면 좋겠는데, 다들 어떻게 하셨는지요? 어느 분이 걷으시는지……"

"걷기는 치사스럽게 누가 걷어요. 개인 플레이를 하지."

마침 아이들이 완전히 교실을 비우고 선생님이 크게 안도의

한숨을 쉬고는 자기 자리로 가니까 남은 자모들이 우르르 그리로 모여든다.

나는 미처 개인 플레이의 뜻을 물어볼 새도 없이 그 축에 휩쓸린다. 공교롭게도 선생님 테이블은 남아 있던 여남은 명이 둘러싸기에 알맞아 나 하나만 뒷줄에 처진다. 발돋움을 해도 작달막한 선생님의 모습은 보이지 않는다.

드높은 가발이 내 발돋움한 시야를 가로막고, 은빛 밍크의 털이 코끝을 간질일 뿐이다.

"아유 선생님 캘린더도 많이 받으셨네. 모다 일제, 미제뿐이네요."

"봉투도 꽤 들어왔죠?"

"그러게 내가 뭐랬어요. 개인 플레이를 하게 내버려둬야 선생님 수입이 오를 거라고 그랬잖아요. 개인 플레이로 하면 오백원을 하겠어요, 천원을 하겠어요. 줄잡아 이천원 삼천원은 할 거 아네요."

이런 소리들을 터놓고 하는 걸 보니 모두 선생님과 여간 친한 사이가 아닌 것 같다.

뒷줄에 있는 나는 선생님과 그만큼 친하지 못한 게 몹시 미안하고 조금 억울하다.

"선생님, 우리 미라 이번 성적 어떻게 나왔죠? 또 일등이겠죠?"

"일학년 땐 등수는 원칙적으로 안 내게 돼 있어요."

처음으로 선생님이 입을 연다.

"내보나마나 아녜요, 올 백이었으니까. 이학년 반장은 일학년 성적으로 정하겠죠? 네, 그렇죠?"

"우리 철이는 가끔 실수를 해서…… 그래도 아이큐는 미라보다 훨씬 위던데."

"아이큐 그까짓 것 별것두 아닙니다."

"그까짓 일학년 성적도 별거 아닙니다."

"아유 싸우겠수 괜히. 우리 애희는 일학기 때 음악 하나가 미 길래 홧김에 피아노를 시키는데 글쎄 피아노 선생이 애희가 우리나라에선 드물게 절대음감(絶對音感)을 가졌다지 않소. 저희 아빠께서 그 소리를 들으시더니 단박 일본 있는 친구한테 연락을 해서 야마하 그랜드 피아노를 부쳐온다 법석이라우. 학교 성적이 어디 절대적이유? 그저 한때 기분이지."

선생님이 뭐라고 그러는 것 같았으나 들리지 않았다.

"우리 철인 어제 자가용이 조금 늦게 마중 왔다고 걸어왔지 뭡니까? 고 어린 게 찻길을 두 번이나 건넌 생각을 하니 소름이 쫙 끼쳐요. 운전사보고 미리 대기시키라고 그렇게 일렀는데 아빠가 알고는 당장 그 자리에서 운전사를 해고시켰지요. 성미가 어떤 분이라구요. 선생님, 어려우시더라도 우리 철인 수업 끝나면 차까지 좀 데려다주셔야겠어요. 호호……"

내 앞 밍크목도리의 푸념이다. 밍크의 정교한 눈이 나를 말끄러미 보고 있는 것 같아 딴 데를 보려니 내 앞의 여자뿐 아니라 선생님을 둘러싼 여자들이 일제히 밍크를 두르고 있어 밍크의

세모(歲暮) 31

노란 의안(義眼)들이 한결같이 나를 주시하고 있는 것 같다.

다시 발돋움을 한다. 키 작은 선생님은 아니 뵈고 나는 어떻게 하든 선생님을 볼 수 있는 내 자리를 마련하려고 내 앞의 여자들 사이를 여기저기 비집어본다. 한 군데도 허술한 곳이라곤 없다. 요지부동이다.

밍크의 눈이 일제히 나를 비웃는다.

"아유, 운전사 곤조는 말도 말아요. 글쎄 밤에 우리 에스터 영어회화 배우는 데 태워다주고는 그 기다리는 새에 나가시를 하다가 들켰지 뭐유. 영감님이 당장 불호령을 내리고는 모가지를 시켜버렸지, 용서 있어요? 에스터 영어회화 말유? 벌써 언제부터라구. 어학은 어렸을 때 혀 굳기 전에 마스터해놔야 한대요."

나는 이 엄청난 이야기들이 차차 지루해진다. 심심한 김에 저절로 개인 플레이의 뜻을 깨닫고 만다.

핸드백을 연다. 돈은 아직도 많은데 봉투가 없다.

나는 조용히 교실 뒷문으로 빠져나온다.

내가 섰을 때도 나올 때도 아무도 눈여겨봐주지 않는다.

강당 옆 교내매점에서 흰 봉투를 산다.

돈을 꺼내 센다. 그렇게 익숙하던 돈 세기가 퍽 어렵다.

때 묻고 구겨진 돈들을 추리다보니 성한 돈이 별로 없다. 어쩌자고 게다가 맨 백원짜리뿐이다.

처음으로 돈의 늙음이 추하고, 나는 그게 섧다.

나는 마치 절에 가실 때의 어머니처럼 돈을 매만지고 추린다.

오래오래 구겨진 곳을 쓰다듬는다.

매점 아가씨의 눈이 밍크의 눈처럼 깜짝도 안 하고 나를 비웃는다.

될 수 있으면 아무도 못 보는 곳에서 이 일을 하고 싶다. 잔디 위 측백나무 밑에 앉는다. 다시 돈을 추린다.

어쩌면 한 장도 선생님 드릴 만한 돈이 없다. 나는 그래도 추린다.

오래오래 헛수고를 한다. 웬만한 새 돈도 자꾸 흠을 잡아 빼놓는다.

드디어 나는 왜 내가 이렇게 늑장을 부리며, 애꿎은 돈 타박만 하나를 안다.

나는 도저히 내 앞을 가로막은 밍크목도리를 뚫을 수 없는 것이다.

그 사이를 헤집고 선생님 앞에 봉투를 내밀 수는 도저히 없는 것이다.

그것을 깨닫자 가슴이 답답하고도 아팠다.

인수의 손톱을 깎아주고 머리를 쓰다듬어준 고마운 손을 잡아 볼 수 없다니, 나는 앉은 채 발을 굴렀다.

그러나 밍크목도리들이 난공불락의 성새(城塞)처럼 나와 선생님 사이를 가로막고 있다는 의식이 좀더 분명해질 뿐이다.

그 질기고 견고한 성새를 지금 내가 헤집지 못하면 인수에게 그것을 그대로 물려주게 될 것이다.

인수의 앞길을 도처에서 그 성새가 가로막게 될 것이다. 꼭 그럴 것 같다.

성새 너머로 인수만은 밀어넣어야 한다. 그것을 뻔히 알면서도 지금 나는 인수를 도울 수 없는 것이다. 도저히 나는 그 성새를 뚫을 수 없는 것이다. 교실에서 밍크목도리들이 선생님을 옹위하고 나오더니 대기하고 있던 자가용에 분승한다.

여기까지 오기 전에 나는 빨리 터줏자리처럼 짚을 입은 장미덤불 뒤에 몸을 숨긴다.

자가용이 지나갔다. 그래도 나는 숨어 앉았다. 나는 울고 있었다.

짚으로 잘 싸맨 장미나무는 꼭 어릴 적 시골집 뒤뜰의 터줏자리 같아서 섧다.

시월 상달, 김이 무럭무럭 나는 떡시루를 통째로 터줏자리 앞에 떼어다놓고 싸악싸악 두 손 모아 빌던 나의 어머니,

"……그저 집안이 무사태평하고, 어린것들 수명장수 비나이다."

별로 욕심이 없던 나의 어머니의 소박한 염원.

그때의 내 어머니 노릇보다 지금의 내 아들의 어머니의 노릇이 너무도 어려워 나는 섧다.

또한 나는 빌 터줏자리가 없어서, 내 아들의 앞날을 빌 터줏자리가 없어 더욱 섧다.

한참 만에 학교를 빠져나온 나는 무턱대고 거리를 걷는다.

인파는 조금도 줄지 않고 홍청댄다. 책방에도 사람이 많다.

참 인수에게 크리스마스 선물로 책을 사주마고 약속했지. 남편도 자기에게도 오랜만에 책 한 권쯤 사달랬던가.

나는 좀 마음이 밝아져서 책방에 들어선다.

한 질로 된 위인전이 눈에 띈다.

소크라테스, 링컨, 에디슨, 슈바이처, 퀴리 부인, 이순신, 김유신, 이율곡…… 소년들의 꿈의 인물들.

나는 그것을 흥정하려다 말고 그 책들이 와락 싫어진다. 마음이 좀더 어두워진다.

역경과 간난을 이기고 입신양명한 이야기들. 그건 적어도 스승과 제자, 스승과 제자의 어미 사이에 대화가 있었던 때의 이야기인 것이다.

스승과 제자, 사람과 사람 사이에 그렇게도 질기고 추한 허세와 허위가 성새처럼 가로막고 있던 때의 이야기는 결코 아닌 것이다.

나는 내 아들을 돕지는 못할망정 기만할 수는 없었다.

돌아나오려다 말고 남편에게 줄 만한 것을 사볼까 하고 선물용으로 된 아름다운 단행본 쪽으로 갔다.

수필집 소설 시집, 장정뿐 아니라 제목도 빼어나게 아름답다.

이렇게 아름다운 말들이 모두 우리말이라니.

그러나 지나치게 아름다워 꼭 밍크목도리 같다.

그 자신 생명도 없으면서, 죽었으면서, 요염하고 오만한 밍크의 허위.

이 책들은 남편에게 좀더 쓸쓸하고 좀더 미운 웃음을 웃게 할 것이다.

나는 사지 않는다.

어느 틈에 거리에는 눈이 오고 있었다.

나는 문득 작고한 어느 시인의 시가 생각나면서 가래침이 뱉고 싶어졌다.

"카악."

목구멍을 크게 울렸으나 가래침은 나오지 않고 가래침은 그냥 고여 있고 가래침이 고여 있는 자리는 답답하고 아팠다.

어떤 나들이

 남편이 구두끈을 매는 동안 나는 그의 양복의 먼지라도 좀 터는 척한다. 그가 댓돌을 내려 불과 이 미터 상거의 대문을 밀고 문 밖에 나서면, 다녀오세요. 응.
 나는 급히 대문을 팔꿈치로 밀어 닫고 대문에 기댄 채, 심호흡을 한다. 댓돌에서 대문까지 이 미터, 아니 넉넉잡아 삼 미터쯤ㅡ. 아침시간의 그사이가 얼마나 긴지 나밖엔 아무도 모른다. 나는 등을 대문에 기댄 채 그 동안을 잘 견딘 나를 무척이나 대견해한다.
 이제 나는 남편이 넓은 정원이라도 가로지르듯이 거드름을 피우면서 유유히 가로지른 이 미터를 단 두 걸음에 건너뛸 수 있는 것이다. 그리고 나서 다시 이 미터만 건너뛰면 부엌이고, 찬장 속 진간장병 뒤에 참기름병 뒤에, 다시 깨소금 항아리 뒤에 가장 어둡고 으슥한 곳에 숨어 있는 그 매혹적인 병을 끄집어낼 수 있는 것이다.

겨우 이제야 혼자가 된 것이다.

그러나 나는 곧 그렇게 하지는 않았다. 지금부터는 언제라도 그렇게 할 수 있겠기에 그 병에 대한 갈증이 남편의 출근 오 분 전만큼 그렇게 절실하지는 않달 수도 있고, 그렇게 하기까지는 내가 견딜 수 있는 최대한까지는 견뎌봐얄 게 아니냐는 교활한 속셈이 있다.

나는 내 병, 그 은밀하고 어둑한 처소에서 나를 기다리고 있는 내 병에 짐짓 냉담한 척한다.

우선 아주 신나게 집 안을 털고 쓸고 훔친다. 통틀어 열한 평의 한옥은 광이나 부엌 등을 빼면 훔치고 닦아야 할 곳은 불과 예닐곱 평이나 될까? 나는 너무 빨리 그 일을 끝마치고 만다.

다시 그 새침하도록 싸늘하고 고혹적인 병을 향해 내 전신은 온통 곤충의 촉각처럼 예민해진다.

도저히 더 오래 '그 일'을 지체할 수 없을 만큼 다급한 채로 나는 내 열한 평 중에서 그래도 부엌에서 먼 곳만을 허둥지둥 맴돌다가 몇 가지 빨랫거리를 찾아낸다. 지금 당장은 그거라도 할 수 있을 것이다. 그러나 빨랫거리는 너무 적다. 나는 집 안 청소보다 더 빨리 그 일을 끝마칠 수 있을 것이다.

남편과 세 아들의 것, 모두 네 켤레의 양말과 네 장의 손수건을 빤다.

남편은 아주 조금―, 겨우 우리 식구를 굶기지 않고 아이들을 학교에 보낼 수 있을 만큼 조금밖에 돈을 못 번다. 그리고 나에게 아주 조금밖에 일을 주지 않는다. 그는 좀처럼 말이 없고 어떤 근심이나 기쁨도 얼굴 살갗에 드러낸 적이 없을뿐더러 늘 점퍼 차림인 그는 여간해서 내복조차 갈아입으려 들지 않는다. 아침에 내가 양말이라도 빨 수 있는 건 그가 양말만은 벗고 자니까 슬쩍 빤 양말과 바꿔놓기 때문이지 그렇지 않으면 나는 그나마의 일거리도 놓치고 만다.

자식들도 아버지를 닮아 별로 말이 없고 내 보살핌을 아주 조금밖에 필요로 하지 않는다. 나는 내 자식들처럼 빨리 어른이 돼버린 아이들을 아직 본 적이 없다.

나는 그들이 어른이 된 날을 지금도 생생한 노여움을 갖고 기억할 수 있다.

나는 내 자식들에게 내가 만든 귀여운 옷을 입히는 걸 큰 낙으로 삼았고, 아이들 옷을 재단하고 꿰매는 데 비상한 기쁨을 느꼈었다. 그런데 별안간 어느 날 내 아들은 그런 옷 입기를 거부한 것이다.

글쎄 그 탱크와 로켓이 아플리케된 깜찍한 주홍색 우단 재킷을 한사코 마다하고 "내가 뭐 어린앤 줄 알아요. 창피하게스리……" 여남은 살밖에 안 된 녀석이 이렇게 나를 핀잔주고 볼품없는 교복만 입다가 어느 틈에 집에서는 아버지의 헌옷을 걸칠 수 있을 만큼 자라버린 것이다. 더욱 분한 것은 내가 만든 옷을 거부할 임시부터, 그러니까 여남은 살부터 자식들은 내 보살핌까지 멀리하려 들더니 어느 틈에 패류(貝類)처럼 단단하고 철저하게 자기 처소를 마련하고 아무도 들이려 들지 않는 것이다.

나에겐 패류의 문을 열 불가사리의 촉수 같은 악착같고 지혜로운 촉수가 없다. 나에겐 또한 남편이나 자식들의 것 같은 스스로를 위한 패각(貝殼)도 없다. 도저히 그들이 나에게 후하게 베푼 무위와 나태로부터 나를 지킬 도리가 없다.

일 년에 한두 번쯤 상경하는 시골의 시어머니가 그 샐쭉한 실눈으로 나를 흘겨보며

"쯧쯧, 어떤 년은 저리도 사주팔자를 잘 타고났노. 시골년이 금시발복을 해도 분수가 있지. 서방하고 잠자리하는 것밖에 할 일이 없는데도 밥이 주러운가 의복이 주러운가……"

나는 이 소리가 미칠 듯이 징그러울 뿐 추호의 이의도 없다. 팔자가 좋다는 건 얼마나 구원이 없는 암담한 늪일까?

순식간에 네 켤레의 양말과 네 장의 손수건을 헹구어 넌 나는 인제 정말 할 일이 없다―무슨 생각이라도 좀 해야지―나는 이미 내 무수한 촉각이 그 향기로운 병에 깊숙이 탐닉해 있음을 의식하면서도 괜히 좀 그래본다.

실상 생각할 거리란 일거리보다 더 아쉽다. 우선 저녁반찬을 뭘로 할까 궁리할 필요가 조금도 없다. 김치와 두부찌개, 아침엔 콩나물국. 남편의 수입은 꼭 그 정도의 식단을 허용하고 가족의 식성 또한 내가 콩나물찌개나 두부국을 끓이는 창의성을 발휘하

는 것을 용납하지 않는다.

나는 아무것도 근심하거나 걱정할 필요가 정말이지 조금도 없는 것이다.

때로는 남편의 수입이 조금 늘기도 한다. 그러나 내가 그것으로 생활의 어떤 변화를 기도할 필요는 없다. 꼭 그만큼, 신통하게도 꼭 그만큼 아이들의 납입금이 오르거나 쌀값이 오르기 때문이다.

때로는, 아주 드물지만 때로는 남편에게도 공돈이 좀 생기나 보다. 그러나 때로는 아주 드물지만 때로는 아이들이 아프거나 시골에서 아쉬운 편지가 오게 마련이다.

정말로, 어쩌면 정말로 나는 아무 근심이나 걱정을 할 필요가 없이 남편과 잠자리를 같이하는 것만으로 의식이 충족한 팔자 좋은 년인 것이다.

꼭 갈퀴 같은 손에 갈퀴같이 꼬부라진 성품을 지닌 시어머니가 할퀴듯이 한 말이 아무리 몸서리쳐져도 어쩔 수 없는 것이다.

소금장수 아줌마가 소금을 사란다. 나는 살까 말까를 망설일 필요가 없다. 몇 해째 단골인 그녀는 꼭 소금 항아리가 빌 때쯤 오게 마련이었으니까.

그녀는 빈 소금 항아리에 소금을 부으며 과부살이 설움을 주섬주섬 털어놓는다.

"애 넷을 이 짓을 해서 먹여 살리려니…… 먹기만 하면야…… 국민학교까진 안 가르칠 수도 없고……"

그녀의 와자지껄한 사설이 길어질수록 나는 뭔가 견딜 수 없다. 산더미 같은 근심과 일거리로 그녀는 팽팽히 충만해 있고 나는 그녀 앞에서 어쩔 수 없이 참담한 내 빈핍(貧乏)을 자각한다.

팔자 좋은 년, 팔자 좋은 년―시어머니의 말을 주문처럼 외워 봐도 무서운 빈핍의식이 악몽처럼 덮쳐오고 머릿속에 둔한 두통이 매연처럼 서린다.

다시 찬장 속 첩첩이 늘어선 병들, 맨 뒤에 있는 수줍디수줍은 날씬한 내 병으로부터의 유혹으로 나는 미칠 듯이 다급해진다.

어서 가달라고 악을 쓰려다 말고 아직도 돈을 치르지 않았음을 겨우 깨닫는다. 돈을 받아 앞치마 전면을 차지한 큰 주머니에 쑤셔넣은 그녀는 남편보다 훨씬 느리게 댓돌에서 대문까지의 이 미터를 걸어나간다.

그 동안을 견디는 내 인내력은 참 아슬아슬하다.

매연이 꽉 찬 듯한 두통이 점점 심해오고 어쩔 수 없는 갈증과 죄의식이 집요하게 엉겨붙는다. 나는 죄의식을 조금이라도 덜 양으로 내 갈증에 마지막 저항을 해본다.

부엌으로 가지 않고 마루에 다시 앉는다.

무명폭처럼 좁은 하늘이 낮게 우리집 추녀와 앞집 추녀 사이를 걸치고 있다. 꼭 푸른 차일을 친 것처럼. 나는 그 푸른 차일이 마치 높고 넓은 하늘을 가로막고 있는 듯하여 여간 답답하지가 않다.

집과 집 사이에 담장도 없이 겨우 무명폭만한 하늘을 뚫어놓고. 앞집이 우리집 가슴팍을 누르고 있대서 짜증을 낼 처지도 못 된다. 내 집이 바로 뒷집 가슴팍을 그렇게 누르고 있기 때문이다.

이 긴 골목의 집들은 서로가 서로를 누르고 짓궂게 다붙어서 꼭 무명폭만한 하늘을 나누어 가지고 있기에 어쩔 수 없다손 치더라도 앞집 벽은 너무도 가깝고 밉다.

내 집 벽이 뒷집에 가깝고 밉다는 생각만으로는 도저히 위로받을 수 없을 만큼 앞집 벽에 대한 혐오감은 절박하다.

17인치 텔레비전만한 부우연 유리창이 딱 하나 달린, 찌든 홑이불을 펴 넌 것 같은 벽에는 군데군데 손바닥만하게, 럭비공만하게, 풀어놓은 넥타이만하게 시멘트로 땜질한 자국들이 있다.

얼마 전까지만 해도 회칠이 떨어진 사이로 진흙덩이와 썩은 수수깡이 보이던 것을 집수리 한답시고 그렇게 발라놓은 것이다.

도대체 이 추악한 벽화는 어쩌자고 이렇게 가까운 것일까? 모든 시계(視界)와 사념(思念)까지도 막아놓고 있다.

점점 심해오는 두통도 저 벽화 때문인 것 같다.

나는 머릿속에 찬 매연과 추악과 벽화를 한꺼번에 몰아낼 듯이 심한 도리질을 해본다. 그러나 그 미운 벽화는 나를 향해 가차없이 포위망을 축소해오고 있다.

나는 문득 이 숨막히는 포위망으로부터의 단 하나의 출구를 안다. 아니 벌써부터 알고 있었던 것이다.

마침내 비실비실 도망친다. 부엌 쪽으로. 출구는 그곳이다. 찬장을 연다. 손이 경련하듯 떨린다. 이미 죄의식은 없다. 그냥 절박하다. 어쩔 수 없다. 맨 뒤에 있다. 어쩌자고 그렇게 구석진 곳에 있담. 다시 한번 초조로 손이 떨린다. 부들부들. 퍼뜩 두려워진다. 중독? 생전의 시아버지의 수전증이 생각난다. 그러나 곧 안심할 수 있는 구실이 떠오른다.

어떤 주도(酒道)에 통달한 저명인사가 심야방송에서 그랬겠다. 양주는 섞어서 마셔야 별미지만, 국산주는 섞어서 마시면 몸에 해롭고, 양주는 계속해 마시면 알코올 중독의 염려가 있지만, 국산주는 아무리 계속해 마셔도 중독의 염려가 없다고. 나는 그 소리가 썩 마음에 들었고, 남편보다 백 배는 더 잘났음직한 저명인사가 사담도 아니고 방송을 통해 한 말이니 얼마나 권위가 있는 말이다.

내 두려움에서 안심까지는 전광석화처럼 빠르다. 물론 시골에서만 살다가 돌아간 시아버지가 양주를 맛은커녕 구경이라도 했을 리 만무건만 나는 그 대목은 살짝 빼먹는다. 나는 그렇게 다급하다.

날씬한 병 모가지는 손아귀에 들어오기에 맞춤하고 새침하도록 차다. 그러나 나는 알고 있다. 차디찬 이 병이 내 육신과 얼마나 뜨거운 교합을 할 것인가를.

병을 들어낸다. 병 속의 투명한 액체, 이 세상에서 가장 신비롭고도 귀한 증류수―나는 부들부들 떨리는 손으로 병마개를 따고 독한 소주를 꿀같이 빤다.

소주는 향그럽고 뜨겁다. 나는 후각과 미각을 동시에 즐긴다. 혀를 아프게 찌르고 목구멍을 화끈하도록 뜨겁게 지나간다. 목구멍을 지나간 열기가 아침을 뜨지 않은 빈속에서 활활 화려한 불꽃처럼 탄다. 또 한 모금, 또 한 모금, 천천히, 조금씩. 이 음료는 좀 거만하다. 결코 한 방울도 헤프게 목구멍을 통과하는 법이 없다. 한 방울 한 방울이 지닌 밀도 높은 자극을 충분히 받아들이게끔 조금씩 넘어가면서도 식도를 그득히 채운다.

드디어 내가 어제 장바구니 속에 몰래 숨겨가지고 온 소주병은 말끔히 비고 이제 병은 병일 따름 아무런 매력도 없다.

나는 지금 잘 핀 연탄을 뱃속 그득히 안은 난로처럼 뜨겁고 행복하다.

다시 마루에 앉는다. 이제 하늘은 결코 차일일 수 없다는 듯이 코발트빛으로 높푸르다. 산다는 게 조금씩 즐겁다.

하늘뿐일까? 앞집 벽의 그 미운 암회색의 반점들이 화선지에 떨어뜨린 먹물처럼 부드럽고 우아하게 번진다.

나는 마당을 거닐어본다. 남편과 소금장수처럼 그렇게 천천히, 잘 다듬어진 잔디밭 사이의 디딤돌을 딛듯이 거드름을 피우며, 보조는 조금도 흔들림이 없이 착실하다.

모든 것이 괜찮은 것이다. 여편네가 남편 몰래, 남편은 벌써 십여 년 전에 패가망신의 근원이라고 단호히 끊은 술을 매일 마시는 일이 별로 엄청난 일도 아닌 것이다.

답답하던 모든 것이 거짓말처럼 탁 트이고 두통까지도 투명해진다. 나는 내 뇌세포를 말끔히 투시할 수도 있는 것이다. 그것은 아주 아름답고도 스릴 있는 환상이었다. 내 뇌세포는 정밀한 기계 속처럼 섬세하고 경도 높은 금속처럼 빛나건만 어딘지 도괴 직전의 고층건물처럼 위태롭다.

그러나 위기의식은 추호도 없다. 나는 짓궂은 구경꾼처럼 그 도괴 직전이 재미있다. 나는 지금 당장 내 옷소매에 불이 붙는대도 구경꾼일 수 있을 것 같다.

술! 고마운 것. 나는 마침내 자유로운 것이다.

대문을 흔드는 소리가 난다. 큰아들이었다.

"웬일이냐? 벌써 오게."

"시험이에요."

그의 대답은 간단하고 퉁명스럽다.

"너희 학교는 매일 시험만 보니?"

그는 자기 방에 들어서자마자 귀찮다는 듯이 미닫이 먼저 닫으려는 것을 나는 못 닫게 가로막으며 시비를 건다.

"시험은 오늘부터예요."

"그래도 넌 일 년 열두 달 시험공부만 하던걸."

"고3 아녜요? 그렇게 해도 대학엔 붙을까 말까란 말예요."

"저런 가엾어라. 쯧쯧 가엾은 것."

나는 이 패류처럼 단단한 녀석을 가엾어할 수 있는 게 마냥 유쾌하다. 아들은 못마땅한 듯 눈을 모로 세우더니

"재수 없는 소리 마세요. 누가 입시에 떨어지기라도 했단 말예

요. 가엾게."

그가 다시 미닫이를 거칠게 미는 순간 나는 툇마루에 앉은 채 재빨리 상반신을 방 안으로 들이민다. 내 골통과 미닫이가 부딪쳐서 좀 요란한 소리를 내니까 아들놈도 머쓱해진다.

침침한 평 반짜리 방에는 한쪽 벽이 온통 책이다.

숱한 참고서들—『완전영어』『완벽수학』『정선××』『정통××』. 저런 것들을 아무리 포식해봤댔자 네놈은 패류 이상도 이하도 될 수 없을 게다. 나는 패각 속의 그 완전하고 완벽하고 정선된 세계가 조금도 대수롭지 않다. 도리어 빈정거려주고 싶게 가소롭다.

"너는 여자친구도 없니?"

"고3 이래두요."

녀석은 목소리를 드높였으나 격앙하지는 않고 느릿느릿……, 마치 '짐은 국가다'라는 제왕의 목소리처럼 거룩하고 비장하다.

"좋은 때다. 호호호……"

나에겐 고3이 조금도 거룩하지 않을뿐더러 녀석의 여드름 자국은, 여드름 난 패류는 참 꼴불견이란 생각으로 백치처럼 즐겁기만 하다.

히들히들 웃고 있는 나를 노려보던 아들은 시선을 딴 데로 비끼며 입맛을 다신다.

"참, 딱도 하슈."

아들은 고3의 그 존대무비(尊大無比)한 값어치도 모르는 어

어떤 나들이 47

미가 딱하고, 나는 고3과 여드름과 완전, 완벽, 정선이 딱하다. 우리 모자는 한동안 서로를 딱해한다.

녀석과 나는 딱해하는 양상이 사뭇 다르다. 녀석은 양미간에 깊은 주름을 잡고 숨결까지 거친데 나는 여전히 히들히들 턱뼈가 물러난 듯이 헤프게 웃음만 흘렸다.

그러나 우리는 아주 닮은 감정 속에 있었다. 딱하다는 애매한 느낌 밑에 짙은 미움을 앙금처럼 가라앉히고 있었다.

드디어 아들의 왁살스런 손이 내 상반신을 거칠게 떠밀어 문밖으로 내쫓으며

"나가줘요. 제발 나 좀 혼자 있게 내버려둬줘요. 시험이란 말예요, 시험."

미닫이가 쫙 하고 금속성인 소리를 내며 닫히고, 불의에 떠밀린 나는 몸을 가누지 못해 툇마루 밑으로 동그라진다.

꽤 몹시 엉덩방아를 찧었는데도 아무렇지도 않다.

거부―완강한 거부, 딱해하는 것조차 거부당한 것이다.

그러나 나는 아무렇지도 않다. 흥, 하고 콧방귀라도 뀔 것 같다. 아들이나 남편의 굳게 닫힌 거부의 미닫이 앞에서 행여나 안을 엿볼 수 있을까 치사하도록 서성대는 일은 다시 없을 것 같다.

한참 만에 툇마루를 잡고 일어나려는데 다리가 휘청하며 시야가 크게 출렁였다. 나는 다시 히들히들 웃음을 흘렸다.

―나가줘요, 제발―

그 소리는 귀에 싱그러울뿐더러 퍽 암시적이다.

성장을 하고 거리로 나가 출렁이는 풍경에 풍성한 웃음을 보낼까보다. 아스팔트도 내 발 밑에서는 고무공처럼 탄력을 지니게 될 것이다.

고무공을 밟듯이 출렁출렁 공중을 날듯이 훨훨 어디든지 나가보고 싶다.

팔천원짜리 캐비닛과 그 속에 담긴 몇 가지의 폴리에스테르 섬유와 스테인리스 식기와 양은솥 나부랭이와 『완전××』 『완벽××』 『정선××』의 책들을 온종일 지켜야 하는 일을 아들에게 살짝 떠맡기고 나가는 것이다.

만약 아들이 자기가 그 일을 맡게 될 것을 눈치챈다면 당장 맨발로 뛰어나와 그 일만은, 그 끔찍스러운 일만은 제발 면해달라고, 나가달란 것은 문 밖이지 결코 집 밖이 아니었으니 노여움을 푸시고 그 일에서만은 구해달라고 싹싹 빌 것임에 틀림없다.

절대로, 그렇고말고, 절대로, 아들에게 빌 틈을 주어서는 안 된다.

나는 조용히 그러나 서둘러서 옷을 갈아입었다.

재작년, 막내동서를 볼 때 입으려고 장만해놨더니 남편이 무늬와 빛깔이 너무 요란스럽다고 눈살을 찌푸리는 바람에 못 입고 넣어두었던 것을 꺼내 입었다.

지지미라든가 뭐라든가 대접만한 분홍꽃이 흐드러지게 핀 옷에다 흰 버선을 신고 비닐백을 드니 파티에라도 초대된 듯한 착각이 들었다.

파티에선 칵테일을 마신다던가, 서양술끼리 섞은 것을. 그런 건 마시지 말아야지. 서양술은 섞어서 마셔야 별미라지만 중독이 될지도 모르니까 그냥 춤만 춰야지. 그리고 내가 아는 아주 친한 몇몇 사람에게만 살짝 가르쳐줘야지. 뭐니뭐니 해도 술만은 국산술이라야 한다고, 국산술은 알코올 중독의 염려가 절대로 없으니까라고.

대문을 소리 안 나게 살짝 열고 문 밖으로 나섰다. 이제 열한 평의 파수꾼은 내가 아니라 아들녀석이었다.

쾌재의 웃음이 흐들흐들 흘렀다. 골목에서 큰길로, 큰길에서 한길로, 번화가로, 나는 자꾸 파티에 가고 있었다.

내 파트너가 될 행운의 신사에게 속삭여줄 칵테일과 소주의 비밀을 되뇌며, 출렁이는 하늘과 고층건물과 사람들을 구경하며, 고무공 같은 아스팔트의 탄력을 즐기며, 나는 서둘지 않고 마냥 파티에 가고 있었다.

사람들은 흘끔흘끔 또는 빠안히 나의 대접만한 꽃무늬의 성장을 선망하고, 나는 그들에게 풍성한 웃음을 나누었다.

나는 너무 많이 걸었다. 문득 차를 타보고 싶었다. 합승의 아주 좋은 자리에 앉을 수 있었다.

한낮의 합승에는 승객이 꼭 좌석 수만큼이고, 좌석은 안락하고 천장에서는 패티김의 〈서울의 찬가〉가 소나기처럼 시원하게 쏟아지고 있었다.

창 밖에는 저만큼 밑에, 매끄러운 승용차와 색색의 택시가 내 웅장한 합승을 옹위하고, 낙엽 지는 가로수, 고궁의 담, 비둘기가 있는 광장, 처음 보는 동상 또 동상, 국화꽃 화환이 받쳐진 또 동상이 아름다운 슬라이드처럼 지나갔다.

나는 어느 틈에 〈서울의 찬가〉를 부르고 있었다. 본래 소심한 데다가 음치여서 노래를 소리내어 불러보기란 처음인데 썩 잘 부른다고 여겨졌다.

나는 점점 소리를 드높였다. 천장의 노래는 자꾸 바뀌고 나는 무슨 노래든지 척척 따라 부를 수 있었다.

창 밖의 풍경이 출렁이고, 치마저고리의 대접만한 꽃송이가 출렁이고, 내 내부에서는 흥겨움이 출렁이고, 또 정교하고 섬세한 뇌세포가 바로 도괴 직전처럼 아슬아슬하게 출렁이고, 나는 이 모든 출렁이는 것들의 신나는 구경꾼이었다.

나는 구경과 노래에 싫증이 나면 옆자리의 신사의 어깨에서 포마드 냄새를 맡으며 깜박깜박 오수를 즐길 수도 있었다. 차가 멎으면 신사는 일어나서 내리지 않고 딴 자리로 가고, 내 옆자리엔 새로 탄 신사가 와 앉고, 내 옆자리의 신사는 빈번히 갈리고, 나는 오래오래 내 편안한 자리에서 노래와 구경과 오수를 번갈았다.

어떤 고층건물의 어두운 입구에 K여사의 개인전 입간판이 보였다. 불현듯 나는 K여사와 이야기를 나누고 싶었다. 아마 K여사는 그곳에 있을 것이다.

버스는 그 어두운 입구를 훨씬 지나서야 멎었다. 나는 차에서 뛰어내려 그 건물 쪽으로 바삐 걸었다. 이런 곳에서 아는 사람을, 그것도 K여사를 만날 수 있다는 건 즐겁고도 다급했다. 그 여자의 길고 거무튀튀한, 촌스럽지만 순박한 얼굴이 눈에 선하다.

드디어 숨 가쁘게 그 입구까지 왔을 즈음, 앞에서 기운차게 걸어오던 청년과 정면으로 맞부딪치고 말았다. 나는 힘없이 몸의 중심을 잃고 뒤쪽으로 곤두박질치며 겨우 빌딩 입구의 대리석 기둥을 껴안고 나동그라지는 것만을 면했다.

나는 차고 매끄러운 대리석 기둥을 껴안은 채, 붉은 카펫이 깔린 전시장 속을, 성황을 이룬 관람객을 들여다보고 있었다.

대리석 기둥은 몹시 찼다. 뼛속까지 시려왔다.

뼈가 시리니까 K여사가 내 친구가 아니었음이, 실은 일면식도 없는 사이였음이 차츰 분명해진다.

언젠가 딱 한 번 그녀가 쓴 「자화상」이란 글을 읽어본 적이 있을 따름이었다. 그녀는 그 글에서 자기 얼굴을 꼭 시든 가지 같다고 묘사했었다.

나는 그전부터 기미가 군데군데 끼고 촌티를 못 벗은 채 노랗게 찌들어버린 내 얼굴을 언 감자 같다고 생각하고 있었으므로 그녀의 글에 단박 호감 이상의 동류의식을 느껴왔었다.

그뿐이었다.

과히 비싸거나 귀하지 않은 가장 서민적인 허드레 야채, 그것도 시들거나 얼어서 버림받은 채 헌 소쿠리 밑에서 뒹구는 가지나 감자의 따분한 신세를 서로 나누고 있다는 오랜 친근감이 보기 좋게 배반당한 것이다.

대리석은 찼다.

나는 K여사가 내 친구가 아닌 것이 자꾸만 무안하고 서러웠다.

전시장 붉은 카펫엔 군데군데 값비싼 화분이 놓이고 성장한 선남선녀들이 자못 정중하게 그러나 기쁨이 넘치는 얼굴로 그림을 감상하고 있었다.

—어쩌면 K여사는 그렇게 감쪽같이 나를 기만한 것일까.

그녀는 시든 가지이기는커녕 화려하고 비옥한 영지(領地)의 영주(領主)인 것이다. 지금 그녀는 잘 가꾼 광활한 영지에 손님들을 초대하고, 정오의 공작처럼 화사하고 오만할 것이다.

대리석 기둥은 뼈가 시리게 차고, 나는 추위와 전연 식욕을 동반하지 않은 배고픔으로 곧 쓰러질 것 같았다.

사람들은 드나들 때마다 나를 치고 내 대접만한 꽃무늬 옷을 신기한 듯 아래위로 훑었다.

나는 가까스로 대리석 기둥을 놓고 혼자 걸음을 옮겼다.

스산한 바람에 플라타너스는 칙칙한 낙엽을 보도 위로 힘없이 흘리고, 나는 대접만한 분홍 꽃이 만발한 치마폭을 깃발처럼 날렸다.

마침내 나는 내 속에서 활활 타던 그 화려한 불꽃이 차츰 사위어가고 있음을 의식했다.

분방한 흥겨움의 땔감이 다해가는 초조가 임종의 예감처럼 싸늘하게 등골을 흘렀다.

오피스 가의 오후— 어젯밤의 과음으로 아침을 설친 신사가 '봉주르'니 '샹제르'니 하는 불란서 풍의 멋진 이름이 붙은 지하 식당에서 어금니에 이쑤시개를 꽂고 땅 위로 솟아오르고, 오십 원짜리 국수를 먹은 아가씨가 에스컬레이터 위에서 입술연지를 고치고, 주간지, 또 주간지, 숱한 주간지가 행인에게 추파를 던지고, 실직한 신사가 석간을 기다리는 시각— 나는 육교와 지하도, 또 지하도와 육교를 부리나케 오르락내리락하며,

"쌍 더러워서 퉤퉤, 쌍 더러워서 퉤퉤."
끊임없이 투덜댔다.

사위어가는 불꽃에 검부락지를 던지듯이, 나는 상소리로 내 취기와 체온의 마지막 땔감을 삼고 있었다.

나는 기진맥진한 채 풍성한 귤 손수레 곁에서 멎어버렸다.

백원에 둘씩인 귤은 나에겐 어마어마한 낭비였으나 귤의 산미를 상상하는 것만으로 참을 수 없을 만큼 다급한 갈증이 왔다. 나는 귤즙과 귤즙이 유발한 타액을 함께 쪽쪽 빨았다.

그러고는 남은 귤껍질을 코에다 대고 깊이 호흡했다. 귤즙보다 더 맛있게 쌉쌀하고 향긋한 껍질의 향기를 탐했다. 치사하도록 오래 탐했다.

실은 나는 귤껍질 나부랭이를 통해 내 생활과는 이질적인 것에 대한 강한 동경을 달래고 있었다.

매캐한 니코틴 냄새를 빼고는 나는 내 남편을 상상할 수 없다.

그는 그 자신 또한 니코틴 냄새 나는 체취를 지녔을 뿐 아니라, 그의 의복 가구 벽지까지 그 매캐한, 사람의 상념을 따분하게 짓누르는 담뱃진 냄새로 오염시키고 있었다. 그러나 뭐니뭐니 해도 가장 심한 오염을 입은 것은 나인 것이다.

나는 남편과의 생활을 굳이 오염이란 말로 오욕시키고 싶은 격렬한 노여움을 남편에게 느꼈다.

일찍 어른이 되어 자기 세계에 칩거한 아들들에게 느끼는 것과 흡사하면서도 한층 격렬한 노여움, 악이라도 쓰고 싶은 뜨거운 격앙이 경련처럼 굽이쳤다.

아름다운 고장이었다. 비옥한 땅의 농촌이었는데도 등성이 하나만 넘으면 멀리 서해 바다를 볼 수도 있었다.

그곳에서의 내 소녀 시절은 늘 외톨이였던 것 같다. 홀어머니의 극성으로 분수에 넘치게 마을에서 단 하나의 중학생이 되어 이십 리나 되는 수원까지 걸어서 통학하느라 마을 친구들과 멀어졌고, 졸업하고는 마을에서 단 하나의 중학교 졸업생이기 때문에 외톨이일 수밖에 없었다.

게다가 홀어머니가 진일 마른일, 온갖 천역(賤役)까지 감내해가며 마련한 학비로 얻은 중학교 졸업장의 쓸모에 대한 깊은 회의와 어머니에 대한 무거운 채무의식으로 잔뜩 위축돼 있었다.

그런데 의외에도 빨리 — 나에게는 의외였지만 어머니는 미리 계산하고 있었던 듯 회심의 미소를 지었지만 — 졸업장은 쓸모가 결정되었다.

서울서 순전히 고학으로 대학까지 나와 중학교 선생 노릇 칠팔 년에 고래등 같은 기와집까지 사놓았다는 이 마을 출신으로 가장 눈부신 출세를 한 우물집 둘째아들과의 혼담이 무르익어 갔다.

우물집이라면 영감은 마을에서도 이름난 주정뱅이요, 나를 자기 며느릿감으로 눈독 들인 마나님은 암상스럽고도 쌀쌀맞아 정이 갈 것 같지 않았지만 모실 것도 아니고 신랑만이 문젠데 신랑은 어려서부터 고학으로 대학까지 마치느라 그랬는지 별로 시골집에 다니러 온 적이 없었고, 나이 차이가 십여 년이나 되기 때문에 어릴 적의 기억 같은 것도 있을 리 없었다.

맞선볼 날이 가까워왔다. 나는 마치 퀴즈대회에라도 출전하려는 듯이 소설가, 시인, 가수, 배우의 이름과 몇몇 명작의 개요까지 외우며 대학 출신 지성과 맞설 준비를 단단히 하고 있었다.

내일이 맞선보는 날, 나는 계란 팩을 하고 누워 있는데 의외의 전갈이 왔다.

맞선은 보나마나라고, 어머니 마음에 드는 규수라면 정혼해버리라는 편지가 신랑에게서 왔단다. 신랑은 그런 효자란다.

이렇게 쉽사리 정혼이 될 줄은 몰랐다면서 나의 어머니는 춤이라도 출 듯이 기뻐하고, 혼기의 동네 처녀들로부터는 왕비에라도 간택된 듯한 선망과 질시를 받았다.

그날 밤 나는 매캐한 흙냄새 나는 구들장에 엎드려 숨을 죽여가며 오래오래 울었다.

효자 신랑은 암만 해도 싫었다. 하필 신랑이 효자라니……

그러나 효자 신랑 때문에 훌쩍이면서도 나는 흙냄새와는 이질적인 도회의 훈향, 세련된 향수 냄새 같은 도회의 훈향을 더듬고 있었다. 도회의 훈향은 아득하고도 고혹적이었다.

효자 신랑을 통해서라도 좋으니 그 훈향에 접근하고 싶었다.

혼인의 진행은 순조로웠다. 우물집 마나님은 새 며느리를 일년쯤 자기가 데리고 시집살이를 시키다가 서울 살림에 내보내려 했는데 신랑이 안 된다고, 식도 서울서 간략하게 올리고 바로 새 살림을 차리겠다고 하였다는 것이다. 그러고 보니 그렇게 효자도 아닌가?

나는 서울서 준비할 것도 좀 있고 해서 혼인날을 며칠 남겨놓고 어머니와 함께 상경했다.

신랑은 서른몇이란 나이보다 훨씬 찌들어 보였다. 혼인날을 앞둔 신랑의 싱그러운 흥분 같은 것이 조금도 엿뵈지 않았다.

그는 덤덤히 우리 모녀를 그가 사놓은 '고래등 같은 기와집' — 지금의 열한 평짜리 내 집 — 으로 안내했다.

어머니는 여관을 잡을 걸 그랬다고 민망해했으나 신랑은 한푼이라도 아끼시오, 라고 간단히 대꾸했다.

나는 그런 그에게서 오랜 고학생활과 열한 평짜리 기와집이 총결산인 근 십 년의 봉급생활을 엿보는 것 같아 서글펐다. 그와 단둘이 된 적도 몇 번인가 있었으나 변변히 말을 주고받지는 못했다. 둘 사이의 이런 침묵을 감미로운 침묵으로 착각하기에는 나는 좀더 예민했다.

나는 나의 침묵과 그의 침묵 사이에 깊은 간극을 느꼈다. 내 침묵은 많은 할말을 수줍음과 두려움 때문에 미처 처리하지 못한 때문이었으나, 그는 정말로 할말이 있을 리 없는 텅 빈 침묵으로 나를 대했다.

그러나 나는 내가 그에게서 느낀 이런 엄청난 간극을 조금도 어쩌지 못한 채 곧 식을 올리고 초야를 맞았다.

초야에는 그래도 여느 신부처럼, 마치 절묘한 피아니시모의 선율에 떠는 여리디여린 들꽃처럼 몰래 깊이 떨며 신랑을 기다렸다.

별안간 신랑의 강한 체취를 느꼈다. 어릴 적, 중풍으로 들어앉아 계시던 할아버지의 사랑방 냄새, 홧김에 온종일 피워대던 잎담배의 독한 냄새로 찌든 사랑방 냄새와 너무도 닮은 신랑의 체취— 그러고는 곧 난폭하고도 짧은 입맞춤, 꼭 할아버지의 장죽을 장난삼아 물어봤을 때의 그 선뜩하고도 담뱃진 냄새가 독한 쇠붙이의 감촉 같은 입맞춤— 그러곤 서둘러서 신랑은 나를 덮쳐버렸다.

내 애처로운 떪은 조금치의 보살핌이나 위무도 못 받은 채 초야의 신랑의 의무에 거칠게 짓씹겼다.

의무가 끝난 후 신랑은 오래오래 담배를 빨고 돌아눕더니 이내 코를 골았다.

그는 담배를 즐겼을 뿐 아니라 그 자신의 분위기를 담배 냄새와 부옇고 매캐한 매연으로 삼고 있었다.

술도 꽤 하는 편이었으나 심한 주정뱅이던 시아버지가 만취한 채 눈 속에서 동사한 후 딱 끊고 말았다. 가끔 몸서리치면서 알코올의 무서움을 독백처럼 뇌이곤 했다. 그럴 때마다 나는

"담배가 술보다 몸에는 더 해롭대요. 폐암도 담배 때문이라던데요."

"쳇 또 아는 척하는군, 뭘 안다구. 음식치고 해롭지 않은 게 있는 줄 알아? 사람들은 그렇게 해서 조금씩 죽어가는 거야. 그렇지만 알코올은 달라. 알코올은 여기를, 바로 여기를 미치게 한단 말야. 쉬 죽지도 않고."

그는 왠지 자기 머리를 두드리지 않고 내 골을 주먹으로 사정두지 않고 콩콩 두드리며 눈엔 독기 같은 게 서렸다. 필경 참담했던 자기의 소년 시절 때문에 주정뱅이던 아버지를 저주하고 있으리라 짐작하면서도 나는 으스스 소름이 끼쳤다.

그러나 나는 좀처럼 남편과 함께 미친 상태를 두려워하거나 저주하지 않았을뿐더러 다분히 유혹적이기조차 했다.

이미 나는 가장 안 미친 상태를 잘 알고 있었고 그 상태가 얼마나 재미 없나를 알고 있었으니까.

어느 틈에 길은 오르막길이고 나는 추위와 배고픔으로 휘청거렸다.

"참 더러워서 쌍것들, 퉤퉤, 쌍것들 퉤퉤."

다시 무의미한 상소리를 웅얼거렸으나 취기도 격앙도 되살아나지 않았다. 실상 취기도 격앙조차도 없이는 나는 너무도 춥고 배고팠다.

한 무더기의 군밤을 샀다. 드디어 서울 시가가 한눈에 내려다보이는 곳까지 왔다. 별안간 탁 트인 시야에 어지러움을 느낀다.

도대체 저 넓이란 내 열한 평의 몇 배쯤일까? 나는 내 열한 평이 무슨 됫박이나 되는 것처럼 그걸로 내 허허한 시야를 되려다 지친다. 그러고는 그 속에서 살고 있을 수많은 사람들, 그 숱한 타인들에게 까닭도 없이 맹렬한 적의를 느낀다.

낙엽이 쌓인 숲속에 더블로 된 바바리를 걸친 청년이 혼자 비스듬히 앉아 있다. 프로필에 엷은 우수가 깃들어 멋있다. 대접만 한 꽃무늬 옷이 창피했지만 나는 그에게 이미 강하게 이끌리고 있었다. 좀전의 뭇 타인들에게 느낀 적의와는 아랑곳없이 한 타인에게 무조건 이끌린다.

"나, 옆에 좀 앉아도 괜찮겠수?"

"좋도록 하세요. 여기는 시민들의 공원이니까요."

"군밤을 나누어 먹고 싶은데 생각 있어요?"

"별로……"

"왜 이런 곳에 혼자 있어요?"

"도서관에서 책을 읽다 피곤해서요. 하늘이라도 좀 보며 혼자 쉬려고요."

그는 혼자라는 말에 악센트를 준다. 내 아들들도 『완전××』

『완벽××』을 보다가 문득 하늘을 보고 싶은 적이 있었을까? 패각 속의 옹졸한 하늘 말고 이렇게 높고 무한히 트인 하늘을—처음으로 아들들이 궁금하다.

"군밤을 먹으며 같이 하늘을 봅시다. 자—"

나는 짓궂게 '같이'에 악센트를 주며 그의 손을 끌어다가 한 움큼의 군밤을 억지로 쥐어주었다.

그의 얼굴에 엷은 홍조가 스쳤다. 싱그러운 느낌이었다.

나는 슬그머니 그의 어깨에 머리를 얹었다. 그의 골격은 단단하고, 오래 그렇게 있고 싶을 만큼 그곳은 나에게 편했다.

느닷없이 이 청년의 입술도 할아버지 장죽의 놋쇠 같은 맛을 하고 있을까가 알고 싶다. 이 청년은 여자를, 가녀린 소녀를 어떤 방법으로 안을까가 알고 싶다. 사춘기 소녀처럼 남자와 여자가 사랑하는 온갖 은밀한 일들이 알고 싶다.

이런 '알고 싶다'는 욕망이 술이 깰 임시의 갈증처럼 다급해서 도저히 억제할 수가 없다. 나는 마침내 청년의 입술에 내 입술을 포개려 든다. 청년이 황급히 물러앉으며 내 상반신을 바로잡아준다.

"학생, 학생은 귤냄새를 풍기고 있군."

나는 히죽히죽 웃으며 뚱딴지 같은 소리를 한다.

"아주머니, 아주머닌 술냄새를 풍기고 있군요."

"그래? 호호호……"

나는 오래 흐느낄 듯이 웃는다.

어떤 나들이 61

그는 좀더 멀리 옆으로 비켜 앉으며 제법 엄하게

"취하셨나봐요. 댁이 어디죠? 바래다드리죠."

"괜찮아요. 혼자 갈 수 있으니 염려 말고 도서관으로 가봐요."

"정말 괜찮으시겠어요?"

"학생은 참 친절하군. 고마워요."

그는 잠깐 더 머뭇거린다.

"가보래두."

나는 제법 엄해진다. 서로 엄해짐으로써 그와 나는 다시 타인이 된다.

그가 간 후에 집이 여기서 어디메쯤인가를 생각하지만 좀 어렵다.

점점 더 춥다. 대접만한 꽃무늬의 폴리에스테르 섬유는 가을 숲속에서 현란하지만 비정하다. 이 강인한 광물질은 사람의 옷이면서도 사람의 체온과는 무관하다. 나는 춥다.

인제 내 내부의 땔감이 완전히 회진(灰塵)되었음을 나는 안다.

다시는 그 천진한 즐거움도 뜨거운 격앙도 없다. 다 가버린 것이다.

열한 평의 틀에 부어진 채 싸늘하게 굳어버린 쇠붙이인 나를, 나는 똑똑히 자각한다. 이미 오래 전에 그렇게 굳어버린 것이다.

소주 한 병쯤이 굳어버린 쇠붙이를 다시 쇳물로—무한한 가능성을 잉태한 이글대는 쇳물로 환원시킬 수는 도저히 없는 것이다.

소주 한 병이 그렇게 뜨거운, 냉혹하도록 뜨거운 열원(熱源)일 수는 없었던 것이다. 나는 다만 녹슬어가고 있을 뿐 이글이글 용해될 수는 도저히 없는 것이다.

 나는 천천히 움직이기 시작한다. 아무의 도움도 없이 내 의지나 체력의 도움조차도 없이 그냥, 자석에 이끌리는 쇳붙이처럼 열한 평의 틀을 향해 곧바로.

세상에서 제일 무거운 틀니

"나한테 업히지 않겠어요?"

그 여편네는 정말 나에게 등까지 들이댄다. 나를 얕잡고 있었다.

"내가 업히면 아마 진창이 댁의 장화 속까지 넘쳐들걸요."

이런 대화를 나와 그 여편네는 형편없는 진창길 한가운데서 주고받았다.

정말 형편없는, 이것이야말로 엉망진창이었다. 나는 이 진창길에 긴 치마에 고무신 차림으로 들어서고 만 것이다. 이미 버선이나 신 꼴을 돌보기는 단념하고 있었지만 이곳 진창은 그저 진창과는 달라 그 저변에 집요한 흡인력을 갖고 있었다. 그것이 문제였다. 내 발을 빨아들여 도무지 놔주려 들지 않았다. 천신만고 발을 빼면 영락없이 고무신은 진창 속에 남게 마련이었다. 다시 고무신 속에 발을 넣어 끌어올리자니 그 고초가 이만저만이 아니었다. 그러니 내 보행인들 얼마나 더뎠겠는가.

그 여편네와 나는 처음부터 동행이었던 것은 아니고 진창 속에서 헤매고 있는 나를 장화를 신은 그녀가 뒤에서 따라온 것이었다. 그렇다고 그녀와 내가 아주 생면부지의 행인끼리냐 하면 그렇지도 않아 한 동네 한 이웃에 살면서 말을 건네보기만이 오늘 이 엉망진창 속에서 처음이었다.

우리집 장독대에 올라가 장을 뜨려면 그녀네 뒤뜰과 뒤뜰로 면한 그녀의 남편의 화실이 보였다.

늘 고담(枯淡)한 물빛 항아리를 그리던 부스스한 사나이. 그림에 대한 안목이 별로 없는 나는 그가 늘 같은 그림만 그리고 있는 것같이 보일 만큼 그는 늘 항아리만 그렸었다. 그의 화실에는 참 여러 모습의 항아리 그림이 첩첩이 늘어갔다.

그러던 것이 요즈음은 통 화가가 보이지 않더니 그림까지 치워지고 그 방에는 딴 살림이 들어섰다. 방을 세놓은 모양으로 좁은 뒤뜰에 움막 같은 부엌까지 생겼다. 그러자 장독대에 올라가는 게 나에게 장을 뜨는 것 외에는 아무런 뜻도 지닐 수 없게 되고 말았다.

이렇게 남의 안살림까지 엿볼 수 있게 집끼리는 다붙었으면서도 대문은 좀 멀어 윗골목과 아랫골목으로 나뉘어 있었다. 그래서 아마 그녀와 사귈 기회가 없었나보다.

"이걸로 신을 동여매요."

그녀는 핸드백을 뒤적이더니 나일론 끈을 꺼내서 나에게 주며 친절하게도 내 상반신을 부축까지 해주었다. 나는 이미 버선과 신의 구별도 없이 뻘건 진흙투성이인 발에 그래도 신을 동여맸다.

그리고 둘이 같이 걷기 시작했다. 한결 걸음을 옮기기가 수월했다.

"그럼 댁의 설희도 저 학교에?"

나는 아직도 망망한 진흙탕 저 건너 언덕에 자리잡은 A여중을 턱으로 가리키며 물었다. 그녀는 고개만 끄덕이고 나는 나도 모르게 한숨을 크게 토해내고 말았다.

그녀의 딸 설희는 절름발이였다. 왼발을 앞으로 내디딜 적마다 넓적다리서부터 흐느적흐느적 흔들리는 꼴이 금세 고꾸라질 듯이 불안해 뵈는 깐으론 꽤 잘 걷는 편이었는데도 비 오는 날이라든가, 길이 미끄러운 겨울날 같은 때는 곧잘 처녀 티가 나게 다 큰 설희를 자못 가뿐히 업고 등교하는 그녀의 모습을 볼 수 있었다.

그런 그녀에게선 이상하리만큼 조금도 모성애의 센티멘털한 면의 노출이 느껴지지 않아서 좋았다. 미소로울 뿐 결코 측은하지는 않았다.

나는 아직도 가을 소풍날을 잊을 수 없다. 잡부금 일소라나, 그래서 소풍도 입장료나 교통비가 필요 없는 화계사로 정해졌다. 내 딸 연이는 국민학교 마지막 소풍이니 엄마도 같이 가자고 졸라 따라나섰더랬는데 설희 엄마도 있었다. 설희의 신체적 특징 때문에 나는 설희의 이름을 알고 있을 뿐, 연이와 설희도 친하지 않았고 별로 사교적이 못 되는 나는 이날도 바로 이웃인 그 여편네와 인사를 나누질 못했다.

"차라리 결석을 시킬 일이지."

나는 설희가 한쪽 발을 흔들흔들 흔들며 찔룩거리는 게 측은하다 못해 화가 나서 설희 엄마가 퍽 주책없는 여자로 여겨졌다.

설희는 미아리 삼거리까지 잘 따라가다 차차 뒤지기 시작했다. 그러자 설희 엄마는 냉큼 설희를 업더니 줄곧 앞장서서 갖가지 신나는 노래를 선창하며 가는 것이었다. 덕택에 우리는 조금도 피곤한 줄 모르고 어깨춤을 추며 잘 걸었다.

아까 그 여편네가 자기에게 업히라고 등을 내밀었을 때만 해도 나는 장화가 넘칠 것을 걱정하면 했지 어른이 어른을 업자는 것을 아무렇지도 않게 받아들였던 것도 그녀의 이런 인상 때문이었을 게다.

"설희는 바로 이웃의 Q여중에 넣을 수도 있었잖아요? 신체불구아에게 주는 특전으로······"

그녀는 대답 없이 나보다 조금 앞서 진탕길을 성큼성큼 잘도 걷는다. 나는 왠지 다시 한번 가을 소풍날의 그녀를 생각하며 어쩌면, 굳이 불구아의 특전을 거부한 심보는 소풍날 결석을 안 시킨 심보와 같은 게 아닐까, 그런 심보를 도저히 이해할 것 같지 않은 채 고개를 갸웃거려본다.

"설마 아침에 이 길을 설희 혼자 보내진 않으셨겠죠?"

나는 진창에 깊숙이 빠져 허우적대던 한쪽 발을 겨우 빼며 그녀의 뒤통수에다 대고 악을 썼다.

세상에서 제일 무거운 틀니 67

"그러믄요. 아침에 데려다주고 볼일 보고 다시 오는 길이랍니다. 아침나절엔 얼어서 이렇진 않더군요. 낮엔 어지간할 거다 싶어 미리 장화를 신었더니 한결 편하군요."

그녀는 내가 장화를 못 신어 화를 내고 있다고 생각했던지 이렇게 자기 장화 변명을 했다.

천신만고 도달한 A여중은 담도 없이 을씨년스럽게 겨우 여남은 개의 교실을 갖춰놓고 있었다. 그러나 게시판에 붙어 있는 삼 년 후의 A여중 투시도와 육 년 후의 A여중고교의 조감도는 유수한 대학 캠퍼스가 무색하리만큼 호화찬란했다. 나는 이런 그림을 보며 문득 조감도를 굳이 오감도로 고집한 슬픈 시인 이상(李箱)을 생각했다.

그로부터 두 달 후 A여중에서 자모회가 있었다. 전체 자모회가 아니라 몇몇 선택된 자모들의 은밀한 모임인데 어쩐 일인지 나도 초대되었다. 그 무서운 진창을 이제서야 포장중이라나 아무튼 자갈이라도 깔려서 한결 걷기가 수월했다.

교사(校舍)는 여전히 초라한 채 투시도와 조감도만 없다면 영락없이 촌의 간이학교였다. 다만 둘레의 자연만이 놀라운 변모를 보여주고 있었다.

A여중 둘레는 옛날부터 진상 배로 유명한 배 고장이라 온통 배밭인데 마침 배꽃이 만개해 있었다. 도시에서만 자란 나는 이렇게 무리져 만개한 배꽃을 보기는 처음이었다. 창백하리만큼 흰

꽃의 꽃술을 스스럼없이 드러내고 갓 활짝 열린 순간, 미풍도 낙화가 애석해 잠깐 쉬고 있는 듯 주위는 화창하고도 고즈넉했다.

풍염한 도화의 말로가 육감적인 복숭아이듯 이화의 결실이 청아한 배인 건 아주 당연했다.

진흙탕에서 만난 지 두 달 만에 설희 엄마와 나는 이런 황홀경에서 다시 만났다. 자모회에서의 귀로, 우리는 배나무 그늘에서 쉬며 이런 아름다운 고장의 A여중에 우리 딸들이 배정된 건 얼마나 다행이냐고 행복해했다. 참, 참 얼마나 다행이냐고 우리는 잠시, 방금 있었던 자모회의 불쾌한 안건도 잊은 채 거듭거듭 이 배나무골을 칭송했다.

그러고도 모자라 〈사우思友〉였던가 〈봄처녀〉였던가 아무튼 오랜만에 노래까지 뽑았다.

그래도 설희 엄마가 먼저 자모회의 불쾌한 안건을 생각해내기 시작했다.

"뭐라구? 기가 막혀, 기부를 만원씩이나…… 아니지 참 만원 이상이랬던가? 아이 기맥혀."

그녀가 별안간 무릎을 탁 치며 서둘자 나도 정신이 들고 덩달아 기가 막혔다.

"뭐 교문도 만들고 담도 쌓고 운동장에 흙도 사다부어야 아이들이 놀 수 있을 게 아니냐구? 그것도 안 해놓고 뭐 급해 부리나케 학교 간판 먼저 붙여놓고 지금 와서 그것도 말이라고 해? 철면피! 뭐 만원씩? 아니 그 이상이랬지. 아이 분해."

물론 나도 분했다.

"왜 연이 엄만 가만히 있었수? 딴 년들도 그렇지, 손톱에 빨간 칠만 하면 제일인가. 아가린 됐다 뭣들 하누?"

이제 막 욕이다. 나는 고개를 떨구고 완전히 대죄의 폼이다. 자기는 왜 가만히 있었느냐고, 차마 그 말 한마디도 못 하고 내가 손톱에 물 안 들인 것만 천만다행으로 행여 '그년들' 속에서 나만은 제외됐거니 여긴다.

"이사장인가 뭔가 그 맹랑한 녀석이 뭐랬드라, '학교를 설립해 운영하기란 참 의외의 고충과 애로가 많습니다', 아니, 담 쌓고 교문 다는 게 의외의 고충이면 피아노나 농구틀쯤은 뭐가 될꼬? 도대체 누가 이 진흙구덩이에 학교를 설립하랬나. 그러구 보니 연이 엄마, 우리가 이 학교를 지원한 게 아니잖우? 어디 이름이나 듣던 데유. 컴퓨터가 배정을 했으니까 왔지. 그래 제아무리 컴퓨터가 바다 건너온 양도깨비로서니, 있지도 않은 학교에 배정을 했을 거야 만무 아뉴? 안 그래? 학교가 있으니까 했겠지. 제놈들이 하꼬방같이 꾸며놓은 학교 간판을 달았으니까 했지. 결국 일은 제놈들이 저질러놓고 아무 죄도 없는 우리한테 돈을 뜯어 잇속 차릴 궁리부터 해? 장돌뱅이만도 못한 얌체들."

설희 엄마의 입은 자꾸 거칠어진다. 나는 물론 이의가 없다. 그런데 나는 아직도 배꽃이 좋았다.

"돈만 있으면야 기부 좀 해도……"

나는 겨우 이렇게 대꾸했다.

"돈!"

나는 그녀가 날 몹시 나무랄 줄 알았는데 의외에도 나의 '돈만 있으면'에 쉽게 동조해주었다.

우리는 배나무 밑에서 '돈만 있으면'을 한없이 주고받았다. 비로소 생기와 탄력이 넘치는 화제를 찾은 것이다.

처음엔 '돈만 있으면' 어떻게 멋있게 품위 있게 살 것이냐로 마치 무슨 상품 광고처럼 멋과 품위를 부르짖다가 자꾸자꾸 벼락부자처럼 타락해가면서 돈의 쓸씀이가 속악(俗惡)을 극해갔다.

우리가 부자가 아니란 걸 깨달은 건 역시 설희 엄마 쪽이 먼저였다. 나는 암만 해도 좀 더디다. 그녀는 한숨을 푹 쉬더니 입을 다물어버렸고 나도 덩달아 침묵할 수밖에 없었다.

입 언저리부터 서서히 피곤이 전신으로 퍼졌다. 심신이 허탈했다. 돈이 있다가 없다는 건 암만 해도 억울하고 참담했다.

한참 만에 설희 엄마의 마디 굵은 두둑한 손이 내 손을 꼬옥 쥐더니,

"연이 엄마, 난 돈이 있으면 정말로 하고 싶은 건 딱 한 가지라우. 우리 설희 미국 같은 데 데려다가 수술 한번 받아봤으면……"

그녀의 가슴에 맺힌 한 같은 게 내 가슴에도 뭉클 와 닿았다. 순간 그녀와 나는 여느 이웃끼리나 여느 자모끼리보다는 좀더 가까워졌다고 느낀다. 그리고 나도 뭔가 입에 발린 수다가 아닌 속말을 하고 싶어진다. 그러자 내가 정말로 하고 싶은 건 이혼이라고 여직껏 한 번도 해본 적이 없는 생각이 문득 떠올라 하마터

면 그것을 입 밖에 낼 뻔했다.

가까스로 그 말을 안 하고 견딜 수는 있었지만 불쑥 내 의식의 표면으로 부상한 이 놀라운 생각은 실로 오래 전부터 아마 '그 일'이 있은 후 줄창 내 심층에 뱀처럼 도사리고 있었거니 싶어 나는 몸서리를 쳤다. 그러나 한번 떠오른 생각을 다시 그 심층으로, 잠재의식 속으로 밀어넣을 수는 없었다. 나는 그날 이후 자주자주 이혼을 생각했다.

이혼함으로써 남편을 '그 일'로부터 자유롭게 해주자. 그리고 나도 남편이 나를 보는 그 시선, 성한 사람이 문둥이를 보는 것 같은 증오와 연민의 시선으로부터 자유로워지자. 상상만으로 날 듯한 상쾌감이 왔지만, 이혼으로 남편의 아내 노릇, 두 아이의 어머니 노릇으로부터도 자유로워진다고 생각하면 심한 무서움증을 느꼈다. 그것 말고 내 쓸모는 무엇일까? 나는 아주 수습할 수 없이 암담해지면서 설희 엄마를 생각했다. 그녀에게 의논을 하면 마치 진창에서 나일론 끈을 줄 때처럼 신속하고 적절한 도움을 줄 것 같았다.

그럴 때마다 나는 다급하게 장독대에 올라가 담 너머로 그녀를 불러놓고는 기껏 아이들 월말고사 얘기라든가, 딸기잼이니 마늘장아찌 담그는 얘기를 하다 마는 게 고작이었다.

실상 나는 두려웠다. 이혼 이야기를 하자면 꼭 '그 일'을 털어놔야겠고 '그 일'을 안다면 그녀 또한 내 남편처럼 성한 사람이 문둥이 보듯이 나를 보면 어쩌나 싶어서였다.

노염(老炎)이 기승을 떠는 늦여름의 오후, 설희 엄마는 우리 집에 마실을 왔다. 처음 있는 일이었다. 나는 당황했다.

 손바닥만한 마당에 심어놓은 일년초들은 미처 개화나 결실도 못 본 채 노랗게 시들어가고, 유리창은 부옇고 커튼은 바랜 채였다. 때맞춰 솎아주고 물을 주고 하는 최소한의 보살핌조차 못 받은 채 시들어가는 꽃밭에서 엿뵈는 안주인의 나태랄까, 메마름이랄까. 이런 생활의 황폐는 꽃밭 말고도 우리집 도처에서 민망하도록 비죽대고 있었다.

 그러나 그녀는 손에 일거리를 가져서인지 제대로 집 한 번 휘둘러보지 않은 채 마루에 앉자 일손을 계속했다.

 나는 비로소 그녀가 얼마나 레이스 뜨기에 놀라운 솜씨를 가졌나를 보았다.

 "어머! 예뻐라. 뭐 할 거예요?"

 "깃이에요. 카디건이나 심플한 원피스에 달아서 멋 좀 부릴 수 있는 깃."

 깃? 그건 너무도 섬세하고 우아했다. 저런 깃을 목둘레에 단다면 마치 갓 피어난 마가렛 꽃송이 사이로 고개를 내민 기분일 게다.

 "그래요? 어쩜! 이제 설희 엄마도 모양 좀 낼려나봐."

 "모양은…… 샀일이라우."

 그녀는 무뚝뚝하게 말하고 일손만 놀렸다. 나는 그녀가 나보다 조금쯤 더 가난하다고 짐작한다. 그리고 전서부터 궁금한 것,

세상에서 제일 무거운 틀니 73

세놓은 화실에 대해서도 좀 알 것 같다.
"저 실례지만 설희 아빤 뭐 하시는지?"
"외국에 그림 공부하러……"
"그럼 파리?"
나는 공연히 설렌다.
"아아뇨, 미국."
나는 실망했다. 미국에서 물빛 항아리를 그리는 부스스한 무명화가를 나는 왠지 상상할 수 없었다.
"오늘이 무슨 날인지 알우?"
일손을 쉬지 않은 채 불쑥 묻더니 내 대답도 안 기다리고,
"칠석이래."
또 한동안 잠자코 일손만 놀리더니,
"연이는 올 여름에 피선가 바캉슨가 보내봤수?"
"아직……"
"젠장 그래도 아직이래네. 여름 다 보내놓고……"
나는 멋쩍게 픽 웃고 말았다.
"연이 엄만 돈이 아까워서, 너무너무 아까워서 뼈가 저려본 적 있수?"
그녀는 처음으로 일손을 놓고 나를 빤히 보며 물었다. 화장기 없는 얼굴에 넓게 퍼진 기미가 유난히 눈에 띈다. 문득 그녀가 살기를 얼마나 어려워하고 있나를 알 것 같으면서 동병상련 같은 아픔을 느낀다. 그녀는 내 대답도 기다리지 않고 독백처럼 띄

엄띄엄 이야기를 시작했다.

그녀는 레이스 뜨기를 열심히 해서 만원 가까운 돈을 모았다. 설희를 데리고 이삼 일 물놀이를 즐기려고. 실상 그렇게까지 하지 않고는 집세와 약간의 이자놀이쯤으론 시어머니 모시고 모녀가 겨우 먹고살기가 고작이었다.

그런 돈에서 오천원을 오늘 시어머니가 무당집에 가서 칠월칠석 치성을 드려야겠다고 가지고 갔다는 것이었다.

"드리지 말지. 요샛세상에 치성은 무슨……"

나도 그 돈이 무척 아까워서 악을 썼다.

"연이 엄만 우리 시어머닐 잘 몰라서 그래. 그분은 결코 남에 의해 설복당하거나 감동당하거나 하다못해 패배라도 당할 분이 아냐. 벽창호가 뭔지 연이 엄만 아마 상상도 못 할걸."

"어쩌면…… 소리없이 원만하신 줄 알고 있는데."

"소리가 없을 수밖에, 대화가 없으니까. 이제 나는 그분이 흑을 백이라고 우겨도 네, 네, 하게끔 길들여진걸. 그러자니 또 신경의 소모가 이만저만이 아니지만, 섣부른 대화로 바윗돌과 맞붙은 맨주먹처럼 피 맺히고 아파하기보다는 낫거든. 그렇지만 오늘 일은 너무 억울해요."

나는 그녀를 위로하고 싶었다. 그리고 나는 알고 있었다. 여자들끼리의 진정한 의미의 성의 있는 위로가 무엇인가를. 그것은 오직 자기보다 좀더 불행한 경우를 목격하게 하는 것뿐이다. 이렇게 해서 나는 그녀에게 내 이야기를 할 수 있는 기회를 얻은 것이다.

아무것도 숨기지 않고 답답하고 서러웠던 일을 이야기한다는 것은 맥이 쑥 빠지는 듯 허전하면서도 시원했다.

우리 식구는 남편과 연이 민식이 남매, 그리고 친정어머니를 모시고 있었다. 6·25 때 단 하나의 오빠가 의용군으로 나가자 나는 그만 외딸이 되고 말았기 때문이다. 그러나 내 어머니는 딸에게 얹혀사는 노인네답지 않게 늘 당당했다.

아마 그런 당당함은 그분의 성품에서도 연유하겠지만, 우리가 지금 살고 있는 대지 삼십 평 건평 십팔 평의 블록집이 어머니의 소유이기 때문일지도 모르겠다. 한편, 남편은 남편대로 불손할 정도로 오만함으로써 처가살이의 열등감을 처리하고 있었다.

이런 까다로운 사이를 마무려서 하루하루를 별탈 없이 꾸려가기란 퍽 고달팠지만 그럭저럭 견딜 만했다.

남편은 때로는 더할나위없이 다정했다. 특히 남자와 여자가 서럽도록 유순하고 부드러워지는 침실에서의 격정이 지난 후의 고즈넉한 한때, 남편은 내 귓전에 은밀히 속삭였다.

"여러 가지로 당신한테 미안해 죽겠어. 나라고 맨날 말단 공무원 노릇만 하겠수? 쥐구멍에도 볕들 날이 있다구, 형편이 조금만 피면 우리 제일 먼저 집을 장만합시다. 우리들의 집! 장모님이야 워낙 여장부니까 혼자도 넉넉히 사실 수 있을 테고, 당신이 원한다면 우리들의 집에 모셔도 좋지. 우리들의 집에 모시면 나도 떳떳하고 노인네도 기가 좀 꺾이겠지. 안 그래?"

그날 밤, 나는 행복했다.

그리고 정말 쥐구멍에도 볕이 들려나, 남편이 근무하는 ××청의 청장으로 남편의 대학 시절의 은사가 부임해오더니, 이번 인사이동에 국장 과장 자리에도 남편의 대학 선배가 많이 들어서게 되자 갑자기 남편의 승진 전망도 밝아졌다.

만년 계장을 면할 차례가 코앞에 다가온 듯했다. 그러나 바로 코앞에 매달린 행운인데도 좀처럼 입 속으로 굴러들어오지는 않은 채, 뭔가 곧 행운이 올 듯 올 듯한 예감은 활기찬 것이었으나 초조하고 불안하기도 했다.

남편은 때로는 지나치게 명랑했다가는 다시 손댈 수 없이 침울해지는 등 감정의 균형을 점점 잃어갔다. 나는 그런 그를 보기가 매우 괴로웠다.

어쩌면 그때 나는 벌써 불길의 냄새를 맡고 있었는지도 모를 일이다. 여자란 불길을 예감하는 육감이 따로 있는 법이다.

처음엔 그저 일이 뜻대로 안 되는 데서 오는 막연하고 어둑한 예감이었으나 어느 날, 문득 누가 나를 미행하고 있다는 느낌에서부터 차츰 예감은 구체화돼갔다.

시장바구니를 든 말단 공무원의 찌든 여편네가 미행을 당했다면 누구나 신경과민이라고 웃을 소리기에 입 밖에 내지는 않았지만 나는 그것을 믿어 의심치 않았다. 의구(疑懼)는 의구를 낳았다.

허구한 날 골목 어귀 구멍가게에서 오징어로 소주를 마시던 남자가, 휴일날 창경원에서 아이들과 목마를 타는 나의 바로 뒤 목마를 타고 태연히 출렁이고 있는 걸 어찌 예사로 보아넘길 수 있겠는가.

엉뚱한 사람의 이름을 대면서 집을 찾는 척 안채를 기웃대던 신사와 며칠 후 불고기판을 사라고 끈덕지게 치근대던 외무사원과 너무도 닮은 걸 어떻게, 그냥 지나쳐버릴 수 있겠는가. 내 이런 병적인 수집은 날로 늘어나 이제 불길은 결코 터무니없는 예감만으로 그칠 수 없는, 곧 당면하게 될 실제로 구성돼가고 있었다.

어느 날, 우리 식구는 차례차례로 모 정보기관에 연행돼갔다. 드디어 올 것이 온 것이다. 내 육감이 맞아떨어진 것이다. 그곳에는 나의 과거와 현재 또 삼십팔 년 동안 살아오면서 맺은 온갖 인연(人緣), 지연(地緣)의 말초적인 부분까지가 유리상자의 표본처럼 질서 있게 정리돼 있었다.

하느님 맙소사, 하느님 맙소사. 나는 하느님을 믿지 않았지만 이런 소리밖에 할 소리가 없었다. 나는 그때 비로소 나를 중심으로 한 내 주변의 세밀한 조감도를 본 것이다.

채광이 시원치 않은 음침한 방인데도 굳이 선글라스를 쓰고 있는, 나를 심문하는 그 기관원의 눈앞에서 나는 자꾸 벌거벗은 듯한 착각을 느끼고 수치감으로 몸을 떨었다.

그는 냉엄하고 자신에 차 있었다. 여북해야 나는 내가 알고 있는 나보다 그가 알고 있는 내가 훨씬 더 진짜 나려니 여기고 있었다.

그는 내가 망각한 것까지—6·25 때 피난 갔던 외가댁 마을 이름까지 또 비교적 손이 번성한 외가의 하고많은 사촌에서 십 몇 촌까지의 친척 이름까지 낱낱이 알고 있었다.

그는 너무도 완벽히 알고 있었다. 그 앞의 내 기억력은 여명의 별들처럼 빛을 바래갔다.

내 기억으론 내 외당숙이 조성구였지만 그가 조정구라니 조정구가 틀림없다 싶었다. 그가 설사 내 딸 연이가 현이라고 했다면 아마 내 딸은 현이였음에 틀림없을 것이다.

나는 그 앞에 그렇게 무력했고 그는 그렇게 전능했다. 그는 내가 완전히 허탈 상태에 빠진 것을 확인한 후 비로소 엄숙히 선언했다.

6·25 때 의용군으로 나간 오빠가 이북에서 밀봉교육을 받고 곧 남파되리라는 것이었다. 먼저 남파됐다가 체포된 간첩에 의해 확인된 정확한 정보란다.

오빠는 오면 반드시 집에 들를 테고 그러면 어떻게 하겠느냐고 그는 물었다.

"어떡하긴요. 그야 당연히 시, 신고를 하거나 자수를 시켜야죠."

나는 아주 밉고 서툴게 아양을 떨었다.

"잘 생각하셨습니다. 아주머니만 믿겠습니다."

그리고 그는 협조해줘서 고맙다고 덧붙였다. 나도 고맙다고 서너 번 고개를 조아리고 또 한번 아양을 떨었다. 그리고 놓여났다. 남편과 어머니가 같은 꼴을 당한 건 말할 것도 없고 충청도 진천에서 거의 한 마을을 이루고 살고 있는 외가와 그 밖에 오빠가 알 만한 대소가가 다 한 번씩 그런 일을 당한 것을 후에 알게 되었다.

그로부터 대문 소리에 가슴이 내려앉는 날이 시작되었다.

"말이 자수지, 그놈이 벌써 마흔인데 그곳에 계집 자식이 없을 리 없을 테니 이 에미 말을 들을까? 계집 자식 생각이 앞설 테지. 차라리 넘어오다……"

어머니는 말끝을 흐리고 눈물을 닦는다. 그러나 나는 다음 말을 알고 있다. 나도 방금 그런 생각을 하고 있었으니까. 어머니보다 훨씬 진작부터 그런 생각을 하고 있었으니까. 넘어오다 차라리 사살되었으면 하고.

간첩이 된 혈연과는 상봉이 몰고 올 사건과의 당면이 두려운 나머지 십팔 평 블록집 속의 안일이 소중한 나머지, 어머니와 나는 마녀(魔女)보다도 더 잔인해졌다.

그러나 오빠가 나타나기 전에 이미 그 전능한 선글라스에 의해 십팔 평 블록집의 안일은 앗긴 거나 마찬가지였다. 남편이 점점 거칠어지며 폭음이 잦아졌다. 장가를 잘못 가서 신세를 망쳤다는 것이다. 간첩 처남을 두었으니 무슨 수로 승진을 바라겠느냐, 승진은커녕 언제 모가지가 날름 날아갈지 몰라 전전긍긍하다가 집구석이라고 찾아들어와야 언제 또 간첩 처남이 돌아와 총을 들이댈지 모르니 술이라도 안 마시고 어쩌겠느냐고 고래고래 고함을 쳤다.

정말 그런가? 남편은 승진은커녕 계장급이면 돌아가면서 한 번씩 자재 구입이다 시찰이다 해서 외국 바람 쐴 기회가 오게 마련인데 그런 데서까지 번번이 제외되었다. 남편은 점점 더 폭음으로 난폭해지고 술이 깼을 때의 그는 나를 대하기를 성한 사람이 문둥이 보듯 증오와 연민으로 대했다. 그것은 도저히 견디기 어려운 수모였다.

내 이야기를 다 듣고 나서도 설희 엄마는 나를 성한 사람이 문둥이 보듯이 보지는 않았다. 그러나 신통한 도움도 주려 들지도 않았다. 겨우 한다는 소리가,
"에이 지긋지긋해. 살아가기 말도 많고 탈도 많고 걸치적대는 것도 많은 놈의 세상…… 당신이나 나나 어디로 훨훨 이민이나 갈까?"
나는 물론 반대했다. 이민이 어디 그렇게 떡 먹듯이 쉬우냐고 대꾸해줘도 되는 것을 마치 훤히 트인 이민길을 굳이 거절이라도 하듯이 모든 출국을 여행이건 유학이건 이민이건 이 나라에 돌아와서 봉사할 것을 전제로 하지 않은, 도피성 띤 모든 출국을 맹렬히 매도했다. 그 동안 서른여덟의 찌든 여편네는 주체성이니 사대주의니 하는 어려운 말을 몇 번이고 써가며 마치 금메달을 목에 걸고 태극기를 우러르는 올림픽 선수보다도 더 애국적이었다.
내가 이렇게 열렬하게 애국적인 동안 그녀는 깃을 하나 다 떴

다. 그리고 담담히 돌아갔다.

어떤 가을날, 그녀는 불쑥 나에게 설희 아빠가 미국에서 보험회사에 취직을 했다고 알려준다. 보험회사라니……

물빛 항아리를 그리던 남자, 나에게 남아 있던 소녀적인 것의 마지막 우상은 이렇게 해서 허물어졌다.

그해 겨울, 그녀는 까다로운 출국 수속을 하느라 또 영어도 배우러 다니느라 몹시 바쁘더니 다시 한번 배꽃이 필 즈음 마침내 수속을 마치고 두 장의 비행기표까지 끊어놓고 날짜만 꼽게 되었다.

나는 그녀에게 어떤 선물을 할까 곰곰이 생각했다. 서른여덟의 여편네의 마지막 센티는 뭔가 물질적인 것 말고……를 궁리하고 있었다.

나는 장 위에서 몇 년째 먼지를 뒤집어쓰고 있는 옛 트렁크를 꺼냈다. 그 속에는 나의 처녀 때로부터 결혼 초기에 걸친 시기, 내 모든 감수성이 아름다운 것을 향해 활짝 열렸을 임시의 컬렉션이 들어 있었다. 나는 특히 미전(美展)의 팸플릿을 많이 모았더랬어서 거의 백여 장이 남아 있었다.

드디어 나는 그중에서 십여 년 전에 발족했다가 그후 흐지부지되고 만 '신상'이란 젊은 반추상화가들의 제1회 그룹전의 팸플릿을 찾아냈다. 설희 아빠도 '신상'의 동인이었다. 팸플릿으로 된 목록에서 설희 아빠의 사진과 약력, 물빛 항아리도 소개되어 있었다. 나는 그것을 그녀에게 석별의 표시로 주기로 했다.

그녀는 내가 기대했던 것보다 훨씬 더 좋아했다.

"고마워요! 고마워요! 그이의 야망의 시절이 여기 있군요."

그러나 이미 그의 야망은 미국이란 고장에서 보험회사 사원으로 퇴색하고 만 것이다.

두 여편네는 같이 한숨을 쉬었다.

드디어 내일이 떠날 날인데 초저녁부터 비가 지적지적 내리고 있었다.

"연이 엄마, 내일 나를 배웅해줘요, 공항까지. 그리고 우리 시어머닐 좀 돌봐줘요."

그녀는 거의 애원하고 있었다.

나는 여직껏 공항이란 데를 가본 적이 없었다. 친지 중 외국에 간 사람이 없는 것은 아니었으나 미리 집으로 찾아가 인사를 치렀을 뿐. 과히 친하지도 않은데 외국만 간다면 어중이떠중이 공항까지 나가 법석을 떠는 것이야말로 사대주의, 사대주의 중에도 가장 촌티 나고 치사한 간접적 사대주의라는 게 내 지론이었다.

그러나 나는 설희 엄마의 청만은 거절할 수가 없었다.

언제 비가 내렸더냐 싶으리만큼 깨끗이 갠 날이었다. 마침 오월, 김포가도의 신록이 눈부셨다. 어젯밤의 비로 말끔히 목욕을 끝낸 신록은 마치 이 나라를 영 떠나려는 한 여편네의 망막에 스스로의 가장 아름다운 순간을 새겨주려고 별렀던 것처럼 놀랍도록 싱싱했다.

택시 앞자리엔 설희 할머니가 앉고 뒷자리엔 설희, 설희 엄마, 나 이렇게 셋이 나란히 앉았다. 별안간 그녀가 나를 부둥켜안더니 세차게 흐느꼈다.

"어쩜! 아름다워요. 다시는 다시는, 못 보겠죠."

나는 무슨 그런 소리를 하느냐고 점잖게 나무랐다. 돌아와야 한다고, 설희 수술도 받고 설희 아빠도 어떡하든 다시 그림 공부를 계속해 대성해서 돌아와야 한다고 격려했다. 그녀는 곧 울음을 그치고 그렇고말고, 암 그렇고말고 하며, 알맞게 맞장구를 쳐주기까지 했다.

비행기는 거의 세 시간이나 연발했다. 연발의 세 시간은 떠나는 사람, 보내는 사람의 석별의 정을 완전히 김빠지게 하기에 충분한 시간이었다.

설희 엄마는 숙녀처럼 성장한 설희를 별안간 덥석 업더니 뒤도 돌아보지 않고 트랩을 올라 기체 속으로 사라졌다.

비로소 나는 피곤을 느꼈다. 피곤은 한꺼번에 왔다. 나는 설희 할머니를 돌보기는커녕 노인네에게 매달릴 만큼 피곤했다.

그러고 보니 어제 저녁도 오늘 아침도 식사다운 식사를 못 한 것이다.

게다가 틀니까지 쑤시기 시작했다. 나는 서른여덟에 벌써 아랫니의 어금니가 전부 틀니였다.

그 틀니는 해넣은 지가 삼 년은 되었고, 몸에 닿는 것에 좀 지나칠 정도의 결벽성을 가진 나는 실상 내 경제사정으론 분수에 넘칠 만큼 고가로 한 것으로 일류 치과에서 해넣은 것이어서 처음부터 크게 불편한 줄 몰랐으나 어찌 된 영문인지 가끔 마음이 울적하다든가 몸이 불편할 때에는 이 틀니가 쑤셨다. 아니 정확히 말해서 틀니가 얹힌 턱뼈가 쑤신달까.

의사는 뭐 인체의 거부반응이라든가 하는 어려운 말로 내 동통을 진찰하고 시일이 지나면 자연히 나을 거라 했지만 삼 년이 지나도록 거부반응은 불쑥불쑥 나를 괴롭혔다.

그 동통과 중압감은 경우에 따라 경중의 차이가 있는데 오늘은 아주 심한 편이었다.

틀니가 천근의 무게로 턱뼈를 눌러 꼭 턱이 떨어지고 말 것 같았다. 나는 손으로 턱을 받쳐도 보고, 슬슬 주물러도 보고, 더위먹은 짐승처럼 턱을 축 늘어뜨려 입을 헤벌리고 침을 흘려도 보았으나, 턱뼈가 부서질 듯한 동통은 조금도 덜어지지 않았다.

몸의 온갖 신경이 턱뼈를 중심으로 방사선으로 전신에 퍼진 듯, 중압감에 수반한 동통은 턱뼈에서 목구멍으로, 귓속으로 골로 퍼져 내 두상은 완전히 틀니의 횡포가 지배했다.

누가 이런 고통을 감히 짐작이나 할 수 있으랴. 이 고통에서 벗어나는 길은 오직 틀니를 빼는 길밖에 없겠는데 나는 틀니를 빼고 있는 내 모습에 늘 몸서리를 쳐왔으므로 차중에서나 길에서 사람들의 시선을 의식하며 차마 그 짓은 할 수 없었다.

어찌어찌해서 가까스로 내 집 문 앞까지 왔을 즈음 나는 거의 발광 직전이었다.

방에 들어서자마자 입을 크게 벌리고 침을 질질 흘려가며 틀니를 뽑아냈다.

 양쪽 두 개씩 도합 네 개의 어금니가 심어진 반달 모양의 섬세한 백금 틀은 내 손바닥에서 거의 무게를 지니지 않은 채 차게 빛났다.

 마침내 무서운 동통과 중압감으로부터 자유로워진 내 몸은 가볍다 못해 공중으로 둥실 뜨는 듯했다.

 이럴 수가, 이렇게 가벼울 수가, 우화이등선(羽化而登仙)이란 이런 기분을 두고 이름인가.

 나는 내 편안감을 충분히 만끽하기 위해 몸을 장판 위에 눕혔다.

 그 여편네 설희 엄마는 지금쯤 어디를 날고 있을까? 제아무리 공중에 떠 있기로서니, 말도 많고 탈도 많은 온갖 사는 어려움부터 벗어났기로서니 지금의 나만큼이야 가볍고 편할쏘냐. 나는 코웃음을 친다.

 지금의 내 팔자는 그렇게 편타.

 그런데 아까부터 누가 대문을 조심스럽게 두들기고 있지 않은가. 어머니가 누구냐고 몇 번 묻는 것 같다.

 그래도 대답 없이 똑똑 두들기기만 한다. 어머니의 신소리가 들린다. 나는 별안간 가슴이 두방망이질을 한다.

 대문 소리가 나고 아주 낮은 대화가 들린다. 분명 상대는 남자다. 그것도 사십대의 남자.

 남의 이목을 꺼리듯 대화는 여전히 수군수군 낮다.

드디어 올 것이 오고 만 것이다! 이제 끝장이다. 파멸이다. 오오 이렇게 파멸이 쉬 올 줄이야.

숨 죽은 대화는 아직도 계속된다. 어머니는 자수 권고에 실패한 눈치다. 이렇게 오래 끄는 걸 보니.

가엾은 어머니! 어쩌면 그 남자는 어머니에게 도리어 월북을 권하고 아니 협박하고 있는지도 모른다. 혹시 강제로 납치하려는 거나 아닌지.

그렇게끔 내버려둘 수는 없지. 나는 벌떡 일어난다. 그 남자와 죽든 살든 결판을 내고 말 테다. 나에게 '그 남자'는 이미 조금도 오빠일 필요가 없다. 그냥 '그 남자'다.

막 나가려는데 어머니가 문을 걸고 돌아 들어온다.

"아유 별 끈덕진 사내도 다 봤네. 월부책을 사라고 어찌나 조르는지…… 말이 그렇게 청산유수고 신수도 희멀겋던데 고작 월부장사밖에 해먹을 게 없나, 쯧쯧."

나는 다시 장판방에 눕는다. 한숨을 휴우 내쉰다. 그런데 이미 좀 전의 편안감은 없다.

옴짝달싹할 수 없으면서도 펄펄 뛰지 않고는 또 못 배길 것 같은 중압감과 동통이 여전하지 않은가? 이미 입 속엔 빼버릴 틀니도 없는데.

빼버릴 틀니가 없기에 그 고통은 절망적이다.

나는 비로소 깨닫는다. 여직껏 얼마나 교묘하게 스스로를 이중 삼중으로 기만하고 있었나를.

내 아픔은 결코 틀니에서 기인한 아픔이 아니었던 것이다.

나는 설희 엄마가 부러워서, 이 나라와 이 나라의 풍토가 주는 온갖 제약으로부터 자유로워진 그녀가 부러워서, 그녀에의 선망과 질투로 그렇게도 몹시 아팠던 것이다.

나는 그런 아픔이 부끄러운 나머지 틀니의 아픔으로 삼으려 들었고, 나를 내리누르는 온갖 한국적인 제약의 중압감, 마침내 이 나라를 뜨는 설희 엄마와 견주어 한층 못 견디게 느껴지는 중압감조차 틀니의 중압감으로 착각하려 들었던 것이다.

비로소 나는 내 아픔을 정직하게 받아들였다. 그러나 나는 결코 내 아픔을 정직하게 신음하지는 않을 것이다. 정교하고 가벼운 틀니는 지금 손바닥에 있건만 아직도 나는 이 세상에서 제일 무거운 또하나의 틀니의 중압감 밑에 옴짝달싹 못하고 놓여진 채다.

부처님 근처

초는 한 갑에 백이십원, 만수향은 백원이라고 한다. 나는 시치미 딱 떼고 이백원만 내주고 일부러 핸드백을 소리나게 닫았다.
"이십원 더 주셔얍지요."
"아저씨도 괜히 그러셔, 이런 초는 백원이면 어디서나 살 수 있는 건데."
나는 꽁치 한 마리에 오원을 깎을 때라든가, 콩나물 이십원어치에 기어코 덤을 한움큼 더 뺏어낼 때처럼, 뻔뻔스럽고 익숙한 추파를 주인남자에게 던지면서, 초와 만수향을 어머니가 들고 있는 쇼핑백 속에 밀어넣었다.
"얘가, 깎을 게 따로 있지."
어머니는 나를 거칠게 밀어젖히고, 주섬주섬 치마를 걷어올리더니 속바지에 꿰매 단 커다란 주머니에서 십원짜리 동전 두 닢을 꺼내 주인남자에게 공손히 바치고 두어 번 굽실거리기까지

한다.

물건 깎는 데라면, 나보다 한술 더 뜨던 어머니다.

어머니는 방금 내가 한 짓을 인색한 짓으로 못마땅해하기보다는 부처님에 대한 정성 부족으로 받아들이고 황공해하고 있는 눈치다.

가게를 나와 같이 걸으면서도 어머니는 내내 시무룩하고 엄숙했다. 어머니의 이런 엄숙함에는 다분히 의식적이요, 과장된 허풍이 보였다. 마치 유치원 원아 앞에서 유희를 가르치는 보모같이 열심스럽고 과장된 표정과 몸짓으로 그녀는 내가 그녀의 엄숙함을 흉내내기를 꾀고 있었다.

일전에 어머니가 나를 꾀어서, 박수무당집에 데리고 갈 때도 꼭 저렇게 어마어마하게 엄숙했으렸다. 퉤, 퉤. 생각이 어쩌다 박수무당에게로 미치자 나는 길바닥이 그 녀석의 상판때기라도 되는 듯이 함부로 침을 뱉고, 부르르 진저리까지 쳤다.

나는 어머니를 따라 절에 가고 있는 일에 대해, 이미 후회를 시작하고 있었다.

그러나 우리는 벌써 B사 앞에 와 있었다.

B사는 창건한 지 삼백여 년을 줄곧 여승들만으로 유지해온 유서 깊은 절이요, 여신도가 많기로도 아마 우리나라에서 으뜸이리라는 어머니의 말로 짐작하고 있었던 것보다 훨씬 그 규모가 컸다. 그것은 절이라기보다는 성새(城塞) 같은 모습으로 촘촘한 주택가를 위압하고 있었다.

우리 식도 양식도 아닌, 기와지붕의 육중한 이층 콘크리트 건물이 ㄷ자로 담장처럼 법당을 포함한 사찰 경내와 주택가를 차단하고 있어, 주택가에서 본 B사는, 아무런 겉치장도 안 한 벌거벗은 콘크리트의 냉혹한 재질감과, 이층 건물에 재래식 기와지붕이라는 부조화에서 오는 우스꽝스러움이 뒤범벅된 불안한 위엄을 갖추고 있었다.

그러나 경내로 들어서자 바로 우러러뵈도록 돌층계 위에 높이 자리잡은 법당은 단청이 아름답고, 무엇보다도 전형적인 사찰 양식의 목조건물인 것이 반가웠다. 어머니는 법당을 향해 합장하고 예배했다.

경내로 들어서서 본 콘크리트 건물은 외부에서 본 것과는 전연 다른 모습을 하고 있어 나는 어리둥절했다. 외부로 향해서 그렇게도 폐쇄적이고 음험하던 모습이 안으로는 너무도 밝게 열려 있었다. 벽이라곤 없이 온통 번들번들한 유리 분합문만으로 되어 있고, 그 속에는 마치 요정의 객실 같은 드넓은 장판방이 즐비하니 잇달아 있었다.

그중 제일 큰, 국민학교 교실을 두 개쯤 터놓은 듯한 장판방 앞에는 고무신이 수없이 많이 늘어놓여 있고 신도들의 염불 소리가 낭랑하게 들려왔다.

"나무대비관세음 원아속지일체법
나무대비관세음 원아조득지혜안
나무대비관세음 원아속도일체중

나무대비관세음 원아조득선방편……"
 생소하지 않은 염불 소리여서 반가웠다. 생소하기는커녕 잘하면 따라 할 수도 있으리만큼 귀에 익은 소리다.
 부우연 이른 아침, 나는 영락없이 아랫방에서 들리는 어머니의 염불 소리에 선잠이 깨게 마련이었다. 아이들 시간밥 짓기에도 아직 이른 시간이었다. 나는 남편이 그 소리에 깨면 어쩌나 조마조마하면서도 그 소리가 싫지는 않았었다. 어쩌면 나는 그 소리로 나의 하루를 안심스러워하려 들었는지도 모른다.
 그리고 난 또 어머니의 그 염불 때문에, 아이들의 환경조사서의 종교란에 서슴지 않고 불교라고 써넣을 수도 있었다. 그건 다행한 일이었다. 아이들은 환경조사서에 '무'가 많은 것을 몹시 싫어했으니까.
 넓은 방 한가운데에는 테이블과 방석이 깔린 의자가 놓여 있고, 신도들은 그 테이블을 중심으로 양편으로 마주 보게 빽빽이 늘어앉아 있었다.
 예식장에서 남녀가 서로 패를 갈라 앉듯이, 여기서는 노소(老少)가 패를 갈라 서로 마주 보도록 나눠 앉아 있었다. 나는 젊은이들이 있는 쪽으로 가 자리를 잡으려 했으나 어머니는 내 손을 꼭 잡아 전면에 안치된 불상 앞으로 이끌었다.
 "절을 해라. 먼저 불전을 놓고."
 불상은 울긋불긋한 벽화를 배경으로, 비단 방석을 깔고 쇼윈도같이 생긴 유리장 속에 들어앉아 있었다. 유리장 속에 들어앉아 있어서 그런지 꼭 종로4가 근처의 만물전 진열장 속의 불상처럼 세속스럽고 가짜스러워 보였다.

유리장 앞, 넓은 불단에는 스테인리스 촛대가 수도 없이 여러 개 놓여 있고 촛대마다 촛불이 꼬마전구처럼 움직이지도 않고 켜져 있었다. 빈 촛대도 없는데 어머니는 우리가 사온 새 초에 불을 붙이더니 켜져 있는 남의 촛불을 손끝으로 눌러 끄고 대신 우리 초를 꽂았다. 딴 사람들도 다 그렇게 하는 모양으로 심만 조금씩 그슬린 새 초들이 즐비하니 촛대 사이를 뒹굴고 있고, 유리장 바로 앞, 좀더 높은 단에는 백원, 오백원 지폐가 한 삼태기나 되게 쌓여 있었다.

나는 핸드백에서 오백원권을 꺼내 그 무더기 위에 더했다. 백원짜리도 갖고 있었고, 좀 아깝기도 했지만, 아까 초 살 때 이십원 때문에 어머니의 마음을 언짢게 해드린 것이 뉘우쳐져 이번엔 한번 어머니를 흐뭇하게 해드리고 싶어서였다. 그러나 어머니는 내 오백원짜리를 보자 안색이 달라지더니 어쩔 셈인지 수북한 불전 무더기를 겁도 없이 헤치고는 백원짜리 넉 장을 집어내는 게 아닌가.

"내 미리 일러둔다는 게 고만…… 쯧쯧, 잔돈을 좀 바꿔가지고 오지 않구. 불전 놀 데가 여기 한 곳뿐인 줄 아니? 이따가 법당에도 올라가봐야지, 칠성각에도 가봐야지, 산신당에도 가봐야지, 어서 절이나 하지 뭘 그러구 있어?"

그러잖아도 불전을 거슬러 가진 게 부끄러워 죽겠던 판이라

나는 부랴부랴 절을 하였다. 앉아서 염불을 외는 신도도 많았지만 절을 하고 있는 신도들도 많아, 앞의 여자 궁둥이가 내 코빼기를 들이받고, 또 내 엉덩이론 내 뒤 여자 이마를 들이받았다.

그래도 나는 절을 하고 또 하고, 또 했다. 그럴 수밖에 없었다. 다리가 아파왔지만 나는 계속 절을 할 수밖에 없었다. 마치 매스 게임의 일원이 된 것처럼 나는 내 둘레의 열심스런 율동으로부터 고립할 용기가 없었다.

"고만 좀 앉자꾸나."

어머니는 퍽 만족스러워했다. 나는 기뻤다. 이제 앉아서 쉴 수 있게 된 것과, 내 열심스런 절로 어머니를 흡족하게 해드린 것이. 나는 젊은이들이 있는 쪽으로 가 앉으려 했으나, 어머니는 그쪽은 방바닥이 차다고 굳이 나를 자기 옆에 앉혔다.

신도들은 자꾸 모여들고, 자꾸 남의 촛불을 꺼버리고 자기의 새 촛불을 켜고, 앉아서 염불하던 신도 중에도 발작적으로 일어나 남의 촛불을 끄고 자기의 새 촛불을 켜는 이가 있고, 모두모두 절을 하고, 또 하고, 거듭거듭 합장하고, 절하고 또 하고, 그럴 때마다 긴 치맛자락이 휘장처럼 갈라지고 인조 속치마, 테토론 속치마, 털 속치마에 싸인 안반 같은 궁둥이가 보꾹을 향해 치솟았다.

큰 화로만한 스테인리스 향로에 촘촘히 꽂힌 만수향에서 피어오르는 푸른 연기는 넓은 방을 짙은 안개처럼 채우고, 목구멍을 따갑게 찌른다. 공기가 탁해 가슴이 억눌린 듯이 답답하다. 그래도 난 잘 참는다. 염불은 주로 극성맞게 절을 할 기운이 없는 늙은 신도들이 하고 있다.

"나모라 다나 다라 야야 나막알약 바로기제 새바라야 모리사다바야 마하사다바야 마하가로 니가야 옴 살바바예수……"

이 소리 역시 아침마다 들어놔서 따라 할 수 있을 만큼 익숙하다. 그러나 마치 마법사의 주문 같아 그 뜻은 도무지 짐작도 안 된다.

언젠가 나는 어머니에게 그 뜻을 물어본 일이 있다. 어머니는 내 물음을 교묘히 피했다. 뜻이 뭐 그리 대단하냐고 하면서 이런 이야길 했다. 예전 어떤 아낙네가 싸움터에 나간 남편의 안부를 주야로 걱정하던 끝에, 깊은 산중의 고승을 찾아가 남편의 무사를 위해 자기가 할 수 있는 치성은 뭐냐고 물었단다. 고승은 그녀에게 매일같이, 앉으나 서나, 그저 정성껏 나무아미타불만 부르라고 일러줬다. 그 자리서부터 나무아미타불을 부르며 돌아오던 아낙네는 동구 밖 개울을 건너다 그만 잊어버리고 말았다. 아무리 노심초사해도 생각나지 않았다. 생각다 못해 그녀는 동네의 학식 높은 이를 찾아 잊어버린 염불을 가르쳐주기를 간청했다. 학식은 높지만 짓궂고 천박한 이 사람은 그녀에게 음탕하기 짝이 없는 쌍소리를 가르쳤다. 그녀는 주야로 그 쌍소리를 외었고, 동네 사람들은 생과부 노릇 끝에 서방에 미친년이라 비웃었다. 그러나 그녀는 정성껏 외고 또 외었다. 남편은 마침내 살아서 돌아왔다. 그가 넘긴 몇 번의 죽음의 고비는 도저히 부처님의 신통력 아니고는 설명할 수 없는 것이었다.

말의 뜻이란 겉모양 같은 거고, 거기 담긴 정성 믿음이 참알맹이라고 어머니는 말하고 싶은 거였다.

그러나 나는 뜻으로 염불을 납득하려 든다든가, 짤막한 지식으로 불교와 불교의식을 이해하려 드는 버릇을 버리지 못했다. 실상 불교에 대한 내 지식이란 퍽 짧을뿐더러, 지극히 교과서적이고 상식적인 것이었고, 더 나쁜 것은 신앙이 전연 곁들지 않고 맨숭맨숭한 것이었다.

결국 50점 정도의 시험 답안지를 쓸 수 있는, 예수나 마호메트에 대해서도 그만큼은 알고 있는, 그런 정도의 지식을 안경처럼 코에 걸고 불교를 바라보려 들었다.

그래서 나는 사찰 경내의 법당과 나란히 자리잡은 칠성각이니 산신당이니가 도무지 못마땅했고, 어머니는 부처님이고 칠성님이고, 그저 우리를 보살펴주는 분으로, 여러 분 계실수록 고맙고 황공해했다.

칠성각은 어머니가 B사의 신도가 되기 전부터 있었던 모양이나 산신당은 불당 뒤 암벽 위에 요즈음 새로 생긴 것으로 이것의 건립을 위해 신도들로부터 대대적인 시주를 받았었다. 그때 어머니는 내 눈치를 민망하도록 오래 살펴가며 거의 애걸하다시피 시주할 돈을 요구했고, 나는 절에 산신당이 아랑곳이냐고, 펄펄 뛰며 중들을 걸어 가짜라느니, 순 엉터리 사기꾼이라느니 욕지거리만 실컷 하고 한푼도 내놓지 않았다. 뿐만 아니라 어머니가 어떠하든 시주를 안 하고는 못 배기리라 짐작한 나는 거의 어머니에게 맡기다시피 하고 있던 살림살이까지 영악스럽게 간섭해, 한푼이라도 시주로 새나갈까봐 극성을 떨었다.

그것은 어머니에 대한 심한 모욕이요 학대였다—왜 또 성미를 부리니—어머니는 이 한마디로 내 학대를 잘 견디고 또 시주는 시주대로 한 눈치였다. 환갑 때 해드린 금반지를 어느 틈엔지 끼고 있지 않았다.

어머니는 내가 성미를 부리는 것을 참는 데 너무 익숙해 있었다. 나는 주기적으로 무슨 꼬투리든지 잡아가지고, 또는 아무 꼬투리도 없이 성미를 부렸고 어머니는 병간호하듯이 내 고약한 성미를 간호했다.

만수향의 연기는 정말 지독했다. 침을 삼키려 해도 목구멍에 통증이 왔다. 그래도 눈을 지그시 감고 잘 견디고 있던 나는 신도들이 일제히 일어서는 기미에 따라 일어서며 이제야 끝났나 보다고 휴우 한숨을 내쉬었다.

그러나 끝이 아니라 이제부터 시작인 모양이었다. 아까부터 빈 채로 한가운데 놓여 있던 의자에 눈썹까지 흰 노스님이 붉디붉은 가사를 두르고 꾸불꾸불 옹이가 많은 지팡이를 짚고 와 앉고, 따라 들어온 여러 명의 비구니들이 우선 부처님께 예배하고 노스님께 예배하고, 분합문 쪽으로 등을 돌리고 노스님을 마주 보는 위치에 나란히 앉는다.

"법문을 해주실 스님이란다. 먼 곳에서 일부러 오시지."

어머니가 소곤소곤 내 귀에 속삭였다. 신도들은 일제히 노스님을 향해 절을 했다. 절의 횟수는 한정이 없었다. 노스님이 눈을 지그시 감고 낭랑한 목소리로 염불을 시작하자, 비구니들도 따라 하고 신도들도 자리에 앉아 눈을 감고 염불을 시작했다.

그러나 몇몇 젊은 신도들은 여전히 불상 앞에 촛불 켜고 만수향을 켜고 절을 하는 것을 그치지 않았다. 좀 나이든 비구니가, 다들 앉으라고, 제발 만수향만은 고만 켜달라고, 목이 잠겨 염불을 잘 할 수 없다고 애걸조로 말하였으나 그녀들은 들은 둥 만 둥 신들린 무당처럼 너울너울 절하기를 멈출 줄을 몰랐다.

그런 중에도 노스님의 법문이 시작되었다. 세존께서 마침내 해탈하시고 참자유를 얻으신 후, 진리를 펴시는 이야기를, 주로 세존께서 행하신 기적—어마어마하게 큰 독사를 바리때에 거두셨다든가, 무서운 홍수 속에서 성난 물결을 양편으로 물리치시고 마른 땅에서 계셨다든가—을 중심으로 쉬운 말로 해나갔다. 그것은 퍽 재미있는 얘기였지만, 세존께서 고뇌에서 해탈하시기까지의 고뇌, 헤매임을 없이 하실 수 있기까지의 헤매임은 전연 언급하지 않았으므로 재미있지만 졸린 이야기일 수밖에 없었다.

난 그런 이야기를 재미있어하기에는 너무 나이를 먹은 것이다.

재미있는 건 노스님의 법문보다는 아직도 극성스럽게 절을 계속 하고 있는 젊은 신도들의 모습이었다. 팔을 크게 벌려 공중에 커다란 호(弧)를 그리고는 조용히 가슴에 모아 합장하고는 꿇어 엎드리는데, 손바닥을 공손히 방바닥에 붙이는 여자가 있는가 하면, 손바닥을 세워 울타리처럼 만드는 여자도 있고, 부처님을 향해 구걸하듯이 두 손바닥을 쩍 펴서 내밀며 엎드리는 여자도 있었다. 그리고 한결같이 절 그 자체에 깊이 도취되어 있었다.

부처님께서는 "바르게 깨달은 이, 해탈한 이야말로 예배받기에 합당한 이"라고 하셨으니 절에 와서 절을 하는 건 지극히 마땅한 일이고, 그래서 절을 절이라 부른다고 하지 않는가.

그러나 이 여자들이 부처님을 온갖 번뇌, 집착, 욕심으로부터 해탈한 분으로 숭앙하고, 저다지도 간절한 예배를 드리고 있다고 봐주기는 암만 해도 좀 민망한 것이, 절하는 데만 열중해 있는 여잘수록 뭔가 물욕적인 것을 짙게 탁하게 풍기고 있었다. 마치 복중에 온몸이 지글지글 끓어오르는 땀방울처럼 염치없이 끈적끈적하고도 번들번들하게.

나는 법문을 듣는 게, 남 절하는 걸 보는 게, 앉아 있는 게 점점 진저리가 나 몸을 비비 틀었다가 하품을 소리나게 했다가 핸드백 뚜껑으로 똑딱똑딱 장난을 치다가 이빨로 손톱을 질겅질겅 씹었다가 했다. 옆에 앉아 있는 노인네들도 중얼중얼 잡담들을 했다.

"저 여편네들은 다리 힘도 장사야. 저렇게 줄창 절을 하니……"

"아마 올해도 천 번 채우는 여편네 몇 나겠는데."

"작년보다 더 나면 더 났지 덜 나진 않을 거요. 절을 천 번 하고 그해에 남편 사업이 불 일어나듯 했다고 자랑하는 여편네도 있잖습디까. 지금도 그 집엔 돈이 자가사리 끓듯 한답디다."

"그래서 올해도 저 극성들이구면. 젠장, 아무리 돈이 좋긴 하지만 우리 같은 늙은이야 어디 다리 힘이 있어야 근처라도 가보지."

"글쎄 말이오. 보살님이나 나나 밤에 꾹꾹 주물러줄 영감이라도 있으면 또 몰라. 힛히히……"

"그래 저 젊은것들은 서방이 주물러준답디까?"

"아 보살님은 저번에 젊은 년들 서방 자랑하는 소리도 못 들으셨소? 재수 불공 드리고 가서 다리 아파 죽겠다고 엄살을 부리면 서방이 쩔쩔매면서 밤새도록 주물러준다고……"

"에이, 잡년들 같으니라구."

"그래 정말 정초 재수 불공에 절을 천 번 하면 재수가 트일까?"

"왜? 보살님은 참, 영감님이 있으니까 생각이 다른가보구려."

"누가 그까짓 송장 다 된 영감님 바라고 하는 소리요. 아들이 하도 되는 노릇이 없으니까 하 답답해서……"

"보살님, 좋은 수가 있어요. 그 무슨 절이라든가, 우이동 어디 산속에 있는 절인데 거기 석불이 기가 막히게 영검하답디다. 한 가지 소원만 빌면 꼭 들어주신다던데 같이 안 가보겠수?"

"그럼 그럴까? 나도 그런 소릴 어디서 들은 것 같아."

"에구, 이 보살님들이, 거기가 얼마나 멀다구 섣불리 나설려구 그래. 차라리 여기서 천 번 절을 하는 게 낫지. 거긴 자가용 가진 부자들만 와서 돈을 휴지처럼 뿌리는 데예요."

"돈이야 여기선 휴지 같잖은가 뭐. 작년 사월 파일만 해도 돈을 중들이 주체를 못 해 가마니에다 우거지처럼 처넣고 발로 꽉 꽉 밟아서 은행으로 메구 갔다지 않소."

"설마……"

"보살님도, 설마가 뭐예요. 장사치고 부처님이나 예수 파는 장사만큼 수지맞는 장사도 없다오. 우리도 어디 절이나 하나 이룩할까 젠장."

"보살님, 그 염불 밑천 가지구……"

노인네들답지 않게 키득키득 웃는다. 그러곤 이야기가 딸 며느리가 해준 옷 자랑, 패물 자랑으로 옮겨간다. 그리고 또 언제는 누구 칠순 잔치, 누구 손자며느리 보는 날, 노인네들의 화제는 무궁무진하다.

노스님의 법문이 막바지에 이른 모양으로 잠겼던 목소리가 별안간 우렁차게 트이더니, 모든 것이 탐욕의 불로, 노여움의 불로, 슬픔 괴로움 두려움의 불로 타고 있다고 외친다.

감히 그른 말씀이라고 반박할 여지가 조금도 없는 옳은 말씀인데도, 전연 심금에 와 닿지 않고 공소한 게, 다분히 쇼적이다.

차라리 만수향이 타고 있다고, 촛불이 타고 있다고, 우리 모두의 목구멍이 타고 있다고 외쳤더라면 얼마나 당면하고 절실한 문제로서 모두의 공감을 모을 수 있었을까?

만수향의 연기는 정말 지독했다. 나는 타는 듯이 아픈 목구멍의 통증을 더이상 참을 수가 없었다.

나는 일어서서 가까스로 노인들 사이를 헤집고 사잇문으로 해서 마루방으로 해서 난간이 딸린 쪽마루로 해서 댓돌에 놓인 고무신을 찾아 신을 수 있었다. 살 것 같았다. 나는 입을 크게 벌려 숨을 헉헉 들이쉬고는 재채기를 수없이 해댔다.

어느 틈에 어머니가 따라나와 아무 말도 안 하고 내 눈치만 본다.

"저 먼저 가도 되죠? 으스스한 게 어째 감기라도 들 것 같네요. 어머닌 천천히 오시죠 뭐."

"얘야, 먼저 가다니, 정작 제사도 안 보고?"

"참, 참 내 정신 좀 봐."

난 멍청이 같은 소리를 지르며 킬킬 웃기까지 했다.

오늘은 어머니가 다니시는 B사에서 음력 정초에, 날 받아 행하는 재수 불공날이자 아버지의 22주기 기일이기도 했다. 22주기…… 그런데도 절에서나마 제사를 지내기는 오늘이 처음이었고, 제사를 덮어둔 사연, 지내기로 정해지기까지의 사연으로 오늘이 어머니에겐 무척 감개 깊은 날일 터인데, 난 또 어머니를 섭섭하게 해드린 모양이다.

"자식도…… 난 또 네가 박수무당집에서처럼 도망을 칠까봐 겁이 나서 부랴부랴 따라 나왔지 뭐니."

어머니는 내가 제사 지내는 일에 무심한 것을 마땅찮아하기는커녕 도망 안 친 것만 다행스러워했다. 그런 어머니가 난 측은했다.

"오래 기다려야 되나?"

나는 혼잣말처럼 중얼거리고 또 한번 재채기를 했다.

"뭘, 불공도 곧 끝나겠지만, 그전에라도 해달라지 뭐. 내 지금 담당 스님께 이르고 올게. 넌 여기 꼭 섰거라."

"위패 모신 데는 어딘데요? 거기 가 있을래요. 추워서 그래요."

"너 혼자? 아서라. 곧 올게."

어머니는 정말 한달음에 다녀왔다. 어머니는 신바람이 나 보였고 그런 어머니가 측은해서 난 가슴이 뭉클했다.

위패를 모셔둔 방은 법당 밑의 방이었다. 법당은 외견상 돌층계 위에 자리잡은 단층 건물 같았으나, 돌층계 뒤에 위패 모신 방으로 통하는 문이 있고, 법당도 이를테면 이층 건물의 위층인 셈이었다.

어머니는 내 손을 꼬옥 잡았다. 내가 박수무당집에서 도망친 것을 충격 때문이었다고 오해하고 있는 어머니는 제사 지내는 일이 내게 다시 한번 충격이 될까봐 조마조마한 눈치였다. 난 어머니를 안심시키려고 비실비실 웃으며, 재채기를 함부로 해댔다.

썰렁하고 우중충한 마루방은 삼면 벽이 온통 위패와 사진들로 메워져 있었다. 아버지와 오빠의 위패는 사진과 함께 나란히 있었다. 종이로 만든 흰 연꽃 속에 들어앉아서.

사진은 처음 보는 것이었다. 고인들에게 그렇게 큰 사진은 없었으니, 아마 요즈음 어머니가 작은 사진을 사진관에 갖고 가 확대시킨 모양으로 지나치게 수정이 가해져, 어머니가 일러주지

부처님 근처 103

않았으면 못 알아볼 지경이었다. 뭐, 이목구비가 특별히 다르게 된 것은 아닌데도 짙은 화장을 입힌 얼굴처럼 살갗에서 우러나는 표정이 없어서 백치스러워 보였다. 둘이 똑같이, 부자지간에 있음직한 나이 차이도 지워진 채 그냥 둘은 닮아 있었다. 어머니를 많이 닮은 나는 어머니를 흉내내 슬프고 엄숙한 얼굴을 하고 그들과 마주 섰다. 이십여 년 전의 한 가족은 이렇게 모인 것이다. 나는 정말 아무렇지도 않았다.

곧 제상이 들어와 위패 앞에 놓이고 어린 스님이 목탁을 치며 염불을 시작했다. 제상은 초라하고 염불은 서툴렀다.

"간소하게 해주십사고 했다. 정성이 제일이지 뭐."

어머니는 안 해도 좋을 변명을 웅얼웅얼했다. 나는 그냥 조금 웃었다. 어머니는 초를 켜는 일, 만수향을 켜는 일, 정화수를 드리는 일을 나에게 시켰고 절은 같이 했다. 나는 네 번 절하고 다소곳이 물러섰다. 어머니는 더 오래 했다. 여러 번 하는 게 아니라 한 번 한 번을 오래 했다. 정성스럽고도 곱게 몸을 숙여 오랫동안 잠이라도 든 듯이 엎드렸다 일어났다. 그리고 음식이 차려지지 않은 오빠의 사진에다 대고도 그렇게 했다. 엎드린 어머니는 등이 좁고 어깨는 수척하고 회색빛 쪽은 아기 주먹보다도 작았다. 아들의 위패 앞에 엎드려야 하는 욕된 배리(背理)에도 그녀는 다소곳할 뿐이었다.

그러나 나는 어머니의 조용하지만 절실한 몸짓을 통해 이 두 죽음이 얼마나 오래, 얼마나 심하게 우리의 일상을 훼방놓았던가를, 그 훼방으로부터 놓여나려는 간망이 얼마나 간절한 것인가를 아프게 느꼈다. 그것은 소리없는 통곡이요, 몸짓 없는 몸부림이었다. 그리고 나도 지금 정말은 아무렇지도 않지는 않다는 것을 깨달았다.

우리는 다정하고 오붓한 한 식구들이었다. 남자 둘, 여자 둘의. 그러나 어느 날 갑자기 두 남자 식구가 차례차례로 죽어갔다. 아주 끔찍한 모습으로. 그리고 그 끔찍한 사상(死相)으로 이십여 년 동안이나 여자들을 얽맸다.

6·25가 터지고 한동안 오빠는 꽤나 신이 나 보였다. 오빠는 그전부터 좌익운동에 가담하여 심심찮게 말썽을 일으켜오던 터라 신날 만도 했을 테고, 그런 오빠 때문에 적잖이 속을 썩이던 아버지도 때가 때이니만큼 내버려두려는 눈치였다.

그러나 어느 날부터인가 오빠는 바깥출입을 뚝 끊고 안방에 누워 담배만 온종일 뻐끔뻐끔 피우고, 수염이 무성하게 자라도 깎을 체도 안 했다. 누가 찾아와도 없다고 따돌리지는 않고 만나긴 만나는데 뭔가 상대방을 몹시 불쾌하게 해서 보내는 것 같았다. 우리는 날로 심해지는 폭격에서보다 오빠의 이런 태도에서 더 위급한 폭발물 같은 위험을 느끼고 있었다. 어느 날 늘 찾아오던 오빠의 '동무'가 총잡이를 앞세우고 찾아왔다. 마당에 마주 선 채 웅얼웅얼 대화가 오고갔다. 조용한, 거의 졸립도록 권태로운 말의 주고받음이었다. 별안간 오빠가 "못 해" 하고 악을 쐈다. 상대방이 "못 해? 죽인대도?", "죽어도 싫다니까." 목숨은 어처구니없이 조급하게 흥정된 모양이다. 총잡이가 정말 총을 쐈다. 한 방도 아닌 여러 방을, 가슴과 목과 얼굴과 이마에.

 그들은 갔다. 우리 식구는, 나는 얼마나 소름 끼치게 참혹하고 추악한 죽음을 목도하고 처리해야 했던가? 형체를 알아볼 수 없이 산산이 망가진 상체의 살점과 뇌수와 응고된 선혈을 주워모으며 우리 식구는 모질게도 악 한마디 안 썼다. 그런 죽음, 반동으로서의 죽음은 당시의 상황으론 극히 떳떳치 못한 욕된 죽음이었으니 곡을 하고 아우성을 칠 계제가 못 됐다. 믿을 만한 인부를 사 쉬쉬 감쪽같이 뒤처리를 했다.

 우리는 마치 새끼를 낳고는 탯덩이를 집어삼키고 구정물까지 싹싹 핥아먹는 짐승처럼 앙큼하고 태연하게 한 죽음을 꿀깍 삼킨 것이었다.

 그후 아버지가 조금씩 이상해지기 시작했다. 빨갱이라면 이를 갈아도 시원찮을 그분이 그때 한자리하고 있는 친구를 찾아가 구질구질 아첨을 떠는 눈치더니, 일을 봐준다고 쫓아다니고 어이없게도 숨어 들어앉은 친구의 자제를 밀고까지 하는 모양이었다. 그들이 승승장구할 때도 아닌, 패세가 분명할 시기에 이 무슨 망령인지.

 세상이 바뀌고 아버지는 원한을 산 사람들의 고발로 잡혀갔다. 1·4후퇴를 며칠 안 남기고 용케도 풀려나온 아버지는 전신이 매 맞은 자국과 동상으로 푸릇푸릇 짓무르고 해지고 퉁퉁 부은 채 썩은 냄새를 심하게 풍기는 송장이었다. 그래도 그 끔찍한 몰골로 목숨은 붙어 있어 우리를 피난도 못 가게 서울에 묶어놓았다가, 1·4후퇴 후의 텅 빈 서울에서 돌아가셨다. 그것은 오빠의 죽음보다 더 끔찍한, 차마 눈 뜨곤 볼 수 없는 죽음의 모습이었다. 우리는 아버지의 죽음도 감쪽같이 처리했다. 아아, 우리는 이미 그런 일에 능숙해져 있었다.

당시의 서울에선 알리려야 알릴 만한 곳도 없었지만, 서울이 수복되고 나자 빨갱이로서 매 맞아 죽은 아버지의 죽음은 욕되고 수치스런 것이었기 때문에 가까운 친척에게까지 그 일을 속이자고 어머니와 나는 공모했다. 공모를 더욱 빈틈없이 하기 위해 우리는 이사까지 갔다.

난리통엔 죽은 이도 많았지만 죽었는지 살았는지도 모르게 없어진 이도 많았으므로 나의 아버지와 오빠도 일가친척에게 없어진 이로 알려졌다. 그것은 실로 일거양득이었다. 행방불명이란 생과 사에 똑같이 반반씩의 확률이 있으므로 우리 모녀의 불행도 남의 눈에 반쯤은 줄어서 비쳐졌을 게 아닌가.

이렇게 해서 우리 모녀는 앙큼하게도 두 죽음을, 두 무서운 사상을 눈썹 하나 까딱 안 하고 꿀꺽 삼켜버렸던 것이다.

물론 우리는 제사도 안 지냈다. 그들은 행방불명이니까.

사람이 죽으면 아이고 아이고 곡을 한다. 눈물이 마르면 침을 몰래몰래 발라가며, 기운이 빠지면 박카스를 꿀깍꿀깍 마셔가며 아이고 아이고 곡을 하고, 조상객을 치르고, 노름꾼을 치르고,

부처님 근처 107

거지를 치르고, 복잡하고 복잡한 밑도끝도없는 여러 가지 절차를 치르고 복잡한 절차 때문에 웃어른과 아랫사람과 말다툼도 치르고, 차례에 제사에 또 제사를 치른다. 그래서 살아남은 사람은 기운이 빠질 대로 빠지고 진저리가 나고, 빈털터리가 되고 지긋지긋해지면서 죽은 사람에게서까지 정나미가 떨어진다. 비로소 산 사람은 죽은 사람으로부터 자유로워진 것이다.

그런데 우리는 사자(死者)를 삼킨 것이다. 은밀히, 음험하게. 어머니와 교외의 조그만 집에 살면서, 나는 밥벌이를 다녀야 했다.

어둑어둑해지는 저녁나절 집에 돌아올 때, 앞서가는 젊은 남자의 뒤통수가 잘생기고 걸음걸이가 근사했다고 치자. 그 무렵의 나는 그런 일로도 감미로운 기대로 가슴이 두근거릴 수 있는 그런 나이였다. 그러나 나는 무서웠다. 앞서가는 사람이 행여 돌아다볼까봐, 돌아다보는 그의 얼굴이 꼭 피투성이의 무너져내린 살덩이일 것 같아 나는 무서웠다. 나는 지독스런 혐오감으로 몸을 떨며 온몸에 식은땀을 흘렸다. 내 처녀 시절, 내 인생의 가장 빛나는 시절을 나는 이렇게 지긋지긋하게 보냈다. 무서운 게, 무서워하며 사는 게 지긋지긋했다.

너도 결혼을 해야지. 처자식만 알 착실한 남자하고. 어느 날 어머니가 그랬다. 나는 어머니의 그 말에 대번에 동의했다. 처자식만 아는 착실한 남자라는 말이 내 마음에 쏙 들었다. 처자식의 먹이를 벌어들이는 것 외에는 자기가 속한 사회에 섣불리 참여하지도 저항하지도 않는 남자, 그런 뜻이 아니겠는가. 그런 남자가 좋고말고. 그리고 나는 왠지 그런 남자와 결혼함으로써 오빠와 아버지에게 복수라도 하는 기분이었고, 무엇보다도 사는 일에 지쳐 있기도 하였다.

나는 그런 남자를 만나 결혼했다. 그리고 애를 낳고 또 낳았다. 애에 대한 내 욕심은 채워질 줄 몰랐다. 알 게 뭐람. 언제 또 어떤 시대의 횡포가, 광기가, 검은 총구가 되어 내 아이의 가슴을 향해 겨누어질지 알 게 뭐람. 뭘 믿고 아이를 둘만 낳을까. 셋도 적지. 넷도 적고말고. 다섯 여섯…… 나는 몸서리를 치면서 자꾸 아이를 낳았다. 남편이 참다 못해 불임수술을 할 때까지 내 출산은 계속됐다.

처자식만 아는 남편, 많은 아이들. 그래도 나는 행복하지 않았다.

사는 게 매가리가 없고 시들시들하고 구질구질하고 답답하고 넌더리가 났다. 사는 즐거움, 나는 흥미를 받아들이는 감수성이 마치 망가진 용수철처럼 매가리가 없이 풀려 있었다.

싱싱한 것은 아무것도 없었다. 무서움증조차도 처녓적 같은 싱싱함을 이미 상실하고 있었다.

나는 이제 망령이 어두운 골목길에 피투성이의 유령이 되어 나타날까봐 무서워하는 대신, 유령도 못 되고 어느 구석에 꽉 처박혀 있는 망령을 지지리도 못난 것으로 얕잡고 있기까지 했다.

그런데 문제는 바로 그 망령이 처박혀 있는 곳이었다. 나는 그들이 있는 곳을 명치 근처에서 체증을 의식하듯 내 내부의 한가운데서 늘 의식해야만 했다. 그 느낌은 아주 고약했다. 어머니와 함께 두 죽음을 꼴깍 삼켰을 당시의 그 뭉클하기도 하고, 뭔가가 철썩 무너져내리는 것 같기도 하고, 속이 뒤틀리게 메슥거리기도 하던 그 고약한 느낌은 아무리 날이 지나도 희미해지지 않았다.

자업자득이었다. 나는 그것들을 삼켰으니까. 나는 망령들을 내 내부에 가뒀으니까. 나의 망령들은 언젠가는 토해내지 않으면 치유될 수 없는 체증이 되어 내 내부의 한가운데에 가로놓여 있을 수밖에 없었다. 차차 나는 더 묘한 것을 깨닫게 되었다. 내가 망령을 가둔 것이 아니라 실상은 내가 망령에게 갇힌 꼴이라는 것을, 나는 망령에게 갇힘으로써 온갖 사는 즐거움, 세상 아름다움으로부터 완전히 격리당하고 있다는 것을.

나는 늘 두 죽음을 억울하고 원통한 것으로 생각해왔는데 그 생각조차 바뀌어갔다. 정말로 억울한 것은 죽은 그들이 아니라 그 죽음을 목도해야 했던 나일지도 모른다 싶었다. 그 나이에, 내 인생의 가장 빛나는 시기에, 가장 반짝거리고 향기로운 시기에 그런 것을, 그 끔찍한 것을 보았다니, 그리고 그것을 소리도 없이 삼켜야 했다니! 정말이지 정말이지 억울한 것은 그들이 아니라 나인 것이다.

나는 그들로부터 자유로워지고 싶었다. 삼킨 죽음을 토해내고 싶었다. 그 무렵 나는 낯선 길모퉁이 초상집에서 들리는 곡성에도 황홀해져 그곳을 떠나지 못하고 오래 서성대기가 일쑤였다. 저들은 목이 쉬도록 곡을 함으로써, 엄살을 떪으로써, 그들이 겪은 죽음으로부터 놓여나리라. 나에겐 곡성이 마치 자유의 노래었다.

 그사이 세상도 많이 변했다. 6·25란, 우리가 겪은 수난의 시대를 보는 눈에도 많은 여유들이 생기고, 그 시대를 나의 아버지나 오빠같이 지지리도 못나게 살다 간 사람들을 보는 눈도 관대해졌다.

 나는 이때다. 이때를 놓치지 말고 나도 곡을 하리라, 나도 자유로워지리라 마음먹었다. 나의 곡의 방법이란 우선 숨겼던 것을 털어놓는 일이었다.

 이렇게 해서 나는 어머니의 허락도 없이 어머니와의 공모에서 이탈했다.

 나는 만나는 사람마다 붙잡고 그 이야길 시켰다. 실상은 말야, 6·25 때 말야, 우리 아버진 말야, 우리 오빤 말야, 오래 묵은 체증을 토하듯이 이야길 시켰다. 그러나 아무도 내 비밀을 재미있어하지도 귀를 기울여주지도 않았다.

 듣는 사람이 없는 곡성이 무슨 의미가 있을까? 상주도 문상객이 있어야 곡을 할 게 아닌가?

 그 시대를 보는 눈이 관대해졌다는 건 그만큼 무관심해졌다는 의미도 된다는 것을 나는 비로소 알았다.

 친척들 중에도, 친구들 중에도 그까짓 이십여 년 전의 난리 때 일어났던 일을 대수로운 일로 받아들이는 사람은 아무도 없었다. 그들의 관심은 땅을 도봉지구에 사두는 게 더 유리한가 영동지구에 사두는 게 더 유리한가에 있었고, 사채놀이의 수익이 더 높은가 증권투자의 수익이 더 높은가에 있었다. 그들의 관심은 오로지 어떡하면 더 잘살 수 있나에 대해 곤충의 촉각처럼 예민할 따름이었다.

내가 아는 이는 다 나보다 부자인데도 내 곡성을 들어줄 수 있을 만큼 한가한 이는 정말 아무도 없었다. 그들은 남보다 더 나은 집, 더 앞서는 문화 시설에의 경주로 막벌이꾼보다 더 지쳐 있었고, 그들이 가진 것은 늘 그들의 욕망에 훨씬 미치지 못해 거러지보다 더 허기가 져 있었다.

내 지각한 곡성은 이렇게 맞받아주는 문상객을 못 만나 한번 시원히 뽑아보지도 못하고 싱겁게 끝났다.

나는 내 괴로움이 얼마나 외로운 것일 수밖에 없나를 뒤늦게 깨달은 것이다.

내가 삼킨 죽음은 여전히 내 내부의 한가운데 가로걸려 체증처럼 신경통처럼 내 일상을 훼방놓았다. 나는 여전히 사는 게 재미없고 시시하고 따분하고 이가 들끓는 누더기처럼 지긋지긋해 벗어던질 수 있는 거라면 벗어던져 홈빡 방망이질을 해주고 싶었다.

간혹 꿈에서 피 묻은 얼굴이라도 보면 식은땀이나 실컷 흘리고 깨어나서는 오늘도 재수 옴 붙었어, 퉤퉤, 하루를 살기도 전에 내던지고, 그러다가도 문득 6·25 때 말야, 사실은 말야, 우리 아버지는 말야, 하고 이야기가 하고 싶어졌다.

나는 그 이야기가 하고 싶어 정말 미칠 것 같았다. 나는 아직도 그 이야길 쏟아놓길 단념 못 하고 있었다. 어떡하면 그들이 내 얘기를 끝까지 들어줄까, 어떡하면 그들을 재미나게 할까, 어떡하면 그들로부터 동정까지 받을 수 있을까. 나는 심심하면 속으로 내 얘기를 들어줄 사람의 비위까지 어림짐작으로 맞춰가며 요모조모 내 이야길 꾸며갔다.

나는 어느 틈에 내 이야기로 소설을 쓰고 있었던 것이다. 토악질하듯이 괴롭게 몸부림을 치며, 토악질하듯이 시원해하며.

임금님 귀는 당나귀 귀라고 대나무숲에서 외친 이발사의 행복을 나도 누리는 듯했다. 그러나 이발사의 행복도 대나무숲으로 하여금 임금님 귀는 당나귀 귀라는 요란한 공명을 얻어냄으로써 완벽했던 것이지 그 스스로의 외침만으론 미흡했던 게 아닐까?

그런 뜻에서도 나는 내 소설을 활자화하기로 결심했고 그것은 이루어졌다.

내 글이지만 활자가 되고 나니 원고지에서 육필로 대할 때보다 객관성을 가지고 읽을 수 있었고, 읽고 난 나는 거짓말이라고 외칠밖에 없었다. 이 경우의 거짓말이란 사실이 아니란 뜻보다 소설적인 진실이 아니란 뜻이었음직하고 하여튼 나는 기가 팍 죽었다.

이런 나의 실패는 나의 능력 부족의 탓도 있었고 내 이야기를 들어줄 사람과 내가 사는 시대의 비위를 지나치게 의식한 탓도 있었겠지만 가장 큰 이유는 두 죽음이 내가 작품화할 수 있을 만큼, 즉 여유 있게 전모를 파악할 수 있을 만큼의 거리로 물러나 주지 않고 너무 나에게 바싹 다붙어 있기 때문이기도 했다.

모든 체험은 시간과 함께 뒤로 물러나 원경(遠景)이 됨으로써 말초적인 것이 생략되는 대신 비로소 그 전모를 드러낸다. 그러나 내가 겪은 두 죽음은 이십여 년이란 세월이 흐른 후에도 거의 피부적인 촉감으로 나에게 밀착돼 있어 도저히 관조할 수 있는 거리로 뿌리쳐내지 못했던 것이다.

이런 실패로 우울해진 나는 자주 어머니에게나 엄살을 떨밖에 없었다. 죽음을 같이 삼킨 공범자인 어머니가 딸과 사위에게 얹혀사는 것에 별 불만 없이 떳떳하고 건강한 생활인의 자세를 유지하고 있는 게 못마땅하기도 했고, 내 엄살이 먹혀들어갈 만한 곳으로 내가 마지막 택한 상대가 어머니이기도 했다. 그때까지만 해도 우리들의 공범의 비밀은 공범자끼리도 잘 지켜져 모녀가 그 끔찍한 일을 입에 담는 일이란 없었던 터였다.

나는 조금씩 어머니에게 그 이야길 시켰다. 꿈에 아버지를 봤다든가, 피투성이의 오빠를 봤다든가, 그런 꿈을 꾸면 재수가 없다든가 하고.

어머니는 내가 기대했던 것보다 더 놀라워했다. 죽으면 가시손이 된다더니, 그러면 그렇지 휴우. 어머니는 우리가 돈복이 없이 못사는 것, 내가 자주 앓는 것, 아이들이 상급 학교 시험에 떨어지는 것까지 곱게 못 죽은 원귀의 탓으로 돌리는 눈치였고, 그것이야말로 내가 어머니에게 엄살을 떨기 전부터 늘 어머니를 괴롭혀오던 문제였던 것 같았다.

나는 늘 조마조마했더랬느니라. 하루도 마음 편한 날이 있더
랜 줄 아니. 그렇게 끔찍하게 죽은 이들을 지노귀굿이라도 해줘
봤니, 일 년에 한 번 제사라도 지내봤니. 천도(薦度) 못 받은 원
귀가 갈 데가 어디 있겠니.

망령은 나뿐 아니라 어머니도 간섭하고 있었던 것이다. 전연
다른 방법으로.

어머니의 불도에의 신심이 이 무렵부터 한층 더해갔다. 내가
소설을 써서 그들을 내 내부로부터 토해내려고 몸부림을 치는 동
안 어머니는 그들을 극락으로 천도하려고 열심히 절에 다니셨다.

그것만으론 부족했던지 용한 박수무당을 찾아 무꾸리를 하더
니 기어코 지노귀굿까지 벌여놓고 말았다. 불명까지 받은 어엿
한 보살님이신 어머니는 절과 무당집을 동시에 다니는 것에 조
금치의 부끄러움이나 망설임도 없었고 이런 어머니를 나는 어느
만큼 딱해하기도 하고 어느 만큼은 경멸하기도 했다.

나는 무슨 핑계든지 대고 지노귀굿엔 따라가지 않으려고 했
다. 겉으론 무꾸리니 지노귀니를 가볍게 일소에 부치는 척했지
만 실상은 난 좀 무서워하고 있었다. 그것은 아주 터무니없는 공
포감이었다. 마치 처녓적, 앞서가는 남자의 준수한 뒷모습에서
느닷없이 피 묻은 얼굴을 환각하고 떨던 것 같은.

그러나 지노귀굿 날의 어머니의 태도는 뜻밖에 강압적이고도
엄숙했다. 핑계가 아닌 진짜 볼일도 있었는데도 나는 끽소리 한
마디 못 하고 어머니를 따를 수밖에 없었고, 도리어 박수무당에

게 양해를 얻어 잠시 그 집을 빠져나와 볼일을 봐야 했다.

내가 다시 그 집에 들어갔을 때, 마침 박수무당에겐 아버지의 혼백이 올라 있었다. 박수는 다짜고짜 나를 얼싸안더니, 에구구요 매정한 것아, 이제야 오는구나, 에구구 보고 지고 보고 지고 오매에도 못 잊던 내 딸아, 어디 한번 마지막으로 만져나 보자, 하고 구성지게 느껴 울면서 나를 얼싸안더니 볼을 비비고 몸을 더듬었다. 박수에게선 시척지근한 막걸리 냄새가 지독하게 풍기고 손길은 흉측스러웠다. 그의 한 팔이 허리를 조이더니 다른 한 팔이 엉덩이를 더듬자 나는 그를 밀치고 도망쳤다. 어머니는 지금까지도 그때 내가 도망친 것을 아버지의 혼백의 넋두리를 들은 충격 때문인 것으로 오해하고 있다.

그리고 그때의 박수의 공수에 의해 올해부터 아버지와 오빠의 제사를 절에서나마 받들기로 한 것이다.

그 동안 혼백인들 얼마나 야속했을까, 배는 또 얼마나 주렸을까, 남의 제사에라도 따라가 눈치 보며 얻어먹었겠지, 그 도도한 분이. 쯧쯧, 제사도 못 지내는 주제에 한 끼도 안 거르고 내 목구멍엔 밥을 넘기는 게 꼭 가시 같더라니, 박수가 참 영검도 하더라, 꼭 집어내드라니까. 너 그때 도망가기 참 잘했지. 끝까지 들었더라면 아마 기절이라도 했을 게다. 몸도 약한 게. 아버지 혼백이 들어와 그 동안 이승과 저승 사이를 떠돌아다니며 설움받은 넋두릴 얼마나 서럽게 한 줄 아니, 호령은 또 얼마나 내렸다고, 목석만도 도척만도 못한 것들이라고. 호령이야 암만 들어도 싸지, 싸고말고, 어쩌면 그 양반 성미가 돌아가고 나서도 그렇게 여전하신지……

어머니는 지노귀굿 날 아버지 혼백과 만난 얘기를 두고두고 했다.

어머니는 절을 수없이 하고 또 했다. 한 번 한 번을 한결같이 정성스럽고도 간곡하게, 이제 그만 제상을 물리라는 스님의 말이 몇 번 있은 후에야 어머니의 절은 끝났다. 물린 제상이 곧 밥상이 되어 다시 들어왔다. 나는 퍽 시장했으므로 많이 먹었다. 뭇국에 밥을 말고 튀각을 와지직와지직 깨물며 여러 가지 나물을 뒤섞어서 소담스럽게 퍼먹었다. 어머니는 국 국물만 조금씩 떠 잡숫는 게 기진맥진해 보였다. 벼르고 벼르던 일을 한 후의 허탈감으로 진지 잡술 기운도 없는 것 같았다. 마치 오늘날까지 어머니의 기력을 지탱해온 게 다만 제사 지내기 위해서였던 것처럼 그것을 마친 후의 어머니는 툭 건드리면 무너져내릴 듯이 무력해 보였다.

그래도 어머니는 곧장 집으로 돌아가려 들지 않고 당초의 계획대로 나를 법당으로 칠성각으로 산신당으로 데리고 다니며 절을 시키고 불전을 놓게 했다. 나는 어쩐 일인지 절 속에 있는 산신당이니 칠성각에 대한 반발, 종교적인 것과 무당적인 것과의 뒤죽박죽에 대한 냉소를 자중하고 있었다. 젠장, 이게 무슨 꼴이람. 나는 너무 고분고분한 나 자신에 화가 나서 하다못해 아까처럼 재채기라도 하려 했으나 그것조차 마음대로 되지 않았다.

절을 너무 여러 번 해서 다리가 후들거리고 현기증이 났다.

"어머니 피곤하시죠?"

"아니 괜찮다."

어머니는 곱게 웃었다.

"택시 타고 갈까?"

"관둬라. 오늘 너 과용했지?"

나는 택시를 잡아 어머니를 억지로 밀어넣고 나도 옆에 탔다. 어머니는 내 손을 꼭 잡으며

"고맙다, 네가 딸 노릇 잘해줘서. 여름에 네 오래비 제삿날도 잊지 말아라."

"어머니가 그때 가서 가르쳐주시면 되잖아요."

"그렇긴 하다만 늙은이 일을 뉘 아니. 언제 어떨려는지. 그래도 잊지 말아, 응?"

나는 그냥 웃었다.

"웃을 일이 아니래도. 죽은 이들이 극락에 가야 산 사람이 다 편한 법이야. 난 이제 죽어도 한이 없다. 밤낮 걸리던 일을 해서."

어머니는 머리를 내 어깨에 기대더니 눈을 감았다. 오래 그러고 있었다. 잠이 드신 것 같았다. 조그만 머리는 전연 무게를 지니지 않은 채 내 어깨에 곱게 얹혀 있고 마디 굵은 손으로 내 손을 가볍게 쥔 채.

차는 무슨 일인지 자주자주 급정거를 하고, 그럴 때마다 어머

니의 머리가 위태롭게 흔들리고 나는 속이 덜 좋아 신트림을 했다. 시척지근하고 고약한 것을 입 속에서 되새김질하며 나는 내가 먹은 여러 가지 나물들을 하나하나 다시 생각해내고 그것들 중 하나라도 다시는 또 먹을 것 같지 않은 싫증을 느꼈다. 그리고 오늘 겪은 일, 재수 불공, 요란한 벽화를 배경으로 비단 방석을 깔고 지폐를 한 삼태기나 안고 앉았던 불상, 여신도들의 광적이고도 주술적인 몸짓의 절, 초와 만수향의 엄청난 낭비와 탁한 공기, 보살님들의 수다, 시주한 사람들의 이름이 시주한 액수에 비례한 크기로 초석마다 기둥마다 새겨진 산신당과 칠성각, 종교적인 것과 무당적인 것과의 조잡하기 짝이 없는 뒤죽박죽, 이 모든 것이 또하나의 역겨운 신트림이 되어 와락와락 치밀었다. 그것은 박수무당집에서의 혐오감보다 더하면 더했지 조금도 덜한 게 아니었다. 박수무당집엔 적어도 뒤죽박죽은 없었지 않나.

도로가 포장이 안 된 우리 동네로 들어서자 차는 형편없이 덜컹댔다. 게다가 운전사까지 까닭 없이 쌍 제기랄 씨발 퉤퉤 하며 차를 거칠게 몰아, 창 밖의 을씨년스러운 빈촌의 겨울 풍경이 심하게 출렁댔다.

어깨에 얹혔던 어머니의 머리가 스르르 내 가슴으로 미끄러져 내렸다. 마치 풀어진 비단 머플러가 흘러내리듯이 소리도 없이, 무게도 없이, 슬몃.

나는 어머니를 편히 안았다. 이렇게 깊이 잠들 수가 있을까? 평온하고 천진하기가 꼭 애기 같았다. 어머니는 지쳐 있기도 했겠지만 무엇보다도 마음을 턱 놓았기 때문에 더욱 깊은, 마치 혼수상태 같은 잠에 빠져 있었다. 정말 애기 같았다. 나는 마치 내가 내 어머니의 어머니가 된 듯, 내 깊은 곳에서 자비심 같은 게 솟구치는 걸 느끼며 가엾은 내 어머니를 안았다. 사람이 살아야 한다는 것은 얼마나 서럽고도 서러운 업일까. 어머니를 안으니 문득 그런 생각이 났다.

거칠고도 말랑한 손의 희미한 온기, 손목에서 뛰는 약한 맥박, 그것만 없다면 지금 내 품의 어머니는 꼭 죽어 있는 것 같았다. 오오, 죽은 사람, 참 이렇게 고운 사상(死相)도 있겠구나! 이 평화로움, 이 천진함, 나는 별안간 세차게 가슴이 두근거렸다. 언젠가는 그래, 언젠가는 어머니는 지금 잠드신 것 같은 고운 사상을 내게 보여줄 게 아닌가. 나는 그것을 볼 수 있을 것이다. 고운 죽음이 얼마나 큰 축복이 될 것인지를 나는 알고 있다. 흉한 죽음이 얼마나 집요한 저주인가를 알기 때문에. 아아, 이제 다신 어머니에게 엄살일랑 떨지 말아야겠다. 어머니의 고운 죽음을 위해서. 나는 처음으로 털끝만큼의 혐오감도 없이 한 죽음을 생각할 수 있었던 것이다. 혐오감은커녕 샘물 같은 희열로 그것을 생각했다면 불효까, 불효라도 좋다. 나는 내 어머니의 죽음으로 내 오랜 얽매임을 풀고 자유로워질 실마리를 삼아볼 작정이다.

지렁이 울음소리

 남편은 TV 채널 돌리는 데 독특한 기술을 가지고 있었다. 7에서 9로, 9에서 11로, 이 매혹적인 홀수에서 홀수로 옮아가는 길에 아무리 바빠도 거쳐야 하는 8이나 10이란 공허한 짝수를 용케도 냉큼냉큼 건너뛰어 곧장 7에서 9로, 9에서 11로, 또 11에서 9로, 9에서 7로 전광석화처럼 채널을 돌리는 것이었다. 이렇게 그는 일 초의 십분의 일도 치를 떨게 아까워하며 바보에서 반벙어리로, 반벙어리에서 폭군으로, 폭군에서 계모로, 계모에서 악처로, ××쇼에서 ○○쇼에서 △△쇼로 깡충깡충 구경을 즐겼다.
 남편에게 TV 구경 말고도 꼭 TV 구경만큼이나 즐기는 게 또 하나 있다. 그것은 군것질이었다. 그는 꼭 이 두 가지를 동시에 즐기려 들었다. 술이나 담배를 전연 못 하는 그가 주로 즐기는 군것질은 감미(甘味)가 몹시 짙고도 말랑한 것이어서, 단팥이 잔뜩 든 생과자라든가 찹쌀떡, 시골에서 고아온 눅진한 조청 따위를 맛있게 맛있게 먹으며 입술 언저리를 야금야금 핥으며, 몸을 이리저리 뒤척이며 줄기차게 연속극과 쇼에 재미나했다. 아니 연속극도 맛있어하더라고 하는 편이 옳을지도 모른다. 나에겐 그가 흡사 연속극도 단팥과 함께 먹고 있는 것같이 보였기 때문이다. 실상 두뇌나 심장이 전연 가담하지 않은 즐거움의 표정이란 음식을 맛있어하는 표정과 얼마나 닮은 것일까.

이를테면 어떤 연속극은, 거피한 다디단 흰 팥이 노르께하게 구워진 겉꺼풀에 살짝 싸인 구리만주 같은가 자못 우물우물 맛있어하는가 하면, 어떤 연속극은 찐득하니 꿀 같은 팥을 얇은 참쌀꺼풀로 싼 찹쌀떡 맛인가 짜닥짜닥 맛있어하고, 어떤 연속극은 백항아리에 담긴 눅진한 수수조청을 여자처럼 토실한 집게손가락에 듬뿍 감아올려 빨아먹는 맛인가 쪽쪽 맛있어하고, 이 정도의 차이를 바보와 벙어리 사이에, 벙어리와 폭군 사이에 보였을 뿐 결코 어떤 감동은커녕 안타까움이라든가 동정 흥분을 나타내는 일이 없었다.

그는 그냥 맛있어하고, 맛있음을 그냥 즐겼다.

그는 신문이나 잡지 또는 뜬소문을 통해 그에게 전해지는 온갖 세상사도 TV 연속극 보듯이 즐겼고, 그가 브라운관 속에서 일어나는 일을 자기 일로 착각하는 따위의 어리석은 구경꾼이 아닌 것처럼 세상사와 그와의 행복을 연관지어 생각하는 따위의 주제넘은 짓은 절대로 하지 않았다.

그의 일상은 다만 편안하고 행복했다. 그렇다고 그에게 아주 근심이 없는 것은 아니었다. 심심하지 않을 만큼 그에게 근심이 생겼지만 그는 아주 신속히 그 근심의 해결책을 발견하고는 그 근심이 없었던 때보다 한층 더 행복해졌다.

현대란 얼마나 살기 좋은 시댄가? 현대가 청부 맡을 수 없는 근심 걱정이란 게 도대체 있을 수 있을까? 한 가지의 근심을 위해 여남은 가지도 넘는 해결책이 아양을 떨며 달려드는 시대인 것이다.

어느 날, 남편은 그의 정력이 전만 못하다고 느꼈다. 제기랄, 마흔을 넘긴 지가 엊그제 같은데 벌써 이게 무슨 꼴이람. 그러나 그는 결코 오래 비참해할 필요가 없는 것이다. 아주 신속히 아주 신효한 정력제의 이름을 알아내고야 말았기 때문이다.

그걸 구태여 어디서였다고 설명할 필요는 없다. 출근 버스 속에 소나기처럼 쏟아지던 CM송에서였는지, 친구들의 음담패설에서였는지, 7에서 9로, 9에서 11로의 그 전광석화 같은 잇짬에서였는지, 하여튼 그 방면의 뜻만 있다 하면 곧 그것은 얻어지게 마련이었고, 그 정력제의 효과야말로 어쩌면 그 호들갑스러운 선전이 무색하지 않을 만큼 그렇게도 신통한 것일까?

감기도 몸살도 흰 머리칼도, 남편에게 일어날 수 있는 이런 자자분한 불행들은 다 같은 방법으로 재빨리 해결을 보고 이런 것들 말고 딴 불행이 일어날 가능성이라곤 조금도 없었다. 왜냐하면 그는 은행이란 안전한 직장에서 순조로운 승진을 하고 있었고 자기 몫의 수익성이 있는 부동산이 있었고, 건강한 자식들과 아름다운 아내가 있었으니 말이다. 거듭 말해두지만 그는 편안하고 행복했다.

그런데 이렇게 행복한 남편의 아름다운 아내인 나는 TV 연속극도 단 것도 안 좋아했다. 나는 단 것이 이나 위장에 해롭다고 믿고 있었고 TV는 바보상자라는 말에 깊이 공감하고 있었고, 연속극이 퇴폐적 단세포적 어쩌고저쩌고하며, 자못 고상하고도 혹독하게 매도되는 소리에 귀 기울이기를 즐겼다.

나는 내가 누릴 수 있는 온갖 편한 것의 혜택의 편이 아니고 늘 그 해독의 편이었다. 불량식품, 부정식품, 살인가스, ××공해에다 또 ○○공해…… 아아, 현대란 얼마나 살기 힘든 끔찍한 시댄가.

남편이 정력제를 복용하자 정력제의 해독을 굳게 믿는 나는 그 호르몬제가 남편의 체내에서 도착(倒錯)을 일으켜 가뜩이나 여자처럼 섬세한 피부를 가진 남편의 유방이 수밀도처럼 부풀어오르리라는 예감으로 전전긍긍하였고, 머리 염색제의 과용으로 곧 머리가 홀랑 벗어지리라, 풍만한 유방을 가진 대머리, 그런 그로테스크한 상상으로 몸서리를 쳤다. 그러고 보니 내 생활이란 게 너무 무사태평해 난 좀 심심했었나보다. 아아, 심심하다는 것은 불행한 것보다는 사뭇 급수가 떨어지는 불행이면서도 지독한 불행일 때가 있다.

그러나 나는 내가 혹시 불행한 거나 아닌가 하는 의혹을 가져볼 수조차 없었다. 꼭 제 시각에 들어올뿐더러 들어올 때마다 케이크 상자를 잊은 적이 없는 남편, 그뿐일까, 건강하고 ××은행의 지점장, 그뿐일까, 빌딩이라고 부르기는 좀 뭣하지만 꽤 길목이 좋은 곳에 있는 이층 점포까지 부모의 유산으로 물려받아 또박또박 적지 않은 월세까지 들여오는 남편에 알토란 같은 삼남매까지 둔 여자가 어떻게 감히 불행할 수 있단 말인가? 벼락을 맞을 노릇이지.

다달이 집세를 가지고 들어와서는 아까워서 죽겠다는 듯이 다시 한번 침을 묻혀 어루만지듯이 세어보고 내놓는 점포 이층 미장원의 올드 미스, 월세를 꼭 보수(保手)로 해다가 거만하게 디미는 양장점의 과부 마담, 독촉을 받고서도 보름은 넘어 끌다가 들어와서는 불경기 타령을 한 시간가량 늘어놓고 헌 돈으로만 골라 내놓는 식품점 주인인 오남매의 아버지, 이런 사람들이 내 팔자를 얼마나 부러워하고 샘을 내고 있나를 나는 너무도 잘 알고 있다. 그뿐일까, 친정 일가 시집붙이들의 입방아에 끊임없이 오르내리며, 때로는 우리 두 내외의 궁합이 들먹여지기도 하고 내 관상이 들춰지기도 하며, 행복이란 바로 이런 것이다라는 산 표본이 돼주고 있는 내가 아닌가. 이런 내가 어떻게 감히 불행할 수 있단 말인가.

이를테면 나를 부러워하는 내 이웃들이야말로 나를 행복이란 영지(領地)에 가둬놓고 꼼짝 못 하게 하는 울타리 같은 거였다. 울타리가 있는 한 나는 행복할 수밖에 없었고, 내가 행복한 한 울타리는 있을 수밖에 없었다. 이런 묘한 상관관계는 꽤 질긴 것이어서 나는 평생 거기서부터 자유로워질 수 있을 것 같지 않았다. 나는 이렇게 내 행복을 철석같이 믿고는 있었으나 행복한 것의 행복감과는 무관했다.

만약 나에게 아이들만 없었다면, 그리고 그중 한 아이가 일으킨 조그만 사건만 없었다면 내가 내 행복을 타진해볼 기회란 아마 영영 없었을 것이다.

맏아들이 고등학교 이학년이 되자 차츰 대학입시 준비를 시켜야겠다고 벼르는데 느닷없이 이 녀석이 미술대학을 가겠노라고 하는 게 아닌가? 남편은 한마디로 어처구니없어했다.

"너는 서울 상대를 가야 해. 그래야 은행이나 큰 기업체 취직을 바라보지. 뭐니뭐니 해도 생활 안정이 제일이니라. 봐라. 지금의 네 애비를. 뭐 그럴 게 있나. 뭐 걱정인가. 장차 버둥다리치고 먹고살려고 하는 고생인데 그래 그게 싫어 뭐 미술대학이나 가겠어? 이런 못난 놈."

남편은 말끝마다 자기 스스로를 예로 들어가며 안정된 생활의 행복을 찬양하고 또 찬양하며 아들을 타일렀다.

"봐라. 지금의 네 애비를. 뭐 그럴 게 있나." 이 말을 할 때마다 남편의 입가에 떠오르는 득의와 회심의 미소가 나는 싫고 징그러워, 남편의 그런 미소가 형편없이 구겨질 일이 일어나기를 나는 옆에서 간절히 바랐다. 그러나 끝내 부자간에는 아무 일도 일어나지 않았다. 아들은 다소곳이 아버지의 말을 경청하더니 열심히 과외공부를 해보겠다고 했다. 행복한 집답게 부자간의 언쟁도 해피엔드였다.

그러자 내 내부에서 별안간 힘찬 반란이 일어났다. (그것만은 안 돼. 그것만은 참을 수 없어. 그럴 수는 없어.)

일찍 들어와서 따뜻한 아랫목에 누워서 연속극과 조청을 맛있게 맛있게 먹는 게 남편인 건 어쩔 수 없다손 치더라도 그게 장차의 내 아들인 것은 도저히 참을 수 없는 일로 여겨졌다.

나는 그후에도 심심하면 "그럴 수는 없다"라고 혼자 도리질까지 해가며 중얼거리는 일이 잦았다. 아니, 심심할 때뿐만도 아니었다. 외출하려고 체경 앞에서 검은 비로드 코트 위에 은빛 밍크 목도리를 두르는 그 쾌적한 순간에도, 문갑 위 수반의 카네이션이 TV 연속극의 소박맞은 여편네의 통곡 소리에 가늘게 떨고, 한결같이 편안하고 맛있는 얼굴로 구경을 즐기던 남편이 조금이라도 거북한 듯 몸을 뒤척이면 내 무릎을 내주기 위해 앉음새를 무너뜨리며 모나리자 같은 미소라도 띠어야 할 화평의 한때에도 "그럴 수는 없어. 그것만은 참을 수 없어" 하는 격렬한 외침이 심한 딸꾹질처럼, 오장육부에 경련을 일으키며 치솟았다.

물론 나는 내 이런 분별 없는 딸꾹질을 한 번도 밖으로 토해내는 일이 없이 잘 삼켰기 때문에 표면상 아무 일도 일어나지는 않았지만 내부는 딸꾹질의 내공(內攻)을 받아 조금씩 교란되고 있었다. 매일매일 조청과 정력제와 연속극을 물리지도 않고 맛있게 삼키는 오동통한 중년의 남자가 내 남편이라는 게 몹시 억울하게 여겨지는가 하면, 내가 갖고 있는 행복의 조건들이 표절한 미사여구처럼 공소하게 느껴지기도 했다.

나는 간간이 제법 불행한 얼굴을 하고는 살림살이를 시들해하고 귀찮아했다. 그럴 법도 했다. 결혼한 지 이십 년을 줄창 행복하기만 했으니 이제 어지간히 행복에 지칠 때도 되지 않았겠는가.

나는 고운 리본을 오려서 꽃을 만든다. 내가 아마 권태기에 처해 있을 거라고 단정한 어느 친구의 권고로 시작한 취미생활이었다. 그 친구는 참 많은 것을 알고 있었다. 권태기의 취미생활, 권태기의 화장법, 권태기의 식생활, 권태기의 성생활…… 얼마든지 알고 있었다. 내 남편이 알고 있는 정력제의 가짓수만큼도 더 많은 권태기의 요법을 알고 있었다.

나는 너무 쉽게 꽃 만들기를 익힌다. 둥그런 채반에 노란 개나리가 치렁치렁 늘어지고 또 늘어진다. 양귀비도 만들고, 모란도 만들고, 등꽃도 만들고, 장미도 만든다. 어때요? 남편에게 자랑까지 해본다.

"호오, 당신에게 이런 재주가 있었다니. 이 개나리는 꼭 진짜 같구려. 참 좋은 세상이야. 난 요전에 친구녀석 차에 가지에 달린 채 매달린 귤을 진짜인 줄 알고 따먹을 뻔했다니까."

"그래서 좋은 세상일 게 뭐 있어요? 잡숫지도 못했으면서……"

"그게 진짜면 녀석 차에 그렇게 맨날 그대로 매달려 있을 수가 있겠어? 그러니 얼마나 경제적이야. 당신도 이젠 솜씨를 익혔으니 그까짓 생화를 왜 사겠어."

나는 불현듯 겨울의 남대문 꽃시장에 있고 싶어진다. 그 따습고 난만한 고장에. 국화, 카네이션, 금잔화, 동백, 프리지어, 튤립, 사이네리아…… 이런 꽃들이 어우러진 훈향, 갓 들어온 꽃의 신선한 훈향, 어제 들어온 꽃의 난숙한 훈향, 그제 그끄제 들어온 꽃들과 잘못 다루어 떨어뜨려 짓밟힌 채 썩어가는 꽃잎과 이파리의 퇴폐적인 훈향. 콧방울을 팽배시켜 이런 훈향을 가슴 가득히 들이마실 때의 즐거운 현훈(眩暈), 뜨거운 부정(不貞)을 청정하게 저지를 것 같은 설렘, 십 년은 젊어진 것 같은, 아니 이십 년 전 청순과 방일(放逸)이 조금치의 모순도 없이 공존하던 십구 세의 나날 같은 자유, 이런 것들을 그 고장에서 누리고 싶었다.

그러나 다음다음날쯤 내가 실제로 그 고장에 들렀을 때 집에서 조바심했던 것 같은 짙은 즐거움을 누릴 수는 없었다. 나는 마치 배반을 당한 후처럼 고독하고 우울해질 수밖에 없었다.

나는 그후에도 그것 비슷한 조바심을 하고 나들이를 나서는 일이 잦았다. 느닷없이 고속버스를 타고 가 낯선 고장에 내리고 싶다든가 박물관에 가 맏며느리처럼 무던한 이조 백자항아리 앞에 서고 싶다든가 이런 생각이 떠오를 때마다 소풍 전야의 국민학생처럼 들떴다가도 막상 그 짓을 해보면 심심했다. 그럴밖에 없는 것이 내가 시도해본 그런 짓들이란 게 아무리 엉뚱해도, 그 행동 반경이 내가 속한 울타리 밖으로 벗어나본 적이란 없었으니까.

지렁이 울음소리

"실례지만……, 혹 숙이가 아닌지."

남자는 반말을 하려다가 뒤늦게 아까운 듯이 "요" 소리를 보탠다. 그날도 나는 심한 조바심과 짜증 끝에 일없이 싸돌아다니다가 어떤 다방에 들러서 쉬고 있었다. 허술한 중년의 남자가 스스럼없이 내 옆에 앉으며 아는 척을 했다.

"댁은?"

나는 새침하니 그로부터 좀 떨어져 앉으며 짧게 물었다. 여자 이름의 '숙' 자 돌림이란 김씨 성만큼도 더 흔하다. 그런 얕은 수에 넘어가 흐들흐들 웃을 수도 없지 않은가.

"아니 정말 나를 모르겠어, 요?"

이번에도 반말을 하려다가 가까스로 "요" 소리를 하며 답답한 듯 자기 손으로 자기 얼굴을 가리킨다. 그런 동작이 제법 활달하고, 양복 소맷부리가 닳아서 풀어진 올이 몇 가닥 늘어져 있는 게 뵌다.

낯익다. 얼굴이 아니라 소맷부리에 늘어진 몇 가닥 올이.

"어머머, 욕쟁이, 아니 아니 저 이태우 선생님 아니세요?"

"그래그래 이제야 알아보누만. 이태우야. 아니아니 욕쟁이야. 하하하……"

이번엔 거리낌없이 "요" 소리를 떼버리곤 크게 웃는다.

어쩜 여직껏 소맷부리에 닳아서 풀어진 올을 늘어뜨리고 다닐 게 뭐람. 이십 년 전 여학교 시절의 젊은 국어선생은 지금 못 알아보리만큼 늙었지만 소맷부리에 늘어진 올과 큰 팔짓만은 그때 그대로다.

"조금도 안 변하셨어요."

"안 변하긴. 처음엔 알아도 못 보고선."

그는 내가 변하지 않았다고 한 것을 늙지 않았다는 말로 받아들인 모양이다. 그러나 인사성으로라도 안 늙었다고는 할 수 없게, 물론 그사이에 흐른 이십 년을 가산하고 봐주더라도 그는 너무 늙어 있었다. 꽤 멋있던 이였는데.

"숙이도 날 알아보자 내 별명이 먼저 생각났나보지?"

"딴 애들도 더러 만나셨더랬나요?"

"별로⋯⋯ 간혹 만나면 또 뭘 하나, 도망가기에들 바쁜걸. '욕쟁이'니 '분통'이니 외마디 소리를 지르면서 말야. 여학생들이란 가르쳐봐야 다 그렇고 그런 거지 뭐."

그런 말을 하면서도 개탄하거나 괘씸해하려는 눈치가 전연 안 보인다. 세상에 허망한 게 어찌 여학생 가르치는 것뿐이랴, 온통 다 사는 것이란 그렇고 그런 것이지 하듯이 담담했다. 나는 어쩐지 그런 그가 나를 속이고 있는 것 같았다. 애당초 내가 이 이십 년 동안에 마흔 살은 더 집어먹은 듯 늙어버린 그를 이태우 선생이라고 쉽게 알아본 게 어찌 소맷부리로 늘어진 몇 가닥 올 때문만이었을까.

그는 가슴속에 분통(憤痛)을, 욕을 간직하고 있을 터였고, 안주머니에 두둑한 지폐뭉치를 간직하고 있는 자가 그 나름으로 독특한 표정을 가지고 있듯이 그는 욕쟁이라는 그 자신의 별명

지렁이 울음소리 131

에 어울리는 그 독특한 표정이 있었다. 나는 아직도 선명하게 기억하고 있다. 그가 욕을 잔뜩 참고 있을 때의 암울하고 고뇌로운 표정을, 참다못해 드디어 욕을 배설하려는 찰나의 반짝하도록 빛나는 표정을. 그 순간적인 섬광을. 방금 내가 그를 알아보았을 때도 나는 그런 것들을 보았을 터였다. 아니 보았기 때문에 알아봤을 터였다. 그런데 그는 왠지 나를 아주 속여보려고 작정한 모양이다. 좀체 그의 본색을 드러내지 않는다. 본색을 감춘 그는 흡사 쉬 개발될 것 같지 않은 변두리의 복덕방 영감 같다.

"선생님도 그래 도망가는 녀석들을 그냥 두셨어요? 붙들어서 한바탕 욕을 해주실 일이지."

나는 어떻게든 그를 다시 욕쟁이로 만들어야 했다. 만약 그가 잊었다면 기억시켜서라도.

"설마 내가 아직도 욕쟁이일라구. 그때만 해도 어지간히 철딱서니가 없었나보지. 여학생을 앞에 놓고 맨날 점잖지 못한 험구만 늘어놓았으니."

그는 겸연쩍은 듯이 뒤통수를 긁으며 축 처진 탁한 소리로 길길 웃는다. 그럼 그는 몰라보게 늙었을 뿐 아니라 몰라보게 점잖아지기까지 했단 말인가?

이십여 년 전 A여고의 국어선생으로 젊고 패기만만하고 훤칠하기까지 해서 여학생들의 사춘깃적 짝사랑을 한몸에 받으면서도 '욕쟁이'란 과히 멋있지 못한 별명을 얻은 데는 그럴 만한 이유가 있었다.

해방 후 미군정에서 정부 수립을 전후한 시기, 당시만 해도 여학생들이 꼭 대학에까지 진학하려 들지 않았거니와 뚜렷한 대학 입시 요강이 있는 것도 아니었고, 아직 지정된 국정교과서조차 없었던 때라 상급반의 국어시간이란 시간 배당만 많지, 자연히 교사 재량으로 시시하게 보낼 수도 알차게 보낼 수도 있는, 융통성이 많은 시간이 될 수밖에 없었다. 이태우 선생은 열심히 독립선언문을 설명하다가 하품 소리가 들리고 분위기가 조금이라도 따분해질 양이면 별안간 걸쩍한 소리로 익살과 군소리를 섞어가며 「용부가庸婦歌」를 뽑아 아이들을 웃겨놓고 「청산에 살어리랏다」나 「가시리」 같은 고려가요를 흥겹게 읊조리며 혼자 도취하다가 정색하고 윤동주의 시를 딴사람같이 젖은 목소리로 정성스레 낭송해 들려주기도 했다. 아주 정성스럽고도 감동스레. 몇 번이고.

나는 지금도 욀 수 있다. 그때 이태우 선생이 외던 것처럼 정성스레 "죽는 날까지 하늘을 우러러 한 점 부끄럼이 없기를, 잎새에 이는 바람에도 나는 괴로워했다……"라든가 "괴로웠던 사나이, 행복한 예수 그리스도에게처럼 십자가가 허락된다면 모가지를 드리우고 꽃처럼 피어나는 피를 어두워가는 하늘 밑에 조용히 흘리겠습니다" 따위를. 그리고 그때의 그 피가 말개지고 정신이 고상해지는 듯한 기분까지 지금 다시 되살릴 수 있다.

이렇게 해서 한번 딴 길로 흐르기 시작한 수업은 좀체 제자리로 돌아오지를 않고, 드디어는 국어교과와는 전연 상관없는 딴

길로 들고, 그럴수록 이태우 선생은 점점 신이 났다. 이것저것 닥치는 대로 세상사에 참견을 하고 비분강개를 터뜨렸다. 모든 것이 뒤죽박죽인 시대였다. 좌우 대립으로 정계가 불안한 틈에 모리배와 정상배가 미 군정을 둘러싸고 혀 꼬부라진 영어를 씨부렁대며 사욕을 채우고, 친일파가 한층 극성맞고 탐스럽게 애국과 민주주의를 노래부르고, 또 부를 때다.

이태우 선생은 악을 써가며 이런 것들을 개탄하고 때로는 누구누구 이름까지 쳐들어가며 욕을 하는가 하면 그때 이미 조금씩 싹수가 보이기 시작한 금전만능의 풍조를 고래고래 소리를 질러가며 경계했다. 그의 욕은 걸쩍하고 거침없었고 흥분해서 팔을 휘두를 때는 으레 낡은 양복 소맷부리에 풀어진 올이 몇 가닥 너덜댔다.

때로는 그 당시 거의 전 국민적인 숭앙을 받던 이승만 박사에게까지 욕을 퍼붓는 수가 있어 듣는 쪽이 오히려 식은땀을 흘릴 지경이었는데도 빨갱이라고 내쫓기지 않고 견딘 것은 아마 교장과 동향인 이북 출신, 자유를 찾아 38선을 넘은 월남민이었기 때문도 있겠고 학생들 사이의 인기 때문도 있었을 게다.

그의 이런 비분강개는 웅변이면서도 웅변에 따르는 허황함이 없이, 듣는 사람에게 절실하게 와 닿는 무엇이 있었다. 무릇 비분강개란 다분히 냉소적이게 마련이고, 신랄하면 신랄할수록 당사자는 초연한 입장이거나 스스로의 독설에 취하는 정도가 고작인데 그의 그것은 좀 달랐다. 그는 통분이 절정에 달했을 때 꼭 등줄기에 커다란 등창이 몹시 쑤시는 듯한 얼굴을 했다. 그것이 조금도 쇼 같잖고 어찌나 실감이 나는지 보고 있던 나도 덩달아 등줄기에 어떤 아픔이 전류처럼 흘렀더랬다고 기억된다. 그는 아마 그 시대의 병폐를 남의 상처로서 근심한 게 아니라 자기의 등창으로 삼고 앓고자 했던 것이다. 그만큼 그는 그 시대를 사랑했었나보다.

그는 이런 소리도 했다.

"내 별명이 욕쟁이지, 아마. 변명할 여지가 없다. 그렇지만 말이다, 내 자유, 내 민주주의엔 적어도 사연이 있단 말이다. 기막힌 사연이. 그것을 위해 내 부모, 내 고향, 내 목숨까지 걸었었거든. (아마 38선을 넘은 얘기인 모양이다.) 그게 썩고 병드는 것을 어찌 얌전하게 보고만 있을 수 있겠니? 귀한 자식에게 매질하는 아픈 마음으로 하는 욕이지 미워서 하는 욕은 아니니라."

그가 '자유'와 '민주주의'를 입에 담을 때의 표정을 뭣에 비길까? 신령님을 받드는 무당, 무지개를 우러르는 소년, 진열장 속의 다이아몬드를 선망하는 가난한 연인들, 풀 끝의 아침이슬을 보는 서정 시인, 삼 년 기근 끝에 처음으로 이밥을 혀끝에 굴려보는 농민, 그런 것들에게나 비길까. 아무튼 나는 지금도 그가 읊던 「가시리」와 그가 읊던 윤동주의 시는 그대로 흉내낼 수 있어도 그가 읊듯이 '자유'와 '민주주의'를 그렇게 다디달게, 그렇게 경건하게 발음할 수는 도저히 없다. 그의 사연 같은 사연이 나에겐 없기 때문일까.

"숙이 소식은 언젠가 한번 들었지. 아주 잘살고 있다고?"

나는 마땅히 "네" 하고는 남부러울 게 없는 중년 부인다운 여유와 기품 있는 미소라도 지어 보여야 했다. 그러나 그게 여의치 않았다. 나는 어느 때보다 심하게 편안한 것, 행복한 것과 나와의 위화감을 느끼고 있었다.

"그렇지만 그때가 좋을 때였어요. 선생님께 배울 때가."

"하하하, 즐거운 여고 시절이라 이 말인가? 꼭 시체 유행가 구절 같군."

그는 예의 탁하고 처진 소리로 길길길길길 오래 웃었다. 욕에도 찌꺼기라는 게 있다면 아마 저 '길길길길길'이야말로 그거로구나 하는 생각이 든다. 나는 아직도 그에게서 욕을 기다리고 있었다. 그가 아직도 욕쟁이이길 바라고 있었다.

"선생님 아직도 교직에?"

"아니 벌써 언제 고만뒀다구. 사변 치르고 아마 서너 해나 더 해먹었더랬나 몰라."

"왜요?"

나는 나무라는 듯이 날카롭게 물었다.

"돈도 좀 벌고 싶고, 선생질이 어지간히 싫증도 나고 해서. 제기랄, 교실에 사제지간에 감동이란 게 없어지고 보니 무슨 맛으로 지랄을 하겠어. 잘난 지식 장사를 하느니 차라리 보따리 장사를 하지."

나는 조금씩 기뻐하고 있었다. 그가 욕을 시작할 기미를 보였기 때문이다.

"그래서요?"

"뭐가 그래서야. 이것저것 한마디로 불운의 연속이야. 그렇다고 해서 내가 아주 운을 못 만난 게 아니고 일의 어떤 고비에서, 어떤 일에고 고비가 있게 마련이거든, 그 중요한 고비까지 잘 밀고 가던 내가 갑자기 그 결정적인 고비에서 불운의 편을 들고 말거든."

그리고 어처구니없다는 듯이 또 길길길길길 꼭 욕의 찌꺼기 같은 웃음을 오래 웃었다. 나도 따라서 우습지도 않은 코미디를 보고 웃는 식모처럼 헤프게 킬킬댔다.

"정말야. 불운이 날 잡은 게 아니라 내가 불운을 잡았다니까."

문득, 나는 내가 여직껏 당면한 모든 편하고 좋은 것의 혜택의 면보다 그 해독의 면을 먼저 보는 내 비정상적인 감수성은, 실은 내 천성이 아니라 바로 이태우 선생으로부터 그렇게 길들여진 것이다, 나는 그의 가르침의 결실인 것이다라는 생각이 들었다. 나는 그의 욕을 좋아했거든. 그래서 그를 닮고 있었던 거야.

"참, 누굴 기다릴 텐데? 누구? 오야지? 자릴 비켜야겠군. 실은 저기서 내 친구놈들이 아까부터 찡긋찡긋 쑥덕쑥덕 야단이로구만."

이태우 선생은 궁둥이를 들며 얼마 멀지 않은 자릴 턱으로 가리켰다. 그곳엔 중년에서 노년에 걸친 허술한 남자들이 댓 명 이쪽을 보고 징그럽게 웃고 있었다. 그는 자리를 뜨며 뭔가 결심한 듯 주먹으로 테이블 귀퉁이를 탁 내리치더니

"요오시, 이번엔 기마에로 앗싸리 쇼오불 처버려야지" 했다. 그가 그쪽 자리로 옮겨가자 일제히들 길길길길길 웃어대는 소리가 들렸다. 이번 길길길은 욕의 찌꺼기가 아니라 누추한 색정의 찌꺼기 같은 거였다. 나는 구정물을 뒤집어쓴 듯이 불쾌했다. 비단 '길길길' 때문만은 아니었다. '오야지'니 '요오시'니 '기마에'니 '앗싸리'니 '쇼오부'니 하는 소리를 이태우 선생의 입에서 듣다니 기가 막혔다.

그가 욕쟁이 국어선생이었을 시절, 그때만 해도 여학생들의 언어생활에서 일본말이 완전히 청산되지 않았을 때였다. 그는 국어선생다운 결벽성으로 어쩌다가라도 귀에 들어오는 일본말을 절대로 그냥 지나치는 일이 없이 장본인을 찾아내어 핀잔을 주고, 그러다가 흥분하면 욕도 했다.

"이 자식들아 그래 너희들은 뼐도 없나. 그 지긋지긋한 왜놈의 말을 또 입에 담아. 또다시 내 귀에 그 간사한 왜말이 들어왔단 봐라. 노예 근성이 뼛속까지 박힌 놈으로 알고 회초리로 다리몽둥이를 분질러뜨려놓을 테니까."

눈을 부릅뜨고 이런 지독한 소리를 했다. 그 이태우 선생이 뭐 앗싸리 쇼오부를 칠 테라고?

나는 그들 쪽을 돌아보지도 않고 물론 이태우 선생에게 따로 인사도 없이 그냥 그 다방을 나왔다. 재수 나쁜 날이었다.

그러나 그후 며칠이 지나자 나는 자꾸만 그 다방에 다시 가보고 싶어졌다.

나는 '길길길'도 '앗싸리 쇼오부'도 쉽게 잊어버렸다. 다만 등창의 아픔을 참고 고래고래 소리치던 그의 비분강개만은 잊을 수가 없었다. 나는 그것을 좋아했던 것이다.

그가 지금 와서 욕쟁이가 아닌 척하는 것은 참을 수 없는 배신이다. 나는 그의 배신을 용서할 수 없다. 어떻든 그를 다시 욕쟁이로 만들고 말 테다.

그의 욕이 내 생활을 꿰뚫고 내 행복을 간섭하고, 그의 욕이 이 기름진 시대를 동강내어 그 싱싱한 단면을 보여주며 이것은 허파, 이것은 염통, 이것은 똥집, 이것은 암종, 이것은 기생충 하고 고래고래 소리지르게 하고 싶다. 나는 이런 부질없는 소망으로 몸이 달았다.

참다 못해 나는 다시 그 다방을 찾기 시작했고 몇 번이나 허탕을 친 끝에 그를 다시 만날 수 있었다. 그는 전보다 더 풀이 죽어 있었다. 그는 애가 몇이냐는 둥 남편은 뭘 하느냐는 둥 시시한 소리를 몇 마디 하다가 자기 패거리들한테로 갔다. 그들은 내 쪽을 보면서 요전보다 더 노골적으로 야비하게 길길댔다.

다시는 만나지 말아야지. 나는 구정물을 뒤집어쓴 복슬강아지처럼 온몸으로 진저리를 치며 그 다방을 나왔다.

그러나 나는 며칠 후 다시 그를 만날 수 있는 장소에 나타났고, 그후 자주자주 만났고, 만나는 장소도 그 길길대는 친구들을 피해 요리조리 호젓한 곳으로 바뀌었다.

우리는 그사이에 조금씩 서로를 알기 시작했다. 그는 내가 애가 몇이고 내 남편이 뭘 해먹고 사는 사람인가를 알았을 테고, 아마 월수입이 얼마나 되나까지 어림했을 테고, 내가 더할나위 없이 행복하다는 것을 알았을 것이다.

나는 그가 외손자는 보았으나 아직 친손자가 없다는 것, 그도 그럴 것이 외아들이 이제 겨우 고등학교생 적이라는 것을 알았고, 사모님이 M백화점에서 양품점을 해서 살림은 그럭저럭 꾸려나가나 집에서의 그의 체면이 말이 아니라는 것을 알았고, 요새 어떤 일을 그 길길대는 친구들과 꾸미고 있는데 곧 잘될 듯 될 듯하면서 아직 잘되지 않았지만 꼭 잘되고 말 것이라는 것을 알았다.

그런데 나는 아직도 그가 욕쟁이일 수 있나, 그 통쾌한 욕의 연료가 될 분노가 조금이라도 그에게 남아 있나, 그것만은 탐지해내지 못한 채였다. 물론 나는 그의 욕을 유치하려고 내 딴에는 지능적으로 그를 꾀어보았으나 그는 지능적으로 내 꾐을 피했다. 그래도 나는 그냥 그가 어느 날엔가 욕을 하리라고 기다리며 바랐다.

자연히 그와의 만남은 내 쪽이 능동적이고 그는 당하고만 있는 셈이었다. 그는 점점 침울해졌다. 그 때문인지 그의 사업 때문인지, 말수도 줄고 길길대지도 않았다. 내 집요한 소망이 그를 시들게 하는 것처럼 그는 하루하루 풀이 죽어갔다.

나는 차츰 그에게서 욕을 짜내기는 건포도에서 포도즙을 짜내기보다 어렵다는 것을 깨닫게 되었다. 나는 그를 만나기를 그만

두지 않았다. 내 앞에서 그는 어떻게든 서울대학을 가야 된다는 부모의 광기에 꼼짝없이 사로잡힌 삼 년 재수생처럼 죽고 싶은 얼굴을 했다가, 엉뚱한 학의를 보였다가 했지만 나는 그를 쉽사리 자유롭게 해줄 것 같지 않았다.

우리들의 사귐은 이렇게 기름 안 친 기계의 운동처럼 고단하고 힘들고 쇳소리가 나게 지긋지긋했다.

그래도 나는 그가 다시 욕쟁이이기를 단념 못 하고 집요하게 따라다녔다.

나는 본래 천성으로 그렇게 끈덕진 데가 있었나보다.

어머니는 내가 갓난아이 때부터 말 못 할 고집쟁이였다고 내가 고집을 부릴 때마다 "쯧쯧, 세 살 적 버릇이 여든까지 간다더니" 하며 심히 못마땅해했다. 그리고 세 살도 못 됐을 적 얘길 해주곤 했다.

나는 너무 일찍부터 아우를 봐서 돌도 되기 전에 어머니의 젖은 말라붙었다. 그런데 나는 한사코 암죽도 미음도 안 받아먹고 빈 젖만 악착같이 빨았다. 키니네나 고춧가루까지 발라도 막무가내였다. 어머니 젖꼭지는 문드러지고 피가 솟았다. 참다 못해 어머니는 사람 살리라고 처절한 비명을 지르고 결국은 비명을 듣고서야 나는 젖꼭지를 놓아주었다. 어머니도 약아져서 아프기 전에 미리 엄살로 비명을 질러봤지만 소용이 없었다. 고 어린 게 어떻게 알고, 꼭 정 참을 수 없는 비명에만 젖꼭지를 놓아주었다.

"참 지독한 계집애였지." 어머니는 그 얘기를 할 때마다 몸서리를 쳤다.

나는 그때의 나를 조금이라도 기억할 리가 없다. 그러나 그때의 나를 완전히 이해할 수 있다. 이미 나를 배반하고 젖줄의 방향을 배 안에 있는 다른 생명에게로 바꾼 잔인한 모성에게 내가 기대한 건 이미 젖줄은 아니었을 게다.

그래. 그때 내가 원한 건 젖줄 대신 바로 비명이었던 것이다.

지금의 나도 그때처럼 이미 이태우 선생으로부터 욕을 단념하고 비명이라도 신음이라도 기다리고 있는지도 모른다.

그러던 어느 날, 이태우 선생이 기다리고 있어야 할 다방에 그 대신 리본처럼 접은 편지가 기다리고 있었다. 성의 없이 갈겨쓴 글씨가 지저분하게 비틀대고 있었다.

―숙이, 난 또 한번 불운을 잡기로 했어. 제기랄. 아마 이게 내가 잡은 불운의 마지막이겠지. 다신 사업 같은 걸 할 것 같잖고, 누가 날 한 패거리로 다시 붙여줄 것 같지도 않으니까. 숙이 정말이지, 맹세코 정말이지, 불운이 날 잡은 게 아니고, 내가 불운을 잡았다니까. 들어보겠어. 이번 일도(다분히 사기성을 띤 일, 돈 없이 돈 버는 일이란 다 그렇고 그렇듯이) 거진 다 된 거래. 마지막으로 도장만 하나 받으면 입으로 굴러들어온 떡이나 마찬가지라는군. 그런데 그 도장을 쥔 높은 양반이 내 옛 제자라나. 당연히 내가 도장을 받는 일을 맡고 말았지. 실상 난 이번 일을 꾸미는 데 숙이와 재미를 보느라고(내 패거

리들이 한 소리야) 방관만 하고 있었으니 그 일이라도 해야만 면목이 설 판이었어. 그러니 나를 위해선 얼마나 잘된 노릇이야. 힘 안 들이고 생색낼 큰일을 맡게 됐으니. 그런데 난 그 제자라는 높은 사람을 만나보지도 않고 그 일을 하기가 싫어졌어. 제기랄, 내 일은 꼭 이렇게 되고 만다니까. 다시 친구들을 볼 면목도 없게 됐어. 나는 서류 일체를 찢어버리고 내친김에 아주 호주머니를 말끔히 정리하다보니 숙이와 찍은 천연색 사진이 한 장 남게 되더군. 왜 그때 고궁에서 오 분 만에 나온다고 사진사가 어물쩍대며 찍은 거 있잖아. 숙이는 돈만 내고 사진은 별로 탐탁해하지도 않길래 내가 넣어둔 거야. 이것밖엔 지금 나에겐 아무것도 없어. 좀 괴롭군. 독한 소주나 한 병 마시고 싸구려 여관방에서 자고 들어갈까 해. 그런데 이 사진 때문에 좀 이상한 생각이 들어. 그 여관방에 만약 연탄가스라도 들어와 내가 죽는다면 이 사진, 내 단 하나의 소지품은 어떤 구실을 할까 하는 생각 말야. 아마 적잖이 숙이를 난처하게 할 거야. 더구나 내 친구들은 숙이와 내가 이상한 사이인 줄 알고들 있으니. 난처해지는 숙이를 상상하는 게 즐거워. 여직껏 숙이가 날 난처하게 한 복수심에서일까? 내가 너무 야비한가? 난 내 즐거운 공상 때문에 그까짓 연탄가스를 기다릴 게 없이 소주에 청산가리를 타 마실까 하는 생각까지 들어. 숙이 겁나지? 그러니 아무리 스승이었다손 치더라도 유부녀가 외간 남자를 괜히 만나는 게 아냐. 이로울 건 하나도 없다니까. 죽어버릴 생각을 하니 그래도 절차는 갖출 만큼 갖춰야 할 게 아닌가 고 유서 삼아 이것을 쓰는 거야. 내가 좀 치사한가? 그렇지만 안 죽을지도 모르겠어. 청산가리가 그렇게 쉽사리 구해질는지도 모르겠고 연탄가스가 새는 방에 들게 될는지도 두고 봐야 아는 거니까. 그렇지만 우리는 다시는 안 만나는 게 좋겠어. 유부녀가 외간 남자를 자주 만나 이로울 건 없다니까. 물론 숙이에겐 내가 외간 남자가 아니라 욕쟁이였다는 걸 나는 알아. 그렇지만 숙이, 요새는 나 같은 고전적 욕쟁이의 시대는 아닌가봐. 내가 너무 비겁한가? 그러니 나를 내버려둬줘. 나를 숙이의 기대로부터 풀어줘. 나에게 욕을 조르지 말아줘. 날 고만 쥐어짜. 제발 날 살려줘.

—소주병을 따기 전 맑은 정신으로 이태우

추신 : 원 세상에 유서에 살려달라고 쓰는 머저리가 다 있으니……

그는 이렇게 죽었다. 그가 그날 청산가리를 구했는지, 연탄가스가 새는 여관방이라도 구했는지, 그도 저도 못 구하고 나로부터 잠적한 건지 그것은 모르지만 어차피 나에게 있어서 그는 죽은 것이었다.

일요일 아침이었다. 남편은 늦잠에서 깨어나 이불 속에서 조간신문을 읽고 있었다. 남편이 저렇게 신문을 오래 보는 적은 없었는데, 신문에 가려 남편의 얼굴은 볼 수 없었지만 그의 손이 부들부들 떨고 있지 않은가.

대문짝만한 사진, '의문의 변사체' '품고 죽은 사진' '치정사건' '혼외정사' 이런 활자들의 엄청난 파괴력에 내 울타리가 우르르 유약하게 무너지는 소리가 들린다. 나는 마침내 질긴 내 울타리로부터 자유로워진 것이다. 아니 울타리 밖의 회오리바람 같은 자유 속에 내던져진 것이다. 나는 두렵다. 내가 소유하게 된 자유가. 나는 도저히 그것을 감당할 것 같지 않다. 벌써 비틀대기 시작한다.

나는 정말로 몸의 중심을 잃고 비틀대다가 쟁반에 받쳐들고 온 커피를 요 바닥에 엎질렀다.

"왜 그래? 하마터면 델 뻔했잖아."

남편은 후닥닥 놀라며 보고 있던 신문을 치운다. 그는 아직도 키들키들 웃고 있다.

"미안해요. 근데 무슨 재밌는 기사라도 읽으셨어요?"

나는 안도의 숨을 내쉬면서 아직도 목소리는 좀 떨린다.

"응, 먼로는 시인이었대."

"네?"

"마릴린 먼로 있잖아? 왕년의 육체파 여우(女優) 말야. 그 여자가 생전에 시를 썼었다는구만. 아마도 곧 시집까지 나올 모양이야."

"그래 책 광고라도 났어요?"

"급하긴 젠장. 해외 토픽이야. 요새 신문에서 볼 거라곤 해외 토픽밖에 더 있어? 그렇지만 몬로가 시를 썼다니 사람 웃기는 군. 그렇게 몸뚱이가 기막히게 좋은 여자가 뭬 답답해 시를 썼겠어. 책이나 팔아먹으려는 협잡이 뻔하지."

일요일 아침의 남편은 한층 행복하다. 마치 그 '몸뚱이가 좋은 여자'의 몸뚱이를 구석구석 싫도록 주물러댄 경험이라도 있는 것처럼 그 방면에 도통한 듯한 음탕하고 권태롭고 느글느글한 웃음을 흘리면서 기지개를 늘어지게 켠다. 나에게 아무 일도 안 일어나고 만 것이다. 다만 먼로라도 간음하고 난 척하는 남편이 아니꼬우면 나도 그 동안 서방질이라도 한 척 능글스러울 수도 있을 것이다.

침실에 일요일 아침시간이 늪처럼 고이고, 음습하고 권태로운 욕망이 수초처럼 흐늘흐늘 흐느적대며 몸에 감긴다. 나는 남편에게 익숙하게 붙잡힌다. 나에게 그의 먼로가 돼달라는 눈치다. 나는 그의 먼로가 된 채 내가 짜낸 이태우 선생의 비명을, 신음을 생각한다.

"날 놔줘" "제발 날 살려줘" 그건 어떤 소리 빛깔을 하고 있었을까. 지렁이 울음소리 같았을까 몰라. 그 신음을 육성으로 들어두지 못한 건 참 분하다.

주말 농장

"산이 거기 있으므로 오르노라"도 제법 명언 축에 드는 모양이니 전화가 거기 있으므로 수다를 떨었노라고 해도 과히 구차한 변명일 건 없겠다.

늦잠에서 깨어난 화숙이 날카로운 손톱으로 후까시 넣은 머리를 긁적여 비듬을 털어내고 미용체조 흉내를 내 몇 번 발장구를 치고 나니, 슬슬 입 언저리가 근질근질해지며 화장대 위에 약아빠진 애완동물처럼 몸을 사리고 대령해 있는 상앗빛 전화기에로 시선이 고정된다. 우선 수화기를 든다. 용건이나 상대방 같은 건 차차 생각해도 된다. 그런 것에 군색해본 적이란 일찍이 없었으니까. "쓰—" 언제 들어도 허겁지겁 반갑다. 마치 그 소리가 안 들렸을 때의 절망적인 단절감을 예측하고 두려워하고 있었던 것처럼. 계속 "쓰—" 입에 군침이 돈다. 혀와 턱뼈를 맹렬히 움직여 온갖 것을 저작(咀嚼)하고픈 욕망으로 전신이 발랄해진다. 그러나 식욕은 아니다.

저작하고픈 것이 밥이나 김치가 아니라 그녀와 그녀의 이웃의 소문과 무사안일한 일상이었으니까.

다이얼은 어느 틈에 돌려져 있고 "여보세요" 하는 상대방의 목소리를 듣고서야 그녀가 누구에게 전화를 건 것인가를 안다. 누구란 것이 별로 대수롭지 않다. 그냥 그녀의 단골 수다쟁이 중의 한 사람이면 된다.

지금 막 나갈 참이었는데, 뭐 넌 인제 일어났다고? 아유 부러워라. 뭔 뭐야, 서방님이 자주 집을 비우는 네 팔자 말이지. 그렇다고 바람을 피우는 것도 아니고 어엿한 해외여행이니 얼마나 근사하니. 넌 참 준비 다 됐겠지? 내일 야유회 준비 말야. 수영복이랑, 먹을 것이랑, 너야 뭐 모조리 외제일 테지. 아이 속상해. 이 더운데 백화점이니, 양키 시장이니 모조리 싸다녀봐얄 테니, 난 아직 마음에 맞는 수영복을 못 구했거든. 우리끼리만 가는 게 아니라 애들까지 끌고 가려니 더 신경이 써지지 뭐니. 애들도 기죽이지 않게 차려 내놔얄 게 아냐. 나 빼놓고는 아빠들이 모두 외국을 제 집 변소 드나들듯 하는 양반들이니 나 혼자 시시하게 놀 순 없잖아. 뭐, 뭐라구? 그래도 돈은 우리가 제일 많을 거라구…… 웃기지 마라, 얘.

웃기지 말라면서 자기는 오래도록 킬킬댄다. 돈 많다는 소리가 싫지는 않은 모양이다. 화숙은 그쯤 해두고 전화를 끊는다. 그리고 몇 군데 더 다이얼을 돌린다.

한결같이 화제는 내일 야유회 건이다. 그중에도 수영복 난리다. 어제 아케이드에서 외제라고 엄청난 값을 부르는 걸 사긴 샀는데 어째 진짜인지는 의심스럽다는 난주의 근심, 양키 물건 장수한테 부탁을 해놨는데 이놈의 여편네가 여직껏 안 가져오니 누구 망신을 톡톡히 시킬 모양이라는 현정의 짜증…… 이와 엇비슷한 이야기를 몇 차례 더 듣고 화숙은 전화 걸기를 일단 멈춘다.

배가 고프다. 부엌에 국민학교 삼학년짜리 딸이 혼자 아침을 먹고 난 자리가 뒤숭숭하다.

은종이에 마가린이 밤톨만큼, 비닐봉지 속에 빵조각이 두어 개 남아 있다. 혼자서 이런 걸로 아침을 때우고 학교에 갔을 딸 생각을 하니 좀 측은하다.

그녀는 빨리 맨빵을 씹는다. 딸꾹질이 나면 보리차를 홀짝인다. 그녀의 생활의 정작 알맹이는 화려한 겉치레에 착취당해 이렇게 보잘것없다.

그녀는 이런 누추한 알맹이를 누구에겐지 엿볼 것 같아 조마조마한 채 빵 씹기를 황급히 끝낸다. 입가심으로 열무김치를 두어 줄기 손가락으로 집어먹을 때는 도둑질이라도 하듯이 사뭇 침착성을 잃는다.

아파트생활이란 참 묘한 데가 있다. 다닥다닥 좌우상하로 수많은 이웃을 가졌으면서도, 어쩌다 전화의 "쓰―" 소리만 안 들려도 고도에 유배된 듯한, 지독스레 절망적인 단절감에 시달리는 반면, 늘 엿뵈는 듯, 도청당하는 듯, 창은 물론 두터운 벽에서

주말 농장　149

까지 뭇 눈과 귀를 의식해야 하는 괴로움이 있다.

그녀는 열무김치 냄새가 완전히 가실 때까지 공들여서 양치질을 하고 나서 비로소 커튼을 젖힌다.

여름날 아침의 아파트 광장은 어지럼증이 나도록 환하다. 그리고 익숙한 풍경이 방금 세수라도 하고 난 것처럼 선명하다.

그녀는 잘 다듬어진 잔디와 군데군데 붉은 맷방석을 던져놓은 듯이 무리져 피어 있는 피튜니아의 떨기와 건너쪽 상가의 쇼윈도에 진열된 알록달록한 상품과 부동산 소개소와 커튼 센터와 또 부동산 소개소와 전화상과 부동산 센터와 이런 것들이 잘 닦은 유리창을 통해 내부를 깡그리 노출한 채 한결같이 놀랍도록 정결한 것을 망연히 굽어본다.

도대체 이런 것들이 퇴락해가거나 변모해가는 일이란 좀처럼 없을 것 같다. 그것들은 그렇게 견고하고 완고해 보인다. 피튜니아의 꽃무더기조차도.

화숙은 이런 풍경에 느닷없이 진저리가 나며 이유 모를 불안감에 사로잡힌다. 이런 때의 불안감이란 꼭 가려운 곳이 분명치 않은 가려움증 같아서 미칠 지경이다.

몸을 비비 꼬든가 어깨춤을 으쓱으쓱 추든가 손톱을 질겅질겅 씹든가 할밖에 없다.

"찌르릉찌르릉."

이번엔 걸려온 전화다. 다시 한번 전화가 그녀를 구원한다.

"여보세요"로 시작해서 수다는 면면히 계속된다. 혀와 턱뼈의

운동이 활발해짐에 따라 불안감이 스르르 가시고 유쾌해진다. 화제는 역시 내일 야유회 건이다. 입고 갈 옷 걱정, 타고 갈 차는 누구누구 남편의 회사 차량 '관' 차로 정해진 전말, 그리고 수영복 소동의 진행상황 등. 그러나 가장 중요한 건 입과 턱의 운동의 쾌감이다.

무엇에 비길까, 그 유열을. 귀가 먹먹하도록 길고긴 통화를 끝낸 화숙은 그녀의 내일의 준비물 중에서 가장 자신 있는 것인 수영복을 꺼내 다시 한번 입어본다.

그녀의 남편이 프랑스에서 부쳐온, 아슬아슬한 곳만 겨우 손바닥만한 천으로 가리게 되어 있고, 천끼리의 연결은 황금색 체인으로 하여 천을 극도로 절약한 비키닐 입고 거울에 비춰보니 영락없이 7, 8월의 캘린더에서 쑥 빠져나온 것 같다. 그녀는 만족스럽다. 자기의 수영복 맵시와 자기가 일으킨 수영복 소동이 함께 만족스럽다.

이 더위에 기발한 모양의, 게다가 꼭 외국제라야 하는 수영복을 구하려고 산지사방으로 싸돌아다닐 여편네들이 마치 그녀의 꼭두각시인 양, 그녀는 이 꼭두각시들을 임의로 조종할 실을 쥐고 있는 조종사인 양, 자못 의기양양하다. 그러나 알고 보면 수영복 소동은 주말 농장 소동에서 비롯된 것이고, 주말 농장 소동은 전화통에서 전화통을 타고 퍼진 밑도끝도없는 소문과 수다에서 비롯되었으니, 화숙 역시 그녀의 수다쟁이 친구들과 다름없이 꼭두각시에 지나지 않고 정작 꼭두각시의 조종사는 전화통인지도 모르겠다.

 동은 다르지만 같은 아파트에 살고, 같은 인근 사립 국민학교의 자모끼리고, 또 같은 A여대의 동창인 화숙, 난주, 현정, 효순, 성희, 혜란은 이런저런 인연으로 자주 만나다보니 못 만나는 날은 입도 궁금하고 혹시 자기만 외톨이가 된 게 아닌가 불안스럽기도 해, 어느 틈에 전화통 단골 수다꾼 사이가 되었다. 누구는 어쩌고 누구는 저쩌고, 이러쿵저러쿵, 소문은 소문을 낳고, 때로는 소문이 날까봐, 때로는 소문이 나기 위해 그녀들은 그녀들의 생활의 알맹이를 뽑아다가 열심히 외화치례를 해서 둥실 애드벌룬처럼 띄웠다. 둥실 남보다 높이, 남보다 화사하게 그녀들의 생활이 온통 둥실 오색 풍선처럼 떠올랐다. 크게 부푼 풍선일수록 내부에 허한 공간이 많고 겉꺼풀조차 위태로운 것은 아랑곳없이 이런 허풍선 놀음은 계속되었다. 그녀들은 또 그녀들의 패거리가 아닌 제삼자의 소문을 그녀들의 전화 소식통으로 끌어들여 갈기갈기 짓씹어놓기를 즐겼다.

 글쎄, 있잖아 우리 미자네 반 반장 애 알지? 그 비쩍 마르고 못생긴 주제에 줄창 일등만 하는 계집애 말이니? 그래그래, 즈이 아버지가 시인이라는 애. 아마 즈이 엄마 주제꼴도 늘 초라하지. 그래 맞았어. 즈이 아버지가 시인인 주제에 딸을 사립학교에 보내는 것도 아니꼬운데 글쎄 요새 시골에 농장을 샀다지 뭐니. 잘 생각했지. 시보다는 농사가 덜 배고플 게 아냐. 애는 혼자 좋아하고 있네. 그게 아니고 글쎄 뭐 애들 정서교육을 위해 일요일

마다 애들 데리고 가서 농사 흉내를 내는 데라는군. 이를테면 농사 소꿉질을 위해 땅을 샀다지 뭐니. 어머머 꼴이야. 그래그래 너도 꼴이다 싶지. 제 주제에 시인인 주제에, 쳇 아니꼽게 정서교육 좋아하네.

그녀들은 분개를 하고 또 한다. 정서교육을 위해 피아노나 바이올린을 사고 아틀리에에 보내는 것과는 사뭇 단수가 다르다. 농장이라니, 뭐 주말 농장이라던가.

며칠 뒤.

너 전번에 그 소리, 왜 있잖아 주말 농장인지 뭔지, 난 뭐 대단한 건 줄 알았더니 웃기더라 웃겨. 글쎄 오십 평짜리라지 뭐니? 설마. 정말이야. 시인이니 소설가니 하는 가난뱅이들이 싸구려 땅을 사서 백 평 오십 평씩 나눠가지고 기분을 내는 모양이야. 애개개, 고걸 가지고 거창하게 뭐 농장, 웃기네 웃겨. 아마 그런 족속은 그런 족속대로의 허영이 있는 모양이지. 그야 말재주로 밥 벌어먹는 양반님네들이 말이 모자라 이름 못 붙이겠어. 주말 농장, 하여튼 작명치곤 걸작이야.

빛 좋은 개살구 격으로 말이 좋아 농장이지 평수가 고작 오십 평이라니 계속 시인을 경멸할 수 있어서 우선 안심은 되었으나, 그래도 시인인 주제에 제 집 외에 농장이라 이름 붙인 것을, 그것도 수익을 전연 고려하지 않고 아이들의 정서교육만을 위한 것을 따로 가졌다는 데 대해 화숙이네들은 계속 분노하고 있었다. 시인인 주제에, 시인인 주제에······

그러던 어느 날 전화통을 통해 썩 놀라운 소식이 전해졌다.

시인이 농장을 가진 사실을 맨 처음 알아냈던 현정이 식모를 데리러 청평 못 미쳐 먼 친척들이 살고 있는 시골에를 다녀왔는데 식모는 고만 한 발 늦어 못 데리고 왔지만 그 마을이 썩 마음에 들더란다. 울창한 산이 평야로 흘러내리며 두 갈래로 갈라지는 사이에 낀 부채꼴 모양의 고장인데, 수목이 울창한 산이 마을을 병풍처럼 에워싼 경치도 좋거니와 산에서 흘러내린 계곡물이 풍부하고 차고 맑기가 가히 무주 구천동에 견줄 만하다는 것이었다. 이런 곳이 서울 사람에게 버려진 채 거기에서 지척인 청평엔 그렇게 놀이꾼이 들끓으니 그야말로 등잔 밑이 어둡다고 현정은 개탄했다.

그러나 그것뿐이면 과히 대수로울 게 없었다. 자기만 가본 곳에 대해 그쯤 허풍은 누구나 떠는 법이니까.

현정의 수다는 더 계속됐다. 형편이 어려워 딸을 식모로 내놓을밖에 없는 집에서 밭도 쌀값으로 내놓았는데 삼천 평에 백오십만원만 주면 팔겠다면서 이 동네에는 벌써 서울 사람이 잡아논 땅이 적지 않다고, 울타리 쳐놓은 땅은 다 서울 사람 거라고 하더란다. 현정이가 실제로 보기에도 철망이나 묘목으로 울타리 쳐놓은 땅이 눈에 띄고 '취미 농장'이니 '일요 농장'이니 하는 간판까지 붙어 있더라는 것이었다.

"어때, 우리도 주말 농장 해보지 않겠어? 너희들이 몰라서 그렇지 아마 요새 그런 농사놀이가 유행인가보더라. 삼천 평이라야 우리 여섯이 나누면 오백 평밖에 더 돼. 돈도 단돈 이십오만 원이고, 조금 더 들여서 오두막집이라도 하나 세우면 얼마나 멋지겠니. 아이들 데리고 한여름 나며 농사놀이도 물놀이도 실컷 할 수 있고……"

주말 농장에다 별장까지! 부르주아가 된 기분이란 누구나 한번 맛볼 만한 거다. 옛사람이 심신의 유열의 극치로 치던 신선놀음 따위에 어찌 비할쏘냐.

"아빠하고 의논해봐서……"

"어머머…… 얘가 무슨 소리야. 단돈 이십오만원이래도, 그래 그쯤도 남편 주머니 눈치 안 보고 어떻게 안 돼? 쇠뿔도 단숨에 빼랬다구, 시시하게 남자들 끼어들면 일만 더뎌. 단돈 이십오만원이야."

전화통을 돌고 돌며 '단돈' '단돈' 하고 얕잡히는 사이에 이십오만원이란 액수는 커피 한 잔 값쯤으로 영락하고 만다. 이십오만원 위에 '단돈'을 붙여서 부를 때의 통쾌감, 부르주아가 된 기분이란 이래서 좋은 거다. 더 큰 쾌감은 이제야말로 시인의 오십 평짜리 농장—아마 이만오천원짜리 농장쯤 되겠지—을 진심으로 모멸할 수 있는 거였다.

"그래도 정말 그 땅을 흥정하려면 한번 가봐얄 게 아냐. 우리 모두가……"

"그야 물론이지. 어때 요다음 일요일쯤이, 아이들도 데리고 야유회 겸. 어차피 농장은 아이들의 정서교육용이니까."

이렇게 해서 야유회의 약속이 이루어지고 그 준비가 볼 만했다. 남편들한테는 구태여 극비에 부칠 것까지는 없지만 우선은 구체적인 것은 감추고 여자들끼리만의 속 편한 야유회쯤으로 알리기로 했으니 남편들은 빠진다고 해도 여섯 가구면 스무 명 가까운 단체놀이인데 준비는 아무런 단체적인 협의 없이 제각기 하고 있었다. 남편이 자주 외국을 드나드는 게 자랑인 효순은 외제 등산기구를 총동원해 야외 취사 준비를 하는가 하면, 아이들의 귀족적인 까다로운 식성이 자랑인 난주는 복숭아에 참외가 한창인 철인데도 바나나니 미제 깡통 주스, 미제 초콜릿을 사모으기에 바빴고, 짭짤한 고급품 세간살이를 가진 현정은 보온병에 퍼컬레이터에 샐러드 세트까지, 양잡화상에서 사모아 쓰지 않고 넣어둔 찬장 세간살이들을 총동원하려 들었고, 생김새가 화려하고 멋쟁이인 성희는 명동에 나가 자기 옷을 맞추랴 아이들 옷을 사랴 주말 농장 백 평 값도 넘는 돈을 아낌없이 날렸다. 흡사 전시회를 앞둔 예술가처럼, 내일의 전투 준비로 서슬 퍼런 칼을 갈고 또 가는 전사처럼, 그녀들의 야유회 준비는 무시무시하고 정열적이고 당사자 외엔 아무도 이해할 수 없는 그야말로 미친 지랄이었다.

수영복 소동만 해도 그랬다. 양장점에서 가봉을 마치고 돌아오는 길이라면서 화숙이네를 들렀을 때 화숙은

"이거 이번 야유회 때 입으려는데 너무 야하지 않을까?" 하며 남편이 부쳐준 비키니 수영복을 꺼내 보였다.

"산골이라면서 수영복도 필요할까?"

"얘는 무슨 소리야. 현정이가 그곳에 한눈에 반한 게 바로 시냇물 때문이라면서. 애들이 물에 뛰어들지 않고 배기겠어. 우리도 그렇지, 우리가 무슨 도사라고 이 더위에 물을 옆에 두고 물장구 한번 시원히 못 치고 오겠어. 안 그래?"

"그건 그래."

성희는 단번에 풀이 죽었다. 그건 뭐 성희라고 수영복 한두 벌이 없어서가 아니라 화숙의 수영복이 압도적으로 야했기 때문이다.

그것보다 더 야한 걸 서울 장안에서 구할 수는 좀처럼 없을 것 같았다. 성희는 그녀의 이 곤경을 도저히 혼자서는 타개할 수 없을 것 같아 전화통에다 대고 하소연을 했고 삽시간에 수영복 소동이 난 것이었다.

만득이는 비닐포대 먼저 벗어 동댕이치고 곧장 냇가로 달렸다. 우선 살갗에 바람이 조금이라도 통하니 살 것 같았다. 한더위에 비닐포대를 뒤집어쓰고 농약을 뿌려보면 사람이 코로만 숨을 쉬는 게 아니라 온몸에 땀구멍이 바로 숨구멍이었구나, 사람은 온몸으로 숨을 쉬어야만 살 수 있는 거로구나 하는 걸 깨닫게 된다.

비닐포대만 벗어던졌다고 바로 시냇물로 뛰어들 수 있는 건 아니다. 소매가 긴 작업복의 소맷부리며 목둘레까지 꼼꼼히 끈

주말 농장

으로 묶여 있고 그걸 푸는 게 여간한 고역이 아니다. 서둘면 서둘수록 일은 더뎌지게 마련인데도 시냇가까지 와서는 서둘지 않고 배길 재간이 없다.

"빌어먹을 년, 우라지게도 단단하게 묶었네."

그는 옹여 매듭이 지어지고 만 소맷부리의 끈을 이빨로 물어뜯으며 아내에게 욕지거리를 퍼붓는다. 그러나 그의 이런 중무장이 아내 탓만이 아니다.

시골에서 나고 자란 아내는 농약 뿌리는 일은 별로 대수롭게 여기지 않아, 농약을 뿌릴 때마다 며칠 전부터 근심부터 하고 정작 뿌리러 나가려면 소매 긴 두터운 옷을 입고도 미심쩍어 바람 통하는 곳은 모조리 꽁꽁 묶어달라고 하고도 마음이 안 놓이는지 비닐봉지까지 쓰고 날치는 남편을 겁쟁이처럼 얕잡고 속으론 혀를 찼지만 남편이 해달라니 우직하고 무던한 아내는 그렇게 해준 것뿐이었다. 겨우 벌거숭이가 된 만득은 첨벙하고 물 속으로 뛰어든다.

"아이 시원해 으으 시원해 푸푸…… 흑흑……"

그는 불화로처럼 달고 있는 몸에 쾌적하게 휘감기는 물살에 깊이 탐닉하며, 탄성인지 비명인지 모를 소리를 연거푸 지른다. 곧 이가 마주치게 떨려온다. 이 흐름의 근원 근처는 아직도 녹지 않은 눈이 소복이 쌓였을성싶다. 그는 물살 한가운데 솟은 바위로 기어오른다. 그리고 건장한 몸을 바위에 비스듬히 기댄다. 편하다.

바위의 열기가 아까 물로 뛰어들 때의 몸의 냉기만큼이나 반갑고 사람은 간사하다는 것이 자기가 방금 발견한 진리처럼 새롭다.

미끄러져내릴 듯한 몸을 손바닥으로 지탱하려니, 아직 못이 박이지 않은 채 물집만 터졌다 아물었다 하는 중인 손바닥이 꽤 아프다.

"빌어먹을⋯⋯"

이제 곧 손바닥에 못이 박일 테고, 아버지의 소원대로 별수 없이 이 고장에 뿌리를 내릴밖에 없겠거니 생각하니 기가 막히면서도 한편으론 안심스럽다. 그것은 벼랑으로 떠밀듯이 그를 범죄 일보 전까지 아슬아슬하게 몰고 가던 도시의 거센 물살로부터 놓여났다는 안도감이었다. 돈 여자⋯⋯ 이런 도시의 신기루를 쫓다보면 그는 늘 벼랑 끝에 서 있었다.

도시는 텃세가 심해 촌놈에게 그런 걸 조금도 나누어주려 들지 않을뿐더러 섣불리 그런 걸 쫓는 자를 악랄하게 골탕 먹이기 일쑤였다.

겨우 임종의 자리에 대 올 수 있었던 만득에게 유언 삼아 아버지가 남긴 말.

"이놈아, 인제 허파에 바람일랑 쭈욱 빼고 정신 좀 차려. 이 세상에 믿을 거라곤 콩 심은 데 콩 나고 팥 심은 데 팥 나는 땅뎅이밖에 없어."

그리곤 임종이 박두한 이답지 않게 꽉 만득의 손을 쥐더니

"이놈아 왜 네 손이 꼭 스리꾼 손 같으냐."

그게 아버지의 이 세상 마지막 말이었다. 아버지는 언젠가 서울에 볼일이 있어 갔다가 청량리에서 버스를 탔는데 손이 꼭 계집애 같은 젊은 애들이 서넛 짐을 들어다준다, 갖은 아양을 다 떨어 얼이 빠졌다가 정신 차리고 보니 젊은 애들도 돈지갑도 없더란다. 그때 얼마나 원통했던지 두고두고 뇌까리고 누가 서울만 간다면 쫓아가서 귀찮도록 누누이 스리꾼의 인상착의며 요술부리던 손 모습을 일러주더니, 이 세상 마지막 소리도 그 소리였다.

인제 스리꾼 손은 면했나보다. 그리고 아버지가 생전에 바라던 대로 튼튼하고 일 잘하고 무던하고 그러나 인물 없는 이웃 처녀와 결혼도 했다. 어머니는 벌써 돌아가시고 한 바가지나 되는 어린 동생들을 혼자 떠맡게 된 판에 못난 순복이라도 와준 것만 고마울 수밖에. 콩 심은 데 콩 나고 팥 심은 데 팥 나는 정직한 땅이, 논이 열 마지기에 돌사닥다리 같은 밭이나마 천여 평, 이만하면 논이 귀한 이 동네에선 부자 축에 든다.

"콩 심은 데 콩 나고 팥 심은 데 팥 나고……"

만득은 제멋대로 구성진 곡조까지 붙여서 불러본다. 이제 겨우 피와 벼를 구분해 뽑아낼 줄 알 만큼 익힌 농사가 대견하달까, 한심하달까. 그리고 툭하면 뱃속에서 용트림을 하며 치밀던 울화통이 잠잠해진 걸 보면, 별수 없이 땅의 정직, 손의 근면에 길들여지고 있는 셈인가.

"에그머니 망측해라. 어서 옷 입으세요."

어느 틈에 아내가 러닝셔츠와 반바지를 가지고 와서 벌거벗고 바위에 번듯이 누운 만득을 보고 질겁을 하며 돌아서더니 벗어 던진 작업복을 챙긴다. 그러나 만득은 꼼짝도 안 한다. 그는 이 미련하고 추한 여자의 수치심이 아니꼽기 그지없다.

"누가 봐요. 어서요."

아내는 다시 재촉을 한다.

"너 말고 또 누가 보니, 넌 내 계집이고."

만득은 나직이 씹어뱉는다. 그는 한동네에서 스스럼없이 같이 자라면서 짓궂은 총각으로 못난 계집을 다루던 식으로 지금도 아내에게 대한다. 물론 처녀 총각 때 같은 신선함은 이제 없고 악랄함만이 승하다.

"요 아래 서울 여자들이 한 떼 놀이를 와 있단 말예요. 산모퉁이에 가려서 안 보이지만 바로 요 아랜걸요. 애들까지 데리고 온 걸 보면 갈보는 아닌 것 같은데 글쎄 모다 벌거벗고 논다우."

"쌍년들, 좀더 가면 청평 유원지가 있는데 뭘 찾아먹으러 이 골짜구니까지 기어들었담."

"글쎄 말예요. 어서 옷이나 입어요."

"왜 이 지랄야. 그년들 벌거벗은 것하고 나 벌거벗은 게 무슨 상관이야. 어서 꺼져. 썩 꺼지지 못해."

도시에서의 밑바닥 생활과 잇단 좌절, 귀향 후의 땅과의 서투르고 고된 투쟁으로 거칠어질 대로 거친 말씨에 아내는 익숙해

주말 농장 161

있어 언짢은 기색은 조금도 없다.

"곧 들어와요. 점심 차려놨으니까."

아내가 사라진 후에야 그는 투덜대며 옷을 입는다.

"쌍년들 같으니라구. 쌍년들 같으니라구."

서울 여자들이 이 고장까지 들어와 판을 친다는 게 불쾌하다 못해 공포롭기까지 하다.

어쩌면 그가 두려워하고 화를 내고 있는 것은 벌거벗은 도시 여자들이 아니라 그의 내부에 아직도 청산되지 않은 채 도사리고 있는 도시에의 미련을 의식하는 일이었는지도 모른다.

아내의 빨래 솜씨 다림질 솜씨만큼은 나무랄 데 없이 깔끔하다. 새로 빨아 다린 옷으로 갈아입은 만득은 날 듯이 상쾌하다. 그러나 그는 집과는 반대방향, 산모퉁이를 휘감고 있는 물줄기의 흐름을 따라 아랫녘으로 휘적휘적 내려간다. 도시 여자들을 구경간다고는 생각지 않는다. 풀내 두엄내와는 이질적인 구수하고 세련된 향기가 풍겨오고 만득은 다만 그 향기나는 고장으로 이끌리고 있었다. 이게 무슨 냄새더라, 생각날 듯 날 듯하면서도 안 나는 채로 그것은 그리운 향기였다. 그 그리운 향기는 마치 미풍처럼 코끝을 살짝 스쳤다가는 사라지고, 그러면서도 정확하게 그를 그 향기의 본거지로 유인했다.

물놀이하는 아이들의 희희낙락한 웃음소리가 들린다. 그리고 평평한 둔덕에 아내 말짝으로 벌거벗다시피 한 여자들이 갖가지 요염한 자세로 식후의 한때를 즐기고 있다. 한켠엔 미처 정돈되지 않은 잡동사니들이 꼭 양잡화상과 양품점과 식료품상을 한꺼번에 뒤엎어놓은 듯이 널려 있고, 한가운데 푸른 불이 넘실대는 버너에선 퍼컬레이터가 증기를 뿜으며 보글대고 있었다.

그를 유인한 건 바로 퍼컬레이터에서 원두커피가 알맞게 끓여졌을 때의 그 그지없이 부드럽고도 감칠맛 있는 구수한 향기였던 것이다.

만득은 갑자기 그의 가슴 깊은 골짜구니가 심하게 쓰라려옴을 느낀다. 미처 못이 박이지 못하고 물집만 터졌다 아물었다 하는 그의 손바닥의 쓰라림을 닮은 쓰라림으로.

어두운 조명, 스테레오의 광란하는 울부짖음, 몸매가 미끈한 레지 아가씨의 추파, 그리고 한 잔의 커피를 앞에 놓고 그는 얼마나 많은 음모를 꾸미고, 얼마나 집요하게 일확천금을 추구하고, 얼마나 친근하게 돈과 여자라는 도시의 화려한 신기루를 잡을 뻔했다가 아슬아슬한 고비에서 놓쳐버리고 말았던가.

그때의 그 실의와 울분으로 멍들었던 자리가 아직도 이렇게 과민한 아픔을 지녔을 줄이야.

만득은 그곳으로부터 도망쳐야지 싶으면서도 그곳에 못 박힌다.

도시의 여자들은 식후의 수다에 열중하고 있었다.

새소리처럼 경쾌한 음성으로, 꽃잎처럼 얇고 아름다운 입술을 끊임없이 나불나불 나불대면서.

커피를 맛있게 끓이는 갖가지 비법에서부터 브라질이니 자바니 콜롬비아니 하는 이름난 커피의 원산지에 이르기까지 커피에 대한 놀라운 박식이 피력되는가 하면, 바로 둔덕 아래 밭을 뒤덮은 덩굴이 호박 덩굴인가 참외 덩굴인가 외덩굴인가 제가끔 한마디씩 하다가, 가서 열매를 들춰보고 확인할까 말까 하다가, 그까짓 것 말기로 하고 이만원 주고 맞춘 도저히 못 입어주겠다는 원피스 이야기에 사만원 주고 맞춘 꽤 입을 만한 원피스를 재단한 남자 재단사가 섹시해서 여자 단골이 많다는 이야기, 남편들이 다녀온 서구 여러 나라의 으리으리 잘살고 잘 먹고 신사 숙녀스럽고 선진국스러움, 한국 사람 글러먹었다는 탄식 그리고 이십오만원짜리 주말 농장을 정말 할 것인가 말 것인가, 살 것인가, 말 것인가, 요럴까 저럴까 미친년 키질하듯 변덕을 부리다가 그까짓 단돈 이십오만원을 있는 셈 치느냐 없는 셈 치느냐를 가지고 너무 오래 심사숙고하는 건 가난스럽고 치사스러워 정말 못 봐주겠다고 누군가가 점잖게 주의를 주자 그래그래, 참참, 단돈 이십오만원쯤 가지고 단돈 이십오만원쯤 가지고……, 얇고 날랜 입술들이 이십오만원을 돌려가며 얕잡고, 살 것인가 말 것인가는 이따가 아이들에게 물어서 정하기로 한다. 어차피 농장은 아이들의 농사 놀이터로 사려는 거니까 풍선이나 소꿉장난감을 살까 말까를 정하는 게 아이들의 소관이듯이 그것을 아이들에게 결정짓도록 하는 건 아주 적절한 조치였다.

"어머머 저기 저 남자 누구지?"

커피를 마시려고 수다가 잠깐 멈췄는가 할 때 만득은 발견되고 만다.

"글쎄 촌사람치곤 제법 때가 벗었는데."
"때만 벗은 게 아니라 멋있게 생겼는데."
"커피나 한잔 주고 슬슬 장난이나 좀 칠까."
"그래그래. 뭐니뭐니 해도 여자들만의 야유횐 김빠진다."
"가만가만, 나 저대로 사진 한 장 찍어야겠어."
"흥, 너 또 그 예술사진?"
"너희들은 아마 모를걸. 저 남자가 얼마나 포토제닉한 얼굴을 가졌는가를."
"쟤가 또 광기 부릴 모양이네."
"너희들은 모른대도. 저 원시적인 야성과 도시적인 우울이 빛과 그늘을 이루고 있는 저 얼굴. 아아 난 못 살아."

카메라가 계속 찰칵댄다.

"애 안 되겠다. 쟤가 요새 몇 달째 독수공방이더니 생각이 좀 다른 게 아냐."
"어떠니 내버려둬. 쟤 남편이라고 정조대 차고 외유하진 않을 테니."
"아닌게 아니라 저 남자 쓸 만한데. 한마디로 섹시해."

섹시하다는 말에 하도 노골적인 악센트를 주는 바람에 여자들이 한꺼번에 까르르 웃어젖힌다.

까르르 하는 웃음은 짓눌리는 듯한, 간지럼을 타는 듯한 키득거림으로 변하고 서로서로의 음탕함을 빠르게 촉발하는 음향효과를 낸다. 일단 촉발된 음탕함은 각자의 피부 위에서 파렴치하게 번들대며 분위기를 즐겁고 끈끈하게 한다.

만득은 이 여자들, 그가 그렇게도 갈망했을 뿐 한 번도 실제로 잡아보지는 못했던, 끝내 화려한 신기루에 불과했던 이 도시 여자들에게 복수와도 같은 광포한 욕망을 느낀다.

긴 목에서 풍만한 가슴으로 흐르는 요염한 선, 건강하고도 나긋한 다리, 끊임없는 요설로 나불대는 선정적인 입술—이 아름다운 허위를 능욕하고 또 할 수만 있다면, 이 여자들은 사랑의 행위에 있어서도 얼마나 능숙하고 기교적일 것인가. 적어도 콩 심은 데 콩 나고 팥 심은 데 팥 나는 땅덩이처럼 미련하고 정직하게밖에 반응할 줄 모르는 아내와는 다르리라. 상상만으로 그의 남자다움이 사납게 전율한다.

그러나 그는 그가 취해야 할 행동에 있어선 숫총각처럼 전연 속수무책인 채로, 그를 이 곤경에서 구해준 건 그의 아내였다. 점심을 차려놓고 남편을 기다리다 못해 마중 나온 아내의 뒤를 따르며 그는 다시 한번 까르르 자지러진 웃음소리를 듣는다.

그는 등허리가 화끈해지며 죽고 싶도록 참담해진다. 마치 무자비한 윤간을 당한 처녀같이. 오래도록 계속되는 자자한 웃음소리, 웃음소리…… 잔인하고 오만하고, 사치스럽고 음탕한 도시의 웃음소리, 그는 아내를 앞질러 도망치듯이 앞으로 곤두박질을 친다.

숲에 어둠이 짙어질수록 풋풋한 풀내음도 짙어진다. 그러나 아직도 숲에 짙게 배어 있는 커피의 여향을 희석하지는 못한다. 적어도 만득이에게만은 그렇다. 그도 그럴 것이 그는 어느 틈에 낮 동안 도시 여자들의 놀이터였던 냇가 둔덕에 와 있다. 깡통, 유리병, 은종이, 바나나 껍질 등 번들대는 도시의 파편만을 남겨 놓고 도시 여자들은 이미 거기 없다. 만득은 발끝에 차이는 깡통 나부랭이를 힘껏 냇물로 걷어찬다. 첨벙 하고는 이내 단조로운 시냇물 소리만 남는다. 깊고깊은 절망감에 엉엉 울고 싶다. 그는 앞으로 맞아야 할 지겹도록 수많은 날을 콩 심은 데 콩 나고 팥 심은 데 팥 나는 땅의 요지부동한 우직과 대결해야 할 일이 도저히 못 참아낼 끔찍한 일로 여겨져 두려운 것이다.

"여기 계셨군요."

아내다. 이 미련한 여자는 남편 뒤를 졸졸 따라다니는 게 신혼 시절의 아내의 에티켓인 줄 알고 있다. 아내는 남편 옆에 가까이 앉는다.

"당신 화났죠? 나도 알아요. 낮의 그 화냥년 같은 서울 여자들 땜에죠?"

그래 그러니 어쩌겠다는 거냐. 못난 게 그래도 치마 두른 계집 티는 내느라고.

"제깟 것들이 서울서 왔으문 단가, 남의 사낼 함부로 넘보고, 아무튼 여염집 여잔 아냐. 놀아본 것들이지."

흥 여염집 여자? 너 같은 시골뜨기나 좋아할 낡아빠진 딱지로구나.

"여보, 인제 그깟 년들 일일랑 잊어버려요. 좋은 생각만 해요. 으응 여보. 우리도 인제 운수가 트이려나봐요. 안 그래요? 이번의 돼지 새끼만 해도 한 배에 열 마리나 낳는 일이 어디 그리 흔한 줄 알아요. 그것들만 고스란히 길러봐요. 큰돈 되지. 안 그래요?"

이 미련한 것아. 돼지도 먹어야 살아.

"당신은 아마 열 마릴 다 기르는 건 어렵도 없다고 생각하죠, 먹이 때문에. 어느 돼지라니, 그것들 무지무지하게 먹는 걸 누가 모를까봐요. 그렇지만 염려 말아요. 청평 유원지 있는 데 거기 음식점이랑 여관이랑 즐비한 데 있잖아요. 거기 그중 큰 음식점에서 식모일 하는 애가 나하고 친하거든요. 걔하고 벌써 약속이 돼 있어요. 음식 찌꺼길 모조리 뫄주고 모자라면 딴 집 것도 뫄준다고, 머리로 여 나르죠 뭐. 그까짓 것. 하루 몇 번이고 임질엔 자신 있으니까요."

이 미련둥아, 예서 청평이 몇린 줄이나 알고 하는 소리냐?

"모가지가 빠지게 여 나를 테니까요. 모가지가 빠지게……"

제발 이 미련둥아. 입 좀 닥쳐라. 임질로 왜 목이 빠지니. 목이 오므라들면 들지. 가뜩이나 밭은 네 목은 아마 없어지고 말 거다. 아주, 아주.

"그리고 당신 우리 밭이 돌사닥다리 몹쓸 밭이라고 투정이지만 그 밭에 돌만 없어봐요. 얼마나 좋은 밭인가. 내 그예 돌을 없애고 말 거예요. 매일 몇 광주리씩 여다가 냇물에 처넣어버릴래요. 제깐 돌이 이기나 내가 이기나 어디 목이 빠지게 해볼 거니까요."

정말 이 미련한 것아, 임질로 왜 목이 빠지니. 너처럼 매사를 임질로 하다간 목은커녕 대가리까지 몸통 속에 처박힐라.

"내 꼭 좋은 밭 만들어놀 테니까, 여보 올 겨울엔 우리도 그 하우슨가 뭔가 좀 해봐요. 겨울이라고 놀 거 뭐 있어요. 비니루 사고 할 돈은 나도 좀 있다니까요. 봄내 여름내 내가 한시반시 논 줄 알아요. 저 산도 저게 다 돈덩어리라니까요. 내가 봄에 고비니 고사리니 취니 산나물 해다가 팔아 모은 돈이 얼만지나 알아요? 자그마치 팔천원이나 된다니까요. 게다가 강낭콩이니 깻잎이니 하다못해 돈 되는 거라문 꽃모종까지 캐다 팔았다니까요. 그래서 지금 얼마나 몬 줄 알아요. 자그마치 만오천원이에요. 놀랐죠?"

정작 놀랄 건 내가 아니라 너다. 네 그 돈이 도저히 못 입어줄 원피스 값에도 훨씬 미치지 못하는 걸 안다면—

"여보 뭐라고 좀 그래봐요. 우리도 잘살 수 있어요. 돼지 열 마리만 잘 자라면 난 목이 빠져도 좋아요. 우린 큰돈을 만져볼 수 있게 돼요. 큰돈…… 아마 삼십만원은 너끈히 될걸요. 혹시 운수가 나빠 돼지 값이 떨어진대도 이십오만원은 문제없겠죠? 여보 이십오만원!"

아내가 혹시 누가…… 사람이 아니더라도 혹시 시기심 많은 잡귀라도 엿듣고 샘을 내서 훼방을 놀면 어쩌나 싶어 사방을 휘

주말 농장 169

둘러보고도 미심쩍어 귓가에 바싹 들릴락 말락 한 소리로, 그러나 자못 경건하게 속삭인 거액 '이십오만원'과 낮에 도시 여자들이 단물 빠진 껌처럼 씹어뱉던 '이십오만원'과의 우연의 일치가 일순 만득에게 미칠 듯한 분노를 일으킨다. 벌컥 용솟음치듯 일어난 만득은 아내를 아까 빈 깡통 걷어차듯이 힘껏 걷어차며

"이년아, 가, 어서. 어서 주둥아리 닥치고 내 앞에서 썩 꺼지지 못해. 누구 환장하는 꼴 안 볼려거든 어서 썩."

한 번 앞으로 고꾸라지듯이 넘어졌다가 비슬비슬 일어난 아내는 예사롭게

"당신도 빨리 들어와요. 괜히 모기에게 실컷 뜯기지나 말고……"

하며 느리게 걸어간다. 아내가 사라진 후에도 분노는 걷잡을 길이 없다. 아내와 도시 여자와 자기를 한꺼번에 산산이 유린하고 또 유린해 박살내고 싶다. 아아 그럴 수만 있다면, 그럴 수만 있다면……

그래 참 그럴 수도 있겠군. 아내의 만오천원과 이십오만원을 훔치는 거다. 그래서 도시의 환락과 도시의 여자를 사고, 사기치고 하는 거다. 떡심 같은 아내는 또 돈을 모으겠지. 그럼 아마 나는 또 훔치겠지. 훔치다가 도시에다 거는 거다. 아내는 팥을 심어 팥을 거두고, 콩을 심어 콩을 거두고, 임질로 밥찌끼를 나르고, 돌멩이를 나르고, 돈을 벌고 또 벌고, 나는 훔치고 또 훔치는 거다.

그래서 도시에다 걸고 또 거는 거다. 얼마나 오랜만에 꾸며보는 음모인가? 얼마나 통쾌한 범죄에의 예감인가? 독한 술이 내장에 스미듯 그는 빠르게 즐거워진다.

정직과 근면— 그건 아버지의 죽음으로 어쩔 수 없이 걸쳤던 상복(喪服) 같은 거였나보다.

남의 이목을 의식한 위선이요 동시에 자기 기만인 상복. 대체 나에겐 상복이란 게 얼마나 거북살스럽고도 어릿광대스러운 것이었을까. 마치 채 정도 들지 않은 시부모의 상을 입고 고운 옷에 연연하는 철부지 새댁같이 나는 이렇게 되길 바랐던 거야. 상복으로부터 자유로워지려는 지금 나는 얼마나 유쾌한가.

유쾌한 김에 만득은 쓰윽 폼을 잡아본다. 제까짓 게 실상 별것도 아니면서 괜히 잘난 척, 잘사는 척, 잔뜩 거만하게 군림하는 서울의 빌딩가를 행여 기죽을세라 트릿하게 째리며 누빌 때 재던 폼인데 제 깐엔 썩 잘되는성싶다. 마치 뱃속부터 익힌 배냇버릇같이 자연스럽다.

그런 폼을 잡고 나니, 불현듯 가해와 폭력에의 욕망이 근질근질 솟구침을 느낀다. 도시의 그 반드르르하고 요사스런 상판때기를 갈기갈기 찢어놓고픈, 철석같은 안일을 우당탕탕 교란하고픈, 실컷 유린하고픈, 그리고 그게 썩 자신이 있다.

실상 만득에게 이런 욕망의 경험은 처음이 아니다.

왕년에 도시에서 폼 잡고 날릴 때도 자주자주 이런 욕망에 시달렸지만 그저 험상궂은 폼이나 잡고 쌍소리로 짖어대는 것으로 그쳤던 것은 자기가 꿈꾸는 복수로써 갚아야 할 원한이 뭔지가 너무도 막연했기 때문이었다.

그러나 이젠 명확해지고 만 것이다. 아내가 목이 빠지게 목숨 걸고 하는 무시무시한 농사질 옆에서, 도시의 여자들이 벌일 아기자기한 농사 소꿉질의 그 나불나불 까르르까르르에 대한 복수인 것이다. 그들이 그렇게 아무것도 모른다는 것, 그 가공할 천진난만에 대한 복수인 것이다.

그는 점점 더 유쾌해진다. 너무 유쾌해서 아내까지도 사랑하고 싶다. 무거운 임질로 목이 빠진, 아니지 목이 오므라들어 머리와 몸통이 맞붙어버린 아내에의 연민으로 콧마루가 시큰해진다.

만득은 질질 울며, 킬킬 웃으며, 어깨를 으쓱대며 폼을 잰다.

맏사위

 나는 몇 가지의 미신을 믿고 있었고, 거기 따른 금기를 지키기에 엄격했다. 이를테면 신발을 바꿔 신으면 손재수(損財數)가 있다든지, 날이 저문 후에 남에게 물이나 돈을 내주는 일이 있으면 재수가 없다든지, 팔월에 문창호지를 바르면 좀도둑이 든다든지 따위 금기를 절대적인 믿음으로 지켰던 것이다.

 그래서 나는 고무신을 사자마자 우선 신바닥에 송곳으로 별표나 ×표를 새기고도 미심쩍어서, 사람이 많이 모이는 잔칫집 같은 데라도 갈라 치면 아예 보자기를 준비해가지고 가 신발을 싸서 귀중품처럼 끼고 다녔고, 예고도 없이 걸핏하면 수돗물이 끊기기 일쑤인 변두리 동네라 미리미리 물을 받아놓지 않은 칠칠치 못한 여편네들이 다 저녁때 바께쓰를 덜그럭대며 저녁밥 질 물 구걸을 와서 대문을 흔들어대는 일이 잦았지만, 나는 한 드럼통이나 받아놓은 물에서 단 한 바가지의 물도 퍼주는 일이 없었다.

더러는 욕도 먹는 눈치였지만 나는 아무렇지도 않았다. 심지어는 문간방에 세든 여자가 밤늦게 공장에서 돌아와 발을 동동 구르며 물 한 통을 애걸해도 막무가내였을 뿐 아니라 혹시나 훔쳐라도 갈까봐 뚜껑 단속을 단단히 하고도 마음이 안 놓여 문틈으로 망을 보고, 그러면서도 한 번도 안됐다거나 미안쩍다 하거나 하는 뉘우침을 가져본 적이 없었다. 나는 그런 일을 거의 종교적인 엄숙으로 감당했다.

물론 나는 그 밖에도 많은 미신적인 금기나 비법을 알고 있었다. 해가 진 후 빨랫방망이질을 하면 동네 노인네가 죽는다느니, 임신하고 아궁이를 고치면 뱃속의 애가 언청이가 돼서 태어난다느니, 그 밖에도 눈다래끼 고치는 비결에서부터 시앗을 감쪽같이 떼버리는 비법에 이르기까지 무궁무진한 미신적인 비법과 금기를 알고 있었지만, 나는 재수에 관한 미신을 제외한 어떠한 미신도 전연 신용하지 않았고 따라서 한 번도 거기 구애됨이 없었다.

이유는 간단했다. 비과학적이라는 거였다.

내가 믿는 미신은 오직 재수, 즉 재운(財運)에 관한 미신뿐이었다. 재운만큼은 과학을 초월한 불가사의였기 때문이다.

재수란 도깨비의 엉덩바람보다도 더 걷잡을 수 없이 변화무쌍한 것이어서 그 운맞이엔 필시 주술적인 신비한 낌새가 있을 테고, 고무신짝이나 물 한 바가지에 그 낌새가 있을지 누가 아나. 그러니까 난 그것을 놓칠 수 없었다. 요컨대 나는 재수가 좋아보고 싶어 안달이 나 있었고, 그러나 여직껏 별로 재수가 좋아보지는 못했던 것이다.

나에겐 세 딸이 있었고, 그중 맏딸이 과년해갔다. 누구든지 부잣집 맏며느릿감이라고 칭찬이 자자했고, 남들의 그런 칭찬이 아니더라도 맏사위를 잘 봐야 내리 잘 본다거니, 한 집 사위 한 덩굴에 연다거니 하는 미신을 굳게 믿는 나는 맏사위만큼은 어떻든 부자 사위를 봤으면 하고 조바심을 했다. 어쩌면 나는 사위를 보는 일에서조차 그 재수라는 것의 야릇한 눈치를 살피고 있는지도 모를 일이었다.

당초에 내가 바란 사윗감은 의사 사위였다. 우리가 사는 변두리 동네에 제법 반반한 집들이 들어서게 되고 번화해지고 할 즈음, 구멍가게나 하면 마땅할 허술한 가게 터에 페인트가 칠해지고 문짝이나 새로 해달고, 소아과니 산부인과니 간판만 붙었다 하면 몇 해 안 가서 대리석 조각을 희번드르르 붙인 삼사층짜리 병원 겸 살림집이 신축되고, 새파랗던 젊은 의사는 박사님이 되어 제법 관록이 붙고, 베란다에는 피튜니아 화분이 촘촘히 늘어놓이고, 나는 그게 그렇게 부러울 수가 없었다.

빨리빨리 부자가 되는 것을 옆에서 지켜보는 기분이란 남의 일이라도 절로 신바람이 나고, 그러다간 샘이 나고, 공연히 욕도 좀 해주고 싶은가 하면 아첨도 떨고 싶고 도무지 종잡을 수가 없었다. 나는 맏딸애에게 말끝마다 네 장차 신랑감은 의사여야 한다, 의사여야 되고말고, 하고 공갈을 쳤다. 딸이 고등학교를 졸업하고 초급대학을 졸업하고 양장점에 근무하게 되고 자꾸만 예뻐지고, 자꾸만 멋쟁이가 되고 자꾸만 나이를 먹고 그래도 좀처럼 딸이 의사와 사귈 기회는 오지 않았다. 딸은 건강했고 우리 식구도 다 건강했고 웬만큼 아픈 것은 매약으로 치료하고 했으니 병원에 갈 일이 있을 리 없고, 그렇다고 가운을 양장점에서 맞추는 멋쟁이 의사가 어디 있어야 말이지.

딸은 갈수록 예뻐졌다. 저 나이에, 저 고운 태를, 봐주는 남자 하나 없는 양장점 속에서 썩히다니, 나는 초조한 김에 확고부동한 결심이 조금씩 흔들리기 시작했다.

"얘 거 꼭 의사 아니면 어떠니? 그 재벌의 아들도 괜찮더라. 너도 봤지. 〈새엄마〉에 나오는 지혜 말이다. 걔 시집을 얼마나 잘 갔니. 인식이 걔가 그렇게 꺼벙하고 만만해 봬도 대회사 사장이 아니니, 그야 다 즈이 아버지 덕이지만 말야. 너도 그 지혜만 못한 게 뭐 있니, 인물로 보나 마음씨로 보나. 마음씨야 네가 월등 낫지."

나는 지혜가 마치 내 조카딸쯤 되는 것처럼 조카딸보다는 자기 딸이 좀더 잘살길 바라는 극성맞고 샘 많은 여편네가 되어 열을 올렸다.

"엄마도 참 주책이야. 내가 뭐 엄마처럼 의사 신랑 나타나기를 기다리느라 이러고 있는 줄 알아요?"

"아니 에미한테 저 기집애 한다는 소리 좀 봐, 뭐 주책? 다 저 잘되라고 하는 소린 줄도 모르고, 쯧쯧."

"글쎄 알았다니까요. 저도 생각이 있으니 좀 가만히 계세요."

딸은 입을 꼭 다물고 다시는 무슨 말을 더 붙여볼 수도 없이 쌀쌀하게 굴었다. 그럴 때의 딸은 딸 같지 않고 꼭 남남끼리 같았다. 딸은 평소에도 깔끔하고 말수가 적고 온순한 듯하면서도 앙큼한 데가 있었다. 딸이 나에게 맞대놓고 그런 말 한 적은 없었지만 그 성미로 봐서 아마 나 같은 수다쟁이를 제일 싫어하고 있다는 것쯤은 나도 알고 있었다. 딸의 인물은 나를 많이 닮았는데 꽁생원이고 답답한 소갈머리는 꼭 즈이 아버지를 닮아 있었다.

그래 그런지 딸은 나보다는 아버지를 좋아하는 것 같았다. 그렇다고 부녀끼리 남들처럼 제법 아기자기 다정하게 구는 건 아니었다. 부녀가 똑같이 말을 아끼는 이상한 버릇이 있어서 서로 긴 말을 주고받는 일은 거의 없었다. 참 별꼴들이었다. 돈도 안 드는 말을 아끼다니. 나는 돈과 돈 들인 물건들을 너무너무 아껴야 하는 생활에서 오는 누적된 욕구불만을 카타르시스하는 유일한 방법을 요설로 삼았기 때문에 이런 부녀를 약간 아니꼽게 여기고 있었다.

그래도 부녀는 짧은 말로 제법 긴 의사소통까지도 하는 모양이었다. 내가 길고긴 넋두리로도 도저히 도달 못 하는 상태, 의기투합이랄까 이런 상태에 이들 부녀는 짧은 대화 끝에도 쉽사리 도달하고 있다는 것을 나는 눈치로 알고 있었다.

신문을 보면서 아버지가 "한심하군, 참", 딸이 "네, 참", 혹은 딸이 먼저 "참 걱정이에요", 아버지 "누가 아니래니", 좀 늦게 돌아온 딸을 보고 아버지가 "늦었구나", "네, 좀 좋은 일이 있었거든요", "저런 거 잘됐구나", 아침에 나란히 출근하면서 아버지가 "오늘 아침 예쁘구나", "고마워요, 아빠. 아빠에게 오늘 행운이……", "너에게도……", 대강 이 정도였다. 꼭 암호 같아서 나는 기분이 나쁠 지경이었다. 그뿐일까, 딸은 또 아버지의 낮은 신음 소리, 한숨, 안색, 담배 피우는 모습 등으로 아버지의 어깨를 두드려드려야 하는지, 허리를 밟아드려야 하는지, 다리를 주물러드려야 하는지를 단번에 판단했고, 그 판단은 정확해서 아버지를 그지없이 만족시키는 모양이었다.

그런 내 딸이 내 속셈을 눈치 못 챘을 리가 없다. 그러면서도 그렇게 앙큼스럽게 내 간섭을 뿌리치는 걸 보면 반드시 제 나름대로의 속셈이 있을 것 같았다. 혹시 좋아 지내는 남자라도? 그러나 이런 의혹이란 과년한 딸을 가진 부모라면 누구나 하루에도 몇 번쯤 가져보는 걱정 반 기대 반의 의혹일 뿐 딱히 짚이는 데가 있는 건 아니었다. 도대체 양장점 속에서 사귈 수 있는 남자의 부류에 대해 나는 상상을 할 수가 없었다. 그래서 나는 더욱 걷잡을 수 없는 혼란에 빠졌다. 의사나 재벌의 아들이 아니란 것만은 틀림이 없을 것 같았다. 그렇다고 그게 그렇게 몹시 걱정되는 것은 아니었다.

처음부터 내가 의사나 텔레비전 연속극 속의 재벌의 아들을 둘러댔던 것은, 내 생활 주변에서 손쉽게 찾아낼 수 있는 유족한 족속의 본보기가 그들밖에 없었기 때문이었다. 내 생활 주변이란 고장은 그렇게 보잘것없이 답답했다.

 결국 내가 원하는 내 사위는 의사나 재벌의 아들이 아니더라도 웬만큼 부자면 됐다. 큰마음 먹고 다시 한번 양보를 하면 현재 부자가 아니더라도 장래성이 있으면 됐다. 내가 말하는 장래성이란 물론 빨리빨리 부자가 될 수 있는 장래성을 의미했다.

 아아, 나는 좀더 솔직해야겠다. 나는 내 딸이 즈이 아버지, 즉 내 남편을 닮은 남자와 좋아하게 될까봐 두려워하고 있는 것이었다.

 그럴 가능성이란 뉘 집 딸에게도 충분히 있지 않은가. 딸에게 아버지는 이 세상에서 최초로 만난 남성이요, 그래서 무의식중에 아버지를 닮은 남성을 미래의 남편감으로 몽상하는 건 극히 자연스러웠다. 더구나 우리집처럼 다정한 부녀간이라면 그럴 가능성이 한층 농후해질 거고 나는 그것을 막아야 했다. 그것은 어미로서의 내 의무였다. 박봉으로 결혼을 해서 셋집에서 전셋집으로, 아이를 낳고 공부를 시키고, 텔레비전을 사고 냉장고를 사고, 드디어 날림집이나마 내 집이라고 코딱지만한 블록집을 장만하고 하는 노고와 내핍의 지긋지긋함을, 아무것도 모르는 철부지인 내 딸에게 가르쳐주는 것은 내 의무였다.

 내 딸은 거의 병적이다시피 깨끗한 것을 좋아했다. 자주 목욕을 하고 자주 머리를 감고 깔끔치 못한 제 동생들과 싸우고, 제 방을 털고 닦고, 노는 날이면 유리창 닦고 행주 삶고 그릇 닦고, 구석구석을 털어내고 쓸어내고 부산을 떨었다. 나는 이런 기회도 잘 파고들었다.

 "너, 청결 좋아하는 건 좋지만 행여 청빈 좋아할라. 세상 거짓 말 중 청빈이란 거짓말처럼 악랄한 거짓말이 또 있는 줄 아니? 모순이란 말이 창(矛)과 방패(盾)의 거짓말에서 비롯된 건 너도 알지. 창과 방패의 관계보다 더 모순된 관계가 청(淸)과 빈(貧) 의 관계야. 그야 청빈이란 말이 생겨났을 때만 해도 사정이 지금 하곤 달랐겠지. 사람 사는 일이 띄엄띄엄 떨어져 있었고, 멋이라 는 게 있었고, 호랑이가 담배 먹는 일도 있었을 때였을 테니까. 그렇지만 지금 세상에 어떻게 '청'과 '빈'이 공존할 수 있니? 우 선 가난하면 집값이 싼 빈촌에 살아야 돼. 넌 지금 우리가 사는 이 동네가 빈촌인 줄 알지만 여긴 그래도 신흥 주택가야. 정작 빈촌을 네 따위가 상상이나 할라. 생전 쓰레길 쳐가나 똥을 퍼가 나, 하수도가 있나 수돗물이 나오나, 거기 어떻게 '청'이 있니? 네가 제아무리 쓸고 닦아봐라. 걸렌 어따 빨구, 똥 안 누구 살 재 주 있나. 파리는 윙윙대지, 한 집에서 두세 가구가 아귀다툼에, 애새낀 와글대지, 비나 한바탕 쏟아지면 길바닥에 똥 퍼다버리 는 게 대청소구…… 그리구두 어느 아가리가 청빈 찾을까? 구태 여 빈촌까지 갈 것 없이 네가 지금 당장 배가 고파 죽겠는데 올 데 갈 데 없고 돈은 오십원밖에 없어봐라. 네가 '청' 찾게 되나. 될 수 있는 대로 더러운 뒷골목에 냄새 고약한 노점 국밥집을 찾 을걸. 값싸고 분량 많은 음식을 취하려니 그럴 수밖에. 썩은 말 뼉다귀건, 썩은 개고기건 족보 따질 것 없이 감지덕지할걸. 배고프다는 게 그런 거야. 찡그리긴 왜 찡그려. 설마라구? 아니 몇 달 묵은 소가죽으로 국 끓여 팔아먹은 일이 없었다구? 그런 끔찍한 일은 있었고, 그걸 사먹은 게 누구였겠니? 빈민이야, 빈민. 그래도 청빈이 있어? 너, 왜 그런 얼굴을 하고 날 보니? 질린 게로구나. 그렇지만 정작 질릴 소린 이제부터야. 우리 사는 것, 우리 먹는 걸 보고 지금 네가 진저리치듯이 진저릴 치고 구역질을 할 수 있는 사람들도 얼마든지 있다는 사실이야. 더 청결하고 그야말로 티끌 하나 없이 으리으리 반짝반짝하는 완전 무균상태의 생활이 얼마든지 있다는 사실이야. 그런 생활에서 보면, 네가 좋아하는 돼지비계 넣고 끓인 김치찌개가 바로 썩은 소가죽국에 해당하게 되는 거야. 네가 쓸고 닦고 털고 훔친 살림살이가 구더기 밑살로 보이게 되는 거야. 그래도 청빈이 있겠니? 내가 왜 이런 소릴 자꾸 하는 줄 아니? 행여 네가 가난뱅이하고 연애 걸까봐 그러는 거야. 가난뱅이라면 몸서리가 나서 하는 소리야. 나도 한창땐 너만큼 안 예뻤는 줄 아니? 누구나 탐을 내고 샘을 냈지. 그런데 어쩌다 가난뱅이 남편 만나 봉두난발로 고생하다보니 이렇게 된 거야. 귀부인이 따로 있는 줄 아니? 돈이 불로초도 되고 귀부인도 만드는 거야. 그러니 연앨 걸랴거든 우선……"

나는 이런 말이라면 힘 안 들이고 하루 종일도 지껄일 수 있었는데 딸년은 귀를 막더니 자리까지 피해버려 중단되고 말았다.

나는 그후에도 종종 기회 있는 대로 딸에게 비슷한 장황한 연설을 했다. 그런데 내 이런 연설이 딸에게 얼마만큼이나 먹혀들어갔는지에 대해선 영 자신이 없었다. 딸은 내 말을 들은 척도 안 하면서 들었다. 핀잔을 주려 들지도 않고 얼굴에 어떤 혐오감을 나타내지도 않고 그냥 얌전히 들어주고 있었다. 도리어 싫증은 나에게 먼저 왔다. 나는 연설을 하다가도 울컥울컥 구역질 같은 혐오감을 내 연설에서 느꼈다.

그러던 어느 날, 딸은 조금도 부끄러워하거나 주저하는 빛 없이 친한 남자친구를 집에 데리고 오고 싶은데 만나달라는 거였다. 나는 한편 반갑고 한편 가슴이 두근댔다. 마치 내 처녓적 맞선 볼 날을 받아는 때보다 더 가슴이 두근댔다.

친하다니, 친하면 어느 만큼 친한 거냐고 나는 우선 그것부터 따졌다. 엄마만 좋다면 결혼하고 싶어요. 딸의 대답은 간결했다. 딸은 결혼이란 말을 어찌나 기술적으로 가볍게 발음했던지 나까지도 결혼이란 게 일생의 중대사라는 걸 하마터면 잊을 뻔했다. 요것 봐라. 보통내기가 아닌데…… 그렇지만 그렇게 쉽게는 안 될걸 하고 나는 마음을 다져먹었다.

"넌 시집가는 걸 무슨 소풍 가는 것쯤으로 우습게 생각하는 모양이다만 그런 게 아냐. 인류대사야. 더구나 넌 맏딸이야. 맏사위를 잘 봐야 내리 잘 볼 수 있다는 건 너도 알지? 네 책임이 그만큼 무거운 거야. 그리고 참 너희 아버지가 행여나 연애결혼을 찬성하실라. 아마 펄펄 뛰실걸."

이 문제에 남편을 끌어들인 것은 딸에게 겁을 주기 위한 나의 계획적인 공갈이었다. 딸은 자기의 결혼에 있어서 부모가 차지

할 수 있는 소임을 엑스트라 정도로 얕잡고 있음이 분명했고, 나는 딸의 그런 방자한 소갈머리가 얄미워서라도 훼방을 놓고 싶었다. 그러나 딸은 생긋 웃으며,

"엄마, 그건 염려 마, 아버지하곤 벌써 얘기가 돼 있어요. 만나 보신 일까지 있는걸. 정식으로가 아니고 그냥 우연히 만난 것처럼……"

나는 내가 완전히 이들 부녀에 의해 골탕을 먹었다는 걸 인정하지 않을 수 없었다. 일은 이미 꾸며진 것이다. 날보고 만나보라는 건 다만 각본상의 형식일 뿐이었다. 그제서야 나는 황망히 남자의 사주를 물어보고, 딸이 나이밖에 모른다고 하자 당장 알아오라고 아무리 네가 좋대도 궁합을 맞춰봐서 안 맞으면 이 결혼은 못 하는 줄 알라고 공갈을 치고, 대관절 돈은 있는 남자냐, 한 달에 얼마나 버는 남자냐고 당조짐을 해도 딸이 시원히 대답을 안 하자, 홍 보나마나 가난뱅이구나 가난뱅이야, 가난뱅이는 절대로 안 된다고 내가 글강 외듯 했는데도 지금 와서 가난뱅이를 끌어들이려고 해? 안 된다, 절대로 안 되고말고. 또 한번 공갈을 쳤다.

그러나 엑스트라의 공갈쯤 아랑곳없이 일은 진행돼갔다. 사윗 감을 데려다 상면할 날도 정해졌다. 내가 만나보고 승낙만 하면 약혼식은 생략하고 곧 날 받아 결혼을 하겠다니 내가 만나보는 날이 곧 약혼날과 무엇이 다르랴.

사윗감은 내가 생각한 대로 가난뱅이라는 것이었다. 그러나

궁합은 썩 좋았다. 딸이 받을 복이 있어 결혼만 하면 재산이 불일어나듯 인다는 것이었다. 사주쟁이는 무릎을 치며 감탄했다.

"하! 이런 게 바로 천생연분이라는 거여."

"선생님 그게 정말이에요? 틀림없는 거죠?"

나는 사주쟁이에게 바싹 무릎을 들이대고 같이 좋아했다. 양장점에서도 연애를 하다니…… 나는 딸이 신통해서 죽을 지경이었다.

남자는 미술대학 졸업생으로 조각을 전공했는데, 재학중 아르바이트로 여자용 액세서리를 나무나 금속으로 만들다 양장점 양품점에다 팔았고, 그러다가 딸과 알게 된 모양이다. 원, 남자가 뭘 해먹을 게 없어서 좀스럽고 따분하게 여자들 브로치나 단추를 새기다니, 사윗감으로 천부당만부당했으나, 딸의 나이도 있고 더군다나 고명한 사주쟁이의 철석같은 보장이 있고 보니 그런대로 나는 만족했다.

사윗감을 데려다 볼 날을 받아놓고 도배도 하고 나박김치, 장김치도 담고 나는 신바람이 났다. 나는 아직 보지도 못한 사윗감을 좋아하고 있었다. 그 녀석은 의사도 재벌의 아들도 아닌데도 그 녀석이 내 딸을 꼬였을 생각을 하면 귀엽고 대견한 생각이 절로 나서 바쁘게 일을 하다가도 저절로 입이 벙글벙글 헤벌어졌다.

내 딸이 시집을 간다, 내 딸이 시집을 간다. 생각할수록 즐겁고 신바람이 나 콧노래라도 흥얼거리고 싶었다. 당신이 시집을 가우, 요새 부쩍 들떠가지고 안 내던 모양까지 내니, 하고 남편이 나를 놀렸다. 남편도 딸의 결혼이 별 말썽 없이 진행돼가는 것이 다행스러운 모양이었다. 집안이 온통 축제 기분에 휩싸였다.

연애하는 젊은이가 있는 집은 마치 라일락이 있는 오월의 뜨락 같다고나 할까, 분위기가 그지없이 감미롭고, 선정적으로 돼갔다. 꽁생원으로 허튼 소리 한마디 할 줄 모르는 남편조차 곧잘 애들 앞인 것도 아랑곳없이 나한테 실없는 수작을 걸고 나 또한 술집 작부나 그렇게 하는 것으로 알았던 짙은 교태를 떨어 보이기도 했다. 딸의 청춘이 부럽고 대견한 나머지 우리도 흉내를 내는 셈인지, 아무튼 주책이었지만 즐거운 주책이었다.

그러다가도 문득문득 사위가 가난뱅이란 생각이 떠오르면 근심이 돼, 딸에게 그 사람이 얼마만큼 가난뱅이인가를 떠보기를 잊지 않았다.

"그래 그 사람은 학교를 졸업했으면 어디 취직을 할 것이지, 여직껏 여자들 노리개 만드는 걸로 소일을 하니? 그까짓 걸로 얼마나 벌겠다고……"

"그건 부업이고 본업은 조각이에요. 자기가 대학에서 그걸 전공했으니까."

"그래 본업에서 얼마나 버니?"

"아직은 별로 못 벌지만 장차 유명해지면 돈도 벌겠지 뭐. 아무튼 그인 예술가예요. 보통 사람하곤 달라요."

"암 달라야지, 그렇지만 남자가 원 여자 노리개나 만든대서야……."

"그게 어때서요. 그이가 만든 건 세상에 하나밖에 없는 거예요. 그인 세상에 하나밖에 없는 거 아니면 안 만들거든요. 그래서 그이 건 비싸요."

나는 고개를 끄덕이며 너그럽게 웃었다. 무슨 소린지는 잘 모르지만 딸이 그 사람에게 홀딱 반해 있는 것만은 알 수 있었다. 그 새침데기가.

그까짓 거 부자 아니면 어떤가. 저희들 의초 좋으면 그게 제일이지. 나는 다시 즐거운 공상을 시작한다. 셋방은 말고 어떻게 조그만 아파트라도 하나 얻었으면. 딸은 얼마나 아기자기 알뜰살뜰 살림을 꾸밀까. 수를 놓은 에이프런을 두르고 꽃무늬가 있는 예쁜 법랑냄비에 찌개를 끓이고, 식탁엔 꽃을 꽂고 창에는 하늘하늘하는 고운 커튼을 치고, 참 베란다엔 절대로 장독은 놓지 말라고 해야지, 귀찮아도 장은 내가 맛있게 담가서 퍼다줘야지.

그리고 베란다엔 철 따라 예쁜 화분을 늘어놓게 해야지. 구중중하고 너절하고도 살림에 필요한 건 다 친정에 갖다 맡겨놓으라고 해야지. 저희들은 동화처럼 소꿉장난처럼 살라고 해야지. 나는 자주자주 이 깨가 쏟아지는 소꿉장난에 불청객이 돼야지. 참 잊을 뻔했지. 그들은 애기를 낳을 게 아닌가. 예쁜 애기를. 난 외할머니가 되는 거다. 내 손자는 얼마나 예쁠까? 난 그놈을 귀여워만 하면 되는 거다. 아무 책임도 없이 그냥 귀여워만 하면 되는 거다. 나는 그놈을 유모차에 태우고 아파트 광장을 산책해야지. 누구든지 걸음을 멈추고 들여다볼 거야. 어머머, 어쩜 저렇게 예쁜 애기가 있을까. 여직껏 애기를 못 가진 부부는 샘이 나서 부부싸움을 대판 벌이겠지. 그리고 아이는 낳지 말자고, 아이 낳는 대신 그 돈으로 적금을 들어서 돈을 눈사람처럼 불리자고 철석같이 맹세한 부부는 그날로 변심을 하고 말 거야.

아이를 낳는 일을 돈을 모으는 일로 대신하려던 저희들의 어리석음을 깜짝 놀라 깨달을 거야. 아아, 그놈을 유모차에 태우고 난 얼마나 자랑스럽고 행복할까? 난 그놈을 그냥 사랑만 하면 되는 거다. 아무 책임도 없이.

나는 아직 태어나지도 않은 손자에 대한 사랑으로 가슴이 뿌듯했다.

드디어 사윗감이 오는 날이 되었다. 나는 아침부터 서둘러 집 안팎을 깨끗이 청소하고 깊숙이 넣어두었던 예쁜 그릇들을 꺼내고 정성과 솜씨를 다 부려 음식을 장만했다. 딸은 그이가 뭐 먹으러 오나 하면서 부엌일을 거들려 하지 않았다. 아마 겸연쩍어서 그럴 것이다. 나는 딸을 미장원으로 쫓았다.

각별히 예쁘게 해달라고 그러라고 일렀다. 미장원에 다녀온 딸에게 한복을 입혔다. 처음 선을 보는 것도 아니고, 매일 만나던 사람인데 쑥스럽게 무슨 치장이냐고 막무가내 안 입으려고 하는 것을 억지로 입혔다. 딸이 양장점에 다니긴 하지만 역시 옷은 한복이었다. 분홍 한복을 입은 딸은 날개만 있으면 선녀였다.

올드 미스 티 같은 건 조금도 없었다. 나는 괜히 콧마루가 시큰했다. 코를 팽 풀고 주르르 미장원으로 갔다. 나도 오랜만에 머리를 만지고 돌아와 화장도 좀 짙게 하고 가지고 있는 옷 중 제일 좋은 옷을 꺼내 입었다. 만반의 준비가 끝났다.

정각에 사윗감이 왔다. 그는 어깨가 벌고 키도 크고 얼굴도 훤했다. 여자 노리개를 파고 새기고 할 좁쌀맞은 상이 아니었다. 미구에 훌륭하게 되고 유명해질 건 뻔했다. 그는 허둥지둥하는 나를 부축해서 앉히더니 너부죽이 절을 했다. 나는 다시 한번 콧마루가 시큰했다.

"편히 앉게 편히 앉아."

나는 엉거주춤 앉은 사위에게 이 소리밖에 할 게 없었다. 실은 여러 가지를 물어보려고 별렀었는데 한마디도 생각이 안 났다. 다만 나란히 앉은 두 젊은이가 사주쟁이 말짝으로 천생연분으로 잘 어울려 보여 대견하고 고맙고 그래서 눈물과 웃음이 함께 났다.

"참, 내 정신 좀 봐."

나는 부엌으로 나와 다시 한번 코를 풀고 상을 봤다. 즐거웠다. 그러고도 조심스러웠다. 사위는 백년손이랬는데 행여 소홀함이 있을라 데울 건 데우고 간을 다시 보고 해서 상을 들여갔다.

나는 사위의 건강한 식욕을 대견하게 지켜봤다. 그는 가끔 내 음식 솜씨를 칭찬하는 예절까지 빠뜨리지 않고 먹음직스레 잘 먹어주었다. 나는 흐뭇했다. 세상에 하나밖에 없는 것을 만든다는 젊은이의, 세상의 하나밖에 없는 얼굴을 나는 귀여워서 못 견디겠다는 듯이 보고 또 봤다. 이미 가난뱅이라는 게 조금도 마음에 걸리지 않았다. 세상에 하나밖에 없는 것을 만드는 일이 끔찍이 대단한 일로 여겨지고 있었다.

"우리, 방에 가 있을게요."

그새 벌써 단둘이만 있고 싶은지, 내가 무슨 주책이라도 떨까 봐 겁이 나는지 식사가 끝나자 딸은 곧 제 방으로 가려 들었다.

뒷박만한 조그만 방에 둘은 문을 꼭 닫고 들어앉았다. 딸의 방 앞 댓돌에 나란히 놓인 분홍 고무신과 칠피 구두에서 오는 연상은 그것이 비록 딸과 딸의 신랑감으로 허락된 남자의 것일지라도 중국집 구석방 앞에 놓인 남녀 신발에서 오는 연상과 과히 다르지 않게 점잖지 못하다.

나는 부랴부랴 커피를 끓이고 과일을 깎는다. 방에서 일어날지도 모를 일을 미리 훼방 놀 생각도 있었고, 요새 젊은이는 어떤 밀어를 속삭일까 하는 호기심도 없지 않았다.

방문 앞에 가서 곧 기침을 하고 차를 디밀까, 잠깐 엿들을까 망설이는데 딸의 목소리가 또렷이 들린다. 나는 별수 없이 엿듣고 만다.

"우리 엄마 '유'가 마음에 들었나 봐. 엄만 순진하기가 꼭 애기 같다니까. 며칠 전까지만 해도 부자 사위 타령을 그렇게 하드니 언제 그랬드냐야. 그렇지만, 난 달라. 난 애초에 신데렐라의 꿈도 안 꿨지만, '유'가 마음에 쏙 들어서 결혼하려는 것도 아냐.

나는 내 분수를 처음부터 알고 있었고 분수에 맞는 사람을 찾다 보니 '유'가 걸린 거야. 나라고 부자 싫어하고 예술 좋아한다고 오해하진 마. 그러니 결혼하면 정신 바싹 차려야 돼. 약속한 대로 취직운동에 발 벗고 나설 것, 알았지? 뜨내기 수입 가지고 어떻게 생활 설계를 해? 안 그래? 나도 계속해서 직장 안 고만둘 거야. 애기도 당분간 낳을 수 없어. 둘이 열심히 벌어 집 사고 최소한의 문화시설은 갖춰야 할 게 아냐. 부자는 안 바란다 치더라도 남들이 다 갖춘 최저한의 생활조건은 갖춰야 할 게 아냐. 나 같은 여자 만난 거 고맙거든 예술이고 나발이고 집어쳐."

원 세상에 이런 밀어도 있을까? 나는 놀라서 찻잔을 덜그럭대며 찔끔 엎지르고, 그 바람에 방문이 열렸다. 나는 황급히 내 가엾고 귀여운 사위를 눈으로 찾았다.

그러나 그는 거기 없었다. 거기 윗목에 엉거주춤 쭈그리고 앉아 있는 건 내 사위가 아니라 내 남편이었다.

실제의 나이보다 더 들어 뵈고 어깨가 축 처지고 어릿어릿하고 비실비실하고 멍청하고 비굴하고 소심하고 슬프게 찌든 남편이 거기 있었다.

삼십 년이나 같이 산 남편이지만 이때처럼 곰곰 바라다보긴 처음이었다. 진짜로 그가 거기 있대도 그렇게 분명한 그의 모습을 볼 수는 없었을 것이다.

연인들

 나도 못생긴 편은 아니지만 내 여자애는 정말 예뻤다. 무엇보다도 우리는 젊었다. 우리에게 시월의 양광(陽光)이 오히려 사월의 그것보다 화사했고, 매연 자욱한 도심의 번화가에서 달착지근한 꽃내음이라도 맡을 듯이 가슴과 콧망울이 함께 부풀어 있었다. 이러다가 그 왜 있잖아, 사랑이라는 걸 하려는 거 아냐? 문득문득 사랑에의 예감이 우리를 간지럼 태우고 그럴 때마다 우리는 뜻없이 키들댔다. 우리는 많이 웃고 많이 지껄였다. 신촌 로터리에서 만나 서대문을 지나 서울고등학교 모퉁이까지가 걸어서 이렇게 잠깐인 줄은 미처 몰랐었다.

 우리는 타고 다닌 지난 수많은 날을 아까워하고 그 동안 낭비한 교통비를 아까워했다. 약삭빠르게도 우리는 오늘 절약한 교통비로 이미 초콜릿바를 핥아먹은 뒤였다. 앙증스럽도록 조그만 입가에 초콜릿으로 까만 테를 두른 것도 모르고 열심히 조잘대는 여자가 너무 귀여워 나는 거의 통증에 가까운 고통을 느낀다.

여자는 오늘 덕수궁으로 국전 구경을 갈까 국제극장으로 〈대부代父〉 구경을 갈까를 가지고 혼자 쫑고 까부는 중이었다. 내가 이렇게 좋은 날은 암만 해도 고궁이 좋겠다고 국전 편을 들면, 그까짓 국전쯤 안 봤댔자 화제에 궁할 건 하나도 없지만 여직껏 〈대부〉를 안 본 애가 있는 줄 아느냐고, 그걸 안 보면 화제에 끼어들질 못한다고 투정을 하고, 그럼 〈대부〉를 보자고 내가 큰맘 먹고 양보를 하면, 그 끔찍스러운 걸 돈 내고 봐줄 생각을 하면 미리 치가 떨린다고 그 끔찍스럽다는 장면장면을 일일이 모션까지 써가며, 그녀가 아직 그 영화를 안 봤다고는 도저히 상상도 할 수 없으리만치 생생하게 묘사를 하는 바람에 나는 나도 그 영화를 본 것 같은 착각이 들어 그럼 국전을 보자고 다시 번의를 한다.

누구든 지날 길에 우리의 이런 대화를 서너 마디만 주워들어도 "별 골 빈 친구들 같으니라고 쯧쯧" 하며 한심해할 시답잖은 수작이 우리에겐 그렇게 재미있을 수가 없다. 아름답지만 골 빈 여자와 더불어, 나도 골이 상쾌하도록 텅텅 비어가면서, 골을 제외한 딴 부분은 마치 단물 오른 과물(果物)처럼 충만해지는 느낌, 그 즐거움을 무엇에 비할까. 정말이지 난 이 여자와 사랑을 하려나보다.

어느 틈에 우리는 광화문 지하도 못 미쳐 육교 앞까지 왔다. K여고로 들어가는 길목으로 이어지는 이 육교는 많은 사람의 통행으로 늘 휘어질 듯이 고단하다. 오늘은 좀더 심한 것 같다. K여고에서 어머니들이 쏟아져나와 육교를 건너고 있다. 어머니들은 대개 보따리를 들고 있다. 엉성하게 포장되었거나 노출된 내용물은 방석, 쿠션, 베개, 리본, 플라워 등속이다. 어머니들의 밝은 표정과 함께 그것들은 하나같이 화사하고 아기자기해서 보는 사람을 절로 미소짓게 한다. 마치 유모차에 탄 잘생긴 애기같이.

"참, 오늘이 K여고 바자 날이지, 우리 저기 들렀다 가요. 예쁜 게 많을 텐데."

여자가 아는 척을 한다. 그녀도 K여고 출신이고 동생들은 아직 다니고 있다니 아는 척을 하는 건 당연하다.

"남자가 어떻게…… 쑥스럽게스리."

나는 한마디로 사양을 하면서도 행복한 어머니들이 한 아름씩 안고 있는 아름다운 생활의 내용물을 슬쩍슬쩍 눈여겨보는 게 근지럽도록 즐겁다. 옴뚜꺼비같이 너절한 이삿짐 나부랭이를 보고 느끼는 생활에의 진절머리랄까, 무서움증이랄까 그런 것과는 정반대의 느낌, 생활이니 가정이니 하는 울타리에의 따스운 친화감을 애인을 만들고 싶은 여자와 같이 느낄 수 있다는 건 얼마나 재수좋은 일인가.

"들렀다 가요, 응? 예쁜 게 얼마나 많고 싸긴 또 얼마나 싸다고……"

그녀는 내가 으레 뒤따르리라 자신한 듯 깡충깡충 먼저 육교

연인들 193

계단을 오른다.

"싫다니까."

나는 혼자서 투정을 하다가, 바자에 들르지 않더라도 영화 구경이나 국전 구경을 가려면 어차피 육교나 지하도를 통해 길 건너로 건너가야 된다는 걸 깨닫는다. 여자에게 내가 져주느냐, 나에게 여자가 져주느냐는 우선 길을 건너놓고 나서의 문제인 것이다.

때마침, 계단을 다 오른 여자가 육교 난간을 짚고 서서 열심히 나에게 손짓을 하고 있다. 나는 못 이기는 척 빙긋 웃고 육교의 첫 계단을 딛는다. 그러나 껑충, 그까짓 거 두 층씩 뛰어오를 셈으로 탄력 있게 내디딘 첫걸음은 뜻하지 않은 완강한 저지에 부딪힌다. 지금부터 잠시 육교의 통행이 금지된다는 간단한 전갈과 함께 두 사람의 순경이 보초 서듯이 계단 양쪽에 막아선다. 길 건너에서도 동시에 같은 일이 일어나고 이미 육교에 올라 있는 사람에게만 제 갈 길로 갈 기득권이 주어진다. 삽시간에 육교는 텅 비고 길 양편에 길을 건너야 할 사람들이 점점 큰 무리를 이룬다. 그래도 왜? 라든가 얼마 동안이라든가 통행금지에 대해 일단 있음직한 해명을 순경은 하려 들지 않는다. 갈 길이 막혀 고이고 있는 게 막힌 하수구의 구정물이 아니라 바로 사람이란 걸 무슨 수로 그에게 인식시킬 수 있담. 한낮에 많은 사람의 통행의 자유를 빼앗은 순경의 얼굴은 위인의 동상처럼 외포(畏怖)를 떨칠 뿐 미동도 안 한다.

육교 양쪽엔 육교를 건너야 할 사람들이 자꾸자꾸 밀린다. 그러나 아무도 순경에게 왜라든가 언제까지라든가를 물을 엄두를 못 낸다. 용무가 급한 사람은 초조히 발을 구르면서도 불평은 입속에서 적당히 우물댄다. 급하지 않은 사람은 "아마 높은 양반이 지나가려나보지" 하며 뜻밖의 구경에의 기대로 횡재를 점치는 노름꾼처럼 음흉해진다.

"이 길을 건너다 숨진 어린 넋을 위하여……"라는 감동적인 사연까지 새겨진 육교, 차량의 홍수를 초연히 이 길과 저 길 사이를 손잡듯이 정답게 이어주던 다리는 삽시간에 난공불락의 요새로 둔갑하여 건너가야 할 사람과 건너와야 할 사람 사이에 가로걸려 있다.

차량의 통행이 여전한 것을 보면 높은 사람이나 구경거리가 쉬 나타날 것 같지도 않다. 그럴수록 발이 묶인 사람은 발이 묶인 까닭이 궁금하고, 까닭도 모르고 무작정 발이 묶여야 하는 일이 심히 부당한 일로 여겨져 억울하다. 세상에 억울하다는 느낌처럼 고약스런 느낌이 또 있을까?

"누가 온다는 거야, 젠장." "높은 사람이 온다니 아마 정수리로 육교라도 들이받을까봐 그러는 거야 뭐야." "언제까지 이럴 셈이야. 무슨 말이 있어야 게 아냐, 씨발." "영문이나 일러주고 사람 발을 묶더라도 묶어야지. 내 더러워서……" 웅얼웅얼, 쑥덕쑥덕…… 그러나 행여 순경이 들을세라 될 수 있는 대로 뒷전에서, 될 수 있는 대로 입 속에서 웅얼댄다.

연인들 195

도대체 이런 비겁한 쑥덕공론으로 무엇을 해결할 수 있단 말인가? 건너가야 할 사람의 건너가야 할 용무와 건너와야 할 사람의 건너와야 할 용무를 포로처럼 교환할 수라도 있단 말인가? 건너가는 일과 건너오는 일을 서로 비기게라도 할 수 있단 말인가?

순경은 여전히 사람들의 이런 초조와는 무관한 채 동상처럼 위대하다.

나는 이렇게 가만히 기다리고 있는 상태를 지속시키는 게 점점 고통스러워진다. 사람들의 비겁한 쑥덕공론이 온통 내 머릿속으로 꽉 차들어 벌처럼 윙윙대는 것 같기도 하고 피가 체온 이상으로 데워져 가슴으로 쏟아져들어오는 것모양 가슴이 화끈거려 안절부절을 못 하겠기도 했다. 그것은 어떤 징조였다. 나는 그게 어떤 징조인지를 알고 있을 터였다. 나는 주제넘게도 지금 이 자리에서 사람들을 위해 뭔가를 하지 않으면 안 된다고 생각하기 시작한 것이다. 그것은 내 의지와도 상관없는 내 왕년의 반장 기질과 결부된 일종의 조건반사 같은 거였다. 나는 국민학교 육 년 동안, 중고등학교 육 년 동안을 줄창 반장 노릇으로 일관해왔고 이제 대학 이 년이니 긴긴 반장질을 벗어난 지가 겨우 일 년 반 남짓밖에 안 된 셈이었다. 결국 나는 나의 성격 형성의 가장 중요한 시기 십이 년 동안을 여럿의 불평불만을 타당한 이유로 회유 진압하거나 필요하다고 판단했을 때는 여럿의 그것을 선생님에게까지 도달하게 함으로써 불평불만의 배출구 노릇을 하거나 했던 것이다. 그런 일에 조금이라도 게을렀다간 대뜸 반장 넌 뭐냐? 무능하다, 자격 없다, 집어치워라, 어쩌고 하는 조롱을 빗발처럼 감수해야 했던 것이다.

대학생활이 나에게 준 여러 종류의 자유―연소자 입장 불가의 영화관에 어깨 펴고 드나들 수 있는 자유, 아무 데서나 담배를 피울 수 있는 자유, 대폿집에서 막걸리 한잔으로 방성대가 할 수 있는 자유, 여자와 뮤직홀에서 온종일 몸뚱이를 들까불 수 있는 자유도 막상 누려보니 상상했던 것보다 시시했지만 반장으로부터의 자유만은 자다 깨서 생각해도 새롭게 홀가분했다.

그런데 느닷없이 백주 대로상에 악몽처럼 반장의식이 고문을 받을 줄이야. 더욱 난처한 것은 나의 반장의식이 나에게 협박하다시피 시키는 일, 여럿의 쑥덕공론으로 동상의 고막을 울려주는 일에 나는 도무지 자신이 없다는 것이다. 자신이 없을 뿐 아니라 나는 그 일이 무서웠다. 그러면서도 나는 그 일에 어쩔 수 없이 떠밀리고 있었다. 헤엄도 못 치는 주제에 깊이도 모르는 물로 떠밀려야 하듯이.

나는 문득 길 건너에서 이쪽을 보고 열심히 손짓을 하고 있는 나의 여자를 발견했다. 여자는 웃고 있었다. 손짓은 어서 건너와 보라는, 아이들의 용용 죽겠지 같기도 하고, 자기만 먼저 가겠다는, 이를테면 빠이빠이 같기도 했다. 용용 죽겠지건 빠이빠이건 난 구태여 그것을 분별하려 들지 않았다. 실상 그건 아무래도 좋았다. 조금 전까지만 해도 저 여자와 난 얼마나 동등했으나 그런데 지금은 뭔가. 저 여자는 재빨리 요새를 돌파한 용사고 난 낙

오자인 것이다. 저기서 건너다본 난 얼마만큼 머저리로 보일 것인가.

여자 앞에서 더이상 머저리일 수만은 없다는 오기와 예의 반장 기질이 합쳐지면서 저돌적인 용기가 된다. 나는 사람들을 헤치고 감연히 순경 앞으로 나선다.

"대관절 무슨 일로 사람들 통행을 막는 겁니까? 까닭이나 알아얄 게 아뇨."

그 말 한마디를 위해 대단한 용기와 엉뚱하게도 왕년의 반장 기질까지 합세를 했을 터인데도 내 목소리는 목에 걸린 빙충맞은 소리가 되어 나온다. 순경도 못 들었는지 무표정하다. 나는 당연한 걸 묻는 걸 지나치게 어려워하고 있는 자신에 대해 부득불 화가 난다.

"언제까지 우릴 이대로 놔둘 거요? 참는 데도 한도가 있지."

기어코 나는 나도 깜짝 놀라도록 큰 소리를 지르고 만다. 비로소 순경이 나를 돌아다봐주었다. 그러나 뭐 이런 게 다 있어 하는 듯이 내 아래위를 쓱 한번 훑어봤을 뿐 다시 나를 묵살했다. 이게 무슨 꼴이람. 순경과 대화를 나누는 일이 이렇게 깨끗이 실패하리라곤 전연 예기치 않았으므로 나는 심히 낭패했다. 그리고 내가 정말로 발이 묶인 여러 사람의 반장이라도 되는 것처럼 면목도 없고, 한마디로 내 꼴은 엉망이 되었다.

'좋다. 네가 나를 묵살하면 나도 너를 묵살해주마. 너도 좀 당해봐라.' 내가 냉큼 생각해낼 수 있는 것은 고작 이거였다.

"난 좀 가야겠소."

물론 묵살은커녕 전신으로 순경을 의식하며, 될 대로 돼라, 이 판국에 이럴 수밖에 더 있느냐는 자포적인 심정도 거들어서 나는 꽤나 반항적인 몸짓으로 제법 당당하게 계단을 오른다.

"야!"

계단을 절반쯤이나 올랐을까 할 즈음 노한 고함 소리와 함께 나는 뒷덜미를 세차게 잡힌다. 순경은 내 뒷덜미를 잡은 채로 나를 가볍게 빙그르르 돌려 앞세우더니 계단을 내려온다. 나는 티셔츠와 위에 걸친 신사복이 함께 목 뒤에서 어찌나 무지막지하게 움켜잡혔는지 순경에게 밀려 계단을 하나하나 내려디딜 때마다 곧 눈알이 튀어나오고 혓바닥이라도 쭉 내뺄 늘어뜨릴 듯이 고통스럽다. 아마 교수(絞首)당해 질식사하기 직전의 고통이 이러려니 싶다. 게다가 계단 밑에서 나의 이런 꼴을 보고 웃는 사람들 꼴이라니, 영락없이 악당의 교수형을 구경하며 좋아라고 길길대는 서부 개척시대의 개척민만큼이나 천진하고 잔인해 뵈지 않는가.

길길길…… 사람들은 아무 근심 없이 잘도 웃어댄다. 아예 그들의 용무 같은 건 까먹은 눈치다. 나를 구경하는 재미로 얼이 쏙 빠져버린 사람들의 웃음소리를 견디는 고통이 교수의 고통보다 더하면 더하다.

조금 전까지만 해도 저들은 초조했고, 바쁜 저들만의 일이 있었고 그래서 저들은 하나하나가 제각기 또렷하게 아름다웠더랬

연인들 199

는데 지금은 하나같이 백치스럽게 변모해 있다.

드디어 계단을 다 내려오고 목을 죄는 고통으로부터 좀 놓여 나는가 했더니 웬걸. 한층 세게 목이 죄어지고 이내 온몸이 빙그르르 한 바퀴 돌려지더니 순경과 마주 보게 세워진다. 그사이가 눈부시게 빨라 나는 어지럽다. 어느 틈에 그의 손은 뒷덜미가 아닌 내 앞가슴에서 옷깃을 한 움큼 움켜쥐고 있다.

"뭐야 넌, 무슨 빽으로 함부로 법과 질서를 무시해 응?"

법과 질서라니, 지금의 나에겐 너무도 어렵다. 나는 멀뚱히 내 가슴께를 움켜쥔 그의 손과 그의 얼굴을 번갈아 보며 '오늘 넥타이를 안 매길 참 잘했어. 티셔츠를 입은 건 잘한 일이야' 고작 이런 생각을 했다.

"아니 대학생 아냐? 대학생이면 다야?"

그는 드디어 내 신사복 깃에 달린 빛나는 배지를 본 모양이다.

"건방지게스리."

그의 얼굴에서 직업적인 권태가 싹 가시며, 강한 분노와 악의적인 조롱으로 아주 살벌한 얼굴이 된다. 그의 그런 변모가 나에겐 너무도 뜻밖이다. 나는 아직 그렇게 악의적인 시선에 내 배지와 내 얼굴을 내맡긴 경험이 없었다. 내 배지는 꽤 이름도 있고, 인기도 있는 대학의 것이었고, 그것의 쟁취를 위해 나는 고등학교 삼 년 동안을 지독하게 공부를 했고, 그래서 난 내 배지가 자랑스럽고 지금 과거의 나처럼 수험 준비로 악전고투중인 내 후배녀석이나, 이런 수험생을 가진 학부형들에게 내 배지가 미치는 심리효과를 나는 알고 있었다. 나는 그들의 선망과 동경에 익숙해 있었고 나는 그것을 좋아했다. 그래서 나는 면도나 세수하는 것, 심지어는 이 닦는 것을 잊고 외출한 적은 있을지언정 내 배지를 내 옷의 가장 눈에 띄는 곳에 도드라지게 다는 것을 잊어본 적은 없었다.

순경이 나를 움켜쥔 채 말없이 세차게 서너 번 흔들더니 징그러운 것을 떨어버리듯이 획 뿌리친다. 흔들린 반동으로 나는 뒤로 엉덩방아를 찧고 만다.

"와하하……"

구경꾼들의 유열(愉悅)은 드디어 절정에 달한다. 나는 일어나서 엉덩이를 털고 앞뒤로 엉망으로 구겨진 옷의 목둘레를 바로잡고 지독한 모멸을 견딘 배지를 한번 토닥거려주고 사람들을 헤치고 도망쳤다. 사람들은 아직도 길길댄다. 아마 앙코르라도 부르고 싶을 게다. 천만에 천만에, 다시는 이런 일에 말려들까보냐고 나는 뺑소니를 친다.

수리중인 광화문 지하도가 동굴의 입구처럼 열려 있다. 통행이 자유롭다. 그렇지, 지하도니까, 발밑에 해당하니까. 나도 도망치듯이 지하도 속으로 들어갔다. 지하도의 출구는 내가 들어간 곳 말고도 세 곳으로 열려 있다. 나는 의당 국제극장 쪽으로 나가서 내 여자를 만나야겠지만 잘못 나가서 동아일보사 쪽이 되길래 되돌아 들어와 다시 나가니 비각 쪽이다. 나는 그런 실수를 자꾸만 저지르며 좀처럼 국제극장 쪽을 못 찾는다.

연인들 201

정말은 나는 여자를 만나는 것을 꺼리고 있었다. 그녀가 나에게 얼마나 정떨어졌나를 확인하는 것을 두려워하고 있었다. 어쩌자고 나는 그런 꼴을 애인을 만들고 싶은 여자에게 보여주고만 것일까? 참 재수 없는 날이었다.

나는 용의주도한 편이어서 여자와 데이트하기 전에 미리 여러 경우의 즐거움을 상상하고 궁리도 했지만, 행여 부딪힐지도 모를 곤경의 경우도 예상하고 대처할 준비가 늘 단단했다. 나는 별의별 곤경을 다 공상했었고 이런 공상이 즐거움의 공상보다 더 재미있었다.

둘이 점심을 먹으려는데 여자가 의외로 주머니 사정에 빗나가는 비싼 것을 시킨다면 어떻게 태연히 식사를 하고 어떻게 여자에게 안 들키게 시계를 풀어주나에서 시작해서, 밤거리에서 부랑배의 공격을 받았을 때 여자를 어떻게 안전지대로 피신시키고 묵은 당수 실력을 어떻게 발휘하나, 또는 수영을 즐기다가 여자가 갑자기 쥐가 올라 꼬르르 가라앉을 때 어떻게 멋지게 크롤을 쳐가 구출하나까지, 내 상상 속에서의 나는 어떤 곤경에서도 소영웅이었지, 여자 앞에서 누더기처럼 내팽개쳐지는 참경에까지는 미치지 못했던 것이다.

오랜 방황 끝에 겨우 국제극장 쪽으로 솟아올랐다. 이미 여자는 없었다. 그때까지도 나는 여자를 만날 준비가 되어 있지 않았으므로 오히려 다행이다 싶었다. 나는 혼자서 국제극장에 들어가 〈대부〉를 보고 재미없다고 생각하고, 어슬렁어슬렁 국전을 보러 가서 사람이 하도 많아서 대충대충 보는 척만 하고 시시하다고 생각하고, 밖에 나와서 빠르게 어두워가는 거리를 보며, 하나 둘 켜져가는 네온을 보며, 미아처럼 망연히 서 있다가 불현듯 술을 먹고 싶다고 생각했다.

한번 술 생각이 나자 환장을 하게 그게 먹고 싶었다. 온몸의 세포 하나하나가 일시에 생동하며 아우성쳤다. "술, 술, 술" 하고. 나는 무교동 쪽으로 곤두박질쳤다.

술집이 있는 골목의 어둠은 비로드처럼 보드라웠고 술을 파는 집들은 저녁노을처럼 붉고 아름답게 달아오르고 있었다. 어느 집의 문이고 다정하게 열려 있었고, 어느 집의 문이건 고혹적인 속삭임을 갖고 있었다.

"지금 당신의 시간은 취할 시간입니다. 지금 당신의 시간은 취할 시간입니다……"

나는 나의 첫 잔에 비렁뱅이처럼 달겨들어 비렁뱅이처럼 핥아댔다.

두 잔, 석 잔, 넉 잔…… 피돌기가 빨라지고 훈훈해지고, 따뜻해지고, 행복해지고, 얼큰해지고, 화끈화끈해지고, 뒤죽박죽이 되더니 엉망진창이 되었다.

같은 과 친구놈도 만났다. 같은 과에 있다는 것 말고는 절대로 친해질 수 없을 것 같은 놈이었는데도 단박에 친해졌다. 그놈도 혼자서 술을 마시고 있었고 혼자서 술을 마시다가 들켰다는 걸로 둘은 충분히 친해질 수 있었다. 그건 공통점이 아니라 실로 기막힌 공감이었다.

  우리는 서로의 행복한 명정(酩酊)을 위해 주머니를 아낌없이 털고 시계를 풀고 학생증을 잡혔다. 그래도 우린 아직 더 마실 수 있었다. 완전히 취하기 위해서는, 완전히 자유로워지기 위해서는 딱 한 잔만 더 술이 있어야 했다. 나는 그 마지막 잔을 위해 내 빛나는 배지라도 잡히고 싶었다. 그러나 아무도 그것을 잡아주지 않았다. 우리는 술부대처럼 포만한 채 그러나 딱 한 잔만 더 하는 미칠 듯한 갈증은 기어이 못 푼 채 깊은 밤거리로 내팽개쳐졌다. 우리는 서로 곤죽처럼 끈끈히 엉켜서 혀 꼬부라진 소리로 쌍소리를 짖어대며 허위적허위적 밤거리를 헤엄쳤다.

  그러나 다음날 아침 내가 눈을 떴을 때는 나는 낯선 여러 사람들과 같이 있었고 그 술친구놈은 내 옆에 없었다. 내가 눈을 뜬 곳은 C서(署)였고 곧 즉심에 회부돼 야간 통금 위반 음주 폭행 등의 죄목으로 칠 일간의 구류 처분을 받았다.

  나는 아무렇지도 않았다. 나는 칠 일 동안이나 자유를 빼앗겼지만, 칠 일 동안이나 자유를 꿈꿀 수 있는 것이다. 자유를 빼앗긴 것보다 몇 배 찬란하고 매력적인 자유를 꿈꿀 수 있는 것이다. 나는 정말 아무렇지도 않았는데 구류기간을 마치고 먼저 나가는 이들은 하나같이 사식 차입도 없고 면회인도 없는 나를 동정해서 나가서 연락해줄 테니 가족이나 친지의 전화번호나 전화가 없으면 주소라도 가르쳐달라고, 나가는 대로 연락해주겠다고 고맙게 굴었다. 하숙을 하고 있어 가족이 없다고 하면 친구나 애인이라도 있을 게 아니냐고 친절한 이들은 귀찮게 졸라댔다.

남의 친절에 대등한 친절로써 보답할 수 없다는 것도 적지 않은 괴로움이었고, 그럴 때마다 내 여자애를 생각하게 되고 딱 한 번 걸어본 그녀의 전화번호를 또렷이 기억하게 되는 것도 괴로웠다. 18-1818. 과는 다르지만 같은 학교니까 제법 반반한 여자애로 눈여겨봐두게 되었고, 그룹 미팅 같은 것을 통해 말도 시켜보게 되었고, 우연히 만난 것같이 자연스레 등교나 하굣길에 만나서 정문에서 강의실까지의 길고긴 은행나무 길을 둘이서만 걷는 일이 잦아졌고, 드디어 전화번호를 알아내고 처음 걸던 일. 두근거리며 번호를 돌리고, 중년 부인의 기품 있는 "여보세요"에 고만 기가 죽어서 수화기를 놓칠 뻔하다가 용케 용기를 내어 여자 이름을 대고 바꿔달라고 하고 하회를 기다릴 때의 조바심과 설렘, 같은 학교 친구라는 것만으로 의외로 쉽게 여자애와 통화가 되었을 때의 기쁨보다 앞서는 너무 딸을 방종하게 키우는 게 아닌가 싶은 엉뚱하고 어쭙잖은 걱정, 드디어 신촌 로터리에서 만납시다는 데이트 약속이 이루어진 기쁨, 그 밝고밝던 가을날의 행복한 산책, 끝없는 요설로 나불대던 귀여운 입술에 뽀뽀를 할 수 있었으면 하는 처음 느낀 구체적이고도 강한 욕망, 내 회상은 늘 이 근처에서 진저리를 치며 더 이어지는 것을 막았다. 나는 그날 육교 앞에서 내 몫이었던 그 기묘한 역할에 대해 두고두고 진저리를 쳐도 모자랄 것 같았다. 나는 그것을 단순한 횡액으로 처리해서 심리적인 일단락을 지을 수가 없었다.

연인들 205

유치장 생활 닷새째 되는 날은 나에게 특별히 친절해 칫솔까지 같이 쓰는 것을 허용해준 친구가 풀려나가는 날이었다. 나는 그에게 홀딱 반했었으므로 퍽 서운했다. 그는 좀 특이한 데가 있는 친구였다. 그는 유치장 안에서는 절대로 소유해선 안 되는 걸로 되어 있는 물건들을 요술쟁이가 빈 모자 속에서 비둘기 꺼내듯이 빈주먹으로 순식간에 만들어내어 우리를 즐겁게 해주고는 감쪽같이 없애는 재주가 있었다. 만들어낸 물건을 구경만 할 수 있는 게 아니라 때로는 그가 뒤적뒤적 호주머니를 두어 번 뒤져 만들어낸 담배와 성냥으로 돌아가며 두어 모금씩 황홀한 끽연을 즐길 수도 있었다. 그는 볼펜도 파란 면도날도 주머니만 뒤지면 만들어냈다. 우리는 그의 요술의 속임수를 기어코 알아내고야 말겠다고 눈을 빛내며 그에게 달겨들어 뒤지고 만져보고 갖은 짓을 다 해도 그는 노회한 마술사처럼 짐짓 권태로운 얼굴을 하고 당하고 있었다.

그러나 내가 그에게 반한 건 그 요술 때문이 아니었다. 그는 대개 한 방 친구들을 별명으로 불렀는데 나는 단박에 '병신'으로 불려졌다. '벼엉신', 그 가락이 아주 독특했다. '병'을 길게 강하게 끌고 '신'은 가벼운 탄식처럼 살짝 지나는 그 독특한 발음에는 거의 육친애적인 짙은 연민을 담고 있었다. 나는 그 별명에 조금치의 저항도 느끼지 않았을뿐더러, 그렇게 불릴 때마다 조금 슬픈 듯하면서 부드럽고 친근한 어루만짐을 당하는 듯한 피부적인 쾌감을 느꼈다. 나는 "벼엉신" 하는 그 독특한 가락과

가락 밑에 앙금처럼 가라앉은 연민을 좋아했다. 몸에 잘 맞는 옷을 좋아하듯이 흘러간 옛 노래를 좋아하듯이 그렇게 좋아했다. 그런 가락으로 나를 불렀다는 것은 그가 나를 한눈에 속속들이 알아버렸다는 증거였고, 그래서 내 기쁨은 지기(知己)를 만난 기쁨일 수도 있었다.

그는 나갈 차비를 하면서,

"벼엉신, 여직껏 애인 하나 없어?"

"있긴 있지만 이런 꼴 보이긴 싫어요."

"벼엉신, 정 떨어질까봐?"

"그런 건 아니지만……"

"군소리 말고 전화 있어? 몇번이야?"

나는 한번 군침을 꼴깍 삼키고는 18-1818을 대주고 말았다. 그는 별로 귀담아듣는 것 같지도 않길래 먼저 나가는 사람이면 누구나 한마디씩 하는 그런 인사치레거니 했는데 바로 그날 오후 면회실 키다리가 날 불러내지 않는가.

면회는 한꺼번에 두 사람씩 하게 되어 있어, 나는 딴 방에서 불려나온 생판 낯선 친구와 각각 한 손씩을 수갑으로 묶여 한 짝이 되었다. 그는 왼손, 나는 오른손을. 우리는 서로 수갑 차인 손을 자기 주머니에 넣어서 감추려고 잡아당기다가 내 짝의 힘이 더 세었는지, 그는 자기 바지 주머니에 손을 찌를 수 있어 제법 의젓한 자세가 되었는데 내 꼴은 우습게 되고 말았다. 그가 당연히 앞서고 나는 그에게 매달린 돌멩이처럼 질질 끌리다가 면회

연인들 207

실 문지방에서 한번 곤두박질을 치고는 면회실에 들어섰다.

닭장 철망보다 좀더 굵고 억센 철망 너머 한 평도 될락 말락 한 비좁은 곳에 대여섯 명이나 되는 부녀자들이 붐비고 있었다. 한쪽에 울상을 하고 서 있는 내 여자애 외에는 다 내 짝의 면회인인 모양으로 내 짝 앞으로 여자들이 우르르 달려들었다. 내 여자애는 가까이 다가오지도 않고 울상을 풀려 들지도 않았다.

내가 먼저 멋쩍게 웃었다. 그래도 그녀는 울상인 채 빨간 바바리코트 포켓에 양손을 찌른 채 꼼짝도 안 했다. 나는 기가 죽어 그냥 도망쳐 들어가버리고 싶었지만 내 한 손이 내 짝과 연결돼 있었으므로 내 짝이 하는 대로 나도 따라서 의자에 앉을 수밖에 없었다. 철망 너머에도 면회인을 위한 의자가 두 개 놓여 있기에,

"좀 앉았다 가. 누추하지만……"

내가 먼저 말을 시켰다. 철망 밑은 십 센티 높이로 뚫려 있어 물건을 주고받을 수 있게 돼 있었다. 앉자마자 내 짝에겐 먹을 것이 들이닥쳤다. 보온병이 옆으로 누워서 들어오고, 콜라, 목장우유, 드링크제, 빵봉지, 통닭 그런 게 꾸역꾸역 들이닥쳤다. 면회실 키다리가

"병은 일체 갖고 들어갈 수 없으니까 병에 든 건 다 마셔야 돼. 빵이나 그 밖의 것은 나한테 검사 맡고 갖고 들어가고. 면회 시간은 오 분이야. 빨리빨리들 해치워."

내 짝은 한 손으로 신속히 커피에, 우유에, 콜라에 ××드링크에, ○○드링크를 차례차례 들이켰다. 그리고 간간이 식구 누구

에겐지 심한 인상을 써가며, 어떻게 좀 손을 써서 빨리빨리 꺼내주지 않고 뭣들 하고 있느냐, 누구 환장하는 꼴 보고 싶으냐고 공갈을 때리는 것도 잊지 않았다. 내 여자애와 나는 정말로 할 일도 없고 할 말도 없었다.

"미안해."

할 수 없이 난 밑도끝도없는 사과를 했다.

"난 이런 덴 처음이야."

그녀가 입을 뾰죽하게 하고 처음으로 말을 했다. 나는 김이 팍 샌다. 남자가 여자에게 정겨운 뽀뽀라도 해주려는데 여자가 "난 이래 봬도 처녀야" 한다면 남자 기분이 얼마나 잡치겠는가. 내 기분이 꼭 그랬다.

내 짝은 마실 것은 다 마셔댔는지 이번엔 담배를 피워물더니 꿀같이 빨아댔다. 나는 다시는 할 말도 없고 해서 쩍쩍 입맛만 다셨다. 나도 꼭 한 모금만 담배를 빨고 싶었다.

"미안해. 정말 난 이런 곳이 처음이거든. 그래서 먹을 것을 사다가 넣어줄 수 있다는 걸 몰랐어."

그러면 그렇지. 그래서 이런 곳이 처음이란 소릴 했군. 나는 그녀에 대한 노여움을 단박에 풀고 히죽히죽 웃었다.

"괜찮아. 이런 데 와준 것만도 고맙지 뭐."

"그래도……"

"글쎄 괜찮다니까."

그녀와 나는 똑같이 왕성하게 먹어대는 내 짝을 너무 의식하

연인들 209

느라 좀처럼 둘만의 화제를 못 찾는다.

"그 속에선 뭐 제일 불편해? 역시 먹는 것?"

"아냐. 여기 식사도 꽤 먹을 만해. 정말이야."

난 그게 정말이라는 걸 어떻게 그녀에게 증명해줄지를 몰라 자유로운 한 팔로 마치 아이들의 알통 자랑 같은 폼을 재 보였다. 그리고 또 히죽히죽 웃었다. 그런데 난데없이 아까부터 우리들의 수작을 엿듣고 있던 늙수그레한 부인이 끼어든다.

"아유 딱해라. 색시도 어쩜 이런 델 빈손으로 왔소. 쯧쯧, 지금이라도 당장 뭘 좀 사다가 디밀어요. 면회 나갔다가 빈손으로 들어가면 한 방 친구들한테 얼마나 구박을 받는다구……"

내 짝의 어머니나 이모나 아마 그쯤 될 듯싶은데 유치장 안 사정까지 제법 아는 척을 한다.

"그게 정말이에요?"

내 여자애가 다시 울상이 된다. 난 절대로 그렇지 않다고 우기고, 노부인은 절대로 그렇다고 우기고, 그러는 사이에 면회시간이 끝났다는 키다리의 말이 떨어진다. 내 여자애는 무슨 생각에선지 철망 앞으로 바싹 다가오더니 키다리한테 쌩긋 웃으며 고개까지 까딱하고는

"선생님, 저 조금 있다가 다시 한번 면회 올 테니 잘 부탁합니다."

"흥, 누구 맘대로."

키다리는 고약한 것을 씹어뱉듯이 한마디 하고는 내 짝이 가지고 들어갈 먹을 것 보따리를 일일이 헤쳐서 면밀한 조사를 한

다. 그러면서 중얼댄다.

"쌍년 같으니라구, 골백번 면회 와봐라. 그림의 떡이지. 며칠 꾹 참았다가 끼고 뒹구는 게 낫지."

다행히 나만 알아들은 모양으로 그녀가 다시 한번 애교를 떤다.

"네, 선생님, 이이가 몸이 아프다잖아요. 약도 좀 차입하고 싶고, 영양 있는 것도 좀 네, 부탁합니다."

"안 된다면 안 돼."

"왜 안 돼요? 아까부터 여기서 기다리면서 다 봤어요. 하루 두 번 세 번 면회 온 사람도 잘만 시켜주고선 왜 나만 안 돼요. 그런 법이 어딨어요?"

여자의 교태로 어떤 방편을 삼으려던 것을 포기한 내 여자애는 일순 도전적인 모습으로 표변하더니 목소리에서 부드러운 콧소리 같은 게 싹 가시고 앙칼져진다. 나는 겁이 더럭 난다. 아니나 다를까,

"뭐 이년아, 네가 뭔데 나한테 설교야. 네가 서장이야 뭐야?"

키다리의 표정이 험악하다 못해 흉악해지더니 철망만 없다면 한 대 때릴 듯이 거칠게 삿대질을 해댄다.

"같잖은 년 같으니라구. 아니꼽게 뭐, 법을 다 쳐들어. 지금 내 기분이 울고불고 빌붙어도 될까 말깐데."

펄펄 뛰면서 키다리가 내 여자애를 보는 눈에 나는 치가 떨린다. 저런 시선을 쐰다면 누구라도, 제아무리 위대한 인간 정신의 소유자라도 단박에 된장독 속의 구더기로 변신 안 하곤 못 배길

연인들 211

것 같다. 나는 거의 주술적인 공포를 느낀다. 그리고 나의 이런 공포는 결코 터무니없는 게 아니었다. 말문이 막힌 채 한동안 아랫입술을 자근자근 씹고 있던 내 여자애가 "선생님 죄송합니다. 몰라서 그랬어요" 한 것이다. 그리고 그녀는 돌아섰다.

나는 평소의 그녀가 얼마나 버르장머리 없고, 오만불손하고 안하무인이었던가를 너무나 잘 알고 있다. 그래서 더 그녀의 변모가 슬프다. 이 정도의 망신에서 스스로를 지키려는 지혜로, "똥이 무서워서 피하나 더러워서 피하지"의 비열의 철학을 순간적으로 터득한 그녀가 슬프다. 오천 년의 유구한 생활철학을 일초 만에 터득한 그녀가 슬프다.

"나 한 번만 보고 가."

나는 그녀를 불러세웠다. 그리고 먹을 것을 주고받는 구멍으로 손을 내밀었다. 한 조각의 위무(慰撫)를 주고받기 위해 그녀의 작고 보드라운 손이 내 손에 고분고분 안겨왔다. 그녀는 아직도 아랫입술을 깨문 채 울고 있었다.

"병신, 울긴 그만 일로."

내 '병신'에도 제법 가락이 생긴 것 같다. 그녀는 갔다. 내 짝은 가지고 들어갈 짐이 너무 많아, 도저히 한 손으론 처리할 수가 없어 두 손으로 가슴에 안으니 결국 내 한 손까지 끌려가 보탬이 될 수밖에 없어 나는 들어올 때보다 더 우스운 모양으로 면회실을 나간다.

그런 꼴로 걸으며 갑자기 나는 내 자유로운 한 손으로 무릎을 치고 싶어진다. 오랜 수수께끼를 푼 소년처럼 환성이라도 지르면서 말이다.

 나는 왜 사람들이 어른이 됨과 동시에 하나같이 행주처럼 무기력해지고, 자벌레처럼 비열해지고, 잘 삶은 야채처럼 보들보들, 나글나글해지는지를 몰랐었다. 왜 어떤 악덕에도 순종만 했지 정직하게 싸움을 걸 줄을 모르는가가 궁금했었다. 나는 사람은 누구나 스스로의 사람다움을 지키기 위한 가시를 인두겁과 함께 타고 태어난다고 믿고 있었기 때문에 요즈음 사람들은 도대체 언제 어디다 써먹으려고 가시를 감추고 숙맥 노릇을 하나 그걸 몰랐었다. 그런데 난 지금 그걸 알아낼 꼬투리를 잡은 듯했다. 마치 어떤 흉악한 음모의 단서라도 잡은 듯이.

 그래, 거긴 분명히 음모의 냄새가 있어. 우리를 고분고분 길들이고, 우리의 가시를 마멸시키기 위해 용의주도하게 꾸며진 음모의 냄새가.

 나나 내 여자애가 겪은 곤욕도 결코 우연한 횡액이 아니라 미리 마련된 음모에 의한 초보적인 기초훈련쯤에 해당될 테지. 우린 장차 이와 유사한 경험을 반복해서 쌓게 될 테고, 익숙해질 테고. 이렇게 해서 길들이기 음모는 완성될 것이다. 아아, 사람들도 다 그렇게 하여 그렇게 길들여졌던 것이다.

 이제 나는 수수께끼를 푼 소년처럼 무릎을 치고 환성을 지를 차례다. 그러나 나는 둘 다 할 수 없었다. 겨우 신음처럼 무거운 한숨을 토해냈을 뿐이다. 나는 무서웠기 때문이다. 내가 이미 그 길들이기 음모의 교활한 톱니바퀴에 말려들었다는 사실이, 내가 속한 사회가 이렇게 잘 길들여진 사람들에 의하여 참여되고 움직여지고 있다는 사실이 나는 무서웠기 때문이다.

이별의 김포공항

 노파는 손녀의 오늘따라 유별난 친절이 거북하다 못해 슬그머니 심통이 난다. 흥, 내가 미국을 가게 되니까 너도 별수 없이 나에게 아첨을 떠는구나, 누가 모를 줄 알구…… 노파의 소견머리는 고작 이쯤밖에 안 움직인다. 그만큼 노파는 식구들의 지청구에만 익숙해 있다.
 제 에미를 닮아 새침하고 곱살스러운 데라곤 손톱만큼도 없던 손녀딸년이 할머니 서울 구경을 제가 맡고 나선 것도 수상한데 박물관에 들어오자 등에 손을 돌려 부축까지 해주며 저것은 법주사 팔상전을 본뜬 것, 저것은 불국사의 어디어디를 본뜬 것 하며 열심히 설명까지 하자 노파는 무슨 말인지 하나도 알아들을 수 없거니와 친절 그 자체를 받아들이기에도 너무 서투르다. 손녀가 환성을 지르며 손가락질하는 데를 바라보며 집 한번 으리으리 잘 지어놨다 싶더라도, 흥 저까짓 거 미국엔 백층도 넘는 집이 수두룩하다는데 곧 미국 할머니가 될 내가 저까짓 것에 놀랄까보냐고 콧방귀를 뀐다.

머리숱하며 몸집하며 이목구비가 자리잡은 간살하며 어디 한군데 넉넉한 데라곤 없이 옹색하고 박하게만 생긴 노파가 남을 얕잡을 때만은 갑자기 의기양양하고 되바라지며 밝고 귀여운 얼굴이 된다. 꼭 불이 켜진 꼬마전구같이. 요새 이 꼬마전구는 꺼져 있는 동안보다 켜져 있는 동안이 훨씬 많다.

노파는 곧 미국을 가게 모든 수속이 다 끝나 있다. 딸의 덕에. 노파에겐 이 딸의 덕이란 게 암만 해도 진수성찬 끝에 구정물 마신 것모양 꺼림칙했지만 아들 넷 중 맏이만 빼놓고 세 아들이 다 미국에 있다는 생각을 하면 다시 고개가 빳빳해지며 당당해진다. 노파에게 미국이란 우선 먹을 것, 입을 것이 지천인 부자 나라도 되었지만, 서울 장안만한 넓이의 고장도 되어서 딸하고 수틀리면 아들네로, 그 아들하고도 틀리면 다음 아들네로 몽당치마에 바람을 일으키며 한걸음에 달려갈 수 있는 것으로 되어 있다. 그러나 실상 노파의 자식들 중 미국에 있는 건 딸뿐이고, 둘째아들은 서독에, 셋째아들은 브라질에, 넷째아들은 괌도(島)에 가 있다.

세 아들들이 어쩌다 일이 잠깐 빗나가 지금 미국 아닌 고장에 뿔뿔이 흩어져 있긴 하지만 그들의 당초의 목적은 미국이었고 미국으로 이민 갈 연줄을 찾아 눈에 핏발이 서 동분서주할 때부터 노파는 "미국, 미국, 미국에만 갈 수 있으면!" 하는 아들들의 잠꼬대 같은 탄식 소리를 귀에 못이 박이게 들어왔고, 그러는 사이에 노파에게 미국이란 가기는 힘들지만 갈 수만 있으면 그야말로 누구에게나 금시발복의 땅이란 고정관념이 뿌리박혔다. 노파의 아들들은 미국에 있어야 했다. '서독'이니 '브라질'이니 '괌'이니는 서울의 누상동이니 아현동이니 청진동이니 하는 것처럼 미국 속의 어떤 동네 이름쯤으로 족했다.

하다못해 브라질이나 괌을 우리나라의 서울 부산쯤으로 멀찍 멀찍 떼어놓고 생각할 만큼의 소견도 노파에겐 없었다. 그도 그럴 것이 구파발의 찢어지게 가난한 농사꾼의 딸로 자라 서울로 시집이라고 온답시고 겨우 무악재 고개 너머 현저동 떠돌이 막벌이꾼한테로 시집와서 그 동네에서 자식 낳고 난리 겪고 과부 되고, 혼잣손으로 자식 기르느라 고생하고, 속 썩이고 하는 새에 세상 구경은 고사하고, 서울 구경 한번 제대로 날 잡아 해본 일이라곤 없는 노파였다.

해봤다면 아마 철없는 새댁 시절 선바위 국사당에 큰 굿이 들었단 소문은 바로 선바위 밑의 동네인 현저동 일대엔 곡마단 소식처럼 빠르게 퍼졌고, 곧 닐니리 덩더꿍 하는 피리 장구 소리가 자자하게 들려오면 워낙 구경도 좋아하거니와 서발막대 거칠 것 없는 살림살이라 훌훌 털고 일어나 동네 조무래기들과 어울려 엉덩춤을 추며 선바위로 치달아 온종일 굿 구경을 실컷 하고 내친김에 인왕산 성터까지 올라가 굽어본 서울.

언제나 남들처럼 나들이옷 차려입고 동물원이랑 화신상회랑

이별의 김포공항

동양극장이랑 구경을 해보나 생각하면 심란해지고 울컥 친정 생각까지 치밀어, 북으로 구파발 쪽을 바라보면 불과 삼십 리 밖이라는 친정이 하도 아득한 산 너머 또 산 너머라 그만 울음이 북받치던, 그게 바로 노파가 본 가장 넓은 세상이었으니, 지금도 이 세상의 크기를 그때의 그녀의 시야만한 됫박으로 측량할밖에 없지 않겠는가.

하다못해 6·25 난리통에 남들 다 가는 피난이라도 가봤더라면 노파의 세상을 되는 됫박이 좀 후해졌을 법도 한데 그도 못 해본 노파다. 처음으로 내 집이라고 장만한 현저동 막바지 오막살이가 폭격에 폭삭 주저앉고, 남편 죽고, 수복이 되자 기둥처럼 의지하던 맏아들마저 군인 나가고, 올망졸망 딸린 밥바가지 어린것들, 그뿐일까, 지지리 고생 끝에 망신살까지 뻗쳐 남 같으면 단산을 하고도 남을, 마흔 살을 네댓이나 넘어선 나이에 뱃속에 유복자까지 있고 보니 아무리 중공군이 무섭대도 움직거릴 형편이 못 되었다. 숫제 죽어주었으면, 뱃속에서 죽든지 낳다가 죽든지 아무튼 꼭 죽어주었으면 하고 바라던 뱃속의 것은 죽지 않고 태어났고, 딸이었고, 지금 미국에 가 있는 막내딸이자 고명딸이다.

그 딸자식이 에밀 미국에 데려가! 개천에서 용이 나도 분수가 있지, 하긴 위해 기른 자식보다 천덕꾸러기 자식 덕을 본다고들 하더니만.

자식의 효도를 후광 삼은 자신을 의식하자 노파는 한층 거드름을 피우며 서투른 갈지자걸음을 걷는다. 박물관 내부로 들어서자 사람들이 줄을 지어 유리장 속을 들여다보며 천천히 움직이는 게 아마 구경거리가 대단한 모양이다. 손녀의 손길은 한층 친근해진다. 관람객이 예상외로 많아 행여 할머니를 잃어버리기라도 할까봐 겁이 나서인지 숫제 할머니 허리를 한 팔로 꽉 감아쥐고 교묘히 인파를 헤쳐 유리장 앞으로 뚫고 들어간다. 손녀는 아직 어린 나이인 데 비해 키가 훤칠해 노파보다는 모가지 하나는 더 크다. 단정하게 차려입은 감색 교복에 흰 깃이 청초하다.

무슨 휘황한 금붙이라도 들어 있는 줄로 여겼던 유리장 속엔 뚝배기 조각에 이지러진 질그릇 나부랭이가 들어 있다. 노파는 어이가 없다. 그러나 손녀는 눈을 빛내며 이것은 무문토기, 저것은 빗살무늬토기 하고 어려운 말로 설명까지 하려 든다.

쯧쯧, 이것도 보물이라고 이렇게 으리으리한 집에 모셔놨으니 한심하군 한심해. 게다가 뚝배기면 뚝배기, 사금파리면 사금파리지 아니꼽게시리 뭔 이름도 그렇게 지랄같이 유식하게 붙여놨노.

노파의 표정은 꼬마전구 같은 귀여운 오만에서 차라리 남남스러운 연민으로 바뀐다. 소녀는 노파의 이런 연민을 읽자 가슴이 답답해지며 어떤 절망에 빠진다.

소녀는 안다. 소녀는 여러 번 보아서 알고 있다. 바로 저런 남남스러운 메마른 연민이야말로 비행기표까지 끊어놓고 나서 떠나는 날까지의 마지막 얼굴이란 것을. 삼촌들도 그랬었고 고모도 그랬었다. 소녀는 지금 서독에 있는 큰삼촌, 괌에 가 있는 셋째삼촌, 미국에 가 있는 고모를 생각할 때마다 그들 개개인의 특징이 그녀의 기억 속에서 점점 흐려지는 반면, 그들이 어떻게든 외국으로 뜨기로 작정하고, 그 연줄을 찾고 수속을 밟느라 쏘다닐 당시의 그들 공통의 몸짓—흡사 덫에 걸린 들짐승의 몸부림이나 난파선의 쥐들의 불온한 반란이 저러려니 싶게 지랄스럽고 발악적인 몸짓만은 날이 갈수록 도리어 생생하게 기억하고 있다.

그들은 당초에 하나같이 미국에 가기만을 원했다. 난리통에 아버지 여의고 어린 나이로 손쉬운 대로 미군 부대 주위를 맴돌며 구두닦이니 하우스 보이니를 하며 잔뼈가 굵고, 부대의 잡역부가 되기도 하고, 장교 식당 웨이터가 되기도 하고, 그러는 사이에 제법 영어회화에 자신이 생기기도 했고, 말을 하다가 애매한 대목에 가서는 어깨를 움찔 추스르며 입을 삐쭉해 보이는 양키들 특유의 제스처까지 익숙해갔다. 그러나 한 해 한 해 미군은 감축되었고, 어느 틈에 그들도 미군 부대 내에서의 직업을 잃게 되었고, 한국 기관에 직장을 구하려니 학벌이 없다는 설움이 톡톡했고, 이런저런 열등감과 영어를 잘한다는 우월감의 콤플렉스가 필연적으로 그들을 미국행으로 몰았는지도 모른다. 또 가난이 극심했던 어린 시절, 그들의 동심이 최초로 눈뜬 이 세상의 신비와 경이가 바로 미제(美製)와 달러에의 경이였으니 그 본고장에의 동경이야 당연하지 않겠는가.

그들이 미군 부대에서 떨려나 몇 군데 한국 기관의 말단 노무직을 전전하다가 결국 그들 말짝으로 "더럽고 아니꼬와서 정말 못 해먹겠어"서 미국으로 날기로 결심을 하고 눈에 핏발이 서 싸다닐 무렵의 집안의 복다구니와 난장판은 소녀가 아직 어린 시절이었는데도 악몽처럼 잊혀지지 않는다.

미국으로 이민 갈 연줄을 생판으로 뚫어내려니 더러는 해외취업을 알선한답시는 사기꾼한테 당하기도 하고, 교제비도 수월찮게 드는 모양이었다. 소녀의 아버지인 맏형은 동생들이 벌어다 보탤 땐 좋았어도 뜯어가는 데야 부처님이 아닌 바에야 고운 소리가 나올 턱이 없으니, 싸움질이 그칠 날이 없었다. 형제간에 싸움질이 무르익으면 반드시 곁달아 고부간에 싸움이 악다구니 쳤다. 노파는 작은아들 편을 들다가 며느리는 남편 편을 들다가 자연히 그렇게 되고 마는 모양이었다.

두 패의 고함과 악다구니에 가장 자주 오르내리는 말은 그저 미국, 미국, 미국이었다. 미국, 미국, 미국······ 미국 어쩌고저쩌고, 미국 이러쿵저러쿵.

"이놈아, 미국이면 다냐? 집안은 기둥뿌리가 물러나도 미국에만 가면 너 누가 거저 먹여준다던. 미국에 가서 돈 벌 놈이 여기선 왜 못 벌어. 인제 정말 진절머리가 난다. 네 미국 치다꺼리. 동생 미국 보내는 것도 좋지만 나도 내 자식을 먹여 살리고 봐야지."

"흥, 형이 날 공불 시켰소, 뭘 형 노릇 한 게 있소? 미국에만 보내달라는밖에. 미국만 가면 그까짓 돈 열 배로 늘려 갚는다구요. 형이 그럴수록 나는 미국에 가고 말아요. 미국에 가야 난 사람 구실 한단 말예요."

"여보 내버려둬요. 제 재주껏 미국엘 가든지 천국엘 가든지 우리야 굿이나 보고 떡이나 먹읍시다. 당신도 자식새끼 거지 안 만들려거든 인제 그 말 같잖은 허황한 소리에 작작 솔깃해하고 일찌거니 속 차려요. 홍, 미국은 뭐 아무나 가는 줄 알구…… 못된 송아지 엉덩이에서 뿔 난다고, 집안이 망하려니까 어디서 미국 바람은 들어가지고."

이쯤 되면 가만히 듣고만 있을 노파가 아니다.

"아니 이런 앙큼한 년 봤나. 듣자 하니 못 하는 말이 없구나. 시동생이 돈 벌어다 보낼 땐 아가리가 함박만하게 헤벌어져가지고 맛있는 것도 삼촌 거, 따뜻한 것도 삼촌 거 하며 알랑을 떨더니 이제 와서 뭐? 이년, 내 아들이 벌어다 바친 돈 냉큼 내놔라. 요리 뺏고, 조리 뺏고, 장가갈 밑천 하게 계 들어준다고 뺏고, 적금 들어 모갯돈 만들어준다고 뺏고, 그 돈 다 어쨌니? 썩 내놔라. 내 손으로 당장 미국 보낼 테니. 아이고 분해. 맏며느리가 딴 주머니 차는 집안이 안 망하고 배겨. 아이고 분해. 내 팔자야."

이렇게 되면 소녀의 아버지는 아가리 닥치고 국으로 처박혀 있지 못하겠느냐고 소녀의 어머니를 한 대 쥐어박고, 얻어맞은 어머니는 큰 소리로 통곡을 하고, 할머니는 나를 쳐라, 나를 쳐. 에미 대신 계집 치는 네 속셈 누가 모를 줄 알고 하며 마룻장을 두드리고, 삼촌은 나는 외로운 놈입니다, 나는 불쌍한 놈입니다, 아무도 내 마음은 모릅니다 하고 연극 대사 같은 독백을 하고.

소녀는 지금 생각해도 그때 그 사파전(四巴戰)은 누가 누구하고 어떻게 편을 짠 싸움인지 켯속이 도무지 아리송하다.

끝내 일이 뜻대로 안 돼 결국 미국행은 단념하게 되었지만, 그렇다고 외국행을 단념한 것은 아니었다. 미국행이 목적이 아니라 우선 이곳을 떠나는 게 목적이었다. 일단 떠나기로 작정하고 몸보다 마음이 먼저 떠버리고 만 제 집, 제 나라에 좀처럼 다시 정이 들게 되지를 않는 모양이었다.

공연히 신경질을 부리고, 눈을 부라리고, 입이 거칠어지고 꼭 누가 자기를 옭아매두기라도 한다는 듯이 몸부림을 치고 발광을 해댔다. 하릴없이 덫에 걸린 들짐승의 몸부림이었다. 술만 먹었다 하면 이런 혼자만의 몸짓이 식구나 세간에까지 피해를 주는 난동으로 변하고, 제풀에 지치면 배우지 못한 게 한이라느니 기술 없는 게 한이라느니 하며 계집애처럼 훌쩍거리다가 잠이 들었다.

그러면서도 뒷구멍으로 무슨 수를 썼든지, 어디를 어떻게 들쑤석거렸든지 제가끔 서독이니 브라질이니 괌이니로 일자리를 얻어 갈 연줄을 찾아내고야 말았다.

그러나 그 수속을 밟는 동안에도 발광증은 더하면 더했지 가라앉지를 않았다. 수속을 밟다보면 항용 복잡하고 까다로운 대목에 부딪히게 되고, 그럴 때마다 행여 일이 잘못돼 전번 미국행처럼 좌절을 겪을까봐 미리 질겁을 해서 필요 이상 초조해했다.

늘 안절부절못했다. 집에 있을 적에도 궁둥이를 붙이고 앉았지를 못하고, 양손을 바지 주머니에 찌르고 어깨를 우그리고 험악한 인상을 쓰고는 아랫목에서 윗목으로 윗목에서 아랫목으로 왔다갔다하기를 시계불알처럼 지치지도 않고 반복하며 중얼대던 독기 서린 독백, "썅, 엽전들 하는 짓이란 그저 치사하고 더러워서…… 썅, 나도 오기가 있는 놈인데, 암 오기가 있구말구. 그저 한번 떴다 하면 내 다시 이놈의 고장에 돌아오나 봐라. 오줌을 깔겨도 이놈의 고장에다 겨냥하고 깔겨줄걸……"

어쩌고 하던 것까지 소녀는 지금도 기억하고 있다.

양말이 안 해져서 또 육갑 떠는군 하고 소녀의 어머니는 뒤에서 빈정댔지만, 소녀는 그 당시의 삼촌들의 모습을 회상할 때마다 웬일인지 삼촌들의 발목에서 절그럭절그럭 쇠사슬 끄는 소리라도 났던 것처럼 기억돼 소름이 끼친다.

그 당시의 기억이 소녀에게 이렇게 강렬하게 남아 있는 것은 이민을 둘러싼 삼촌들의 초조한 몸짓이 조금도 교양이니 체면 따위로 위장되지 않은 원색적이었던 까닭도 있겠고, 이민으로 연유한 그 당시의 소녀의 가정의 불화와 궁핍이라는 불쾌한 회상 때문도 있겠다.

그러나 절그럭대는 쇠사슬 소리는 실제로 그런 소리가 났을 리도 만무하거니와 소녀의 기억 속에 당초부터 있었던 것도 아니다. 소녀가 자라면서 어린 시절의 단순한 기억에 기억 이상의 어떤 의식을 갖게 된 후부터 그 장면에 무심히 삽입하게 된 효과음 같은 거였던 것이다.

그러니까 소녀의 소름 끼치는 혼란은 왜 삼촌들이 조국을 쇠사슬을 자르는 죄수와 덫을 물어뜯는 짐승같이 난폭하게 필사적으로, 난파선을 버리는 쥐들처럼 수단 방법 가리지 않고 교활하게 도망쳤느냐에서 비롯된다.

삼촌들로부터는 아주 드문드문 편지가 왔다. 처음에는 돈이라도 좀 부쳐올까 해서 식구들은 편지를 퍽 기다렸으나 이젠 시들해지고 말았다. 편지에는 돈을 많이 번다는 소리도 돈을 부쳐줄 테라는 소리도 없었다. 그냥 바빠서 죽겠다는 소리뿐이었다. 어느 만큼 바쁘냐 하면 편지 쓸 새도 없이, 집을 그리워할 새도 없이 바쁘다는 거였다. 자랑 같기도 하고 편지를 자주 못 쓰는 핑계 같기도 하였다.

답장은 주로 소녀가 썼다. 소녀의 아버지는 돈도 안 부쳐오고, 마지못해서 몇 자 휘갈겨 보내는 안부편지를 자못 시답잖게 아니꼽게 여기고 있었다. "흥, 저만 바쁜가, 이쪽은 안 바쁘고." 이건 사뭇 바쁜 것의 대결이었다. 대결에선 형 내외가 이겼달 수도 있었다. 아우는 가끔밖에 편지를 못 쓸 만큼 바빴고, 형은 전연 편지를 못 쓸 만큼 바빴으니까.

노파는 물론 편지를 쓰고 싶었으나 쓸 줄을 몰랐다. 결국 소녀가 대필을 해야 했다. 노파는 구구절절 편지 사연을 일러줬다. 먼저 애간장이 타게 궁금하고, 보고 싶은 사연과 암만 해도 살아생전 너희들을 못 보고 죽을 것 같다는 탄식 섞인 엄살과 그러고는 돈을 좀 부쳐달라는, 늙은이가 돈 한푼 없이 형 내외에게 얹혀살려니 구박이 막심하다는 애걸로써 끝을 맺게 되어 있었다. 그러나 소녀는 늘 돈 부쳐달라는 대목을 빼먹었다. 대필에 사기를 쳤다고나 할까. 돈 달라는 소리를 어머니가 아들에게 하는 소리로서 할 수 없었다. "막봉이 보아라. 세월은 유수 같아 어언간에 봄이 가고……" 어쩌고 할 때까지는 완전 아들을 그리는 늙은 어머니가 되었다가도 돈 달라는 소리를 하려면 마치 그녀가 대한민국이 되고, 상대방이 브라질이나 괌이라도 된 것 같아지면서 그런 치사한 소리를 도저히 할 수 없어진다.

그런 까닭을 알 리 없는 노파는 꿈자리만 좀 좋아도 편지를 기다리고 요행 꿈이 들어맞아 편지를 받게 되면 그냥 안부편지에 지나지 않는 것을 알고 나서도 행여 언제쯤 돈을 부쳐준다는 눈치라도 채려는 듯이 거듭 읽어주기를 졸랐다. 소녀는 노파와는 또다른 의미로 삼촌들의 편지에 관심이 있었다. 삼촌들이 소원대로 이 나라를 떠나 어느 만큼은 이 나라로부터 자유로워진 지금, 그들에게 그들의 조국인 이 나라는 어떤 뜻을 지니게 되었을까가 소녀는 알고 싶었다. 그러나 소녀는 노파와 함께 번번이 허탕을 칠 수밖에 없었다.

어떤 편지에는 김치에 대한 거의 환장할 것 같은 허기증을 호소해오는 수도 있었다. 소녀는 반갑고 좀 고소하다. 그러나 곧 씁쓸해진다. 장가라도 들면 여자가 김치쯤 담가주겠지. 아무튼 그것은 미각의 호소이지 정신의 호소는 아니잖은가. 거창하게 무슨 애국이니 애족이니 그런 것은 아니더라도 평범한 인간 정신과 조국과의 상관관계에 소녀는 조바심 같은 궁금증을 갖고 있었다.

어쩌면 소녀는 그것을 분명히 알아냄으로써 삼촌들의 떠날 당시의 광적인 몸부림으로 하여 그녀가 빠져들게 된 혼란으로부터 놓여날 수 있기를 바라고 있는지도 모른다. 그러나 아무것도 분명해진 것이 없는 채 노파까지 며칠 있으면 떠나게 되어 있다.

소녀는 또다시 떠나보내는 일을 겪는 게 싫다. 그것은 섭섭하다는 느낌과는 또 다르다. 소녀는 실상 할머니하고 아기자기한 정이 있는 것도 아니다. 무릇 딸들이 다 그렇듯이 소녀도 어머니 편이어서 어머니가 이제야 시집살이를 면하게 되었구나 싶어 다행스럽기까지 하다. 또 이번 할머니의 경우는 삼촌들의 경우하고도 또 달라 미국에 간호사로 가 있는 고모의 초청으로 여비까지 그쪽의 부담이라 삼촌들 때처럼 사기꾼한테 당한 적도, 수속이 난관에 부딪힌 적도 없었고, 돈 때문에 싸움질이 있었던 것도 아니다.

다만 소녀가 싫은 것은 떠나는 것이 확정되고 나서부터 떠나는 날까지의 긴 동안이다. 삼촌들 때도 그랬었다. 떠나는 날만 받아놨다 하면 번연히 한 솥의 밥을, 한 상에서 김치에 된장을 해서 먹었을 터인데도 문득문득 버터에 스테이크라도 먹은 듯이 느글느글해지면서, 아주 이 집 식구와는 처지가 달라진 듯한 여유 있는 얼굴을 해가지고 기회만 있으면 노골적인 연민까지 베풀려 드는 데야 정말 참을 수가 없었다. 그 무렵의 삼촌들은 하다못해 골목에서 복닥거리며 노는 아이들도 그냥 지나쳐 보지를 않고, 꼭 구제품을 안고 고아원을 찾아온, 자선이 취미인 코 큰 사람 같은 아니꼬운 연민의 표정으로 혀를 차며 불쌍해하려 들었다. "원, 없는 사람들이 어쩌자고 아이들은 저렇게 무책임하게 많이 낳아놔서…… 고생문들이 훤하구나, 훤해." 하늘을 쳐다보고도 "하늘 한번 지랄같이 푸르구나. 한심하군, 한심해." 매사가 이런 투였다.

노파에게서까지 이런 눈치를 읽자, 소녀는 노파를 부축했던 다정한 손길에 맥이 스르르 빠진다. 그렇다고 소녀가 이번 박물관 구경으로 노파가 별안간 고려자기에의 심미안이라도 트이길 바랐던 것은 아니다. 그런 심미안은 소녀도 있을 리 없고, 박물관 구경조차 처음이다. 떠나기 전에 효도로 극장 구경이나 시켜드리고 점심이나 사드리라는 돈으로 소녀 임의로 박물관을 택한 것은 어쩌다 그냥 그렇게 된 것뿐이었다.

일껏 찾아간 국산 영화를 상영하는 극장 간판에는 머리를 풀어 산발하고 한쪽 입귀로는 피를 흘리는 여자의 얼굴이 끔찍하리만큼 크게 그려져 있고, '한국적 한(恨)의 미학의 극치'라는 알쏭달쏭한 선전문구가 씌어 있었다.

극장 앞까지 잘 따라온 노파도 간판에 미리 질렸는지 내키지 않는 얼굴을 하고, 금강산도 식후경이라는데 점심이나 먼저 먹자고 했다. 곰탕집에서 노파는 왕성한 식욕을 보여 곰탕도 곱배기로 들고, 김치는 두 그릇이나 비웠다. 소녀는 또 한번 삼촌들의 편지를 생각했다. 창공을 나는 연이 제아무리 자유로워 봬도 연줄을 통해 실패에 묶였듯이 세계 어디에 가 있어도 김치맛을 잊지 못함으로써 한국인임을 면할 수 없을 삼촌들 고모 그리고 할머니를 생각했다. 그리고 조국을 떠나 있는 이들과 조국과의 연과 실패 같은 관계의 비밀이 겨우 김치맛일까 하는 소녀다운 치졸한 감상에 빠졌다.

그러나 한층 치졸한 짓은 극장 구경을 그만두고 박물관으로 노파를 이끈 일이었을 게다. 곰탕집에서 나온 소녀와 노파는 극장으로 갈밖에 없었는데 노파가 오늘 저녁 꿈자리가 사나울까 겁난다면서 진저리를 쳤다. 아마 그 간판 때문일 게다. 소녀도 동감이었지만 딴 서울 구경도 생각나지 않았다. 소녀는 갑자기 오후의 해가 주체할 수 없이 길게 느껴지면서 갈 곳이 전연 없다는 답답함으로 숨통이 막혀왔다. 소녀는 노파를 부축하고 곰탕집이 있는 골목을 나와 싸구려 구둣방이 늘어선 큰길에서도 어디로 가야 할지를 정하지 못해 심한 낭패감을 겪으면서도 노파에겐 그런 내심을 들키지 않으려고 짐짓 태연한 척했다. 그런데도 곰탕의 포식으로 어지간히 행복해진 노파는 네 마음은 내가 다 안다, 알고말고 하는 듯이 한층 돋보이게 행복해지면서 소녀에게 큰 선심을 썼다.

"얘, 애쓰지 마라. 구경은 무슨…… 이까짓 데 뭬 볼 게 있겠다구. 괜히 돈만 없애지. 나야 미국 가면 별의별 구경 다 할걸. 돈은 네가 감췄다가 아쉴 때 용돈이나 쓰렴."

갑자기 소녀는 갈 곳을 박물관으로 정했다. 소녀는 당당하고 의젓해졌다.

이렇게 해서 오게 된 박물관이다. 그러나 노파는 뚝배기 조각보다 더 나은 것이 나타난 후에도 시들해하고 지루해하긴 마찬가지였다. 방이 바뀔 때마다 노파는 가운데 마련한 푹신한 의자를 제일 반가워하고 거기에 앉았으려고만 했다. 그러고는 아직 멀었느냐고 재촉도 하고 이까짓 데도 돈 내고 들어왔느냐고 억울해하기도 했다. 드디어 소녀도 노파를 무시하고 자기만 구경에 열중한 양 할밖에 없었다. 실상 소녀가 노파를 박물관까지 이끈 것 자체가 즉흥적인 일종의 몸짓이었을 뿐, 이런 일로 노파를 어떻게 해볼 수 있으리라 생각한 건 아니었다.

언제나 이 재미없는 구경이 끝나 집에 가서 편히 눕나 하는 생각만 하면서 손녀의 뒤만 따르던 노파는 어느 방인지 들어서니까 공기가 썰렁해지면서, 형광등 불빛이 반쯤은 퇴색해 침침한 듯하면서도, 대낮의 빛이 쏟아져들어와 바다의 티끌까지 보이는 게 아마 마지막 방인가 싶다. 넓은 출구를 통해 눈부시게 환한 가을 뜰에 곱게 물든 은행나무가 살랑이는 게 보인다. 금붙이 소리라도 날 듯싶다.

노파의 얼굴이 놀라움과 기쁨으로 일그러졌다가 이내 외경의 빛을 띠며 엄숙하게 굳어진다. 출구가 가까워서가 아니다. 그 마지막 방에는 대형 불상들이 진열되어 있었던 것이다. 불상들이 너무 많아 노파는 갈팡질팡하다가 드디어 제일 큰 돌부처에게 먼저 예배한다. 예배는 거듭된다. 노파는 누구에게 들은 바도 없이 제아무리 별의별 것이 다 있고, 미제만 쓰는 부자 나라 미국에도 부처님만은 안 계시리라는 것을 그냥 안다. 그것을 알자 마치 망망한 허공에 혼자 내던져진 듯한 고독과 공포에 사로잡힌다. 그 순간의 노파의 고독과 공포는 아들 딸이 자그마치 사남매나 돈 잘 벌고, 잘살고 있는 곁으로 효도받으러 간다는 크나큰 기쁨과 긍지로도 보상할 수 없는 절실한 것이다.

노파는 영검을 믿으며 지성껏 빌기를 좋아했었다. 부처님에게뿐 아니라 새댁 때부터 보아와서 한 식구처럼 익숙한 국사당 벽의 여러 신령의 화상들—신장님이니 용왕님이니 칠성님이니 삼불제석님에게 비는 것도 좋아했고, 인왕산 기슭의 선바위니 형제바위니 하는 바윗덩이에게 소원을 빌기도 좋아했다.

그렇다고 남들처럼 국사당에서 징 치고 꽹과리 치고 큰 굿 한 번 해본 바 없고, 두둑이 시주하고 명산대찰에 공 한 번 드린 적 없는 주제에, 어쩌면 그러니까 더욱, 부처님이나 산신령이나 그럴싸한 바위에다 대고 소원을 빌고 답답한 사연을 하소연하는 것을 낙으로 삼았다.

훗날 소원이 이루어졌느냐 안 이루어졌느냐는 그리 큰 문제가 아니었다. 빌 때의, 뭐든지 꼭 이루어질 것 같고, 사는 것이 외롭거나 겁나지 않고, 마치 든든한 빽이 생긴 것 같고, 제신(諸神)들과 영통이 이루어진 듯한 그 짜릿한 도취경을 노파는 사랑했던 것이다.

이별의 김포공항

뜻하지 않게 부처님을 뵈올 수 있었던 감격과 다시는 이런 기회가 없겠거니 하는 초조로 기구하고픈 게 한꺼번에 오열처럼 복받쳐오르는 바람에 도리어 노파는 단 한 가지의 소원도 말할 수 없다.

 제일 먼저 아직 어리지만 장차 자기 집의 대를 잇고 조상을 받들 단 하나의 손자인 길남이란 놈의 수명장수가 떠올랐다간 그보다는 먼저 올해 삼재가 들어 그저 조심스럽기만 한 맏아들이 무사하기를, 그리고 돈벌이도 좀 나아지기를 소원하는 게 더 급하게 여겨졌다가, 먼 딴 나라 땅에서 고생하고 있는 작은아들들 일이 더 걱정스러운가 하면, 딸도 걱정스럽고 자기가 비행기 타고 미국까지 탈 없이 갈 수 있을까가 도무지 미덥지 못해 그것도 빌고 싶고…… 이런 것들은 다 당장 코앞의 걱정이고, 먼 후일까지 지금 빌어두고 싶고, 자기의 사후세계까지 지금 빌어두고 싶고, 노파의 조그만 머리엔 빌어두고 싶은 것이 쇄도해서 갈피를 잡을 수 없다.

 "부처님, 석가모니 부처님, 그저, 비나이다. 그저그저…… 부처님, 제 마음 아시지요. 네, 제 마음 아시지요."

 비는 데 당해서 노파가 이렇게 말주변이 없어보긴 처음이다. 그러나 노파의 마음은 술술술 많은 말을 했을 때보다 오히려 빠르게 안정되어 오로지 경건할 따름이다. 부처님께서 저절로 다 아시고 다 들어주실 것 같다. 고맙다. 너무 고마워 노파는 손녀를 불러 돈 남은 걸 다 달래서 불상의 무릎 위에 공손히 바친다.

그리고 다시 "부처님 제 마음 아시지요"를 되풀이하고, 절을 되풀이하고 불상을 우러른다. 불상은 네 마음 내 다 알고말고 하는 듯이 빙그레 웃고 있다. 노파의 마음은 법열과도 같은 희열로 빛난다.

해가 설핏하긴 해도 바깥의 모든 것은 아직 한낮의 밝음 속에 눈부시다. 장장 반만 년의 문화사를 훑어내렸는데도 가을의 오후는 아직 저물지 않은 것이다.

"아무 데서나 좀 쉬었다 가자꾸나."

노파는 햇빛 속에서 어지럽기도 하고 온몸이 흘러내리듯이 피곤하다. 그러고도 편안하다. 노파는 쉬고도 싶거니와 편안함을 좀더 오래 간직하고 있고 싶은 것이다.

경회루 연못가엔 회장저고리나 색동저고리에 빛깔 고운 비단 치마를 차려입은 아가씨들이 한 떼 희희낙락 산책을 즐기고 있다. 수면이 이 고운 빛깔들을 거울처럼 되받았다간 미풍이라도 불면, 이 고운 빛들이 잘게 부서지기도 하고, 너울너울 출렁이기도 하는 게 그림처럼 아름다웠다. 신사복 차림의 청년이 두어 명 뒤따르며 열심히 카메라의 셔터를 누르고 있다. 심한 피로 때문인지 노파의 시선은 초점 없이 멍한 게 사고가 정지된 사람 같고, 검버섯이 거뭇거뭇하고 주름이 밀려 깊은 고랑을 이루고 있는 피부는 고목의 수피(樹皮) 같다. 소녀는 가만가만 할머니의 손을 만져본다. 말랑하다.

"네 고모가 미국에서 뭐 한댔지?"

노파가 혼잣말처럼 푸듯이 중얼댄다. 여직껏 고모 생각을 하고 있었구나 싶으니 소녀는 내심 짚이는 게 있어 뜨끔하다.

"간호원이오."

"한 달에 얼마나 번댔지? 여기 돈으로 셈해서 말야."

"이십오만원쯤……"

노파의 눈에 점점 생기가 돌더니 예의 꼬마전구 같은 오만을 회복한다.

"네 고모한테 네 에민 너무했느니라. 사람이 그러는 게 아냐."

고모가 미국으로 떠날 때의 얘기인 것이다. 소녀도 그땐 자기 어머니가 너무했다 싶다. 삼촌들처럼 떠들썩하지도 않고, 집안 돈도 축내지 않고, 제 주변으로 감쪽같이 수속을 끝내고 떠난 고모다. 소녀의 어머니도 그게 신통하고 고마웠던지 갈 때 입을 옷 한 벌 고급으로 해주마고 벼르더니, 내일이면 떠날 날인데 오늘 사왔다는 옷이 반코트 비슷한 윗도리 한 가지인데 싸구려 티가 더럭더럭 나는 날림 물건이었다. 노파도 그걸 단박 알아봤다. 아니 그래 딴 데도 아니고 미국엘 가는데, 저런 식모데기 같은 옷을 입혀 보내야 옳으냐고 며느리에게 대들었다. 며느리도 지지 않고 잔뜩 얕잡는 투로

"어머닌 그저 미국 미국, 미국만 가면 큰 출세나 하는 건 줄 아시지만 그게 아녜요. 고모가 뭐 벼슬이라도 해갖고 미국 가는 줄 아세요? 알고 보면 똥 치러 가는 거예요, 똥. 어머니도 속 좀 작작 차리세요."

며느리는 시어머니의 기대를 꺾으려고 보조간호사로 가는 것을 똥 치러 간다는 극단적인 표현을 하고도 모자라 보조간호사란 간호사가 하기 싫은 일을 시키려고 두는 것이니까, 간호사가 하기 싫은 일이야 똥 싸는 환자 똥 치는 일밖에 더 있겠느냐, 그리고 그런 일이란 워낙 욕지기나게 더러운 일이어서 돈을 아무리 많이 주어도 자기 나라에선 할 사람을 구할 수가 없어 외국에서 사들인다고 제멋대로 풀이까지 했다.

그날 저녁 고모는 무릎까지 오는 번들번들한 장화를 사신고 들어왔다. 하루 종일 분하고 원통해서 눈이 거꾸로 박혔던 노파는 먼저 그 장화 얼마 주고 산 거냐고 앙칼지게 따졌다. 칠천원인가 줬다고 하자

"이년 이 싸가지 없는 년, 미국으로 똥 치러 가는 주제에 뭐 칠천원짜리 구두? 꼴 좋다, 꼴 좋아. 천원짜리 오버에 칠천원짜리 구두, 꼴 좋다."

이런 넋두리는 그날 밤새도록 계속됐다. 애꿎은 장화를 쥐어뜯으며, "이년, 똥 치러 미국까지 가는 싸가지 없는 년"—이것이 노파와 딸의 이 땅에서의 마지막 밤이었던 것이다. 이것이 노파가 하나밖에 없는 딸을 먼길 떠나보내면서 한 모정의 소리였던 것이다.

드디어 노파가 떠날 날도 내일로 다가왔다. 그러나 노파의 이 땅에서의 마지막 밤도 흐뭇한 밤은 못 되었다.

노파는 마지막 밤을 맏손자인 길남이와 자고 싶었다. 꼭 그러

고 싶었다.

 아직 어리고 하나밖에 없는 사내놈이라 오냐오냐해서 길러서 그런지 제 에미만 바치고 할미를 통 안 따르는 놈이었지만 하룻밤만 같이 자면 잘 사귈 수 있을 것 같았다.

 그놈을 꼭 껴안고 그 신통하고 대견한 귀물인 고추도 좀 주물러보고, 잠결에 하는 발길질도 당하고, 이불도 덮어주고 토실한 뺨에 뽀뽀도 해주고 그리고 무엇보다도 밤새도록 그놈을 품에 품고 있고 싶었다.

 그러나 공교롭게도 노파가 떠나는 날이 며느리 친정어머니 환갑날이라고 며느리는 전날부터 친정으로 갔다. 친정에서 자고 다음날 비행장으로 곧장 나올 속셈인 모양으로 딸들에게 저녁에도 할머니 불고기 해드리고 내일 아침에도 할머니 불고기 해드리는 거 잊지 말라고 신신당부하는 것으로 효부 노릇을 한바탕 하고 갔다.

 길남이만은 꼭 떼어놓고 갔으면 싶었는데, 길남이는 막무가내 제 에미 치마꼬리를 안 놓고, 그래도 에미가 딱 떼어놓으면 젖먹이도 아니겠다 못 떼어놓을 것도 없겠는데 "그래그래 같이 가자. 할머니 오늘밤은 푹 쉬셔야지" 하고 큰 선심이나 쓰듯이 데리고 가버렸다.

 노파는 밤새도록 그게 서운해서 몰래 울었다. 자고 나도 그게 무슨 한처럼 묵직한 응어리가 되어 가슴에 걸려 있었다.

 며느리는 다음날 비행장에도 겨우 시간 전에 대와서 남편과 딸들에게 어서어서 할머니 배웅하고 외갓집에 가서 외할머니 환갑상 받으시는 데 잔 드려야 한다고 설쳤다.

배웅을 빨리 하게 하려면 빨리 갈밖에 없겠다 싶어 노파는 또 한번 야속하다. 노파는 길남이를 와락 껴안았다. 아프다고 울려고 했다. 할 수 없이 놓아주고 고사리 같은 손을 꼭 쥐었다. 또 아프다고 울려고 했다.

소녀는 할머니가 입고 있는 촌스럽게 번들대는 합섬 양단 치마저고리와 은비녀가 삐딱하게 꽂힌 조그맣고 허술한 쪽과, 목에 걸어 거북하게 앞가슴에 늘어져 있는 BONANZA란 흰 글씨가 새겨진 빨간 숄더백과, 그런 겉치장의 부조화가 딴 여행객들과 이루는 또하나의 우스꽝스러운 부조화와, 끝내 길남이에 대한 강한 애착을 못 끊는 짓무른 노안을 지켜보면서 거의 육체적이랄 수도 있는 아픔을 가슴 깊은 곳에 느낀다.

떠나는 편에서나 떠나보내는 편에서나 이건 정말 못 할 노릇이다 싶다. 차라리 삼촌들처럼 다시는 돌아오나봐라, 내 어디서 오줌을 깔겨도 이놈의 고장에다 겨냥하고 깔길걸 어쩌고 폭언을 퍼부으며 의기양양 걸어나가는 것을 보는 편이 속 편했던 것 같다. 소녀는 막연하나마 삼촌 시대의 위악(僞惡)을 이해할 것도 같다.

시간이 없다고 어서어서 나가시라고 며느리가 재촉을 했다. 제 친정에미 환갑상 받을 시간에 늦겠다는 건지 비행기 뜰 시간에 늦겠다는 건지 분명치 않은 채, 가슴에 걸려 있는 뜨거운 응

어리를 시원히 풀지도 못한 채 노파는 딴 사람들과 휩쓸려 출국의 최종절차를 마치고 비행기가 보이는 광장으로 나섰다. 비행기가 있는 데까지 타고 갈 버스가 대기하고 있다. 남이 하는 대로 버스에 올라탄다. 모두 젊은이들뿐이다.

한 젊은이가 할머닌 어디까지 가십니까고 상냥하게 말을 건다.

"그 뭐라나, 미국의 어디메드라? 참, 쌍포리코라던가."

"네, 샌프란시스코요. 저도 그리로 가는데요."

젊은이가 광대같이 우스꽝을 떨며 노파를 껴안았다. 노파도 반가워서 젊은이 손을 덥석 잡았다가 놓으면서

"참 내 정신 좀 봐. 내가 이러구 있을 게 아니라 버스 떠나기 전에 식구들에게 든든한 동행이 있다는 걸 알려줘야지. 이 늙은 일 혼자 떠나보내고 발길들이 안 돌아설 텐데."

노파는 허겁지겁 버스를 내린다. 노파는 그냥 가족들을, 특히 길남이를 다시 보고 싶을 뿐이다. 버스에서 내린 노파는 송영대 밑으로 달려가 송영대를 쳐다보며 악을 쓴다.

"애들아, 마침 쌍포리코까지 같이 갈 동행을 만났다. 아주 친절한 젊은이야. 내 걱정들은 마라."

그러나 아무 반응이 없다. 낯선 사람들이 킬킬거릴 뿐이다. 다시 쳐다봐도 송영대에 밀집한 사람 중 낯익은 얼굴은 하나도 없다. 벌써 환갑집으로 가버린 모양이다.

다시 확인하고 싶으나 시야가 자꾸만 부옇게 흐려져 그게 여의치 않다. 별안간 송영대에 나와 있는 사람들 보기가 부끄러워

져서 숨듯이 다시 버스에 오른다. 버스를 내려서 다시 비행기를 타고 그 동안 내내 노파는 혼돈 속을 가듯 눈앞이 지척을 분간 못하게 부옇고 의식조차 흐리멍덩하다. 아까의 젊은이가 노파를 부축해주려다 말고 딴 젊은이들과 섞여서 시시덕댄다.

마침내 기체가 이륙하는 것을 노파는 심한 충격과 함께 의식한다. 그것은 누구나 느낄 수 있는 물리적 충격이 아니라 노파 하나만의 것인 아무도 헤아릴 수 없는 크나큰 충격이다.

몇백 년쯤 묵은 고목이 어떤 거대한 힘에 의해 몽땅 뽑히는 일이 있다면 그때 받는 고목의 충격이 바로 이러하리라. 노파의 의식이 비로소 혼돈을 헤치고 뿌리 뽑힌 고목으로서의 스스로를 인식한다.

비행기 속의 젊은이들은 노파의 아들들이 그랬던 것처럼 조국을 뜨는 마당에 일말의 애수조차 없이 다만 기쁘고, 빛나는 얼굴을 하고 있다. 그래서 그런지 조금도 동류의식을 느낄 수 없다. 노파는 외롭다.

"할머니 울잖아? 애기같이, 우리도 안 우는데. 울지 마, 우린 같은 처지야."

아까의 젊은이가 광대 같은 표정으로 어리광을 떨며 노파를 웃기려 든다.

하긴 저들도 뿌리 뽑혔달 수도 있겠지. 그러나 저들은 묘목이다. 어디에고 다시 뿌리를 내릴 수 있는 묘목이다. 그러나 난 틀렸어. 난 죽은 목숨이야.

이별의 김포공항

노파는 노파의 아들들이 이를 갈며 싫어했고 진저리를 치며 놓여나기를 갈망했던 이 땅의 모든 구질구질한 것까지 자기가 얼마나 사랑했던가를 안다. 노파는 마치 자기 시신을 보듯 이 숨막히는 공포로 뽑혀 나동그라진 거대한 나무와 지상으로 노출된 수만 가닥의 수근(樹根)이 말라비틀어지는 참담한 모습을 환상하며 심장을 쥐어짜듯이 서럽게 운다.

일찍이 이렇게 서럽게 운 적도, 이렇게 서럽게 운 사람도 이 세상엔 없겠거니 싶다. 산 채로 자기의 시신을 볼 수 있는 그런 끔찍한 불행을 겪은 사람이 나 말고 어디 또 있을 수 있단 말인가. 노파의 울음은 자기 자신에게 바치는 조곡(弔哭)인 만큼 처절하다.

젊은이들은 노파의 이런 울음소리가 못 견디게 듣기 싫다. 타고 있는 게 비행기만 아니라면 훌쩍 뛰어내린들 조금도 찻삯 같은 거 안 아까우리만큼 듣기 싫다. 이런 기분 나쁜 음색은 생전 처음 들어보는가 싶다.

어느 시시한 사내 이야기

 인부들은 대충 큰 세간만 들여놔주곤 온다 간단 말도 없이 없어져버렸다. 그믐날이라 해가 곱빼기로 있어도 모자랄 만큼 예약을 받아놨는데 재수 없이 문 앞에 차도 안 닿는 집이 마수걸이로 걸렸다면서 투덜대더니 아내에게 운임을 미리 우려낸 모양이다. 아내는 공갈에 약하다. 나는 혼자서 재봉틀이니 간장독, 무슨 누더기 같은 게 너불대는 보따리 등을 두서없이 나르다가 아내를 찾는다.
 아내는 라면 상자에 든 사기그릇을 꺼내 일일이 행주질을 하고 앉았다. 큰 살림은 아니지만 그래도 이삿날인데, 안팎에 발 들여놓을 틈도 없이 흩어져 있는 옴두꺼비 같은 세간들은 거두칠 척도 안 하고 기껏 사기그릇을 꺼내 조신한 동작으로 닦고 있는 것이다. 나는 목구멍에 뜨거운 것이 칵 치밀며 곧 아내의 머리채라도 낚을 듯이 들고 있던 경랜지 뭔지를 마루 끝에 와지끈

내동댕이쳤다.

"깜짝이야…… 여보, 조심하세요. 하마터면……"

아내는 겁먹은 듯 덩달아 그릇을 떨구더니 두 손으로 우선 자기의 배를 소중히 감싼다. 아이를 둘씩 낳은 적이 있다고는 도저히 믿어지지 않게 소녀같이 미숙한 몸에서 헐렁헐렁 겉돌고 있는 밉디미운 임신복—

나는 고만 머리채를 낚으려고 싱싱하게 긴장했던 주먹에서 힘이 스르르 빠지면서, 다리에서까지 맥이 풀려 마루 끝에 털썩 주저앉아 입맛을 다신다. 쓰다. 낭패의 맛인가.

"힘드시죠? 미안해요. 그치만 제가 홀몸이 아니란 걸 아시면서…… 이번엔 꼭 잘 낳고파요."

"알았어, 알았다니까."

"무거운 것만 제자리에 놔주시면 잔다란 건 제가 두고두고 치울 수 있어요. 임신 초기에 무거운 걸 들면……"

"글쎄 알았다니까. 냉수나 한 그릇 떠와요."

아내는 제법 몸이 무겁다는 듯이 뭉그적대며 일어나 착 달라붙은 배를 억지로 앞으로 내미느라, 훤히 비치는 깔깔이 임신복 속에서 가려진 뒷모습이 활같이 휘어 보인다.

나는 아직도 목구멍에 가로걸린 뜨거운 것에 냉수라도 끼얹지 않으면 환장을 하고 말 것 같아 한 대접의 물을 단숨에 들이켠다.

세간 나르기를 건성건성 끝낸 나는 세간살이와는 이질적인 시커먼 쇠붙이들을 세간살이보다 훨씬 조심스럽게 정중하기조차

한 몸짓으로 헛간 쪽으로 나른다.

녹슨 철판, 가내공업용 절단기, 프레스, 용접기, 컴프레서, 전기 고데, 가마, 그런 것들이 거듭되는 사업 실패 끝에 나에게 남겨진 마지막 공구(工具)였고, 이 마지막 공구에 나는 애착과 친화감을 느낀다. 이런 일이란 일찍이 없었던 일이다.

부친으로부터 꽤 기틀이 잡힌 면직물 공장을 물려받았을 때만 해도 부친이 돌아가셨으니까 마지못해 사업가가 되었다 뿐 새로 사업에 손을 대는 젊은이다운 의욕도 야망도 없었다. 나는 미리 겁을 먹고 있었던 것이다. 자수성가한 부친은 진작부터 나에게 돈을 벌려면 아랫사람을 어떻게 부려야 한다는 것을 누누이 가르쳤었다. 그래서 나는 돈은 조금 주고 일을 많이 시키는 기술에 대해 익히 알고는 있었으나, 그 일을 내가 직접 행해야 한다는 데 당해서는 전전긍긍했다. 사업은 날로 부진해갔다.

직물계도 차차 틀이 잡혀 큰 자본이 투입되어 대기업화하고 더군다나 화학섬유의 대량생산으로 면직물계는 사양의 길을 걸을 때라 나는 쇠망의 흐름을 저항은커녕 얼씨구 하며 탔던 것이다. 드디어 적지 않은 손해를 보고 공장을 정리했다. 부친이 일생 동안 모은 돈을 불과 일 년 만에 날리고도 나는 자책보다는 우선 돈을 조금 주고 일은 많이 시켜가며 사람 부리는 그 지겨운 일로부터 놓여났다는 해방감이 앞섰다. 그것은 부친으로부터 놓여났다는 해방감일 수도 있었다. 나는 공장을 정리한 얼마간의 돈으로 부친의 망령이라도 감히 간섭할 수 없을 것 같은, 될 수 있는 대로 생전의 부친과 생소한 사업에 이것저것 손을 대보았으나 번번이 실패했다. 전축 조립 공장, 석유난로 공장, 다시 또 규모를 좁혀 노트 공장, 단추 공장, 형광등 기구 공장 이렇게 잡다하게 업종을 바꿔가며 영락없이 적지 않은 손해만 보고 물러났다.

물러났다기보다는 마치 차멀미에 못 견딘 나머지 달리는 차에서 신선한 외기로 뛰어내리는 돌발사고처럼, 그렇게 갑자기 하던 일에 멀미를 내고 무작정 무위와 고독 속으로 뛰어내렸던 것이다.

사업을 하려면 마땅히 감당해야 할 어려운 일은, 돈을 조금 주고 일은 많이 시키는 것 말고도 얼마든지 있었다. 세리와의 간교한 '쇼부', 관료에의 아첨, 수지맞는 일이라면 염치 불구하고 송사리의 분야까지 넘보는 대자본의 파렴치한 촉수, 동업자간의 너 죽고 나 죽자 식의 경쟁, 이런 것들이 어느 순간 심한 멀미, 신선한 외기로 뛰어내리지 않고는 도저히 치유될 수 없는 느글느글한 멀미가 되어 나에게 작용했다.

때로는 이럴 수는 없어, 이래서는 안 돼 하고 제법 분별 있는 자제를 꾀해본 적도 없지 않아 있었으나 내 멀미는 순전히 내 생리일 뿐, 내 의지와는 상관없는 것이어서 정말 어쩔 수가 없었다.

나는 이렇게 해서 자꾸 사업을 시작하고 그만두고, 그럴 때마다 사업의 종류가 바뀌고 규모가 줄어들어 드디어는 영세한 가내공업으로 영락했다.

그러나 거기에도 멀미는 얼마든지 있었다. 내가 쓸모와 외모를 고안해서 만든 상품이 시장에서 호평을 받을 만하면 똑같은 외모의 물건이 나와 도저히 그 값으로 만들 수 없는 싼값으로 시장을 휩쓸었다. 겉모양만 같을 뿐 내용은 형편없는 것이었으나 상인도 고객도 싸구려를 좋아했다.

나는 업자간의 이런 더러운 표절행위에 대해서도 멀미부터 했다. 오죽해야 그랬을까, 오죽해야 목구멍이 포도청이라지 않나 하고 난 뭐 그들보다 좀 나은 양해가며 느글느글 멀미도 해가며, 내 물건을 그따위 싸구려보다 더 싸구려로 처분하고, 사람 상종 안 할 혼자만의 생활로 돌아와 겨우 생기를 회복했다. 단 한 번도 어쩌면 단 한 번도 맞서볼 생각도 이겨볼 생각도 안 하고 느글느글 멀미만 했다.

내가 이런 멀미 끝에 나의 마지막 공장의 상품인 형광등 기구를 처분했을 때는 불과 십만원 남짓한 돈이, 그것도 한 달 반의 연수표로 내 수중에 남았다. 기어코 나는 또 한번 뛰어내리고 만 것이다. 그러나 웬일인지 이번만은 해방감을 옹글게 누릴 수가 없었다. 가족을 거느린 가장이란 자각이 새로운 중압감이 되어 나를 억눌렀다.

그때 나에겐 두 아들이 있었고, 아내는 또 임신중으로 입덧이 한창이었다. 나는 아내에게 여행을 다녀오마고 속이고 정관 절제수술을 받았다.

수술 후 며칠을 우이동 산장에서 혼자 뒹굴며 아픔을 참다참다 진통제라도 몇 알 먹고 잠이 들면 비슷한 악몽이 잇달았다. 아내의 뱃속에서 엉기고 있는 선연한 핏덩이를 딸기밭에서 딸기를 따듯이 똑 따내면, 아내의 자궁 속은 정말로 광활한 수원의 녹지대보다 몇 배나 더 넓은 딸기밭이 되어 빨긋빨긋 무수한 딸기를 익히고, 나는 다시 그것들을 미친 듯이 물어뜯어내느라 손이 핏빛으로 물들고 나중에는 선혈이 뚝뚝 듣는데도 딸기밭은 끝이 없이 광활하고, 딸기는 스위치를 넣은 전구처럼 눈 깜박할 사이에 익어갔다. 잠드는 것이 휴식을 의미하지 않고 피투성이의 고투를 의미했다.

그런 중에도 회복은 순조로워 얼마 후에는 수술이 성공했다는 담당의사의 진단까지 받았다.

이제야말로 나는 멀미에서 뛰어내린 해방감을 옹글게 누릴 차례가 된 셈이었다. 그 상쾌한 해방감을 조금도 다치지 않고 고스란히 내 것으로 삼기 위해 나는 생식능력까지 떼어냈던 것이다. 나에겐 그 상쾌감이 그렇게 필요했다. 밀폐된 실내의 숨구멍만큼이나 다급하게 필요했다. 그런데도 그게 좀처럼 뜻대로 되지를 않았다. 나는 초조했다.

그러던 어느 날 세 살짜리를 급성 뇌막염으로 잃고, 한 달 후 여섯 살짜리 맏아들을 교통사고로 잃었다. 그 충격으로 아내는 유산을 했다.

끔찍한 일이었다. 고것들에게 나는 복수를 당한 셈이었다.

아내의 비통은 허구한 날을 줄기차서 나는 내 몫의 비통조차 비켜놓은 채 우선 그녀를 달래느라 서툴게 어물쩡댔다. 무자식 상팔자라든가, 당신이 이러면 나는 어찌 살겠냐든가, 별로 신통치 않은 소리를 온종일 웅얼거렸다. 물론 자식이야 그까짓 거 또 낳으면 될 게 아니냐는 새빨간 거짓말도 안 했을 리 없다.

어쩌면 여직껏 생존경쟁에서 맞서기보다는 피하기를 일삼던 내 타성이 이번 일에도 교묘히 작용해서 내 감정을 보다 견디기 유리한 입장—비통을 감당하기보다는 남의 비통을 위로하는 입장으로 처리하고 있었는지도 모를 일이다.

어느 날 아내는 마치 습격이라도 하듯이 급작스럽고도 격정적으로 나를 구했다. 그 미숙한 몸뚱이 어느 구석에서 그런 성숙한 욕망이 숨어 있었나 싶으리만큼 대담하고 열띤 몸짓으로 나를 탐하고 나는 어설프게 그냥 당하고 있었다.

그날부터 아내는 그 줄기찬 비통을 거짓말처럼 말끔히 털고 새로운 임신을 시작했다.

상상임신을 한 것이다.

다시 생활에 평온이 왔다. 아내는 새 아기를 위해 조그만 양말도 뜨고, 조그만 모자도 뜨고, 손수건만한 베갯잇에 예쁜 수도 놨다. 가끔 노래도 불렀다. 노랫소리는 아주 낮고 부드러워 듣고 있으면 살갗을 깃털로 살살 건드리는 듯한 간지럼증이 왔다. 아내는 변명 비슷이 말했다.

"다 애길 위해서예요. 제가 마음을 화평하게 가져야 뱃속의 애기가 착하고 튼튼하게 자라거든요. 당신도 아시죠? 태교라는 거."

나는 모르겠다. 마호메트교만큼도 모르겠다. 모르면서 나는 태교라는 것에 맹렬한 증오감을 느꼈다. 그리고 이럴 때의 아내에겐 공포감마저 느꼈다. 나는 내 작업장으로 도망쳤다. 공장을 정리한 물건들을 처박아둔 곳이니 창고인데도 나는 굳이 작업장이라 불렀다. 그러면 내가 무직이란 생각은 안 해도 되니까 나는 그게 좋았다.

나는 녹슨 공구와 철판조각 사이에 망연히 앉아서 나쁜 짓을 하듯이 몰래 죽은 아들들을 생각했다. 처음에는 텅 빈 내 내부에서 조그만 점처럼 위축됐던 아들들이 점점 자라서 내 내부를 가득 채우고 내 주위를 맴돌았다. 별로 자상한 아버지가 못 되었던 나는 아들과의 사이에 추억이 될 만한 아기자기한 사건이 없다. 그 대신 무심히 바라보던 거친 장난, 음정이 엉망인 노랫소리, 가끔 산책길에 따라 나와 양손에 하나씩 매달리던 조그만 손의 감촉, 그런 순간의 단편들이 싱싱한 생명력을 갖고 되살아났다.

매일매일 우두커니 아이들 생각에 침잠하는 사이 나는 아이들이 살았을 때보다 더 아이들과 친해졌다. 살벌한 작업장은 아이들로 가득 차고 아이들의 눈을 내 것으로 한 내 눈에 모든 공구와 녹슨 철판이 친근감과 어떤 뜻을 지니기 시작했다.

갑자기 나는 장난감을 만들고 싶어졌다. 아이들의 무분별한 파괴욕과 창조욕을 동시에 충족시킬 수 있는 장난감을.

내가 생각하는 아이들이란 죽은 내 아이들 또래의 아이들이기도 했고, 또 나 자신의 어린 시절이기도 했다. 나는 죽은 내 아이들을 생각할 때 심장이 아픈 것과 똑같은 아픔 없이 내 어린 시절을 떠올릴 수 없다. 내가 기억하는 나의 최초의 욕구불만은 비싼 장난감을 곱게 가지고 놀 것을 강요당한 대여섯 살 적부터 비롯됐다. 부친은 어린 나에게 그게 얼마짜리란 걸 여러 번 되풀이해서 일러줌으로써 내가 그 장난감에 겁나게 정떨어지게 했다. 부친은 이런 식으로 나의 지극히 정상적인 아이다운 파괴욕과 창조욕을 봉쇄했고, 자라면서 싹트는 모든 가능성으로의 출구를 봉쇄했다. 학교에 들어가 공작을 잘하거나, 그림 솜씨를 보이면, 그런 걸 잘하면 장차 배고프다고 위협당했고, 노래나 글짓기를 잘해도 배고픈 짓이라고 경멸을 받아야 했다.

나는 형광등 기구를 만들다 남은 철판조각으로 장난감을 만들기 시작했다. 나는 마치 나이를 거꾸로 먹어 도로 아이가 된 듯이 그 일이 잘돼 신이 났다. 우선 실제의 모양에 구속받지 않고 마음껏 환상을 누린 탈것 동물 곤충의 모양을 위한 도형을 떴다. 그리고 하나의 모습을 만들기 위해 여러 조각의 철판을 접합시키는 방법을 썼다. 접합은 볼트와 너트로 하고, 드라이버로 웬만큼 힘을 주면 산산이 분해할 수 있고, 다시 접합을 시키려면 본래 모습대로 되기는 좀처럼 어렵고, 또 애써 그럴 필요도 없는 아이들 천성의 상상력으로 얼마든지 탈바꿈을 시킬 수 있는 그런 장난감이었다. 그러려면 한 가지를 위해서도 여러 조각의 철판을 필요로 하느니만치 많은 틀을 맞춰야 하고, 틀 값에 따라 원가가 비싸진다는 계산은 할 새도 없이 환상적인 전체의 모양과 분해한 후 가장 다양한 탈바꿈의 가능성을 지닌 조각의 도형을 그려보고 요모조모 뜯어고치는 데 시간 가는 줄 몰랐다.

제품이 되면 비닐봉지에 넣고 예쁘고 튼튼한 드라이버와 여분의 볼트와 너트도 곁들이리라. 나는 아주 소년이 돼버린 것처럼 가슴이 뛰었고 하려는 일이 생채를 띠고 손짓하는 것처럼 느꼈다.

어느 날 잠자리에서 아내가 밀어처럼 나긋나긋 속삭였다.

"여보, 당신 요새 또 새로운 일을 시작하려나보죠?"

아내는 고운 잠옷을 입고 있었고 향수 냄새를 알맞게 풍기고 있었다. 침실의 모든 것은 정갈하고 아늑했다. 그러나 그 모든 것이 태교라고 생각되자 나는 약간 불안하고 약간 소름이 끼쳤다.

"응, 일? 그렇지. 일은 일이지만 이번 일은 좀 특이해 돈도 좀 벌 수 있을걸."

나는 내가 한 나중 말에 흠칫했다. 나는 늘 돈을 버는 몸짓만 했었는데 이번 일에도 그 몸짓을 곁들이고 싶어하는 내가 징그러웠다. 나는 돈을 버는 일이 중요한 일이란 걸 너무도 잘 알고 있다. 이번 일로 돈 좀 벌 수 있으면 나는 얼마나 행복할까.

"그렇지만 여보, 제발 제 말을 달리 듣진 마세요. 네 여보. 당신 하시는 일을 말리진 않겠어요. 그렇지만 이번 일도 경제성이 없는 일이란 건 틀림없잖아요?"

아내는 한 번도 내가 하는 일을 우습게 보는 눈치를 보인다거나 돈을 못 번다고 바가지를 긁은 적이 없다. 꼭 이렇게 어려운 말을 쓴다. 경제성이라든지 상업성이라든지 시장성이라든지 하는 알쏭달쏭한 말이 나는 바가지보다 더 질색이다.

"그래서?"

"여보, 그러니 우리 이 집을, 네? 이 집을 처분합시다."

"집을? 그래서 어쩌자는 거요?"

"이 집은 우리 식구에겐 과람해요. 그리고 흉가예요. 전 흉가에서 애기 낳긴 싫단 말예요. 그러니 이 집 팔아서 좀 뚝 떨어진 데 트인 넓은 집을 사면 당신도 하고 싶은 일 마음대로 하실 수 있고, 목돈이 좀 떨어질 테니까 그걸로……"

"그걸로?"

"여보, 정말 딴 뜻이 있어서 이러는 건 아녜요. 다 애기 때문이에요. 이 뱃속의 애기."

아내는 이왕 마음먹고 꺼낸 말을 매듭짓고 말겠다고 결심한 모양이다. 나긋나긋하던 말씨가 철사처럼 긴장하더니 내 손을 끌어다가 자기의 홀쭉한 배에 얹는다. 교태나 읍소(泣訴) 대신 뱃속의 것으로 좀더 떳떳이 자기 생각을 주장하려는 눈치다. 나는 징그러운 것에서 손을 움츠리듯 움츠리고 돌아눕는다.

"여보."

"계속해보구려."

"목돈이 떨어지면 줄잡아 서너 장이야 안 떨어질라구요. 형부네 회사에 맡기면 또박또박 사 부는 틀림없대요. 사 부면 우리 식구 실컷 살고 저축도 할 수 있어요. 당신만 그 돈 안 건드리고 당신 일 계속할 수 있으면 말예요. 네, 그럴 수 있죠?"

마치 성가시게 구는 아이에게 장난감을 안기듯이 아내는 내 사업으로 내 장난감을 삼으란다. 하긴 아무리 어른이라도 돈 못 버는 소일거리야 장난감이지 별것인가. 게다가 내 일이란 게 장난감을 만드는 일이니 궁합이 척 들어맞는 셈이다.

"여보 화내심 싫어요."

"당신이 그렇게 경제성이 있는 줄은 예전엔 미처 몰랐어. 그러고 보니 당신 나 없어도 잘살겠는데."

"어머나 무슨 말씀을 그렇게 언짢게. 당신은 이 애기의 아버지란 말예요. 애기에겐 아버지가 필요해요."

 아내는 또 한번 내 손을 잡아다가 자기 배에 댄다. 어쨌든 나는 그 일을 당한다. 싫지만 당한다. 무한히 오랫동안 당한다. 내가 이 일에서 놓여나려면 집 팔기를 승낙하든지 뱃속의 애기가 있을 리 없다는 걸 알려주든지 해야 한다. 나는 내가 결과를 감당하기 쉬운 쪽을 택한다.

 나는 집 팔기를 승낙한 것이다. 나는 늘 그랬었다. 늘 당장 감당하기 쉬운 것의 편이었다.

 집을 파는 일은 아내의 일이었는데 새 집을 구하는 일은 내 일이었다. 아내는 뱃속의 애기를 핑계로 집 보러 다니는 데 따라나서지를 않았다. 있지도 않은 애기가 있는 애기보다 더 심하게 우리 생활을 간섭했다.

 그러니까 나 혼자서 이 집이 마음에 들어 계약을 했고, 끝전 치르던 날, 전 주인이 들려준 이 집에 대한 기분 나쁜 내력도 나 혼자 들었다. 하긴 아내가 들었대도 별일은 없었을 것이다. 사람이 잘 죽는 흉가라든가, 대들보가 부러진 걸 반자로 감춰놓았다든가 하는 소리는 아니었으니까. 기분 나쁜 문제는 이 집 자체에 있는 게 아니고, 이 집 아래 벼랑 밑에 있으면서 이 집보다 더 높이 솟아 있는 삼층집과 관계가 있었다. 삼층집에는 김복록(金福祿)이라는 땅장수가 살고 있다고 했다.

도심에서 좀 떨어졌지만 C동은 손꼽히는 고급 주택가로 남향으로 완만하게 경사를 이뤄 양지바르고 잘 포장된 널찍한 도로가 문전마다 고루 뻗어 있었다. 그러나 완만한 경사도 포장도로도 김복록의 집까지이고 그 뒤, 즉 우리집부터는 별안간 경사가 급해지고, 길은 리어카도 못 들어갈 꼬부랑 비탈길로 변한다.

본래 산이었던 곳에 한 집 두 집 생기기 시작한 무허가 판잣집이 산을 완전히 점령해서 생긴 동네로 C동 사람들은 이곳을 산동네라 불렀고, C동에서 자주 생기는 도난사건도 모두 이 산동네 사람들의 소행으로 볼 만큼, 산동네는 C동 사람들의 골칫거리였다.

C동 사람들도 나무랄 수 없는 게 어쩌다 도둑놈을 퉁겼다 하면 줄행랑을 쳐 달아나는 곳이 산동네였다. 그 창자 속 같은 꼬부랑길로 들어섰다 하면 쫓아가봤댔자 거기도 거기 같고 그놈이 그놈 같고, 그러다보면 온 산동네가 짜고 자기를 골탕 먹이고 있는 것 같은 공포감마저 생겨 슬그머니 도망을 쳐오게 마련이다. 그리곤 산동네라면 치를 떨었다.

그러나 산동네 사람들은 그들 나름대로 제 손톱 발톱 닳아 제 밥벌이 한다는 긍지가 대단했다. 아닌게 아니라 고물장수가 수집한 걸 해체해서 재생하는 일로부터 비닐우산 만들기, 봉투 붙이기, 조화 만들기 등 이 산동네 전체가 하나의 이색적인 가내공업단지를 이루고 있었다.

그러고 보면 나도 집터 하나는 잘 고른 셈이었다. 산동네치곤 초입이어서 비탈길은 좀 숨이 차다 할 만큼만 오르면 되었고 터전도 넓었고, 전 주인도 가내공업을 하던 이라 마당에 따로 헛간 같은 작업장까지 있었다. 문제는 김복록네 삼층집과의 고약한 관계인데, 그것도 전 주인이 큰 죄를 지은 듯이 몸 둘 바를 몰라 하며 고해라도 하듯이 엄숙하게 일러준 깐으론 별로 대수로운 일도 못 됐다. 그러나 안 그러니만은 못한 일이었고 간추리면 대강 이런 이야기가 되었다.

삼층집 김복록은 우선 부자였다. 별로 배운 것도 특별한 기술도 없이 떠돌아다니다가 우연히 손을 댄 땅장사가 그를 벼락부자로 만들어놓은 것이다. 그래서 땅 보는 데는 귀신이라느니, 그가 어디서 복덕방하고 몇 마디 쑥덕대기만 해도 아무리 허허벌판이라도 당장에 그 근처 땅값이 치솟는다느니 하리만큼 신비한 존재로 알려져 있다. 그러나 김복록 자신은 곰곰이 생각해도 순전히 운수였다고밖에 부자 된 방법을 설명할 수 없다. 사람이 설명할 수 있는 것이란 시시한 것이게 마련이다. 알맹이는 늘 설명할 수 없는 데 있다.

김복록은 부자의 생활을 사랑했다. 부자만이 할 수 있는 모든 것을 사랑했다.

그는 고급 주택지인 C동에서도 C동을 한눈에 굽어볼 수 있는 지대 높은 곳에 아름답고 웅장한 집을 신축했다. 그는 남향의 베란다의 등의자에 앉아 아름다운 C동과 멀리 번들대는 강줄기와 수양버들이 늘어진 강변로를 조망하기를 즐겼고, 북창(北窓)을 통해 산동네의 빈궁을 구경하기를 즐겼다.

그는 뾰족한 쇠꼬챙이가 하늘을 찌를 듯이 삼엄한 벽돌담을 저택 삼 면만 둘러싸고 눈에 안 띄는 북쪽은 축대조차 없는 벼랑을 자연의 담장으로 삼아 내버려두고 있었다.

집을 지을 때 앞의 정원을 넓게 남길 욕심으로 쓸모없는 북쪽은 벼랑에 바싹 다가서 지은 터라 실상 담을 쌓을 만한 여백도 없었다. 그러고도 그는 벼랑 위에 제비집처럼 매달린 뒷집 사람을 불러다가 축대를 쌓으라고 호령을 심심하면 내렸다.

벼랑은 푸석바위였으나 경사가 완만하고 아카시아가 무성해 사태가 날 염려가 있는 것도 아닌데 김복록은 다만 뒷집 사람을 호령하는 데 이상한 쾌감을 느꼈다. 두 손을 비비며 엉거주춤, 큰 죄를 지은 듯 말까지 더듬으며 며칠만 참아달라고 허리를 깊게 굽실대는 꼴을 굽어보면 마치 가려운 곳을 정확히 긁히는 것처럼 쾌적했다. 사람에게 이런 쾌감대가 있을 줄은 김복록도 미처 몰랐었다. 그는 부자로서의 여러 쾌감 중 특히 이런 쾌감을 사랑했다.

어느 시시한 사내 이야기

그가 친구의 부탁으로 땅을 보러 가까운 시골에 내려갔다가 여름이라 피서 겸 며칠 묵고 와보니 그사이 축대가 쌓여 있었다. 그것을 보자 그는 부아가 왈칵 치밀었다. 푸석바위를 어떻게 쪼아냈는지 두어 자가량이나 뒤꼍이 남겨져 김복록은 도리어 땅을 얻은 셈이었으나 그 머저리 같은 뒷집 가난뱅이를 불러다가 호령을 하는 즐거움이 막힌 생각을 하니 참을 수가 없었다.

 그는 북창문을 열고 이 축대를 누구 맘대로 이렇게 쌓았느냐고 고래고래 악을 썼다.

 뒷집 남자는 얼굴에 핏기를 잃고 달려왔다.

 "마침 안 계시길래 주인마님께 의논을 드리고……, 그저 소인은 주인마님께서 이르시는 대로 하노라고 하였사온데……"

 "이런 엉큼한 놈 봤나."

 그가 처음으로 '놈' 자까지 붙이자 사나이의 얼굴은 더욱 창백해진다.

 "네놈이 일부러 여자들만 있을 때를 엿봤다가 쌓은 속셈을 누가 모를 줄 알고 엉큼을 떨어? 이 고얀 놈."

 점잖게 호통을 친 김복록은 돌아서서 금고를 덜커덕 연다. 육중한 금속성의 소리와 함께 사나이는 자기의 심장도 덜커덕 내려앉는 것을 느낀다. 사나이는 와들와들 떨려오는 것을 참으려고 어금니를 악문다.

 김복록은 뒤통수에도 눈이 달린 듯 사나이의 이런 꼴을 빤히 안다. 회심의 미소를 우물우물 삼키고 금고 속에서 꺼낸 청사진을 펴고는 적당한 곳에 붉은 볼펜으로 직선을 죽 긋는다.

"똑똑히 봐라 이놈, 네놈이 내 집 땅을 얼마나 먹었나. 지도에선 이래도 이게 줄잡아 열 평은 실할 거다. 광명천지 밝은 세상에 이놈, 남의 땅이 열 평씩이나 거저 삼켜질 줄 알았더냐? 이 날도둑놈 같으니라구."

잔뜩 겁을 먹은 사나이의 눈에 청사진이 제대로 들어올 리도 없거니와 보인댔자 어디가 어딘지, 뭐가 뭔지, 그렇다면 그런 줄 알밖에, 쥐뿔도 알 리가 없다.

"이 일을 어쩔갑쇼? 이 일을 어쩔갑쇼? 한 번만 봐주셔야지."

"봐주다니 어떻게? 자네 아마 청사진을 못 믿겠나본데 그럼 측량을 해보게나. 측량비는 자네 부담인 건 알겠지?"

김복록은 '놈' 자를 빼고 한결 누그러진 소리를 했으나 무식한 사람에게 청사진이니 측량이니 하는 어휘가 주는 막연한 공포를 충분히 계산하고 있었다.

그도 운수가 좋아 치부는 했을망정 지금도 땅장사에 따르는 청사진이니 측량이니 환지니 구획정리니 체비지니 하는 알쏭달쏭한 말들에 대한 공포감은 여전했다.

과연 사나이는 청사진을 확인하기는커녕 측량이란 말에 한층 안색이 질리며,

"나리, 나리가 없는 사람 봐주셔야지 어떡합니까? 그저 한 번만 봐주십시오."

"봐주다니 내가 무슨 수로 봐주겠나? 청사진이 이런 걸. 참 답

답한 친구도 다 있네, 허허허……"

김복록이 너그럽게 너털웃음을 웃자 사나이는 한층 용기를 내며
"그럼, 어떡할갑쇼? 가르쳐만 주시면 꼭 그대로 하겠습니다."
"그야 마땅히 축대를 헐어 다시 쌓아야지."
"아이구 나리, 그러시지 마시고 제발 좀 봐주십시오. 축대만 쌓은 게 아니라 축대 위에 헛간까지 진걸요. 공장을 좀 해보려고요. 먹고살아야지 어쩝니까?"
"알았네, 알았어. 그러려구 서둘러 축대도 쌓고 남의 땅도 슬쩍슬쩍 먹으셨겠지. 그러니 이왕 이렇게 된 김에 땅을 사게나사. 열 평을."
"네, 그래만 주신다면 백골난망이겠습니다. 돈은 어떻게든 쉬 마련해오겠습니다."
"땅값은 잘 알겠지?"
"네, 나리께서 그저 잘 알아서 좀 봐주셔야지 어떡합니까?"
"봐주지. 여기 땅값이 평당 십오만원은 가지만 십만원씩만 쳐주게."
"네?"
이제야말로 사나이의 얼굴이 사색이 된다. 겨우 단말마의 신음처럼
"아, 아니 십만원이라뇨? 저희 동네 요새 시에서 불하 나온 값이 치, 칠천원인뎁쇼."
"이 사람이 정신이 있나 없나. 그건 산동네 땅값이지, 여긴 고

급 주택지야. 자네가 먹은 땅은 금싸라기 같은 이 부자 동네 땅이란 말일세. 공연히 어수룩한 척하지 말게. 촌놈이 서울 놈 간 빼먹는다더니 이 사람을 두고 하는 말인걸, 허허……"

벌벌 기다시피 돌아간 사나이는 다음날 십 년은 더 늙은 몰골을 해가지고 신문지에 돈을 싸가지고 왔다.

"얼만가?"

"네, 오, 오만원인뎁쇼."

"음, 계약금이로군. 일 할은 치러야지 오만원이 뭔가?"

"아니올시다. 그냥 좀 잘 봐주십사구. 그냥 눈감아주십사구. 어떡합니까? 나리 같은 분이 우리 같은 불쌍한 사람 안 봐주시면 누가 봐줍니까?"

사나이는 김복록이 혹시 돈꾸러미를 도로 주면 어떡하나 싶어 슬금슬금 뒷걸음질을 치더니 줄행랑을 쳤다.

김복록은 유쾌했다. 이게 바로 '와이로'라는 거였다. 그래 와이로고말고. "나리 좀 봐줍쇼" 하지 않았던가. 아무 대가도 요구하지 않고 그냥 봐달라고 주는 돈이면 와이로지 별건가. 큰돈도 많이 벌어본 그다. 그렇지만 요렇게 감칠맛 있는 돈은 처음이다. 그는 돈을 만져본다. 귀엽고 신통하다.

배운 것 없이 땅장사를 하려니 시청 구청 등기소 같은 관청에 가서 자기 아들같이 젊은 애들한테 굽실거려도 봤고, 좀 봐주십시오 하며 '와이로'를 꾹 찔러준 적은 부지기수였지만 당해보긴 처음이다. 비로소 돈보다 윗길에 드는 게 이 세상에 있구나 하는

어느 시시한 사내 이야기 259

생각이 든다.

그 무렵부터 그는, 무슨 사업을 벌여 중역 자리에 앉히려고 대기시켜놓은 아들들을 어떻게든 관청에 밀어넣을 궁리를 한다. 세도 부리고 와이로 먹는 팔자는 뭐니뭐니 해도 관청물 먹는 양반밖에 더 있겠느냐는 게 김복록의 상식이었다.

와이로로 가까스로 김복록을 달랜 사나이는 축대 위 헛간에서 빈 깡통을 닦는 일을 시작했다.

"야, 이게 무슨 냄새냐? 킁킁, 이거 사람 살겠나. 하도 사정이 딱해 봐줬더니 고작 이런 얌체 짓을 해. 이 고얀 놈. 당장 고발을 할까보다."

그는 심심하면 북창문을 열고 고래고래 악을 썼다. 번번이 사나이는 달걀 꾸러미도 사오고 과일 바구니도 가져와 사죄를 했다. 사나이의 몸은 자꾸 오그라들었다. 드디어 어느 날 불쌍한 사나이는 이사를 갔다.

김복록은 서운했다. 근지러운 곳을 시원히 긁어주던 머저리는 떠난 것이다. 그러나 새로 들어온 이도 별수 없는 머저리였다. 젊은이였으나 어리숙했다.

김복록은 젊은이를 불렀다. 젊은이는 이런 으리으리한 집에 들어와보기는 생전 처음임이 그 거동에 역력했다.

"자네 그 집 얼마에 샀나?"

"오십만원 주었는뎁쇼."

"왜 그렇게 싸게 팔았는지 알지?"

"네, 시에 갚아얄 게 그냥 있어서요. 그러니깐 권리금만 준 셈입죠."

"이런 말귀 못 알아듣는 사람 봤나. 자넨 속은 거야. 속았어."

"네?"

"사기를 당했다니까. 큰일이네 큰일이야."

그러곤 천천히 돌아서서 금고를 덜커덕 열고 청사진을 아무거나 한 장 꺼낸다. 젊은이의 얼굴이 노랗게 변한다.

"잘 보게 여기를."

그는 붉은 볼펜으로 직선을 긋는다.

"요기가 자네네 터고 여기가 우리 턴데, 전에 살던 놈이 축대를 이렇게 쌓질 않고 요렇게 쌓아서 여기 이십오만원짜리 금싸라기 땅을 열 평이나 먹으셨다네. 그렇지만 그게 그렇게 곱게 먹어지나. 우린 뭐 등신만 사나? 내 아들은 ××청에도 있고 ××서에도 있네. 그놈이 먹어만 놓고 뒷감당을 못 해 쩔쩔매더니 결국 몰래 집을 속여 팔고 도망을 쳤구먼. 원 세상에……"

불쌍한 젊은이는 눈앞이 캄캄하다.

그 다음에 일어난 일은 전번 사나이와의 사이에 일어났던 일과 별로 다르지 않다. 김복록은 또 한번 와이로도 먹고, 봐달라는 애원에, 고맙다는 인사도 받고, 그러고는 모자라 심심하면 트집을 잡아 들들 볶아먹고 했던 것이다. 젊은이도 오래 못 살고 떠나갔다. 이런 식으로 이 집은 삼 년 동안에 주인이 다섯 번이나 바뀌었다. 권세 부리는 재미란 한번 맛보면 어쩔 수 없는가

보다.

이사 온 지 며칠 안 돼, 미처 자리도 잡히기 전에 나도 삼층집의 호출을 받았다. 앞뒷집간의 관계의 내력을 알 만큼은 알고 있는 터라 의외는 아니었지만 솔직히 말해서 나만은 그 일을 면하게 되었으면 하고 바랐었다.

나는 김복록이 앉으라지도 않는데 소파에 깊숙이 묻혔다. 피곤하다. 아닌게 아니라 김복록의 등뒤엔 한 길도 넘게 큰 금고가 검게 번들댄다. 내가 상상하기는 공갈치기의 소도구로서의 장난감 같은 금고였는데 이건 너무 육중하다. 그 옆엔 틀에 자개 장식을 한 대형 거울이 걸려 있다. 그 속에 방이 또하나 펼쳐져 있다. 그 속에 있는 내 모습은 그 속 풍경과 너무 안 어울린다. 금고보다 거울이 더 나를 불안하게 한다. 그래도 나는 김복록을 마주 보지 않고 두리번두리번 딴전만 피운다. 김복록이 먼저 말을 건다. 격식대로 집을 얼마에 샀느냐고 묻는다.

"댁의 용건부터 말씀하시죠."

나는 냉랭하게 말하고 비로소 김복록을 정시한다. 근력이 좋은 초로(初老)의 늙은이답게 적당히 비대하고 적당히 추한데 불결감이 강하게 풍긴다. 그 불결감은 옷차림이나 목욕한 횟수, 환경하곤 전연 상관없는 불결감이다. 나는 조금씩 고통스러워진다.

"좋소, 그럽시다."

김복록은 아까보다 더 탁한 소리로 말하고 벌떡 일어나 거칠게 금고 문을 열고 청사진을 꺼낸다. 나는 청사진에 무관심한 척 시선을 돌려 초하의 햇빛 속에 눈이 부신 베란다의 풍경을 본다. 베란다에는 색색의 피튜니아가 만발해 있고 김복록의 손자인 듯한 어린 남매가 소꿉장난을 하고 있었다.

계집애가 곁눈질로 이쪽 방의 눈치를 할금할금 살펴가며 피튜니아 꽃잎을 물뜯다가 소꿉에 담아 상을 차린다. 종종걸음으로 남자애 앞에 갖다놓더니 우선 자기가 냠냠을 하고는 남자애에게도 냠냠을 시킨다. 남자애는 책상다리를 하고 앉아 좀 계면쩍은 듯이 그러나 즐거운 듯이 그 짓을 한다.

나는 이런 광경에 빙긋빙긋 미소를 흘리면서 한편 지금 나에게 용건이 있는 듯한 이 불결한 남자를 어디서 본 듯하다고, 어디서였을까, 어디서였을까 아물아물 생각하고 있었다.

김복록은 청사진 위에 붉은 줄을 그으려다 말고 이 작자는 딴 놈팡이들과 같이 다루는 것은 약은 수가 못 된다는 걸 깨닫는다.

"에, 또, 마아, 간단히 설명을 해드리자면, 마아."

그는 상대방이 자기보다 유식해 보이면 '에 또'와 '마아'를 써먹는다. 그것으로 자기 말에 권위가 서고 자기를 고상한 사람으로 보이게 하는 것으로 믿고 있다. 나는 김복록을 어디서 어떻게 본 적이 있는지가 도무지 생각이 안 나 안타깝다.

한편 베란다에선 아이들이 소꿉장난에 싫증이 났는지 병원놀이다. 이번에도 또 애꿎은 피튜니아가 경을 친다. 약도 약솜도 꽃잎이다.

사내애가 오동통한 계집애의 팔을 흰 피튜니아 꽃잎으로 싹싹 문지르고 나서 붉은 꽃의 꽃물을 짜내서 바른다. 계집애는 흰 팔이 분홍빛으로 얼룩진다. 계집애는 눈을 스르르 감고 앓는 소리를 낸다. 나는 홀린 듯이 아이들의 이런 장난에서 눈을 못 뗀다.

나는 '에 또'와 '마아'가 섞인 장황한 연설을 이해하기도 전에, 김복록을 언제 어디서 만났었는지를 생각해내기도 전에 이미 그 고질적인 나의 멀미를 시작하고 있었다. 당장 이 방에서 뛰어나가지 않으면 오장을 토해놓고 말 것 같은 심한 멀미를 용케 달래주는 게 바로 피튜니아가 만발한 베란다의 아이들이 있는 풍경이었다.

질식하기 바로 전에 한 가닥 청신한 공기가 들어오는 구멍을 찾아내어 허겁지겁 콧구멍을 박듯이 그렇게 절박하게 나는 베란다를 보고 있었다.

"알아들었소?"

다시 김복록이 악을 쓴다. 지루한 연설이 그럭저럭 끝난 모양이다.

"좀 간단히 말씀해주시면 알아들을 것도 같군요."

그러면 그렇지 네놈이 무식한이렷다. 김복록은 회심의 미소를 띠고 '에 또'와 '마아'도 빼고, 말도 놓고 다시 경위를 설명한다.

"알겠습니다. 땅을 사면 되겠군요."

"그야 여부가 있나."

"평당 만원씩이면 사죠. 파실 의사가 있으면 열 평의 분할 수속을 해서 소유권 이전등기 절차를 밟아주십시오."

"뭐, 뭐라고 소유권 이전등기? 아니 누가 만원에 판댔어? 응 누구 맘대로."

"그럼 얼마에 파실 작정이십니까?"

"평당 십만원. 십만원에서 한푼도 귀가 떨어지면 안 팔아."

"안 팔면 그만두십시오. 실은 저도 사고 싶지 않습니다."

아이들이 안 보인다. 꽃그늘에서 숨바꼭질을 하나보다. 저만치 난만한 꽃그늘에 머리만 박은 계집애의 앙증한 궁둥이가 우산처럼 퍼진 치마 밑으로 보인다. 꽃무늬가 있는 팬티에 싸인 토실한 궁둥이가 너무 귀여워 나는 이상한 고통을 느낀다.

"뭐? 누구 맘대로 안 사. 그럼 내 땅을 내놔야지. 남의 땅을 공거로 먹을 배짱이야. 날도둑놈 같으니라구."

"말씀 삼가십시오. 누가 댁의 땅을 먹는댔습니까? 가져가세요. 아마 축대를 조금 내 쌓았다 이 말인가본데, 축대가 저렇게 기니까 열 평이라야 길게 열 평일 테니 한 뼘쯤 되겠군요."

"뭐? 뭐라고, 누구 맘대로 하, 한 뼘이라고……"

"그야 우리 맘대로야 안 돼죠. 가져가시더라도 측량을 하고 수속을 밟고 가져가셔야죠."

"뭐 측량? 다, 당신이 측량을 하겠다고? 홍, 측량은 돈 안 드는 줄 알고."

"왜 제가 합니까? 땅이 필요한 건 당신인데. 백만원이 생기는 것도 당신이고."

"뭐? 내가 언제 뭬 필요하댔어? 뭐?"

"원, 이런 어른 봤나?"

아이들이 안 보인다. 아주 안 보인다. 방으로 들어간 모양이다.

나는 일어나면서 김복록을 뚫어져라 응시한다. 별안간 아물아물하던 게 명료해진다. 바로 그다! 순간적으로 나는 김복록을, 오랜 세월 내가 하려는 일 뒤에 숨어서 나에게 그 고약한 멀미를 일으키게 한 징그러운 괴물의 정체로서 파악한다.

저런 모습이었구나. 바로 저런 모습이었어. 탐욕이니 비열이니 파렴치니 하는 추상명사가 뼈와 살을 갖추면 바로 저런 모습이 되는구나. 나는 진저리를 쳤다.

나는 그날부터 다시 장난감 만들기에 골몰할 수 있었다. 나는 멀미로써 나를 속박하던 괴물의 정체를 알아낸 것에 신선한 기쁨을 느꼈다. 또 그 괴물의 본질이 알고 보니 보잘것없이 허약하다는 게 내게 용기가 되기도 했다.

나는 아직 다시는 멀미를 앓겠다는 자신까지는 없었다. 그러나 그것을 피함으로써 그로부터 자유로워지려는 방법보다는, 그와 맞서 그 본질을 알아냄으로써 자유로워지려는 방법에 접근하고 있는 스스로를 자각했다. 그것은 보잘것없는 일이나마 기쁨을 가지고 일을 시작하고 있다는 사실과 함께 대견한 일이었다.

드디어 몇 가지 마음에 드는 장난감 모형이 완성돼 칠을 하려고 컴프레서를 돌렸다. 낡은 가내공업용 컴프레서는 몹시 털털거렸다.

"이게 무슨 소리야. 당장 끄지 못해. 네가 이 동네 다 샀어? 안

ㄲ면 고발소에 찌를 테야."

김복록네 북창이 열리더니 그 추한 얼굴을 길게 내밀고 고래고래 악을 썼다. 나는 다시 느글느글 멀미를 하지는 않았지만 기계에서 나는 지독한 소음에 대해선 대책을 생각 안 할 수가 없었다. 그것은 김복록에 대한 두려움이라기보다는 이웃에 대한 예절이었다.

나는 헛간 바닥을 파기 시작했다. 지하실을 만들어 헛간을 이층 구조로 만들면 소음이 나는 것은 지하실에서 할 수 있고 또 그만큼 작업장 면적을 늘릴 수 있겠거니 해서였다. 나는 이 집에서 오래 살아 보일 터였다. 다른 이웃처럼 가내공업으로 밥벌이도 할 터였다. 꼭 그렇게 할 터였다. 그러기 위해 좀더 쓸모 있는 작업장을 만들려고 땅을 파는 것이지 김복록이가 무서워서 땅을 파는 것은 아니었다.

콘크리트는 미장이를 시키더라도 파는 것은 내가 파리라 마음먹고 시작한 일이 원체 해보지 않던 일이라 여러 날이 걸렸다.

내일쯤은 미장이를 대리라 할 만큼 팠는데 비가 내렸다. 비는 계속 내렸다. 설마 벌써 장마가 질라구 했던 게 웬걸 암만 해도 장마가 진 것 같다.

나는 할 수 없이 한데 나자빠진 공구와 기계, 철판 부스러기 등 잡동사니를 구덩이 속에 처넣고는 날 들기를 기다릴밖에 없다.

나는 온종일 아내 곁에 앉아서 태연히 내리는 빗발을 본다. 트랜지스터에선 올해 장마는 예년보다 한 달은 빠르다고, 특별 뉴

스라도 되는 듯이 신이 나서 떠든다. 요새는 신문도 라디오도 뉴스거리가 없어 심심했던가보다. 아내는 모나리자 같은 미소를 띠고 뜨개질을 하고 있다. 아기 옷일 게다.

"당신, 아들이 좋아요? 딸이 좋아요?"

"아무 거나."

"뭘, 아들이 좋으면서."

"정말이야. 계집애도 좋아."

김복록네 베란다에서 본 피튜니아 꽃그늘의 계집애의 궁둥이가 선명히 떠올라 나는 쓸쓸히 웃는다.

순간, 쾅 와르르…… 요란한 굉음과 함께 헛간을 중심으로 마당이 순식간에 가라앉지 않는가. 이럴 수가…… 나는 엉겁결에 아내를 부둥켜안고 굵은 빗발 속에 지옥의 입구처럼 입을 연 웅덩이를 본다. 사방에서 흙탕물이 곤두박질을 쳐 웅덩이를 채운다.

곧이어 처참한 아우성이 정말 지옥에서 들려오듯이 불길한 울림으로 온 동네로 퍼진다. 나는 부들부들 떨고 있는 아내를 떼놓고 밖으로 뛰어나간다. 아우성은 김복록이네 삼층집에서 들려오고 있었다. 내가 다시 돌아왔을 때 아내는 죽은 듯이 창백한 얼굴로 누워 있었다.

"여보, 저 또 유산을 했나봐요."

목소리가 모기 소리만하다. 이 애처로운 여자에게도 이제 진실을 알려줘야 할까보다. 우리가 다시는 애기를 가질 수 없다는 사실이 이 여자에게 아무리 잔혹하더라도 조만간 이 여자가 감당해야 할 진실임을 어쩌겠는가.

"무슨 일이에요? 지진이었나요?"

"아니."

내가 헛간 속에 열심히 지하실을 파고 있는 동안 김복록은 자기 집 지하실 확장공사를 하고 있었던 것이다.

지금 지하실도 쓸모없이 넓기만 한데 왜 그런 짓을 했는지, 죽을 때라 환장을 했었다고밖에 생각할 수 없다고 미망인은 울면서 넋두리를 했다.

지하실 북쪽 견고하고 번쩍이는 타일벽을 뜯어내고 우리집 마당 밑을 향해 파들어온 것이다. 처음엔 열 평만하던 게 조금만 더 조금만 더 하고 걷잡을 수 없이 욕심을 내며 파들어왔다.

그는 조작된 땅 열 평을 미끼로 한 공갈이 잘 나가다가, 나에게 와서 벽에 부딪히자 그런 기상천외의 방법으로 나를 골탕 먹이고 아울러 스스로의 탈출구를 삼으려 했던 것이다.

다행히 희생자는 김복록 하나였다. 인부들은 굴 천장에서 빗물이 새 며칠째 쉬고 있었다. 하필 그 시간에 왜 그가 그 굴 속에 있었는지는 아무도 모른다. 땅이 가라앉은 원인이야 얼마든지 추측할 수가 있다. 굴을 떠받친 갱목이 몇 년 전 김복록이 집을 신축할 때 쓰던 목재였다니 썩었달 수도 있겠고, 나도 이쪽에서 구덩이를 팠으니 지층이 얇아졌달 수도 있겠고, 내가 구덩이에 처넣은 공구의 무게 때문이랄 수도 있겠고, 어쩌면 그런저런 까닭들이 합쳐서 땅이 가라앉은 원인이 됐을 게다.

그러나 왜 좀 전까지도 삼층 자기 방에서 초조한 듯 빗발을 보고 있던 김복록이 하필 그 시각에 거기 있었는지는 아무도 모른다. 그는 끔찍한 모습으로 거기 말없이 죽어 있었다.

"큰일났군요."

"응, 참 안됐더군."

"그게 아녜요. 큰일난 건 우리란 말예요. 사람이 둘이나 죽다니, 이 집도 흉가예요. 그러고 그 집에서 우릴 가만 안 놔둘걸요."

"왜? 우리가 뭘 잘못했다고."

"잘잘못이 무슨 문제예요. 그 집 아들들이 다 권세 부리는 직장에 다닌다던데요. 우릴 즈이 아버지 원수로 삼고 복수하려고 할 거예요. 즈이 잘못은 감쪽같이 덮어놓고 다 우리 탓으로 돌릴 수 있을 거예요. 그 집은 돈 있고 빽 있어요. 어떡하죠? 아아, 이 집도 흉가예요. 두고 보세요."

창백하던 아내의 얼굴이 어떤 확신으로 선무당년같이 불길하게 빛난다. 계집년이 재수 없게시리……, 나는 아내를 거칠게 밀치고 문득 심한 멀미를 느꼈다. 온 세상이 낡은 차가 되어 고약한 냄새를 풍기며 나를 마구 흔들어대는 것 같았다. 나는 또다시 그놈의 지긋지긋한 멀미를 느낀 것이다. 그러나 도피하고 굴종해야 할 것으로 느낀 게 아니라 맞서서 감당하고 극복해야 할 것으로서 느꼈다. 그러기 위해 나는 사람 속에 도사린 끝없는 탐욕과 악의에 대해 좀더 알아야겠다. 옳지 못할수록 당당하게 군림하는 것들의 본질을 알아내야겠다. 그것들의 비밀인 허구와 허약을 노출시켜야겠다. 설사 그것을 알아냄으로써 인생에 절망하는 한이 있더라도 멀미일랑 다시는 말아야겠다. 다시는 비겁하지는 말아야겠다. 라디오에선 장마가 곧 개리라는 아나운서의 목소리가 낭랑하다.

닮은 방들

 마치 겁쟁이가 실로폰 채로 실로폰을 가볍게 건드린 것같이 짧게 살짝 울리는 차임벨의 '딩' 소리를 대가족의 무르익을 대로 무르익은 흥겨운 소란 속에서 나는 가려내야 하는 것이다. 그 일은 어렵다. 나는 그 일이 끔찍하다. 그 시간의 이 집안의 시끌시끌함을 무엇에 비길까.
 안방에선 텔레비전이 골든 타임이고 건넌방에선 동생이 기타를 퉁기고 아랫방에선 막내동생이 FM을 듣는다. 고만고만한 조카애들과 내 아이들이 울고 웃고 싸우고 이 방에서 저 방으로 쫓고 쫓기고 숨바꼭질을 한다. 어른도 아이도 식모도 식후의 저녁 한때의 즐거움이 절정에 달해 전연 서로 상관하지 않고 내지르는 명랑한 소리가 시끌시끌 서로 어울려, 마치 커다란 가마솥에서 잡동사니들이 부글부글 끓어 이루는 알맞는 미미(美味)의 순간 같은 농익은 소란의 시간이다. 그러나 나는 그 시간에 그런 소음으로부터 내 청각을 단절시키고 단 한마디 소리 '딩'을 가려내야 하는 것이다. 나는 그 일에 익숙하다. 그리고도 그 일이 끔찍하다. 요즈음 내 귀는 그 일에 지쳐 있어 가끔 환청을 한다. 분명히 '딩' 소리를 듣고 대문을 열었는데 문 밖 외등 밑에는 아무도 없다. 대문을 닫고 들어오며 나는 이 집 식구들에게 부끄러움을 탄다. 식모애에게까지 부끄러움을 탄다.

이 집은 내가 살고 있지만 우리집이 아니고, 이 집이다. 이 집은 친정집이고 나는 출가외인이기 때문이다. 내가 좋아하는 사람이 가난뱅이라는 걸 알고도 결혼을 쾌히 승낙한 부모님도 우리가 셋방으로 나가는 건 반대하셨다. 친정에서 몇 년이고 거저 먹여 줄 테니 남편 월급을 고스란히 모았다가 집을 사서 나가라고 붙들었다. 우리는 못 이기는 척 그대로 했다. 친정 식구는 다 친절하고, 불편한 거라곤 아무것도 없었다. 널찍한 사랑채에서 우리는 거처했다. 올케도 있었지만 눈치 보일 건 조금도 없었다. 아직도 아버지가 경제권을 쥐시고 집안 살림을 도맡아 꾸리셨고 나는 아버지의 귀한 고명딸이었다. 올케 처지나 내 처지나 알고 보면 비슷했다. 올케도 집을 사서 딴살림을 나려고 오빠가 버는 돈을 열심히 모으고 있었다.

우리는 시누이 올케 사이지만 공범자끼리처럼 단짝이었다.

친정살이로서 겪어야 할 서러운 일, 야속한 일은 정말 하나도 없었다. 다만 남편을 기다리는 저녁시간이 끔찍했다. 차임벨을 누르는 소리는 식구마다 특색이 있어서 '딩, 뎅, 동' 소리만 듣고도 누군지를 알 수 있었다. 아버지의 그것은 아버지의 목소리처럼 느리고 점잖았다. 오빠는 강하게 누르고는 이어서 대문을 발길로 쾅 차는 버릇이 있었다. 동생은 기타를 퉁기듯이 방정맞게 누가 대문을 열어줄 때까지 계속해서 눌러댔고 막내동생은 아예 차임벨 같은 건 무시하고 직접 대문을 어찌나 몹시 흔들어대는지 온 집안이 질겁을 했다. 어머니는 "이크 괘사 도련님 왔구나. 어서 문 열어줘라, 빗장 부러질라" 하며 식모애를 재촉했고 식모애는 하던 일을 팽개치고 대문간으로 곤두박질쳤다. 막내동생뿐 아니라 누가 오면, 대문은 식모애가 열어주기로 돼 있다. 올케까지도 번연히 오빠가 온 줄 알고도 텔레비전 앞에 질펀히 앉아서 일어나려 하지를 않았다. 겨우 마루 끝까지나 마중 나가면 잘 나가는 폭이다. 모든 것은 식모애가 알아서 잘 해준다.

다만 내 남편이 누르는 차임벨 소리를 알아듣고 나가서 대문을 열어주는 것은 내 일이다. 언제부터 그것이 내 몫의 일이 되었는지 그건 분명치 않다. 아마 남편이 누르는 차임벨 소리가 하도 희미해 웬만큼 귀가 밝지 않으면 못 알아듣겠고 그래서 내가 그 소리에 신경을 곤두세우고 보니 그렇게 된 모양이다. 나는 내 남편 특유의 그 가냘픈 '딩' 소리를 들을 때마다 처갓집 문전에서 겁쟁이로 위축돼 겨우 스위치에 손을 대다 말고 떼는 내 남편을 생각하고 뭉클하도록 측은하다. 나는 울음을 참는 아이처럼 슬픈 얼굴을 하고 대문을 열러 나간다. 대문 밖에 그이가 서 있다. 그러나 내 울음은 촉발되지 않는다. 남편은 결코 처가살이하는 겁쟁이로서 거기 서 있지 않다. 그이는 당당할뿐더러 경도(硬度) 높은 쇠붙이처럼 단단하고 냉혹해 뵌다. 너무 냉혹해 보여서 차임벨을 그렇게 희미하게 누른 것도 그이가 소심해서가 아니라 나를 골탕먹이기 위해 고의였을 것 같은 생각이 든다.

내가 반했을 당시의 그이는 부드럽고 따뜻하고 좀 슬픈 듯한 얼굴을 하고 있었다. 나는 아직도 내 남편을 그렇게 생각하고 있기 때문에 번번이 대문간에서 잠깐 낯을 가린다. 그이는 그런 나에게 조금도 개의치 않고 우리 방으로 걸어들어간다.

조금씩 집안의 소요가 가라앉는다. 어머니는 자기 혼자 짐작으로 사위가 시끄러운 것을 싫어하는 것으로 알고 있다. 그래서 우선 텔레비전의 볼륨부터 낮추고는 방방이 돌아다니면서 "매형 들어왔다. 쉿" 하는 소리로 기타와 FM을 멎게 한다. 내 동생들은 이렇게 착하다. 아이들까지 덩달아 조용해지고 내 아이들은 비로소 사랑채의 우리 방으로 들어온다.

식모애가 밥상을 가지고 들어온다. 아버지나 오빠의 상과 조금도 다르지 않게 깔끔하고 맛깔스럽게 봐논 상이다. 그래도 어머니는 행여 반찬 한 가지라도 빠뜨렸을까봐 따라 들어와 상을 점검한다. 그러고는 "찬은 없어도 많이 들게" 하며 공연히 미안해한다. "제가 뭐 손님인가요" "암, 사위는 백년손이라는데" 때로는 "자네 이것 좀 맛보려나" 하고 감추어두었던 빛깔 고운 양주까지 권하며 사위에게 은근히 아첨을 한다. 내 남편은 어머니의 이런 호의를 과분해한다거나 허겁지겁한다거나 하는 법 없이

닮은 방들

어디까지나 당당하고 익숙하게 때로는 자못 무관심한 척 시들하게 받아들인다.

어머니는 이렇게 우리에게 잘 해준다. 아무것도 불편한 거라곤 없었다. 모든 것은 어머니와 식모가 알아서 해줘서 저녁때 남편 문 열어주는 것 외에는 할 일이 없다. 그런데도 나는 단 하나의 내 일인 그 일이 끔찍하다. 그리고 내가 그 일을 얼마나 끔찍해하는지 내 남편이 알아줬으면 싶다. 점점 불어가는 저축도 남편의 노고의 대가 같지를 않고 내가 그 끔찍한 일을 감당한 결과 같은 생각이 들 때가 있고, 그럴 때는 백여만원의 저축이 엄청난 무게로 나를 짓눌러 나는 압사 직전에 이르는 듯한 고통을 느낀다.

그래서 나는 남편에게 그 고통을 하소연하고 위로받고 싶다. 남편 혼자만 처가살이의 고통이 뭔지도 모르는 양 뻔뻔스러운 게 나는 견딜 수 없다. 그래도 나는 칠 년 동안이나 이런 혼자만의 고통을 견디었다. 내 귀는 그 동안의 혹사로 자주 '딩' 하는 환청에 시달리게 되고 오동통하던 얼굴은 신경질적인 선으로 말라버렸다. 그리고 잘하면 조그만 아파트 하나는 장만할 수 있는 돈이 모이고 아이들은 국민학교에 들어갈 만큼 자랐다.

내 두 애는 같은 해에 같이 국민학교에 들어가게 돼 있다. 그 애들은 쌍둥이다. 나는 한 번의 입덧과 한 번의 잉태와 한 번의 산고로 두 아들을 얻은 것이다. 일석이조란 바로 이런 건가보다. 육아까지도 친정살이 덕분에 힘들거나 어려운 고비 없이 수월하게 치렀다.

이제 늠름하게 자란, 이목구비가 수려한 내 아들들을 보면 꼭 거저 얻은 한 쌍의 보물 같다. 나는 내 아들들보다 더 잘생긴 얼굴은 아예 상상도 할 수 없으므로 내 아들들이 쌍둥이라는 데 지극히 만족했다.

어머니도 아버지도 친손자보다는 외손자를 더 사랑했다. 성격이 낙천적인 올케는 노인네들이 자고로 친손자보다 외손자들을 더 사랑하는 것으로 치고 그런 데 마음을 쓰지 않았지만 내 눈엔 외손자 친손자의 문제가 아니었다. 내 아들들에겐 누구라도 사랑 안 하곤 못 배길 만한 천성의 귀여움과 순진성이 있었다.

그런 내 애들이 학교에 들어가게 된 것이다. 나는 독립하고 싶었다. 나는 내 귀여운 아이들이 학교에서 돌아와 내 집 문을 쾅쾅 두드리게 하고 싶었다. 조카애들보다 작고 위축된 내 애들의 차임벨 소리를 가려내는 일을 새롭게 시작할 수는 도저히 없었다. 그것은 상상만으로도 끔찍했다.

우리의 집을 갖는 데 대해서 친정 식구들은 서운해하면서도 찬성해주었다. 나는 그들이 진정으로 서운해해준 고운 마음씨를 추호도 의심하지 않는다.

그런데 처음 갖는 집을 아파트로 하느냐 단독주택으로 하느냐엔 올케와 어머니의 의견이 대립했다. 올케는 아파트 편이었다. 첫째 난방에 신경을 쓸 필요가 없으니 구공탄을 가는 구질구질한 일을 면할 수 있고, 부엌 등 모든 시설이 편리하니 식모가 필요 없고, 잠그고 외출할 수 있고, 이웃과 완전히 차단된 독립성이 보장돼 있고 등등이 아파트를 편드는 이유였다. 그러나 어머니는 바로 이 독립성이라는 걸 겁내고 있었다. 아파트에서 가끔 일어나는 살인사건 같은 걸 다 이 냉정하고 철저한 독립성에 그 까닭을 두고 있었다. 어머니의 이론대로라면 이 나라에선 살인사건은 꼭 아파트에서만 일어나는 것으로 봐야 할 판이었다.

이웃끼리 고사떡 찌는 냄새도 훌훌 넘어오고, 지짐질하는 소리도 지글지글 넘어가 서로 나누어 먹고 대소사를 서로 의논하고 도와주고 해야 사람 사는 동네라는 거였다.

올케와 나는 마주 보고 눈을 찡긋했다. 나는 올케 편이었다. 나는 이웃사촌이 철저히 지켜지고 있는 이 구(舊)동네가 싫었다. 도대체가 남의 집 일에 너무 관심들이 많았다. 뒷 집 아들이 일류 대학이나 일류 고등학교에 들어갔다 하면 서로 제 일처럼 신이 나고, 떨어진 집엔 심란한 얼굴로 위로를 하러 몰려가고 노인네들 생일엔 서로 청해서 먹고 노는 것까지는 좋았으나 남의 집 내막을 알아내서 풍기고 흉을 보는 데도 선수들이었다.

나는 알고 있었다. 내 남편이 출퇴근할 때마다 이웃의 수다쟁이 여편네들이 왜 저렇게 신수가 멀쩡해가지고 처가살이를 할까 하며 혀를 끌끌 차고 입을 비죽대는 것을, 또 그 여편네들이 올케를 세상에도 없는 무던한 여자로 나는 그와는 정반대의 얌체로 꼽고 있는 줄도 알고 있었다.

어머니는 남의 속도 모르고 내가 돈이 모자라 아파트로 가려는 줄로만 알고 안쓰러워했다. 몇 년만 더 아버지 밥을 얻어먹으면 누가 뭐래겠느냐고 공연히 죄 없는 올케를 흘겨보고는, 나를 꼬이려 들기도 했다. 그렇지만 나는 올케와 단짝이 되어 돌아다니다가 드디어 마땅한 아파트를 구할 수 있었다. 어머니는 계약 후 모시고 갔다. 어머니는 우선 십팔 평짜리가 너무 좁은데 놀라서 너희가 평수를 사기당한 거 아니냐고 성화를 했다. "원 세상에, 우리집 건평이 그게 서른일곱 평인데 열몇 식구가 들끓고도 방이 몇 개나 남아돌았는데 세상에 이걸 열여덟 평이라고 젊은 것들을 속여?" 하며 분개해 마지않았다. 예전 평수하고 요새 평수하곤 다르다니까 그제서야 그건 그래, 예전 고기 한 근하고 요새 고기 한 근하곤 다르고말고 하며 알아들은 듯한 얼굴을 했다.

그럭저럭 이삿날이 가까워졌다. 어머니는 새삼 묵은 근심을 들춰내서 또 걱정을 시작했다. 두터운 콘크리트 벽으로 차단된 세대간의 그 독립성이란 게 암만 해도 못마땅한 모양이었다. 어머니는 내가 혼자서 살림을 할 수 있다는 나의 독립성조차 도무지 믿으려 하지 않았다. 그렇다고 당신이 와서 살림 참견을 하자니 사위고 딸이고 그래주십사고 청하지도 않는데 자청한다는 건 자존심 문제였다.

내 아파트는 소위 계단식이라는 것으로 계단을 오르면 두 세대의 현관문이 마주 보도록 되어 있다. 어머니의 성화로 우리는 미리 앞집에 인사를 하러 갔다. 어머니는 앞집 여주인이 적어도 자기만큼은 나이가 먹었으면 하고 기대했었나본데 나만큼 젊은 주부였다. 그래도 결혼하자 곧 딴살림을 나 팔 년째라니 나보다는 훨씬 선배였다.

어머니는 우리 애는 아무것도 모르는 철부지니 매사를 좀 가르쳐주고 도와주라고 그 여자에게 신신당부했다. 어머니의 부탁이 아니더라도 나는 단박에 그 여자에게 호감이 갔다. 그 여자네 살림살이는 어찌나 알뜰하고 아기자기한지 꼭 동화 속에 나오는 방 같았다. 나는 꼭 그 여자네 방처럼 꾸미고 싶었다. 나는 꽤나 수줍어하면서 가구나 실내장식에 대해 도와달라고 부탁했다. 그 여자는 조금도 염려 말라고, 이 아래 상가에 가구점이랑 커튼 센터랑 없는 게 없다고 일러줬다. 아파트란 참 너희 올케 말짝으로 편한 데로구나 하며 어머니까지 좋아했다.

방은 빨리 꾸며졌다. 뒤늦게 혼수해주는 셈 친다고 비용은 아버지가 부담했다. 나는 그 여자네 방보다 더 멋있게 꾸미려고 별렀으나 꾸며놓고 보니 가구의 배치나 커튼의 빛깔까지 비슷한 것이 되고 말았다. 내가 그 여자네 방에서 받은 첫인상이 너무 강렬해서 내 기호가 어느 틈에 그 여자를 흉내내고 있었는지도 모른다. 하여튼 올케도 부러워하고 어머니와 아버지도 신통해할 만큼 예쁜 방이 꾸며졌다.

아아, 이제야말로 초저녁의 그 대가족의 대소요 속에서 '딩' 하는 가냘픈 차임벨의 울음을 가려내야 하는 끔찍한 일로부터 놓여난 것이다.

나는 예쁜 앞치마를 두르고 식구들을 위해 밥도 짓고 반찬도 만들었다. 앞집 여자—철이 엄마가 내 요리 선생이었다. 그녀는 내가 만든 반찬을 냠냠 간을 보고 나서 식초도 찔끔 쳐주고, 고춧가루도 솔솔 뿌려주고 했다. 그네가 너무 맛있어하면 나는 아낌없이 한 접시 나눠주었다. 그녀는 그녀대로 빈 접시를 보내는 법 없이 뭐든지 꼭 담아 보냈다. 우린 시장도 같이 봤다. 아파트 지하실은 슈퍼마켓이어서 별의별 것이 다 있었다. 그러나 그녀나 내가 별의별 것을 다 살 수 있는 것은 아니었다. 그렇다고 그만 일로 비참해할 우리가 아니었다. 우리는 고급의 편식가처럼 오만한 얼굴을 하고 콩나물이니 두부니 꽁치니를 샀다. 나는 쉽게 이런 것들의 요리법을 익혔다. 가끔 오시는 어머니는 내가 만든 이런 반찬을 해서 진지를 많이 잡수시고 흡족해하시고 나서는 꼭 철이 엄마를 고마워하셨다.

남들까지 내 음식 솜씨를 칭찬해줄 만큼 살림에 익숙해질 무렵부터 나는 때때로 애기라도 서는 것처럼 발작적으로 내가 만든 음식에 메스꺼움을 느꼈다. 그것은 어떤 특정한 음식에 대한 식상이라기보다는 철이 엄마의 음식 솜씨에 대한 혐오감이랄 수도 있었다. 나는 인제 혼자서도 음식을 잘 만들 수 있었으나 철이 엄마의 음식 솜씨의 영향력을 벗어난 음식을 만들 수는 없었다. 이를테면 우리는 철이네와 똑같은 음식을 먹고 있는 셈이었다. 남편의 저녁상을 봐놓고 나서 앞집에서도 똑같은 저녁상이 그 집 남편을 기다린다고 생각하면 비참해졌다. 가끔 남편까지 내 음식 솜씨에 대해 악의에 찬 트집을 부려 내 비참함을 아주 결정적인 것으로 만들어놓기 일쑤였다. 가령 동치미에 떠 있는 꽃 모양으로 도려낸 당근 조각을 젓가락으로 끄집어내가지고는 "제발 맛대가리도 없는 걸 가지고 요리학원식 잔재주 좀 작작 부리라구……" 하면서 마치 헤엄치는 파리라도 건져낸 듯이 진저리를 쳤다. 그리고 나는 아직도 남편이 집으로 돌아오는 저녁시간을 끔찍해하고 있었다. 여긴 내 집이고 차임벨 대신 콩알만한 렌즈가 달려 있어 방문객의 얼굴을 확인할 수 있게 되어 있었다.

나는 내 눈을 애꾸를 만들어가지고 이 렌즈에다 대고, 천장에 달라붙은 이십 와트 형광등 불빛 밑에 서 있는 내 남편을 확인하는 일이 끔찍하다. 하루의 피로 때문인지 백색 형광등 때문인지 남편의 얼굴은 무섭도록 창백하고 냉혹하다. 어느 호주머니엔가 목을 조를 밧줄을 숨긴 얼굴이다. 번번이 나는 내 남편을 어머니가 겁내던 아파트 살인범으로 알아보고 화다닥 놀라고 나서야 남편임을 알아차린다. 문을 열어주고 옷을 걸고 하면서도 어느 만큼은 당초의 무서움증과 혐오감이 남아 있다.

나는 내 이런 터무니없는 무서움증을 남편에게 고백하고 현관문에서 그 콩알만한 유리조각을 떼어버리도록 부탁하고 싶었으나 그런 얘기를 남편이 기분 안 상하게 할 자신이 없었다. 그이에게 나를 이해시킬 만한 말주변이 나에겐 없었다. 그이가 부드럽고 따뜻한 눈으로 나를 보아주던 시절 우리 사이엔 말주변 같은 건 필요 없었다. 그이와 나 사이에 말주변의 필요성을 다급하게 의식하게 되면서부터 내 불안과 초조는 비롯됐다. 나는 어쩌다 남편에게 "여보, 요새 나 좀 이상해요. 괜히 불안하고 초조하고……" 그러면 남편은 자못 냉담하게 "흥 노이로제군, 누가 현대인 아니랄까봐" 했다. 남편은 척하면 척하고 빠르게 어떤 등식(等式)을 찾아내는 데 능했다. 그러나 이런 등식으로 도대체 무엇을 해결할 수 있단 말인가.

나는 철이 엄마에게 노이로제라는 것에 대해 물었다. 그러면 그녀는 내 증세 같은 건 물어보지도 않고 자기도 노이로제고 누구도 그렇고 또 누구도 그렇고 하며 그녀가 아는 여편네들을 모조리 꼽았다. 그녀는 아파트에 사는 많은 여편네들을 알고 있었고, 그만큼 여러 노이로제의 유형을 알고 있었다. 나는 그녀를 따라 몇 군데 마실도 가봤다. 비슷한 여편네들이 비슷한 형편의 살림을 하고 있었다. 우리 방과 철이네 방이 닮은 것만큼 우리의 상하좌우의 방들은 닮아 있었다. 물론 어느 집은 딴 집이 안 가진 세탁기가 있고 어느 집은 딴 집보다 먼저 피아노를 들여놓고 그 정도의 차이는 있었으나, 그 정도의 우월감조차 오래 누리지를 못했다. 곧 누가 그것을 흉내내고 말기 때문이다.

서양 여자들이 체중을 줄이기 위해 다이어트를 하듯이 이곳 아파트의 여자들은 남의 흉내를 내기 위해 순전히 남을 닮기 위해 다이어트를 했다. 나는 이런 닮음에의 싫증으로 진저리를 쳐가면서도 철이네만 있고 우린 없는 세탁기를 위해 콩나물과 꽁치와 화학조미료와 철이 엄마식 요리법만 가지고 밥상을 차리고, 철이 엄마는 내가 살림 날 때 올케한테서 선물로 받은 미제 전기 프라이팬을 노골적으로 샘을 내더니, 오로지 그녀의 요리법 하나만 믿고 형편없는 장보기를 하고 있었다.

이렇게 나나 철이 엄마나 딴 방 여자들이나 남보다 잘살기 위해, 그러나 결과적으론 겨우 남과 닮기 위해 하루하루를 잃어버렸다. 내 남편이 십팔 평짜리 아파트를 위해 칠 년의 세월과 부드러움과 따뜻함을 상실했듯이.

우리 이웃에는 앙큼한 여편네도 있어, 이런 고단하고 허망한 경쟁으로부터 기상천외의 방법으로 탈출을 기도하는 이도 없지 않아 있었다. 철이 엄마만 해도 그랬다. 여직껏 철이 엄마는 내 거울 같은 존재였다. 내가 얼마나 권태로운가, 얼마나 공허한가, 얼마나 맥이 빠져 있나를 그 여자를 보면 알 수 있었다. 그런 그녀가 어느 날 전연 나와는 상관없는 표정을 하고 내 앞에 나타난 것이다. 속 깊숙이 염통 가까운 데쯤, 미칠 듯한 희열을 감춘 듯이 살갗은 반들대고 눈은 번들댔다. 나는 당혹했다. 기분이 영 잡쳤다. 우리가 어느 날 거울 앞에 섰을 때 허구한 날 거울에서 낯익은 자기 얼굴이 아닌 전연 생소한 얼굴이 비친다거나 자기는 분명히 찡그렸을 터인데 거울 속에선 웃어 보인다거나 할 때 우리는 얼마나 놀라고 기분이 나쁠 것인가. 내가 바로 그렇게 기분이 나빴고, 더 나쁜 것은 그런 그 여자를 볼 때 느껴야 하는 굴욕감이었다.

나는 어떻게든 그 여자의 변모의 비밀을 알아내야 했다. 둘 사이가 갑자기 긴장했다. 내가 파악할 수 있는 그 여자의 모든 것 ― 눈빛, 몸짓, 말씨, 웃음, 하나하나에 내 조심스러운 탐색의 실(絲)은 던져졌다. 나는 사진(絲診)을 하는 전의(典醫)처럼 교활하고 주의 깊게 실을 긴장시키고 실 끝에 온 신경을 모았다.

드디어 나는 그 여자의 희열과 긴장이 차츰 고조됐다가 급격히 쇠퇴하고 다시 그것을 잉태하고 하는 주기를 알아낼 수 있었다. 그것은 일 주일을 주기로 하고 있었고 금요일 저녁을 그 정점으로 하고 있었다.

금요일 저녁, 금요일 저녁이 문제였다. 남편이 돌아오기 전 어린 남매는 이른 저녁을 먹고 피아노 레슨을 받으러 9동 음대생한테 가는 시간이었다. 나는 재빨리 금요일 저녁에서 후텁지근하고 아슬아슬한 간음의 냄새를 맡았다.

희열과 초조로 통통한 몸뚱이가 거의 파열할 듯이 불안해 뵈는 금요일, 그리고 다음날인 토요일의 그 여자의 걸레쪽 같은 허탈, 일요일부터 다시 번뜩이기 시작하는 그 기분 나쁜 희열 ―, 도대체 의심할 여지는 조금도 없었다.

어느 금요일 저녁, 마침내 나는 자신 있게 간음의 현장을 급습했다. 나는 간부(姦夫) 대신 한 장의 주택복권을 발견했다.

입술이 바싹 탄 그 여자는 한 손엔 주택복권을 움켜쥐고, 한 손으론 까닭 모를 팔짓을 해가며, 텔레비전 속에서 숫자판에 화살을 쏠 때마다 자기가 뛰어들어 대신 쏘아댈 듯이 그 살집 많은 궁둥이로 연방 엉덩방아를 찧으면서, 목구멍으로 *끄르륵끄르륵*

닮은 방들 285

이상한 신음 소리를 내면서 텔레비전을 보고 있었다.

나는 단박에 무엇이 이 여자를 그토록 충만하게 빛나게 했던가를 알아차렸다. 이곳으로부터, 이곳의 무수한 닮은 방으로부터, 놓여날 수 있는 가능성이 이 여자를 그렇게 놀랍게 변모시켰던 것이다.

다음날, 나도 슈퍼마켓으로 내려가는 계단 입구에 나무궤짝을 놓고 복권을 파는 검버섯이 얼굴 가득히 핀 아줌마한테서 그것을 한 장 샀다. 그러나 그것을 사놓고 금요일을 기다리는 동안 아무래도 나는 철이 엄마처럼 되지를 않았다. 그것은 철이 엄마도 마찬가지인 것 같았다. 한번 비밀을 들키고 난 후의 그녀의 희열은 바늘로 찔리고 난 풍선 꼴이었다.

금요일이 되었다. 나는 희열은커녕 뜻하지 않은 불안으로 안절부절을 못했다. 나는 내 복권에 대해선 전연 관심이 없고 다만 철이 엄마의 복권에만 관심이 있었다. 내 것이 당첨될 리는 있을 수 없는 일로 여겨지는데 철이 엄마 것은 꼭 될 것 같았다. 그런 생각은 같은 무기수 중 하나만 이유 없이 석방되는 것을 봐야 하는 남은 무기수의 심정 같아서 미칠 것 같았다.

그 여자는 당첨금 팔백만원을 타면 곧 이곳에서 떨어진 공기 좋고 아름다운 전원도시의 언덕 위에 땅을 사고 말 거다, 그러곤 집을 설계하겠지. 다락방이 있는 뾰족한 지붕을 가진 오밀조밀한 집을 짓겠지. 그런 집은 내 집이어야 하는 건데. 그 집 철이와 난이는 다락방 서재에서 지붕에 떨어지는 빗소리를 들으며 『플란다스의 개』를 읽을 수 있겠구나. 내 아이들이 그래야 하는 건데. 내 아이들에게 내가 그렇게 해주고 싶었던 걸 그 여자는 모조리 훔쳐다가 제 아이들에게 해주겠구나.

마당에는 잔디를 깔고, 장미를 심고, 라일락도 심고, 그리고 철이와 난이의 밭도 따로 만들겠지. 그래서 완두콩도 심고, 옥수수도 심고, 이것은 쌍떡잎식물, 저것은 외떡잎식물 하며 씨앗에서 싹이 트는 신비한 모습을 아이들에게 보여주며 자기야말로 훌륭한 엄마인 양 자족의 미소를 짓겠지. 그런 짓은 내가 하려고 하던 건데 그 여자가 모조리 훔쳐다가 마치 제 것처럼 써먹겠지. 나는 너무 분해서 숨이 찼다.

이런 고통은 철이 엄마 쪽에서도 마찬가지였던가보다. 우리는 핏발 선 눈으로 서로 마주 보는 데 어지간히 지쳤다. 우리 중 누가 먼저였는지 모르게 복권을 살 때부터 네 것 내 것 없이 같이 사서 아무거나 당첨이 되면 반씩 나눠 갖자는 말이 나오고 두말없이 이에 합의를 보았다.

그러고 나니 복권 사는 재미는 김이 샐 대로 새서 시들해지고 시들해지자 갑자기 눈이 밝아지면서 몇백만분의 일이라는 당첨의 확률까지 계산하게 되고 그래서 일 주일에 백원의 낭비도 할 게 뭐냐고 지극히 건전한 결론에 도달했다. 결국 철이 엄마에게도 나에게도 이곳으로부터 놓여날 수 있는 아무런 일도 일어나지 않고 말았다. 다시 심심한 날이 계속됐다.

나는 따분한 낮 동안 커튼을 젖히고 마주 보이는 13동의 방들을 세어보고 거기다가 이곳 아파트 단지의 아파트 총 동수를 곱해보고 하다가, 고만 눈이 아물아물해지면서 머리가 뒤죽박죽이 되고 만다.

그럴 때 나는 이상하게도 내 쌍둥이 아이들이 싫어진다. 그애들이 쌍둥이라는 사실이 견딜 수 없어진다. 그리곤 눈앞이 어질어질해지면서 그애들을 구별할 수 없게 된다. 누가 형이고 누가 아우인지를 못 알아보게 되는 것이다.

나는 죽고 싶도록 비참한 심정으로 그애들에게 그걸 물을 수밖에 없다. 그애들은 그런 내가 재미있어 죽겠다는 듯이 깔깔대며 "엄마, 내가 형이야" "응, 그래 난 동생이구" 한다. "너희들은 그걸 어떻게 알았지?" 나는 내가 모르겠는 걸 쉽게 알고 있는 그애들이 수상쩍은 나머지 이런 멍청이 같은 질문까지 하고 만다.

아이들은 한층 깔깔대며 "엄마가 그랬잖아?" 한다. 참 내가 그랬겠군. 내가 그걸 가르쳐줬지. 그렇지 않으면 그애들이 어떻게 그걸 저절로 알 수가 있담. 그럼 나는 어떻게 그걸 알았더라. 그애들을 받은 의사가 일러줬었지. 행여 뒤바뀌는 일이 생길까 봐 꼼꼼하게도 태어난 정확한 시각을 적은 반창고를 그애들 가슴팍에 붙여서 퇴원시켜주지 않았던가.

처음엔 나도 그걸로 형 아우를 구별하다가 곧 그것 없이도 할 수 있게 되었다. 엄마답게 제일 먼저 그것을 구별할 수 있게 되었다. 가까이에서뿐 아니라 어울려 노는 것, 걸어오는 것을 멀리서 보고도 단박에 알 수 있었다. 나는 그 일이 예사로웠는데도 남들은 신기해서 어떤 사람은 형과 아우의 차이점을 나더러 설명해달라고 조르기까지 했다. 그렇지만 그것은 설명을 초월한 엄마로서의 직관일 뿐이었다.

그러던 내가 문득문득 내 아이들을 구별 못 하는 일을 겪게 된 것이다. 이렇게 엄마다운 직관이 흐려질 때, 나는 내 아이들까지 믿을 수 없어진다. 꼭 두 놈이 짜고서 아우는 형이라고 형은 아우라고 나를 속여먹는 것 같다. 이런 의심은 불쾌하고 고통스럽다. 자꾸자꾸 속여먹다가 결국 제가 누군지 저희들 스스로도 잊어버리고 말 날이 올 것 같다. 꼭 그럴 것 같다. 나는 덜컥 겁이 나서 불의(不意)에 내 아이들이 나를 속여먹을 틈을 주지 않기 위해 불의에, 내 아이들의 이름을 불러가지고 찾아낸 형과 아우의 특징을 잊지 않으려고 요모조모 날카롭게 뜯어보고, 꼬옥 껴안고 만져보고 냄새도 맡아본다. 그러나 그들의 닮음은 어느 틈에 내 이런 모든 노력을 빠져나가 나를 포위하고 나를 놀린다.

나는 지쳐빠진 나머지 그까짓 형 아우쯤 뒤바뀌면 어떠랴, 한 뱃속에서 동시에 생명이 비롯되어 나란히 한 자리에 앉았다가 다만 세상 밖에 누가 몇 분 먼저 나오고 나중 나온 걸로 결정된 형 아운데 그게 무슨 대단한 의미가 있는 것일까 하고 눙쳐 생각하려 든다.

그럼, 내 아이들의 '나'는 함부로 바꿔치기해도 되는 '나'란 말인가. 다시 나는 그런 일은 절대로 그대로 내버려둘 수 없는 끔찍한 일이라고 진저리를 친다. 나는 엄청난 혼란에 빠지고 만다. 아아 쌍둥이 엄마란 얼마나 저주받은 엄마일까.

나는 거울에 나를 비춰볼 때 이미 이 세상을 다 살아버린 듯이 피곤하고 못쓰게 된 내 얼굴을 발견하고 놀란다. 철이 엄마를 불러서 계란팩이나 오이팩이나 그런 걸 해달란다. 우리는 서로 그 일을 품앗이한다. 그 여자는 내 얼굴에 주름이 하나도 없다고 샘을 내는 척하면서, 콜드크림으로 얼굴을 문지르고 두들기고 뱅뱅 돌리고, 살갗이 익어버리도록 뜨거운 타월로 찜질을 해내고, 한바탕 법석을 떨고는, 계란하고 꿀하고 무슨 당근 짜낸 국물 같은 걸 범벅을 해서 얼굴에 처덕거린다. 그것이 마르면서 피부를 옥죈다. 그 동안 웃어도 안 되고 말을 해도 안 된다. 그 동안을 못 참고 웃으면 얼굴에 주름이 간다는 게 우리들의 상식이다.

철이 엄만 혼자서 심심한지 종알종알 얘기를 시킨다. 하필 우스운 얘기만 골라서 한다. 내가 자기보다 먼저 주름이 잡히길 노리는 그 여자의 음모를 내가 모를 리 없다. "글쎄 우리 난이란 년, 고게 얼마나 깜찍하게 구는지 재미나긴 아들보다 딸이 납디다. 어제는 글쎄 나보고 이 세상에서 제일 먼저 다이빙을 한 사람이 누구게 하지 않겠어. 나는 글쎄 누구더라 아마 영국 사람일 텐데, 어쩌구 하며 좀 아는 척을 하려 했더니 고게 허릴 잡고 깔깔대며 대한민국 심청이, 하지 않겠어." 그러고는 혼자서 오랫동안 깔깔댔다. 그 여자는 내가 따라 웃기를 바라고 있었다. 나는 안 웃는다. 주름 때문에 못 웃는 게 아니라 하나도 안 우습다. 코미디언이나 디스크자키들이 골백번은 써먹은 소리다. 요샌 신선한 웃음거리조차 없다. 직업적인 웃기기꾼들이 동서고금의 우스운 이야기란 이야기는 다 끄집어내다가 요리조리 장난질을 해서 써먹고 또 써먹어 단물은 다 빼먹고 씹어뱉은 찌꺼기뿐이다. 말장난질에 닳고닳아빠진 말뿐이다. 나는 우습기는커녕 어느 개뼈다귀가 씹다 버린 껌이라도 입 속에 던져진 듯한 욕지기를 느낀다.

이번엔 내가 철이 엄마를 해줄 차례다. 내가 당한 것과 똑같은 짓을 그 여자의 얼굴에 베푼다. 대낮에 계란팩을 뒤집어쓰고 나자빠졌는 여편네 꼴은 추하고 너절하다. 흡사 합성섬유의 누더기 같다.

나도 심심해진다. 심심풀이 삼아라도 입을 놀리고 싶다. 그러나 그 여자를 웃길 생각은 안 한다. 저 보기 흉한 얼굴에서 입이 벌어지면서 이빨과 혀와 목구멍이 보일 것을 생각하면 끔찍하다. 낮도깨비를 상상하는 것처럼 끔찍하다. 나는 그 여자를 아프게 하고 싶다. 그 여자를 아프게 하려면 샘을 내게 하는 수밖에 없다. 내 남편과 내가 연애하던 때의 이야기를 해줘야겠다. 그런 이야기가 얼마나 쑥스럽고 더리적은지, 너무 안다고 할 만큼 알고 있는데도 그 짓이 하고 싶다. 나는 그 이야기를 이 여자에게 들려주고 싶은 건지 내가 듣고 싶은 건지 구별을 못 한다. 이 여자를 아프게 하고 싶은지 내가 아프고 싶은지 그것도 모르겠다. 모르는 채 나는 지껄였다.

총각 때의 남편은 건강하고 훤칠하니 키도 컸는데도 그를 볼

닮은 방들 291

때마다 나는 그를 불쌍해했다. 그를 불쌍해하는 내 느낌은 너무도 애틋하고 순수해서 그를 불쌍해하는 게 그에게 모욕이 된다고는 조금도 생각하지 않았다.

우리는 대개 만날 장소를 길가로 정하고 길가에서 만났다. 오래 기다리고 서 있어도 남이 이상하게 보지 않을 길가, 그러니까 버스정거장 같은 데가 좋았다. 홍릉 버스 종점, 이대 입구 정거장, 미도파 앞 이런 식이었다. 취미가 고상하다거나 괴팍해서 다방을 기피했거나, 찻값이 아까울 만큼 가난해서가 아니었다. 시작부터 어쩌다 그렇게 되고 말았다. 제대하고 복교해서 한 학년이 된 그를 알게 되고 학교 외의 장소에서 만나고 싶다고 생각하고, 만날 날짜와 시간은 쉽사리 정했는데도 만날 장소는 쉽게 정해지지를 않았다. 우린 다 같이 단골 다방도 없었고 이름과 장소가 연관지어서 기억나는 다방도 없었다. 여기저기 생각은 났으나 조금씩 어리숭했다. 어리숭한 채로 정할 수도 있겠는데 그랬다가 우리의 중대한 두번째 만남에 어떤 차질이 생길까 두려웠다. 우선 꼭 다시 만나야 했다. S동 버스정거장에서 만나기로 하고 내가 먼저 가서 기다렸다.

나는 아주 멀리서부터 인파 속에서 그를 알아보았다. 그는 딴 사람들과 달랐다. 그 다른 것이 나로 하여금 그를 최초로 불쌍해하게 했다.

그와의 사귐이 깊어짐에 따라 불쌍하다는 느낌도 심화됐다. 그가 남보다 착해 보이는 것, 정직해 보이는 것, 그런 것 때문에도 그가 불쌍했다. 딴 사람들은 갑각류처럼 견고하고 무표정한데 그만이 인간의 가장 깊고 연한 속살, 따뜻하고 부드러운 속살을 노출시키고 있는 게 불쌍했다. 딴 사람들은 다 무장을 하고 있는데 그만이 무방비상태인 것으로 여겨져 불쌍했다.

나는 그가 불쌍하고 불쌍해서 가슴을 조이며 내 앞으로 가까이 오는 것을 기다리는 동안이 좋았다. 나는 그가 불쌍해서, 서럽도록 불쌍해서 좋았다.

우리는 만나면 여러 군데를 걸어 돌아다녔고, 걷다가 지치면 시외버스를 탔다. 이름난 유원지로 가는 것만 아니면 우리는 아무 거나 탔다. 아무 데서나 내렸다. 서울 교외의 시골은 비슷비슷했다. 지독한 거름 냄새가 나는 곳도 있었지만 산기슭 쪽으로 조금만 피하면 거름 냄새는 구수하게 희석되고 싱그러운 초록의 냄새를 맡을 수 있었다. 초록빛 나는 풀, 나물, 채소 등이 풍기는 풋풋한 시골 들판의 냄새를 우리는 좋아했다. 가깝고 낮은 산들의 초록빛, 멀수록 푸른빛을 띠다가 푸른 안개처럼 번져 보이는 먼, 먼 높은 산들, 밭둑의 미루나무, 마을 어귀 까치집이 매달린 고목, 느릿느릿 꼬부라진 들길, 그런 평범한 풍경들이 그와 함께 바라보면 그렇게 좋을 수가 없었다. 그러나 더 좋은 것은 그를 바라보는 거였다.

나는 군중 속에 있는 그를 불쌍해하며 바라보는 것도 좋아했지만, 단둘이서 아무와도 비교 안 하고 그를 바라보는 것을 더 좋아했다. 그의 따뜻함과 부드러움을 불쌍해하지 않고 느끼는

닮은 방들

것이 실상은 더 좋았던 것이다. 우리는 이렇게 해서 가까워졌다.

우리가 처음 뽀뽀하던 날, 그날도 우리는 밭이 끝나고 산이 시작되려는 둔덕 풀밭에 있었다. 우리는 같이 노래도 부르고 까불고 장난치고 했다. 나의 어머니 아버지는 사내놈은 그저 도둑놈으로 알라는 무지막지한 공갈로 나에 대한 성교육을 삼았지만 나는 그를 조금도 경계하지 않았다. 경계는커녕 어린애 같은 천진한 장난에 열중하다가도 문득 그의 도둑놈에 대해 안타까운 궁금증을 느끼곤 했다.

그가 어디로 숨었는가 하다가, 목덜미로부터 뺨으로 기는 송충이의 징그러운 감촉을 느끼고 질겁을 해서 비명을 지르며 오두방정을 떨었다. 그러나 송충이가 아니었다. 그가 강아지풀로 콧수염을 해달고 내 등뒤로 돌아와 나를 놀렸던 것이다. 그는 장난질이 성공한 아이답잖게 얼굴은 심한 부끄러움으로 붉게 상기되어 있고 눈은 슬퍼 보였다. 나는 곧 강아지풀로 위장한 그의 욕망을 본다. 그가 정말로 하고 싶었던 건 뽀뽀였다는 걸 안다. 나는 그렇게밖에 뽀뽀를 할 줄 모르는 그가 측은하고 불쌍해 울음이라도 터질 것 같다.

나는 그에게 다가가 그 우스꽝스러운 콧수염을 뜯어내고 그의 부드럽고 따뜻한 입술에 뽀뽀를 해주었다. 마침내 망설임과 부끄러움을 떨친 그의 뽀뽀는 길고 섬세했다. 나는 그가 좋아서 너무 좋아서 슬펐다. 그가 사랑한다고 그랬고, 결혼하자고 그랬고 나는 좋다고 했다. 그가 죽자고 해도 좋다고 했을 것이다.

내 이야기와 철이 엄마의 계란팩은 거의 같이 끝났다. 뜨거운 물수건으로 얼굴을 닦아낸 그녀는 흡사 표피가 뜨거운 물수건에 익어서 홀라당 벗겨진 것처럼 징그럽고 붉게 이글거렸다. 그 여자는 그 위에 냄새가 짙은 화장수를 처덕이며 부르르 몸서리를 치더니 음탕하게 웃으며 "우리 그 새낀 잔재미라곤 없다우. 그 새낀 무지막지하고 억세기가 꼭 짐승이라니까. 아이 징그려" 했다. 그러곤 다시 건강하고 흰 이를 드러내고 찍 웃었다. 웃는 입이 방금 찢어진 상처처럼 생생했다. 그 생생함과 남편을 '그 새끼'라고 하는 당돌한 호칭이 짐승 같다는 표현에 이상하리만큼 싱싱한 현실감을 주었다.

나는 어떤 예감이 강한 전류처럼 나를 꿰뚫는 것을 느끼고 깊이 전율했다. 그것은 고통스러운 쾌감이었다.

그후에도 내 생활은 여전히 끔찍하게 따분했다. 나는 내 이웃의 무수한 닮은 방들이 끔찍했고 내 쌍둥이 아들을 구별 못 하는 일이 끔찍했고 무엇보다도 한 눈을 애꾸를 만들어가지고 콩알만한 유리조각을 통해 퇴근한 남편의 얼굴을 확인하는 일이 끔찍했다. 천장에 달라붙은 이십 와트 형광등 불빛 밑에서 비인간적으로 창백하고 냉혹해 보여 자기 남편을 아파트 살인범으로 착각해야 하는 일이 끔찍했다.

내 생활에서 끔찍하지 않은 일은 철이 엄마의 그 '짐승 같은 새끼'와 간음을 하고 말 것 같은 예감뿐이었다. 나는 그 예감을 사랑했다. 그 예감이 미칠 듯이 따분한 내 생활과 마찰하면서 일으키는 섬광 같은 불꽃을 사랑했다. 그 섬광을 통해 보는 일상적인 사물의 돌변한 빛깔을 사랑했다.

뭔가 저질러야겠다는, 꼭 저지르고 말리라는 준비 태세로 온몸이 조바심했다. 마치 오랫동안 맛대가리 없는 배합사료로 사육돼오던 들짐승이 어떤 계기로 촉발된 싱싱한 야성의 먹이에 대한 식욕으로 이빨이 견딜 수 없이 근질대듯 내 온몸이 이빨이 되어 근질근질 조바심했다.

어느 날 철이 엄마는 시골 친정에 다녀오마고 했다. 허름한 걸로 어머니 아버지 옷감이나 사다드리고 고추랑 깨랑 마늘이랑 얻어오면 그게 어디냐고 나에게 그 동안 자기 식구 식사를 부탁하는 것이었다. 남편에겐 당일로 돌아오마고 했지만, 가까워도 시골이고 친정인데 하룻밤쯤 자고 오면 제까짓 게 날 내쫓을까 했다. "아무렴요, 아무렴. 자고 와요. 자고 와. 집 걱정도 밥 걱정도 나한테 맡겨요." 나는 눈웃음을 치며 알랑을 떨었다.

모든 것이 다 잘됐다. 나는 양쪽 집을 분주하게 오락가락하며 두 남편과 네 아이를 먹이고 잠재웠다.

밤이 제대로 깊어갈 즈음, 나는 살금살금 철이네로 들어갔다. 곤히 잠든 철이 아빠를 침대 머리에 달린 촉광 낮은 푸른 베드 라이트가 비추고 있었다. 그는 하필 전에 내가 철이 엄마하고 같이 나가서 산 내 남편의 것과 똑같은 파자마를 입고 있었다. 그래서 그런지, 베드 라이트가 파래서 그런지 철이 아빤 평상시보다 창백하고 피곤해 보여 내 남편과 퍽 닮아 있었다. 나는 누구에겐지 모를 연민을 느꼈다. 베드 라이트를 끌까 하다가 만약의 경우를 생각해서 아주 두꺼비집의 스위치를 내려버렸다. 칠흑의 어둠이 왔다.

 나는 그의 옆에 누웠다. 그의 머리를 안았다. D포마드 냄새가 역겹다. 내 남편도 D포마드의 애용자다. 나는 참고 그의 입술을 찾는다. 매캐한 담배 냄새가 난다. 그도 내 남편도 골초다. 그가 조금씩 잠이 깨면서 귀찮다는 듯이 나를 뿌리친다. 나는 더욱 그에게 나를 밀착시킨다. 마침내 "언제 왔어" 잠꼬대처럼 웅얼대고 마지못해 나를 안는다.

 그의 섹스는 신경질적이고 허약한 주제에 가학적이다. 당하는 쪽의 기분을 공중변소처럼 타락시킨다. 그의 속살은 쇠붙이에서 풍기는 것 같은, 사람을 밀어내는 기분 나쁜 냄새를 지니고 있다. 그런 모든 것이 내 남편과 너무도 닮아 있다. 나는 내가 간음하고 있다는 느낌조차 가질 수 없다. 나는 내 남편에 안겨 있는 동안에도 간음하고 있는 것으로 공상을 하는 못된 버릇이 있었는데 정작 간음을 하면서도 그것조차 안 된다. 죄의식도 쾌감도 없다.

 일을 끝낸 그는 더 깊이 잠들고 나는 여기가 정말 철이넨가 그것조차 믿어지지 않아 아이들이 자고 있는 이층 침대로 가서 자는 애들을 더듬어본다. 난이의 머리꼬랑이가 만져진다. 아들과 딸이 있다는 건 좋은 일이다. 우리는 아들만 있는데 그것도 쌍둥이로.

닮은 방들

우리집 이층 침대에도 아이들이 깊이 잠들어 있다. 나는 걷어찬 이불을 덮어주고 고른 숨소리를 듣는다. 나의 어머니가 우리들을 기를 땐 우리를 잠재우고 고른 숨소리를 지키며 우리가 자라서 어느 만큼 훌륭하게 될까, 어떤 효도를 할까, 그런 공상을 할 때가 제일 흐뭇하고 행복했다고 한다. 나도 그래보려고 한다. 그러나 그게 되지를 않는다. 나는 내 애들이 자라 무엇이 될지도 나와 어떤 모자관계를 이룰지도 짐작할 수도 없다. 춥고 막막하다.

나는 욕실에 들어가 불을 켠다. 눈이 부시게 환하다. 간음한 여자를 똑똑히 보고 싶다. 거울 앞에 선다. 거울 속에 내가 있다. 생전 아무하고도 얘기해본 적도 관계를 맺어본 적도 없는 것같이 절망적인 무구(無垢)를 풍기는 여자가 거기 있다.

나는 이상하리만큼 해맑고 절망적인 기분으로 나를 처녀처럼 느낀다. 십 년 가까운 남의 아내 노릇에 두 아이까지 있고 방금 간음까지 저지른 주제에 나는 나를 처녀처럼 느낀다. 그런 처녀는 끔찍하지만 그렇게 느낀다.

부끄러움을 가르칩니다

 침침한 조명에 익숙해진 후, 다시 한번 휘둘러보아도 아는 얼굴은 없다. 내가 제일 먼저 온 모양이다. 콤팩트를 꺼내 얼굴을 비춰본다. 눈화장이 암만 해도 눈에 거슬린다. 눈을 크고 맑게 보이게 하기는커녕, 잘하면 곱살하게 보일 수도 있을 눈가에 잔주름을 노추(老醜)로 만들어 강조하고 있다. 눈가뿐 아니라 얼굴 전체가 몰라보게 늙어 있다. 연일의 겹친 피로 때문일까?

 서울로 이사라고 온 후 갈현동에 임시로 거처를 정하고 집을 사러 다니는 일이 이만저만 고된 일이 아니어서 나는 요새 거의 몸살이 날 지경이었다. 그도 그럴 것이 상계동의 친정에서는 그 근처로 오라고 미리 몇 채 돌봐놓고 있다니 인사성으로라도 그 근처에 가서 보러 다니는 척 안 할 수 없었고, 수유동의 시집에선 또 이왕 서울로 왔으면 시집 근처에 사는 걸 마땅한 일로 아는 눈치기에 그 근처도 가서 보는 척했다. 그러나 정작 남편의 꿍꿍이속은 또 달라서 주머니 사정에도 맞고 겉보기도 괜찮은 집을 구하려면 화곡동쯤이 알맞은 걸로 귀띔을 하니 그쪽도 안 가볼 수 없고, 그러자니 갈현동에서 상계동으로, 다시 수유동으로, 수유동에서 화곡동으로, 서울 동쪽 변두리에서 서쪽 변두리로, 남쪽 변두리에서 북쪽 변두리로, 중심가는 가로지르기만 하면서 싸다닌 셈이다.

그래 그런지 나는 과연 서울은 크구나 놀라기도 질리기도 했지만, 이곳이 내 고향이구나 하는 그윽한 감회는 전연 없었다. 그야 아무리 서울에서 나서 자랐기로서니 차라리 고향이 없는 것으로 자처할지언정 서울을 고향으로 대접할 사람은 없지만, 나는 그래도 고향으로서의 선명한 영상을 갖고 있었고, 가끔 그림엽서를 꺼내 보듯이 그 영상을 되살리며 향수를 앓았더랬었다.

바퀴가 불안전하게 탈탈거리는 손수레에 피난 보따리와 올망졸망한 어린 동생들을 태우고, 두 살 터울인 남동생과 번갈아 밀며 끌며 돌아다보고 또 돌아다본 폐허의 서울—그땐 하늘이 낮고 부드럽게 흐려 있었고, 눈이 조금씩 조금씩 흩날리기 시작했었고, 폐허 사이에 도괴를 면하고 제법 의젓하게 서 있는 건물들도 창문이란 창문은 화염을 토해낸 시커먼 그을음 자국으로 아궁이처럼 음험하게 뚫려 있었고, 북으로부터의 포성이 바로 무악재 너머에서 나는 듯 가까웠고, 사람들은 이고 지고 총총히 총총히 이 고장을 등지고 있었다.

아침 느지막이 중학다리 집을 떠나 종로 광교 을지로 입구 남대문까지 우린 너무 느리게 걸었고, 어머니가 이렇게 굼벵이처럼 걷다간 해 안에 한강도 못 건너겠다고 걱정을 하는 바람에 이제부터 앞만 보고 기운 내서 열심히 가야겠다고, 마지막 돌아보는 셈 치고 돌아다본 시야에 문득 남대문이 의연히 서 있었다.

눈발을 통해 본 남대문은 일찍이 본 일이 없을 만큼 아름답고 웅장했다. 눈발은 성기고 가늘어서 길엔 아직 쌓이기 전인데 기왓골과 등에만 살짝 쌓여서 기와의 선이 화선지에 먹물로 그은 것처럼 부드럽게 번져 보이는 게 그지없이 정답기도 했지만 전체를 한 덩어리로 볼 땐 산처럼 거대하고 준엄해 내 옹색한 시야를 압도하고 넘쳤다.

나는 이상한 감동으로 가슴이 더워왔다. 남대문의 미(美)의 극치의 순간을 보는 대가로 이 간난의 피난길이 마련되었다 한들 어찌 거역할 수 있으랴 싶었다. 그건 결코 안이하게 보아질 수는 없는, 꼭 어떤 비통한 희생의 보상이어야 할 것 같은 생각이 들었기 때문이다.

나는 거의 종교적인 경건으로 예배하듯 남대문을 우러르고 돌아서서 남으로 남으로 걸었다. 이상하게도 훨씬 덜 절망스러웠다.

그후 피난생활이 맺어준 인연으로 오늘날까지 계속된 오랜 객지생활에서도 그때 눈발을 통해 본 남대문의 비장미의 영상은 조금도 퇴색함이 없이, 어머니나 동생들이나 중학동 옛집이나 그 밖의 내 소녀 시절의 앳된 추억이 서린 서울의 어느 곳보다 훨씬 더 강력한 향수의 구심점이 되었다.

그러나 막상 서울로 돌아온 지 달포가 넘는 동안 거의 매일같이 도심을 가로지르면서 남대문을 볼 기회도 많았건만 번번이 딴 데로 한눈을 파느라 놓치고 말았다. 그렇게 서울은 변화하고, 쳐다보고 우러러볼 높은 집도 많았거니와, 차와 사람이 너무 많아 버스에 앉아서도 줄창 조마조마하고 아슬아슬해하기에 정신을 빼앗겼다. 그러는 사이에 남대문에 대한 흥미를 쉽사리 잃어갔다. 나는 이미 이 고장이 남대문의 정기(精氣) 따위가 지배할 고장이 아니란 걸, 남대문 따위는 이미 오래 전에 이 고장의 새로운 질서에서 소외됐음을 눈치챘기 때문이다.

 그것을 눈치채자 이 고장의 희번드르르한 치장 뒤에 감춰진 뒤죽박죽까지 모두 알아버린 느낌이 들어버렸다.

 그러나 뭐니뭐니 해도 가장 심한 뒤죽박죽의 상태에 있는 건 나 자신이었다. 바쁜 길을 가다가도 건널목의 신호등에 푸른 불이 켜져 사람들이 일제히 건너는 것을 보면 나는 건널 필요가 없는데도 덩달아 건넜다. 번화가의 횡단보도를 푸른 신호등을 곧바로 쳐다보며 여러 사람들과 어깨를 나란히 건너는 게 나는 그렇게 떳떳하고 좋을 수가 없었다. 그렇게 건너지 않아야 될 길을 몇 번 덩달아 건너다보면 완전히 방향감각을 잃고, 그날의 할 일조차 잊고, 촌닭처럼 서투르게 허둥지둥하다가 우두망찰을 했다. 꼭 뭣에 홀린 듯 신나는 분주 끝에 오는 절망적인 우두망찰—비단 길을 가다가뿐 아니라 나는 자주 이런 느낌을 경험했다. 서울 살림의 시작만 해도 그렇다.

남편은 꼭 집을 살 듯이 나와 복덕방 영감을 속이다가 하루아침에 전셋집으로 바꾸더니 부랴부랴 이사를 하고는 응접세트다 화장대다 문갑이다 하고 번질번질한 세간살이들을 사들이는 바람에 전셋집이란 서운함도 잊고 집을 꾸미는 재미에 신바람이 나서 바삐 돌아가다가도, 김포가 지척인 화곡동 특유의 비행기 소리가 유리창이란 유리창을 들들들 흔들면서 모가지라도 도려낼 듯이 낮게 지나가면 마치 온 집안이 얇은 유리로 되어 있어 당장 박살이 날 듯한 겁에 질렸다가 굉음이 무사히 멀어지면 일손에 맥이 쑥 빠지면서 예의 우두망찰에 빠졌다.

남편은 촌티 좀 작작 내라고, 그까짓 소리에 정신이 나갈 게 뭐냐고 얕봤지만 남편은 잘못 알고 있었다. 나는 그럴 때 정신이 나가는 게 아니라 드는 느낌이었다. 비행기 소리가 멀어지고 들들대던 유리창도 멎은 후의 해맑은 정적의 일순, 나는 우리 살림이 얼마나 어벙한 허구 위에 섰나를 똑똑히 보는 것이었다. 그러나 그런 동안을 오래 갖는 일은 별로 없었다. 남편은 늘 나를 바쁘게 하려 들었다. 나는 늘 허둥지둥해야만 했다. 남편의 성품이 본래 그렇기도 했지만, 서울로 이사를 오자 한층 의욕이 왕성해져 단박에 떼돈을 벌 듯이 설쳐댔다. 그의 눈은 의욕 과잉으로 핏발이 서 있었고, 몸은 동에 번쩍, 서에 번쩍, 한마디로 눈부셨다. 그는 나도 자기의 손발처럼 덩달아 바쁠 것을 강요했다. 그러나 나는 그게 잘 되지를 않았다. 나는 그의 분망을 이해할 수도 없었다.

아홉시에 중요한 용건으로 만날 사람이 있으니 서둘러야겠다고 시계를 골백번도 더 보면서도, 별로 급한 것 같지도 않은 전화를 몇 통화씩 거는가 하면, 통화중인 곳에는 욕지거리를 해가면서도 끈질기게 돌리다가 아홉시를 삼십 분도 못 남겨놓고서야 벼락이 떨어지는 소리를 질러대면서 옷을 주워입고, 내가 골라주는 넥타이를 마땅찮아하고, 다시 고른 것도 또 신통찮아하고, 거듭거듭 그 짓을 하면서 그는 교묘하게 자기가 이렇게 늦고 만 것이 마치 내 탓인 것처럼 뒤집어씌웠다. 그리고 겨우 고른다는 게 내가 처음 골랐던 것을 다시 고른 것도 모르고 만족해하다가, 다시 시계를 보고는 불난 집을 뛰쳐나가듯 곤두박질을 치면서 뛰어나갔다간 오 분도 안 돼서 숨이 턱에 닿아서 되돌아와서 중요한 서류를 잊고 나갔다고 찾아내라고 고함을 쳐댔다. 그럴 때 만약 내가 조금도 당황하지 않고 보관했던 서류를 단박에 첫째 서랍에서 꺼내주면 도리어 남편은 나를 핀잔주려 들었다. 답답하다느니 안차고 다라지다느니 하면서. 그런 핀잔을 듣지 않으려면 나도 덩달아 "어머, 큰일났네. 이 일을 어쩌누. 글쎄 그 서류를 어디 뒀드라. 에구구…… 내 정신이야" 하며 하던 일을 내던지고 뱅뱅 맴을 돌며, 발을 구르며 이 서랍 저 서랍 날쌔게 빼보고, 말을 안 듣는 서랍을 냅다 빼 동댕이치며, 콩 볶듯이 날뛴 끝에 서류를 찾아내야만 했다.

 매사를 이런 투로 그에게 장단을 맞춰야 했다. 난 그게 서툴렀다. 그도 그것을 알고 있어 젠장 서로 장단이 맞아야 뭘 해먹지

하는 투정을 자주 했다. 나는 늘 피곤했지만 육체적인 노동 끝에 오는 쾌적한 피로가 아니라 불쾌한 조음(潮音)에 맞춰 서투르게 몸을 흔들어댄 것 같은 허망한 피로였고, 몸의 피로라기보다는 마음의 피로였다.

남편은 나가 있는 동안에도 숙제를 내주듯이 나에게 여러 가지 일을 시켰다. 동회나 구청에서 무슨무슨 증명을 떼다놓으라든가, 어디어디서 전화가 오면 용건을 듣기만 해서 메모해두라든가, 어디어디서 오는 전화에는 어떻게 대답을 하고, 무슨 말을 물어오면 어떻게 둘러댈 것 등인데 그것은 거의가 다 거짓말이어서 혹시 잊을까, 혹시 뒤바뀔까 겁도 났고, 남편이 각계각층의 인사를 너무도 많이 알고 있는 것에 놀라기도 했다. 남편의 능란한 허풍은 많은 유명 인사와 유력 인사를 알고 있을 뿐 아니라, 그들과 꾸미는 웅대한 사업의 참모 본부가 바로 화곡동 우리의 전셋집과 전세 전화인 듯한 착각까지를 나에게 일으킴으로써 나를 질리게 했다. 그래서 실제로는 잘못 걸려온 전화와 어디서 연락 없었느냐는 남편의 전화 외에는 걸려오는 전화도 없었는데도 나는 온종일 긴장하여 그 일에 나를 얽맸다. 남편이 없는 낮 동안 전화가 남편 대신 내 상전 노릇을 하는 셈이었다.

나는 우리의 전셋집도 마땅찮았지만 그놈의 전세 전화가 더 싫었다. 그래서 그런지 나는 좀처럼 내 서울 살림에 재미를 붙이지 못했다. 서울 살림이자 한창 깨가 쏟아질 신접살림인데도 말이다. 나는 이 나이에 인제 신접살림이었다. 나는 세 번이나 결혼을 했고, 지금의 남편이 내 세번째 남편이니까 그럴 수밖에 없었다.

그래도 그 전세 전화 덕분에 이십여 년 만에 돌아온 서울에서 쉽사리 옛 동창들과 연락이 닿은 것이다. 연락이 닿았다기보다는 당했다고 하는 것이 옳겠다. 나는 누구에게 전화번호 한번 대준 적이 없는데도 나를 찾는 전화가 걸려오기 시작했다.

"어머머…… 정말 너구나. 서울에 아주 왔다며? 어쩌면 서울에 와서도 그렇게 꼼짝 않고 들어앉아 있을 수가 있니. 요런 깍쟁이, 얼마나 보고 싶었다고. 보고 싶다, 보고 싶어."

정말 보고 싶어 죽겠다는 듯이 안달을 떠는 전화가 예서 제서 걸려오더니, 몇몇이 모여서 나를 만나기로 약속이 된 모양이다. 저희들 멋대로 정한 시일과 장소가 나에게 통고됐다. 나는 옛 동창을 만나는 일이 좀 뜨악하고 좀 귀찮았지만, 만나기가 아주 싫을 것도 없어서 그냥 쩧고 까부는 대로 당하고 있을밖에 없었다.

나는 보고 싶다는 느낌, 특히 여자 친구끼리의 보고 싶다는 느낌을 암만 해도 이해할 수 없었다. 되레 남편이 적극적이었다.

"거 참 잘됐구려. 오래간만에 나가 바람 좀 쐬고 와요. 사람은 그저 사람을 많이 알아놔야 되는 거야. 다 써먹을 데가 있다구. 있구말구. 줄이나 빽이 별건가. 그렇구 그런 거지. 당신 동창 중에라도 재벌이나 고관 사모님 없으란 법 없잖아. 하다못해 세리(稅吏) 마누라라도 있어봐. 그게 어디게."

공연히 흥분해서 눈을 번쩍이고 삿대질까지 했다. 그러곤 엄숙하게 덧붙였다.

"어떡허든 우리도 한밑천 잡아 한번 잘살아봅시다."

나는 울컥 징그러운 생각이 났다. 그러곤 아아, 아아, 징그럽다고 생각했다. 내가 남편을 징그럽다고 생각하는 건 아주 나쁜 징조였다. 더 나쁜 것은 숨 가쁘게 아아, 징그럽다고 생각하는 거였다. 첫 남편과 헤어질 때도 그랬었고, 두번째 남편과 헤어질 때도 그랬었다. 남들이 알기로는, 내가 첫 남편과 헤어진 것은 애를 못 낳아서 쫓겨난 것으로, 두번째 남편과 헤어진 것은 그까짓 일부종사 못 한 팔자 두 번 고치나 세 번 고치나지 하는 팔자 사나운 헌 계집이면 으레 그렇게 하는 빤한 소행쯤으로 되어 있을 터였다. 내가 겪은 아아 징그럽다는 아무도 모른다.

그럼 나는 이번 남편과도 헤어지게 되려나 싶어 다시 콤팩트를 꺼내 얼굴을 비춰본다. 또 한번 시집을 가기에는 너무 늙었다는 확인으로 스스로를 겁주기 위해서다. 눈가의 뚜렷한 늙음보다 차라리 더 짙은 온몸의 피로, 그냥저냥 안정하고 싶다는 생각이 새삼 간절하다.

콤팩트 뚜껑을 찰카닥 닫는데 화려한 한복 차림의 여자가 두리번거리며 들어선다. 어둑한 다방 안을 저녁노을처럼 물들일 듯 강렬한 오렌지빛 한복이다. 희숙이었다. 우리는 동시에 서로를 알아보고 요란한 호들갑을 떨면서 반가워했다. 곧 영미도 왔다. 영미는 말없이 나를 포옹했다. 서양 여자들처럼 그렇게 하는 게 영미에겐 썩 잘 어울렸지만, 당하는 나는 너무 쑥스러워 촌닭처럼 비실비실 어색하게 굴었다.

"예뻐졌다, 얘."

"정말 몰라보게 예뻐졌어."

이십여 년 만에 만난 친구라면 우선 눈에 띄는 게 늙음일 게다. 그런데도 그 대목은 살짝 건너뛰어 다만 예뻐졌다고 한다. 그게 아마 서울식 인산가보다. 나는 뭐라고 답례를 해야 할지를 모른다. 그냥 나를 시골뜨기처럼 느낄 뿐이다.

"그래, 서울로 아주 왔다며? 잘됐다, 잘됐어. 온 지 얼마나 되지?"

"글쎄 거진 두어 달 됐나 아마……"

"뭐, 두어 달이나. 그래 그 동안 나 보고 싶은 생각이 조금도 안 나던? 요런 깍쟁이."

영미가 눈을 흘기며 내 넓적다리를 꼬집는다. 영미는 나하고 단짝이었다. 그러나 나는 그 동안 영미를 보고 싶어해본 적이 거의 없었고, 이렇게 만나서도 희숙이보다 영미가 더 반가울 것도 없다. 다방 속은 소음과 담배연기로 가득 차 있었다. 우리는 언성을 높여 수다를 떨었다. 희숙이 등지고 앉은 벽에는 고흐의 복사판이 걸려 있다. 하늘은 땅을 향해 무너져내리고, 땅은 하늘을 향해 삿대질을 하며 끓어오르는 악몽 같은 그림이었다. 희숙의 오렌지빛 한복은 질 좋은 실크여서 매무새가 흐르는 듯 아름다웠지만 유감스럽게도 낡은 싸구려 내복이 소맷부리로 넘실대고, 다이아 반지를 낀 손은 거칠고 상스러웠다. 고생고생하다가 한밑천 잡은 지 얼마 안 되는 남편을 가진 여편네 티가 더덕더덕 났다. 한밑천 잡는다는 게 바로 저런 거로구나 하는 생각이 들자 입맛이 썼다. 영미의 양장은 수수하고 비교적 세련된 편이었으나, 중년을 넘은 직업 여성의 피곤과 싫증 같은 게 짙게 느껴져 오랫동안 맞벌이로 알뜰살뜰 살림을 꾸려온 티를 숨길 수 없었다.

나는 그것만으로 옛 친구를 다 알아버린 느낌이었다. 마치 노련한 전당포 주인영감이 물건을 감정하고 값을 매기듯이 나는 그녀들을 순식간에 감정했고, 흥, 너희들도 별거 아니로구나 하고 값을 매겼고, 나는 내 감정을 추호도 의심치 않았다. 나는 그녀들의 수다에 시들하게 참견하고 시들하게 대꾸했다.

그렇다고 내가 남편의 각본대로 그녀들이 고관이나 재벌의 사모님이었기를 바랐던 것은 아니다. 그냥 내가 한눈에 알아낸 것 이상의 것을 그녀들에게서 알아내고픈 흥미가 전연 일지를 않았다.

"참 네 남편은 뭐 하는 사람이냐?"

희숙이가 물었다.

"응, 사업하는 이야."

"사업? 무슨 사업인데."

"일본과 기술제휴한 전자회사."

나는 아무렇게나 말했다. 그러나 지금 당장 꾸며댄 거짓말은 아니었다. 남편이 계획하고 있는 일 중의 하나인 것만은 분명했다. 이를테면 들은 풍월이었다.

　레지가 커피에 카네이션을 한 방울 뚝 떨어뜨리고 갔다. 꼭 콧물만큼 떨어졌다. 나는 흐르지도 않는 콧물을 훌쩍 들이마시고는 찻잔을 들었다.

　"그래? 참 이상하다. 난 네 남편이 충청도 토박이 호농이라고 들었는데 언제 사업가가 됐니?"

　영미가 야무지게 따지고 들었다.

　"너만 이상하니? 나도 이상하다. 내가 알고 있기론 얘 남편이 대학교수쯤 될 텐데."

　희숙이 능구렁이 같은 소리로 능글댔다. 둘의 눈이 같은 목적으로 합세해서 더욱 악랄하게 더욱 짓궂게 빛났다. 그제서야 나는 그녀들이 진작부터 내가 세 번씩이나 결혼한 걸 알고 있었다고 깨닫는다. 늦게 그걸 깨달은 게 좀 분했지만 이제라도 깨달은 바에야 뻔뻔히 맞설 수밖에 없었다.

　나는 짐짓 재미나 죽겠다는 듯이 손뼉을 치며 웃어댔다.

　"맞았다 맞았어. 너희들 둘 다 맞았어."

　"뭐라고?"

　"첫번째 남편은 토박이 시골 부자였고, 두번째 남편은 지방대 강사였고, 지금 남편은 사업가니, 안 그래?"

　"그럼 넌 정말 세 번씩이나 개가를 했단 말이니?"

　개가란 참 듣기 싫은 말이다. 그래도 난 개의치 않고 너그럽게 다시 한번 웃어주곤

"아니지. 한 번은 어차피 초혼이었을 테니 개가는 두 번이면 족하지."

내가 개가란 말을 얼마나 멋있게 자랑스럽게 했는지 내 두 친구는 완전히 질린 것 같았다. 나는 내가 이겼다고 생각하면서도 조금도 유쾌하지 않아서 이마를 몹시 찡그렸다.

"너 참 많이 변했구나. 부끄럼도 꽤는 타더니."

영미가 경멸하듯이 말했다. 내 앳된 시절을 말하는가보다. 요새 여학생들은 그렇지도 않지만 우리 때만 해도 여학생이 수줍어하는 것은 애교요 예절이었다. 그러나 내 경우는 특히 그게 좀 심했던 것 같다.

조그만 실수에도 부끄럽다든가 창피하다든가 하는 생각도 미처 들기 전에 얼굴부터 빨개졌고, 얼굴이 달아오르는 열기를 의식하자 하찮은 일에 큰 죄나 지은 것처럼 얼굴이 빨개지고 마는 내 변변치 못한 성품이 싫고 부끄러워 한층 얼굴이 빨개지면서 엉망으로 쩔쩔맸다. 그렇다고 내 부끄럼은 실수한 경우에만 타는 게 아니었다. 간혹 수학시험의 최고 득점자로 내 이름을 부를 때도 자랑스러워하기는커녕 내가 얼마나 남들에겐 공부 안 하는 척하느라 학교에선 소설책만 읽다가 집에서 밤을 꼬박 새워 공부했던가가 생각나고, 그래서 내 흉물스러움이 만천하에 폭로된 것이 부끄러워 쥐구멍이라도 있다면 들어갈 듯이 위축됐다. 혹시 내가 쓴 작문을 잘됐다고 선생님이 아이들 앞에서 읽어주기라도 하면, 저 구절은 어디서 표절한 것, 저 느낌은 어디서 훔쳐온 것 하고 한 구절 한 구절이 읽을 때마다 나를 찌르는 것 같아 안절부절못했다.

 분명히 내 내부에는 유독 부끄러움에 과민한 병적인 감수성이 있어서 나는 늘 그 부분을 까진 피부를 보호하듯 조심조심 보호해야 했다. 그러자니 나는 늘 얌전하고 말썽 안 부리는, 눈에 안 띄는 모범생이었다.

 여학교를 미처 졸업하기 전에 난리(6·25)를 만났다. 여름내 남 다 겪는 고생도 겪고 겨울엔 남 다 가는 피난도 갔다.

 그 통에 나같이 고생 많이 한 사람이 어디 있겠냐고 나서봤댔자 엄살밖에 안 되겠지만, 난리통일수록 무자식 상팔자라는데 우린 너무 아이들이 많았다. 아버지도 안 계신데다가 내가 맏이니 집에 의지할 장정 식구란 없는 셈이었다.

 우리 식구의 생활의 기반은 세(貰)놔먹던 중학동 넓은 고가밖에 없었는데, 집을 떠메고 갈 재간은커녕 식구 목숨 하나라도 안 빼놓고 이끌고 가기도 힘에 겨워, 반반한 옷가지 하나 제대로 못 가지고 떠난 처지라 곧 식량이 바닥이 났다.

 그래도 피난민을 위한 밀가루 무상 배급 같은 게 불규칙하게 나마 있어 근근이 연명은 할 수 있었으나 그 무렵에 동생들이 먹고 또 먹어대는 꼴이라니 영락없이 밑 빠진 가마솥이었다. 먹고 또 먹고도 빼빼 말라서 글겅글겅 온종일 먹을 것에 환장을 해쌓았다.

 어머니와 나는 빈 솥바닥을 득득 소리나게 긁으며

"난리통엔 어른은 배곯아 죽고, 애새끼는 배 터져 죽는다더니 맞다 맞어. 우리가 그 꼴 되겠다."
하고 한숨을 쉬었다.

그때부터 어머니는 툭하면 "이 웬수 같은 놈의 새끼들" 하며 아이들을 불문곡직하고 흠뻑 두들겨패주는 버릇이 생겼다. "이 웬수야, 뒈져라 뒈져" 하며 정말 전생부터의 원수라도 노려보듯이 아이들을 노려보며 삿대질을 하던 무서운 어머니와, 아이들의 악마구리 끓듯 하던 울음소리를 나는 지금도 끔찍스러운 지옥도의 한 폭으로 생생하게 기억한다.

봄이 오고 나는 동생들과 먹을 만한 풀을 캐러 온종일 들과 산을 주린 짐승처럼 헤매는 게 일과였다. 어느 날 우리는 산 너머 불탄 학교 자리가 있는 샛노란 황무지 같은 들판에 통나무를 켜서 늘어놓은 것 같은 콘셋이 들어선 것을 발견했다. 누런 지프차와 트럭이 부릉부릉 빵빵 하는 신나는 소리를 내며 그 근처로 들어오고 나가고 했다. 미군 부대가 주둔한 것이다. 우리는 괜히 신바람이 났다. 갑자기 풀을 캐러 다니는 일이 치사하고 못난 짓 같은 생각이 들었다.

산 너머에 부대가 생겼다는 소문은 빠르게 온 동네로 퍼졌다. 큰 살판이나 난 듯한 이상한 활기가 이 피난민과 원주민이 3대 1쯤인 마을에 넘쳤다. 벌써 아이들은 산나물을 넣고 끓인 멀건 수제비국에다 코를 들이대고 킁킁대면서 누르께한 육기(肉氣) 냄새를 맡지 못해 안달을 해쌓았다.

그러나 먼저 퍼진 것은 육기나 기름기가 아니라 느글느글한 화냥기였다. 마치 항구에 정박한 큰 선박에서 폐유가 흘러나와 항구의 해수를 오염시키듯 이 미군 콘셋에서 흘러나온 수상쩍은 에로티시즘이 단박에 온 마을을 뒤덮었다. 이상한 그림이 나돌고, 계집애들은 엉덩이를 휘젓는 망측한 걸음걸이로 괜히 히죽히죽 웃으며 싸다니고, 아이들까지 혀 꼬부라진 소리를 한두 마디씩 지껄이며 양키만 보면 팔때기를 걷어붙이고 이상한 흉내를 냈다.

때맞춰 야미 파마장이가 집집마다 찾아다니며 계집애들을 꼬여서, 머리에 고약한 냄새가 나는 약을 칠하고 돌돌 말아 숯이 든 쇠집게로 집어놓더니 고실고실 볶아났다. 그 시절에 한창 유행하던 불파마였다. 파마하다가 머리통이 군데군데 데는 것쯤은 약과였다.

LAUNDRY니, D. P.니 하는 꼬부랑글씨 간판이 붙은 집까지 생겨났다. 물론 이런 현상은 눈에 띄게 겉에 나타난 현상이고 더 많은 사람들이 조용히 눈살을 찌푸리고, 원주민이라면 과년한 딸을 딴 고장의 친척집으로 피신을 시키고, 피난민이라면 아예 식구가 몽땅 멀찍이 딴 곳으로 거처를 옮겼다. 그러나 이런 짓은 다 돈푼이나 있는 배부른 사람들 짓이었고 없는 사람들은 살판 난 듯이 생기가 나서 도대체 어떤 수를 쓰면 저 껌을 쩌덕쩌덕 씹으며 지프차를 부릉부릉 몰고 다니는 코 큰 사람 호주머니에 든 신기한 달러 돈을 끌어낼 수 있을까, 어떡하면 레이션 박스 속에 든 별의별 달고 향기롭고 고소한 것의 맛을 남보다 먼저 보나, 혹시 저 산 너머 부대 철조망 속에서 양키들 시중드는 일자리라도 하나 얻어걸리지 않나 그런 생각만 했다. 어떻든 그런 움직임은 마을을 생기 있게 했다.

돈푼이나 좀 있는 사람이나, 점잖은 체하려는 사람들이 눈살을 찌푸리고 개탄을 하든 말든 아랑곳하지 않았다. 흥, 너희들도 두어 끼 굶어만 보렴, 점잖은 개 부뚜막에 올라간다고 아마 한술 더 뜨면 더 뜰걸, 이런 투였다.

타관에서 하나 둘 양색시들까지 모여들기 시작하자 이 동네는 점점 기지촌의 면모를 갖추었다. 그러자 불파마로 머리를 볶은 처녀들 사이에 급속도로 화장법이 보급되었다. 회댓박을 쓰고, 입술을 새빨갛게 칠하고 눈썹을 그리고, 껌을 씹는 아가씨들이 늘어났다. 그래도 아무리 어려운 피난민의 딸들이라도 여염집 처녀가 곧장 양색시가 되는 법은 없었다. 처음엔 그래도 부대 내의 하우스걸이니 웨이트리스니 하는 떳떳한 이름으로 취직이 돼서 들어갔다. 아들녀석들도 하우스보이 취직이 꽤 되는 모양이었다.

집집마다 먹는 것에서 누르께하고 느글느글한 냄새가 풍기고 까실하던 살결이 제법 윤기가 돌았다. 우리집만 여전히 가난했고, 어린 동생들은 문자 그대로 아귀 귀신이 된 것처럼 먹여도 먹여도 허기져했고, 남 먹는 것만 보면 환장을 하려 들었다.

어머니의 신경질은 하루하루 더해갔다. 동생들 대신 나를 심히 들볶았다. 어느 날 느닷없이 파마장이를 데려오더니 나보고도 그 불화로를 뒤집어쓰는 불파마를 하라고 종주먹을 댔다. 그러나 아무리 해도 내 고집을 꺾을 수 없게 되자 어머니는 한바탕 욕지거리를 하더니 홧김에 자기의 트레머리를 뚝 끊어버리더니 불화로를 뒤집어쓰고 머리를 볶았다.

가난과 굶주림으로 가뜩이나 새카맣게 말라비틀어진 얼굴에 고실고실 들고 일어나 새둥우리처럼 된 머리가 덮치니 그 꼴이 말이 아니었다. 그것만으로도 넉넉히 비참의 극인데, 어머니는 게다가 화장까지 시작했다. 어디서 분가루랑 입술연지 토막을 얻어다가 깨진 거울 앞에서 치덕거렸다. 그러곤 낮도깨비처럼 길가를 오락가락했다. 나는 부끄러워할 수조차 없었다. 불쌍한 어머니, 그러나 내가 어떻게 도울 수 있단 말인가.

어느 날 어머니가 발작적으로 울음을 터뜨리더니 가슴을 풀어헤치고 맨살을 드러냈다. 희끗희끗 비늘이 돋은 암갈색의 시들시들한 피부가 늑골을 셀 수 있을 만큼, 가슴에 찰싹 달라붙어 있고 어중간히 매달린 검은 젖꼭지가 몇 년 묵은 대추처럼 초라하니 말라비틀어져 있었다. 어머니는 그 가슴을 손톱으로 박박 할퀴며 푸념을 했다. 누웠던 비늘이 일어서며 흰 줄이 가더니 드디어 붉게 핏기가 솟았다. 끔찍한 모습이었다.

"이년아, 똑똑히 봐둬라. 이 인정머리 없는 독한 년아. 이 에미 꼬락서니를 봐두란 말이다. 어디 양갈보 짓이라도 해먹겠나. 어느 눈먼 양키라도 덤벼야 해먹지. 아무리 해먹고 싶어도 이년아,

양갈보 짓을 어떻게 혼자 해먹니. 우리 식군 다 굶어 죽었다, 죽었어. 이 독살스러운 년아, 이 도도한 년아. 한강물에 배 떠나간 자국 있다던? 이 같잖은 년아."

나는 무서워서 온몸이 오그라드는 것 같았다. 아마 그 순간 내 내부의 부끄러움을 타는 여린 감수성이 영영 두터운 딱지를 붙이고 말았을 게다. 제 딸을 양갈보 짓 시키지 못해 눈이 뒤집힌 여자를 어머니로 가진 여자, 그 가슴의 그 징그러운 젖을 빨고 자란 여자가 어떻게 감히 부끄럽다는 사치스러운 감정을 간직할 수 있을 것인가.

그후 나는 시집을 갔다. 어린 나이였지만 예전 같으면 애어멈이 되고도 남을 나이였다. 양갈보 짓 시켜먹긴 싹수가 노랗고, 열 식구 버는 것보다 한 입 더는 게 낫다는 옛말도 있으니 그까짓 거 후닥닥 치워버리는 게 어떻겠느냐는 중신에미 말에 어머니는 솔깃했고, 나도 순종했다. 나는 시집가는 것도 양갈보 짓 하는 것도 똑같이 싫었지만 그렇게 했다.

그렇다고 내가 시집가는 게 양갈보 짓보다 더 도덕적이라고 판단했던 것은 아니다. 나는 양갈보 짓을 해서, 딸을 그 짓을 시키지 못해 환장을 한 어머니를 만족시키기도, 누나는 굶건 말건 저희들 배만 채우려는 아귀 귀신 같은 동생들을 부양하기도 싫었다. 나는 내 희생의 덕을 어느 누구도 보게 하고 싶지 않았다.

나는 시골에서는 부자라고 일컬어지는 집에 서른이 넘은 신랑의 후취로 들어갔다. 시골의 호농가라고 서울까지 소문이 난 것은 환도 후에 어머니가 자기 형편이 피자, 어머니다운 허영을 만족시키기 위해 그렇게 풍겼을 뿐, 실상은 중농 정도의 농사를 짓는 집안이었다. 다만 농사꾼 상대로 돈놀이도 하고, 돈 생기는 일이라면 남의 이목 가리지 않고 이것저것 손을 대 농사꾼답지 않게 약게 살면서 착실히 돈푼깨나 주무르는 눈치였다.

낡고 값싼 세간살이와 장독 솥뚜껑 등이 온통 기름독에서 빼낸 것처럼 반질반질 윤이 나는 집이었다. 소위 길이 들었다는 그 윤기는 정갈과는 또다른 느낌으로 나를 압박했다.

신랑은 무식하고 교만했다. 나는 여직껏 자기의 무식과 자기의 돈에 그렇게 자신을 가진 사람을 본 적이 없다. 그는 자기 외의 딴 사람의 삶에 대한 상상력이 철저하게 막혀 있었다.

다행히 전실 애들은 없었으나 층층시하에 시동생 시누이들 시중으로부터 세간살이의 윤기를 유지시키기 위한 끊임없는 걸레질까지 온갖 드난이 내 것이었다. 그러나 나는 배가 고프지 않아도 되었다. 배가 고프지 않다는 게 얼마나 좋은 일인가. 나는 그것을 알기 때문에 자유에의 가슴 설레는 유혹이나, 딴 사람들은 도대체 어떻게 살고 있을까 하는 미칠 듯한 궁금증을 누르고 그 짓을 십 년 동안이나 할 수 있었다. 배불리 먹고 건강했는데도 나는 아기를 낳지 못했다. 그래서 나는 시앗을 보았고 나는 시집을 떠났다. 남의 집에 들어와 애 하나 못 낳는 주제에 시앗 좀 봤다고 시집을 안 사는 년이 그게 어디 성한 년이냐고 시집 식구들은 욕을 했지만 나는 그렇게 했다.

이혼이란 확실히 결혼보다는 경사스러운 일이 못 되지만 나는 그 일을 내가 선택했고, 내가 생전 처음 어떤 선택을 행사했다는 데 기쁨마저 느꼈다.

둘째 남편인 지방 대학 강사는 실물을 처음 만나기는 친구의 소개를 통해서였지만, 그 사람에 대해서 알기는 미리부터였다. 그는 지방 신문에 칼럼 같은 걸 기고하고 있었는데 나는 그의 글을 몇 개 안 읽고도 쉽사리 그에게 반하고 말았다. 돈이니 명예니 하는 것에 담박하고, 돈이니 명예니와 상관없는 보잘것없는 것들에 따뜻한 시선을 보냄으로써 거기서 자기의 삶을 가꾸고 풍부하게 할 어떤 의미를 찾아낼 줄 아는 사람으로 그를 이해했다. 그것은 내가 겪은 최초의 생생한 경이였다. 또 그의 글에는 구질구질한 소도시 T시에 대한 향토애가 서정시처럼 아름답게 그려져 있어 나는 T시 주변의 농촌에서 겪은 슬픈 일 때문에 도저히 정들 것 같지 않던 T시를 고향처럼 정답게 느끼기도 했다.

소개받은 그는 내가 동경하고 상상하던 것보다 암울하고 이지러진 표정을 하고 있었지만, 그가 상처한 지 얼마 안 된다는 사실 때문에 그 이지러짐조차 가슴이 저릴 만큼 감동스럽게 받아들여졌다.

곧 나는 그에게 열을 올렸다. 나는 꼭 한번 행복해보고 싶었다. 나는 엄마를 잃은 불쌍한 그의 어린애들을 사탕과 과자로 매수하고, 눈웃음과 뽀뽀와 모성애의 흉내로써 아첨을 떨고 해서 그의 가정에 깊숙이 파고들어 마침내는 그의 아내가 되었다.

그러나 나는 곧 내가 속았다는 걸 알아야 했다. 그는 겁쟁이이고 비겁하고 거짓말쟁이였다. 순 엉터리였다. 그의 본심은 돈과 명예에 기갈이 들려 있었고 T시와 T대학 강사 자리를 지긋지긋해하고 있었다. 그는 자기가 이런 곳에서 썩긴 너무 아까운 존재라고 억울해했고, 서울의 일류 대학에서 자기의 명성을 흠모하고 모시러 오지 않는 것에 앙심을 품기도 했다. 그의 명성에 대한 자신이란 것이 또 사람을 웃겼다. 자기의 전공 공부에는 게으르고 자신도 없는 주제에 잡문 나부랭이나 써가지고 지방 신문을 통해 매명(賣名)을 부지런히 해쌓는 것으로 그런 엉뚱한 자만을 갖는 것이었다. 더욱 웃기는 것은 그는 그의 글을 통해 결코 도시 돈 명예에 대한 그의 절실한 연정을 눈곱만큼도 내비치는 일이 없이 늘 신랄한 매도를 일삼는다는 거였다. 도저히 구제할 수 없이 비비 꼬인 남자였다.

그도 나와 결혼한 걸 후회하는 눈치였다. 자기같이 학문밖에 모르는 선비는 유능한 여편네를 얻어야 출셋길이 트이는 건데, 처덕이 더럽게 없어서 만날 이 꼴이란 소리를 서슴지 않고 했다. 누구는 부인 덕에 어떻게 영전을, 누구는 처가에서 밀어주어 어떻게 출셋길을 달리는데 난 무슨 놈의 팔자가 어떻게 옴이 붙었기에 재취마저 저런 밥이나 죽일 재주밖에 없는 년이 얻어걸렸는지 모르겠다고 이지러진 얼굴을 더욱 이지러뜨리고 욕을 하기도 했다. 공부는 하기 싫은 주제에 엄마더러 치맛바람 일으켜 일등을 시켜달라고 생떼를 쓰는 개구쟁이라면 차라리 귀여운 맛이라도 있겠는데 수염이 희끗희끗한 초로의 사나이가 이 꼴이니 정밖에 떨어질 게 없었다.

우린 헤어졌다. 첫번째 이혼보다 두번째 이혼은 훨씬 쉬웠다. 정 좀 떨어졌다고 간단히 헤어지고 그럴 수 있었던 것은, 내가 뭐 서양 여자들처럼 애정생활에 철저해서라기보다는 애가 없었다는 극히 동양적인 이유에서였는지 모른다.

세번째 남편은 T시에선 돈 좀 번 것으로 소문난 장사꾼이었다. 상처하고 십여 년을 후취를 맞지 않고, 남매를 키워 출가시키고 비로소 후취감을 물색한다는 데 우선 호감이 갔다. 나는 전실 애를 거느린다는 일이 결코 쉽지 않다는 걸 두번째 결혼을 통해 알고 있었고, 애를 낳을 자신도 없었으므로 더 바랄 것 없는 좋은 혼처였다. 삼세번에 득한다는 옛말대로 나는 세번째 결혼은 꼭 성공하고 싶었다. 그가 장사꾼이란 것도 마음에 들었다. 이윤을 추구하는 게 떳떳한 본분이니 대학 강사님 같은 위선은 필요 없을 게 아닌가. 과연 그는 그의 철저한 배금주의를 조금도 위장하려 들지 않았다. "한밑천 잡아 잘살아보자", 그의 동분서주는 이 한마디에 요약됐다.

"경희도 이리로 나오기로 했는데 어쩐 일일까?"

희숙이 하품을 하며 시계를 보았다.

"경희?"

"왜, 경희 몰라? 얼굴이 이쁘고 송곳니가 하나 덧니고, 너처럼 부끄럼을 유별나게 타던 애 말야. 웃을 땐 덧니가 부끄러워 손으로 가리는 버릇이 있었지. 총각 선생이 뭘 물으면 얼굴이 홍당무가 돼서 엉뚱한 대답을 해서 별별 소문을 다 뿌리던 애 말야."

"걔 여전하단다. 여전히 젊고 이쁘고 부끄럼 잘 타고, 시집을 잘 가서 고생을 몰라서 그런지 무슨 애가 고대로야."

나는 느닷없이 경희에게 강렬한 적개심을 느꼈다. 오랜만에 느껴보는 격하고 싱싱한 느낌이었다. 빨리 보고 싶었다. 경희를, 부끄럼 타는 경희를 보고 싶었다. 나는 마치 경희가 이 세상의 부끄럼 타는 마지막 인간이라도 되는 듯이, 지금이 바로 그 사라져가는 표정을 봐둘 마지막 기회라도 되는 듯이 초조했다.

"왜 이렇게 안 올까? 집으로 전화 연락 좀 안 될까?"

전화를 걸고 돌아온 영미가 약간 아니꼬운 듯이 입을 비죽대며

"저희 집으로 다들 오란다. 뭐 귀한 손님이 오셔서 못 나왔다나. 귀한 손님이라야 뻔하지. 와이로 가져온 손님일 거야. 가자, 가서 점심이나 얻어먹자. 걔 속셈 뻔하지 뭐. 아마 저 잘사는 거 자랑시키려고 그러는 걸 거야."

누구라면 알 만한 고위층에 속하는 남편을 가졌다는 경희는 그 나름으로 선망과 질투의 대상인 성싶었다. 그러나 한남동 경희네가 가까워지자 희숙과 영미의 태도는 묘하게 나를 적대시하는 방향으로 변하고 있었다. 경희가 얼마나 으리으리하게 잘사는가를 입에 거품을 물고 세세히 열거하면서 내 반응을 빤히 관찰하는 걸 알 수 있었다. 아마 경희네 사는 걸 보고 내가 얼마나 놀라고 부러워하나에 따라 내가 사는 형편까지 짐작해내려는 속

셈이 분명했다. 이 친구들은 내가 어느 만큼 사나 그게 궁금할 텐데 아마 아직 그걸 추리해내지 못한 모양이다. 하긴 이 친구들이 그걸 알 리 없다. 나도 모르는 일이니까. 나는 아직 내 남편이 부잔지, 빈털터린지, 빚덩어리인지 그걸 도무지 모르겠다. 사람들은 만나면 친구끼리건 친척끼리건 우선 상대방의 그것부터 알고 싶어하는데 나는 내 남편의 그것도 모르니 하긴 좀 답답하다.

경희넨 집도 컸고 정원도 넓었지만 난 별로 눈부셔하지 않았다. 내 집보다 규모가 크고, 좀더 희번드르르한데도 어딘지 내 집과 비슷했다. 편리한 양옥 구조가 다 그렇듯이 그저 그렇고 그랬다. 세간살이도 그랬다. 하긴 경희네 안방 자개문갑과 내 집 자개문갑이 같은 값일 리 없고, 그 문갑 위에 놓인 청자가 우리집 것과 같은 육백원짜리 가짜일 리는 만무하다 하겠다. 그러나 경희나 나나 이런 가장 집기들에게 약간의 용도와 금전적 가치와 전시효과 외엔 특별한 심미안이나 애정을 두지 않긴 마찬가지일 테니, 그것들이 무의미하기도 마찬가지일 게 아닌가. 나는 조금도 위축되거나 비실비실하지 않았다. 경희는 품위도 우정도 잃지 않을 한도 내에서 절도 있게 나를 반가워했다. 그리고 나서 남편은 뭐 하는 사람이냐고 물었다. 영미가 약간 입을 비죽대며 "뭐 일본과 기술제휴한 전자회사 사장이라나봐" 했다. 곧이어 희숙이 "글쎄 그 사람이 얘 세번째 남편이래지 뭐니" 하고 덧붙였다.

경희는 정숙한 여자가 못 들을 망측한 소리를 들었다는 듯이 얼굴을 곱게 붉히더니 "계집애두" 하며 손을 입에 대고 웃었다. 덧니가 부끄러워 비롯된, 그녀의 손으로 입 가리고 웃는 버릇은 이제 덧니의 매력까지를 계산하고 있어 세련된 포즈일 뿐이다. 뱀어처럼 가늘고 거의 골격을 느낄 수 없는 유연한 손가락에 커트가 정교한 에메랄드의 침착하고 심오한 녹색이 그녀의 귀부인다운 품위를 한층 더해주고 있다. 아름다운 포즈였다. 그러나 부끄러움은 아니었다. 노련한 연기자처럼 미적 효과를 미리 충분히 계산한 아름다운 포즈일 뿐이었다. 부끄러움의 알맹이는 퇴화하고 겉껍질만이 포즈로 잔존하고 있을 뿐이었다. 나는 실망과 안도를 동시에 느꼈다.

경희는 내 남편이 한다는 일에 각별한 관심을 보이며 자기가 요새 나가는 일본어 학원에 같이 다니지 않겠느냐고 했다.

"너희 남편이 일본 사람과 교제하려면 네 도움이 많이 필요할걸. 요샌 남편이 출세하려면 뒤에서 여자가 뒷받침을 잘해줘야 해. 그러니 두말 말고 일본말 좀 배워둬라. 내가 배우는 거야 그냥 교양 삼아 배우는 거지만 말야."

"너야 어디 일본말만 배웠니. 각 나라 말 다 조금씩 배워봤잖아."

희숙이가 비굴하게 웃으며 끼어들었다.

"그야 해외여행할 때마다 그때그때 그 나라 인사말 정도 배워갖고 간 거지 뭐."

나는 집에 와서 남편에게 비교적 소상히 그날의 얘기를 했다. 만나본 동창 중 경희 같은 소위 고위층의 부인이 있다는 소리에 남편은 점괘를 맞힌 박수무당처럼 징그럽게 좋아했다.

"거 보라구, 내가 뭐랬나. 당신 친구 중에라고 고관의 부인 없으란 법 있겠느냐고 내가 안 그랬어. 잘됐어. 잘됐어. 뭐? 일본어 학원? 다녀야지. 암 다녀야구말구. 그런 여자하고 같이 다닐 기회 놓치면 안 되지. 그게 다 처세술이라구. 교제술이란 게 다 그렇구 그런 거지 별건가."

그러고 나선 개화기의 우국지사처럼 자못 엄숙하고 침통해지면서

"아는 것이 힘이라구. 배워야 산다구. 배워서 남 주나."
하고 악을 썼다. 경희의 권유에서라기보다는 남편의 성화에 못 이겨 나는 곧 일어 학원엘 나가게 되었다. 또다른 이유가 있다면, 만약 또 이혼을 하게 되면, 일본어로 자립의 밑천을 삼아볼까 하는 생각도 있었다. 요샌 관광 안내원이 괜찮은 직업이라 하지 않나.

일어 학원에서 경희를 만나는 일은 드물었다. 그녀는 중급반이요 나는 초급반인 탓도 있었고, 그녀는 별로 열심스러운 학생이 못 되어서 결석이 잦았다. 간혹 만나더라도 암만 해도 강사를 집으로 초빙해야 할까보다느니, 아무한테도 제가 아무개 부인이란 발설을 말라느니, 이를테면 자기 신분에 신경을 쓰는 소리나 해서 거리감만 점점 느끼게 했다.

내 일본말은 늘지 않았다. 일제 때 배운 거라 대강은 알아들으니 쉬 익힐 법도 한데 강사인 일녀의 발음에 따라 "오하요"니

"사요나라"니 소리가 도무지 돼 나오지를 않았다.

일어 학원이 있는 종로 일대에는 일어 학원 말고도 학원이 무수히 많았다. 서울 아이들은 보통 학원을 두 군데 이상이나 다니나보다. 영수학관, 대입학원, 고입학원, 고시학원, 예비고사반, 연합고사반, 모의고사반, 종합반, 정통영어반, 공통수학반, 서울대반, 연고대반, 이대반…… 이 무수한 학원으로 무거운 책가방을 든 학생들이 몰려들어가고 쏟아져나오고 했다. 자식을 길러본 경험이 없는 나는 이들이 은근히 탐나기도 했지만 이들의 반항적인 몸짓과 곧 허물어질 듯한 피곤을 이해할 수 없어 겁도 났다.

어느 날 어디로 가는 길인지 일본인 관광객이 한 떼, 여자 안내원의 뒤를 따라 이 거리를 지나고 있었다. 어느 촌구석에서 왔는지 야박스럽고, 경망스럽고, 교활하고, 게다가 촌티까지 더덕더덕 나는 일본인들에 비하면 우리나라 안내원 여자는 너무 멋쟁이라 개 발에 편자처럼 민망해 보였다. 그녀는 멋쟁이일 뿐 아니라 경제 제일주의 나라의 외화 획득의 역군답게 다부지고 발랄하고 긍지에 차 보였다. 마침 학생들이 쏟아져나와 관광객과 아무렇게나 뒤섞였다. 그러자 이 안내원 여자는 관광객들 사이를 바느질하듯 누비며 소곤소곤 속삭였다.

"아노 미나사바, 고찌라 아다리까라 스리니 고주이나사이마세(저 여러분, 이 근처부터 소매치기에 주의하십시오)."

처음엔 나는 왜 내가 그 말뜻을 알아들었을까 하고 무척 무안하게 생각했다. 그러다가 차츰 몸이 더워오면서 어떤 느낌이 왔다. 아아. 그것은 부끄러움이었다. 그 느낌은 고통스럽게 왔다. 전신이 마비됐던 환자가 어떤 신비한 자극에 의해 감각이 되돌아오는 일이 있다면, 필시 이렇게 고통스럽게 돌아오리라. 그리고 이렇게 환희롭게. 나는 내 부끄러움의 통증을 감수했고, 자랑을 느꼈다.

나는 마치 내 내부에 불이 켜진 듯이 온몸이 붉게 뜨겁게 달아오르는 걸 느꼈다.

내 주위에는 많은 학생들이 출렁이고 그들은 학교에서 배운 것만으론 모자라 ××학원, ○○학관, △△학원 등에서 별의별 지식을 다 배웠을 거다. 그러나 아무도 부끄러움은 안 가르쳤을 거다.

나는 각종 학원의 아크릴 간판의 밀림 사이에 '부끄러움을 가르칩니다' '부끄러움을 가르칩니다'라는 깃발을 펄러덩펄러덩 훨훨 휘날리고 싶다. 아니, 굳이 깃발이 아니라도 좋다. 조그만 손수건이라도 팔랑팔랑 날려야 할 것 같다. '부끄러움을 가르칩니다' '부끄러움을 가르칩니다'라고. 아아, 꼭 그래야 할 것 같다. 모처럼 돌아온 내 부끄러움이 나만의 것이어서는 안 될 것 같다.

재수굿

나는 소년이 내 동생과 비슷한 보통 아이인 데 적이 실망했다.
"인사드려라. 오늘부터 너를 맡아줄 선생님이시란다."

소년은 고개를 꾸벅하고는 어머니 옆에 앉더니 밝게 웃으며 나를 빠안히 바라다보았다. 나는 "이리 온" 하면서 손을 내밀었다. 소년은 기다렸다는 듯이 냉큼 내 옆자리로 옮겨와 앉더니 자연스럽게 나에게 몸을 기댔다.

나는 소년의 부드럽고 정갈한 곱슬머리를 빗질하듯 쓰다듬었다.
"처음부터 너무 귀여워하다가 버르장머리 없어지면 어쩌려고 그래요."

부인이 웃으면서 말했다. 나에게 한 말이었고, 또 별로 듣기 싫게 한 말도 아니었는데도 소년은 빨리 자세를 바로 했다. 보통 아이일뿐더러 다루기 쉬운 아이구나 하는 짐작이 나를 맥 빠지고 짜증나게 했다. 부인은 차를 날라온 아줌마에게 소년을 데려다 씻기고 간식을 주라고 일러서 소년을 내보냈다.

천장이 드높은 넓은 홀에 부인과 나만 남았다. 부인이 "들우" 하면서 자기가 먼저 차를 들었다. "들우" 하는 존댓말도 반말도 아닌 어중간한 말이 귀에 심히 거슬려 들릴 만큼 부인은 젊어 뵀다. 나에게 이 집에 가정교사 자리를 소개해준 친구 말대로라면 부인에겐 소년이 막내아들일뿐더러 유치원 다니는 외손자까지 있다니 우리 어머니보다도 나이가 많을 수밖에 없겠는데 나는 그 사실이 도무지 믿어지지 않았다.

"입주(入住)는 싫다고 했다구?"

"네, 실은 부모님께선 반대하시는 걸……"

"아, 알았어요. 괜찮아요. 시간제라도 상관없으니까. 뭐 우리 애가 공부가 남만 못해 가정교살 물색한 건 아니라우. 그냥 내버려둬도 죽 일이등은 맡아놓고 하는걸, 뭘. 다만 걱정은 누나들 틈에서만 자라서 너무 계집애 같은 게 탈이라우. 그러니까 선생님 노릇보다는 형님 노릇을 해주는 셈 쳐요. 일부러라도 거칠게 다루도록 해요."

"거칠게라뇨, 어떻게?"

나는 부인의 저의를 몰라 맹꽁이같이 맹한 질문을 더듬거리며 했다.

부인이 계집애같이 드높은 소리로 웃었다. 나는 그 웃음소리가 눈부셔 눈을 껌벅이다 못해 시선을 창 밖으로 비꼈다.

"그렇게 어렵게 생각할 건 없어요. 공부하는 짬짬이 집의 동생들한테 해주듯이 해주란 말예요. 남자형제들끼린 보통 거칠게 노잖아요. 레슬링이니 권투니 하면서 치고받고 말예요."

일요일을 빼고 매일 두 시간씩 봐주고 한 달에 이만원씩 받기로 하고 나는 고용됐다.

성북동 골짜기에 자리잡은 고급 주택가의 한낮은 묘지처럼 고요했다. 우거진 녹음 사이로 드문드문 상반신만 드러낸 흰 건물도 주택으로서의 인기척이라곤 없이 타인의 간여를 철저하게 거부한 채, 정적과 장중미만을 풍기는 게 꼭 비석 같아 내 그런 느낌을 더욱 짙게 했다.

나는 힘에 겨운 소임을 다한 것처럼 다리가 약간 후들댔다. 그러면서도 하다못해 돌멩이라도 걷어차고 싶은 충동을 강하게 느꼈다. 그러나 이 주택가의 도로는 모래알 하나 없이 매끄럽게 포장되어 있어 나는 그런 충동까지를 참아야 했고 그게 여간 고통스럽지가 않았다.

나는 내 내심의 혼란을 처리할 방도를 몰라 "제기랄" "제기랄" 투덜대면서 거칠게 땅을 걷어차며 걸을밖에 없었다.

내 혼란은 부잣집이라는 것에 대해 내가 품었던 선입관이 보기 좋게 빗나간 데서부터 시작된 것 같았다. 나는 일찍부터 부잣집이라기보다는 부잣집 아이라는 것에 대해 단순하고도 확고한 선입관을 갖고 있었다.

부잣집 아이들이란 모조리 문제아다 하는 게 그거였다. 내가 그런 고정관념을 갖게 된 것은 아버지 때문이었다. 아아, 아버지는 왜 그랬을까? 아버지에겐 문제아를 자식으로 둔 부자 친구도 부랑아 때문에 속을 썩이는 부자 친척도 없는데 말이다.

아버지는 신문 사회면이나 주간지 같은 데서 부랑아, 패륜아들이 일으킨 사건 기사를 읽기를 좋아했고, 읽고 나선 "부잣집 자식새끼들이란 이렇다니까" 하며 재미나하고 고소해했다. 그럴 때의 아버지는 즐겁고 행복해 보이기까지 했고, 마치 장사가 잘 돼 한잔하고 들어올 때처럼 의기양양하기도 했다. 정말 때때로 신문 사회면에 등장하는 문제아들이 부잣집 출신이었는지, 지금 와서 그걸 확인할 길은 없지만, 나도 어느 틈에 아버지를 따라 부자들이란 으레 못된 자식을 둔 것으로 단정하고, 고소해하고 재미나하는 취미를 갖게 되었다.

아버지는 또 부자들이 자식을 어떻게 응석받이로 버르장머리 없이 키워 망쳐놓나 하는 실례를 얼마든지 들어서 우리를 웃기기를 즐겼다. 아버지에겐 절대로 부자 친구도 부자 친척도 없었으니 아마 그건 다 아버지가 적당히 꾸민 이야길 게다. 아버진 왜 그랬을까. 아버지에겐 이야기를 꾸미는 특별한 재주가 있었던 것 같다. 아버진 장사꾼보다는 소설가가 될걸 그랬나보다.

그러나 나는 아직도 아버지에게 속았다고 생각하기보다는 문제아여야 할 소년이 조금도 문제아스럽지 않게 굶으로써 나를 속이고 있는 것으로 생각하고 싶었다.

집으로 들어가는 골목 어귀에 아버지가 경영하는 식품점이 있다. 가게는 작지만 번창하는 편이다. 아버지는 방금 배달을 다녀와서 콜라병을 자전거 꽁무니에서 내리고 있는 점원애에게 고래고래 악을 쓰며 환타를 한 상자 새로 실어준다.

"욘석아, 좀 빨랑빨랑 다녀와라! 너 부려먹다 화통 터져 죽겠다. 전화통에선 연방 불이 나는데 젠장! 배달 나간 놈은 함흥차사니 네놈 믿고 어디 뭘 해먹겠냐, 욘석아!"

점원애는 대답 없이 씩 웃더니 자전거의 페달을 밟고 씽 달린다.

"아버지, 다녀왔습니다."

식품점을 돌아 들어가서 서너 집이나 더 들어가야 집인데도 나는 국민학교 적부터의 습관으로 가게 앞을 지날 땐 으레 그렇게 외친다.

"오냐, 짜아식, 인제 오냐?"

아버지는 빙긋 웃으며 우선 내 얼굴을 보고는 티셔츠 깃에 달린 내 배지를 본다. 서울대 배지다. 난 KS마크인 것이다. 내 배지에 머무를 때의 아버지의 눈은 알사탕을 핥는 어린애의 혀처럼 츱츱하고 황홀하다. 아버지와 내 배지와의 황홀한 교접의 시간, 나는 소외된 채 멍하니 서 있다.

"저, 어제 말씀드린 그 가정교사 자리, 방금 정하고 오는 길이에요. 한 달에 이만원이면 어디예요."

"그래, 짜아식, 동생들 공부나 봐주라니까. 동생들 봐주면 인마, 애비가 네 용돈 안 줄까봐서 그래."

그러면서 괜히 못마땅한 척 입 속으로 몇 마디 더 중얼대곤 돌아선다. 그러나 아버진 속으로 은근히 좋아하고 있다는 걸 나는 알 수 있었다. 아버지는 비록 구멍가게를 하고 있을망정 너희들 학비쯤은 문제없다고 툭하면 으스대기를 좋아했지만 올해 내가 대학교, 동생들이 고등학교 중학교로 삼 년 터울인 삼형제가 일제히 하나씩 상급학교로 진학하게 되자 학비 부담의 과중으로 아버지의 어깨가 휘는 것을 내가 모를 리 없다.

집에 들어가서 나는 어머니에게 좀더 자세히 내가 맡게 된 소년과 그의 집에 대해 이야기했다. 어머니는 아버지처럼 부잣집 애들에 대한 그런 지독한 편견은 없었으나 그 대신 부잣집 어머니에 대한 편견이 없지 않아 있었다. 중학교 입시도 없는데 그까짓 국민학교 아이들 과외공부까지 시켜가며 시험 점수나 오르라고 달달 볶다니 쯧쯧 하며, 그런 어머니가 오죽한 어머니겠느냐는 투로 우선 경멸부터 나타냈다.

그건 편견이라기보다는 일종의 우월감이었는지도 모른다. 어머니의 이런 우월감은 우리 형제들이 과외공부라곤 모르고도 공부를 잘한 데서 비롯돼서 내가 마침내 KS마크를 달게 되자 한층 공고해졌다. 그래서 어머니 얼굴엔 그 나이에 그만큼 생활에 시달린 부인네들에겐 좀처럼 희귀한 긍지가 있었다. 그러나 그런 엉뚱한 긍지가 어머니의 찌든 모습과 제대로 조화를 이룰 리 없어, 마치 서투른 화장처럼 어머니의 피부에 더덕더덕 얼룩져 있을 뿐이었다.

나는 어머니에게, 내가 맡은 소년의 어머니는 학교 성적에만 열이 난 그런 오죽잖은 어머니 같지는 않더라고, 공부보담 레슬링이나 권투나 하고 놀아주라고 하더라는 말을 했다. 어머니는 역력히 실망한 것 같았다.

"아니, 뭐라구? 서울대 학생을 뭘로 보았길래 즈네들 장난 상대로 고용하려고 그래. 돈이면 단가? 아니꼽게스리."

그렇게 분해하면서도 그만두라는 소리는 안 했다. 아버지보다는 어머니 쪽이 허세가 덜했다.

이런 양친을 가진 나는 나대로 부자들의 생태에 대해서 만만찮은 날(刃)을 세우고 있음직했다. 부자들의 점잖고 우아하고 견고한 생활의 외피(外皮)를 사정없이 절개하고 그 속에 감추어진 허위를 보기 위한 날을.

그러나 소년의 집에 드나드는 날이 거듭되고 소년의 집에서 보내는 시간이 내 생활의 일부가 됨에 따라 내 날은 자연스럽게 그 집의 유족한 생활양식 속에 함몰됐다. 내 날에 저항해오는 거라곤 아무것도 없었다. 소년이 문제아가 아닌 것처럼 그 집의 부(富)도 내 날에 저항해올 만한 아무런 문제성도 없이 다만 쾌적했다.

나는 소년을 가르치러 저녁에 가기로 되어 있고 나에게 문을 열어주는 사람은 소년을 시중드는 인상 좋은 아줌마였지만, 문을 들어서자마자 "선생님" 하며 손에 매달리는 건 소년이었다. 소년은 나를 잘 따랐다.

나는 소년을 좀 거칠게 다루라는 부인의 말을 잘 명심해서 툭 하면 소년에게 장난을 걸었다. 슬쩍 딴죽을 걸어 잔디 위에 메다

꽂으면 소년은 오뚝이 같은 탄력으로 발딱 일어나 대신 나에게 딴죽을 걸어오고, 나는 소년을 부둥켜안은 채 넘어져주고, 그럼 우린 넓은 잔디를 엎치락뒤치락 레슬링 비슷한 흉내를 내면서 마냥 데굴데굴 굴렀다. 손질이 잘된 잔디 위에 몸을 뒹굴리는 즐거움을 무엇에 비길까. 그러다가도 재빨리 소년으로부터 도망을 쳐 "나 잡으면 무등 태워주지" 하며 넓은 잔디의 외곽을 둘러싼 숲속으로 도망쳤다. 마당에 숲이 있다는 것 또한 즐거운 일이었다. 정정한 아름드리 나무가 있는가 하면 꽃이 피는 키 작은 떨기나무도 있었다. 나는 기분좋게 피로할 만큼 나무들 사이를 요리조리 도망치고 숨고 하다가 소년에게 잡혀주었다. 그러고는 무등을 태운 채 현관을 들어섰다. 소년은 쾌활하고 자랑스럽게 웃으며 엄마 나 좀 보라고 외쳐댔다. 부인은 아름답고 고상한 홈웨어를 입고, 이층으로 통하는 붉은 융단이 깔린 우아한 계단이 보이는 넓은 홀에서 혼자 신문이나 책을 읽고 있다가 "저런, 버르장머리 좀 봐" 하며 내게 미안해했다. 그제서야 소년은 뭉그적대며 내 어깨에서 내리고 우린 나란히 계단을 올라간다.

그 시간에 부인은 꼭 집에 있었다. 우리 어머니 말대로라면 부잣집 여편네들이란 소위 유한 부인들로서 매일같이 집을 비우고 돈지랄이나 싸다니느라 집안 꼴, 자식 꼴을 엉망으로 만들어야 할 터인데도 말이다. 뿐만 아니라, 부인은 내가 소년을 가르치는 동안 갓 짜낸 듯 신선한 오렌지주스나 진기한 과일을 모양 있게 썰어 담은 과일 칵테일 같은 걸 손수 갖다놓고 나갔다. 나는 과

재수굿 335

일이란 본디 타고난 제 모양이 가장 아름다운 걸로 알고 있었는데 그게 아니었다. 갖은 과일을 전연 새로운 모양으로서 재구성해서 깜찍한 조형을 만들어놓고 있었다. 나는 너무 아까워서 차마 입에 넣을 수조차 없었다.

내가 소년을 가르치는 일을 끝내고 계단을 내려올 때쯤엔 홀에 이 집 식구들이 다 모여 있었다. 즐거운 듯이 이야기를 할 때도 있었고, 소년의 누나가 피아노를 치는 것을 조용히 듣고 있을 적도 있었고, 때로는 출가한 누나가 아이들을 데리고 와서 제법 떠들썩하니 희희낙락할 때도 있었다.

이런 일가 단란의 시간에는 으레 소년의 아버지의 모습도 보였다. 좀 야한 빛깔의 가운을 걸치고 파이프 담배를 물고 시종 부드럽게 웃고 있었다. 나는 될 수 있는 대로 소년의 아버지와 시선이 마주치는 걸 피해 빨리 홀을 가로질렀다. 딱 한 번 시선이 마주친 일이 있었는데 순간적으로 내가 긴장한 것과는 딴판으로 그는 부드럽고 만족한 웃음을 띤 채 그냥 나를 무심히 보아 넘기고 마는 것이었다. 그래서 나는 인사를 하려다 만 채 한동안 무안해할밖에 없었다. 소년의 아버지뿐 아니라 그 시간에 거기 모인 식구들은 다 그랬다. 나에게 아는 척을 해 내가 그 단란의 자리에 끼어들까봐 꺼려서 그러는지 내가 정말 안 보이는지 다 못 본 척했다. 그래서 나는 미풍처럼 살짝 그곳을 지나야 했다. 그런 일에도 곧 익숙해졌다. 다만 한 가지 두고두고 신기한 게 있었다.

이 집을 소개해준 친구 말대로라면 소년의 아버지는 검찰청에 다니고 있을 터였다. 직위 같은 건 말 안 해줬지만 검찰청이란 어감이 강요하는 외구(畏懼)와 그는 조금도 상관이 없어 뵀다. 그냥 식구들에게 할 노릇을 충분히 하고 있는 가장다운 만족스러움과 기품이 풍기고 있을 뿐이었다. 나에겐 그런 것까지가 신기했다. 나의 아버진 집에서 아버지 노릇을 할 때도 꼭 장사꾼 티를 냈기 때문이다. 어머니에게 생활비를 내놓을 때는 그까짓 콜라 한 박스 팔아야 몇푼 남는 줄 아느냐, 이렇게 헤프게 살림하다간 곧 밑천 들어먹고 여러 식구 거지 되기 알맞다고 공갈을 쳤고, 우리가 학비를 달래도 너 이놈들 에누리를 얼마나 붙여먹었냐고 꼬치꼬치 따지고 의심을 해대고 나서도 으레 몇 푼씩 깎아서 돈을 내놓곤 했다.

이를테면 우리집의 생활과 우리 아버지의 직업은 두 톱니바퀴처럼 엇물려 있어서 서로 쇳소리를 내면서 쇳가루를 묻혀가면서 힘들게 어렵게 돌고 있는데 이 집은 그렇지가 않았다. 그래서 나는 처음 이 집 가장의 직업을 들었을 때 반사적으로 이 집의 부와 관직과를 연결지어 생각했었는데 어느 틈에 그런 생각을 했던 나 자신을 천박한 놈이라고까지 느끼기 시작했다.

이 집 식구들은 한 자리에 모였을 때 대개 빛깔 고운 음료와 모양이 아름다운 케이크 과일 등을 들고 있었고, 편안하고 부드러운 미소를 띠고 있었고, 아이들까지도 자신에 넘쳐 있었고, 무엇보다도 자유로워 보였고, 서로 깊이 사랑하고 있음이 역력했다. 나는 그들의 모습을 사람이 사람답게 사는 본보기를 바라보듯 부럽게 바라보았다. 부(富)야말로 사람이 지녀야 할 최상의 미덕이 아닐까 하는 생각까지 들었다.

나는 점점 내 집의 구질구질함이 싫어졌고, 식구들의 상스러움이 짜증이 났다. 아버진 겉보기보단 예민한 데가 있어서 "너 용돈이나 좀 벌게 됐다고 애빌 우습게 알기냐" 하면서 나에게 알밤을 먹이고 섭섭한 듯 입맛을 다시기도 했다.

"선생님, 잠깐만."

어느 날, 소년을 데리고 이층으로 올라가려는 나를 부인이 불러 세웠다.

"넌 먼저 올라가 있거라. 엄만 선생님하고 잠깐 이야기가 있으니까."

나는 첫날 이후 처음으로 부인과 단둘이 마주 앉았다.

"쟤가 오늘 학기말 시험지를 받아왔더군요."

"그래서요?"

"국어를 형편없이 했더군요. 92점이던가, 아마."

"그만하면 괜찮잖습니까?"

"한 반에 100점짜리가 열두 명씩이나 된다는데두요?"

부인이 기가 막힌 듯이 나를 노려보았다. 나는 찬물이라도 끼얹힌 듯 내가 이 집 가정교사일 뿐이라는 정신이 들었다.

"내가 뭐 그까짓 점수에 열이 나서 이러는 줄 알아요? 아이들이란 으레 실수도 좀 하게 마련이지만 이번 실수는 그게 아니고 순전히 선생님 실수더군요. 앞으로도 이런 실수가 있으면 곤란해서 내 좀 주의를 주려고."

부인은 92점짜리 시험지를 내 앞에 펼쳐놓았다. 나란히 두 개가 틀렸는데 다 '그리운 노래'라는 단원에서 출제된 문제였다.

"연못가에 새로 핀 버들잎을 따서요 우표 한 장 붙여서 강남으로 보내면 작년에 간 제비가 푸른 편지 보고요 조선 봄이 그리워 다시 찾아옵니다'라는 보기가 나와 있고 보기의 노래 중 '작년에 간 제비'는 어떤 뜻으로 씌었느냐는 문제와 '다시 찾아온다'는 무엇이 찾아온다는 뜻이냐는 두 문제였다.

사자택일 문제로서, 정답은 하나씩 작년에 간 제비는 '빼앗긴 조국'에, 무엇이 찾아오느냐에는 '조국의 광복'에 각각 ○표를 해야 하는 건데 소년은 정답에도 ○표를 하고, '제비'니 '희망'이니 '작년 봄의 추억'이니 하는 함정에도 ○표를 해서 틀려 있었다.

나는 흥분을 억누르고 될 수 있는 대로 찬찬히 대답하였다.

"글쎄요, 점수를 염두에 두시지만 않는다면 이게 뭐 큰 실수가 되겠습니까?"

"그러니까 우리 애 실수는 아니라고 했잖아요. 선생님이 그러셨다면서요. 아무리 참고서엔 그렇게 돼 있더라도 작년에 간 제비를 굳이 빼앗긴 조국으로 해석할 필요는 없다고요. 네 마음대로 생각해도 좋다고요."

"네, 그랬습니다. 이 동요는 우리 부모님 적부터 부르던 아름다운 노래입니다. 뜻도 쉽고요. 아이들이 우선 이 노래를 즐겨 부르면 된다고 생각합니다. 아이들이란 천성적으로 상상력이 풍부하니까 노래를 부르면서 어떤 공상의 나래를 펴든 우리 어른들이 간섭할 문제가 아니잖습니까? 더군다나 지금은 일제(日帝) 하도 아닌데 구태여 작년에 간 제비를 빼앗긴 조국이라고 규정 지을 필요가 어디 있을까요. 저는 아이들의 상상력을 구속하는 것은 어떠한 일도 아이들에게 무익하다고 생각합니다."

"그럼 아이들에게 지금부터 조국에 대한 사랑을 불어넣어주는 것도 무익하다 이 말이군요."

"이름까지 일본식으로 갈아야 했던 일제시에 이런 고운 우리말 노래를 즐겨 불렀다는 것만도 그 시절 아이들의 훌륭한 애국이었다고 생각합니다. 지금도 마찬가지죠. 이런 고운 노래를 통해 우리말에 대한 애정을 익히고 차츰 그 말이 나타내는 자연이나 사물—제비니 버들잎이니 고향의 봄이니를 사랑할 줄 알면 그게 애국이지 별게 애국입니까."

나는 좀 흥분하고 있었지만 할 말은 했다고 생각했다. 그런데 부인이 느닷없이 드높은 소리로 깔깔대며 웃었다. 나는 그 웃음소리에 의해 자신이 무참히 헐벗기고 있는 것처럼 느꼈다. 나는 수치감으로 몸 둘 바를 몰랐다. 그리고 언제고 나도 한번 이 여자를 그렇게 웃어줄 수만 있다면 목숨이 몇 년 줄어들어도 괜찮을 것 같은 고지식한 복수에의 염원으로 몸을 떨었다.

"주제넘게 굴지 말아요. 누가 요즘 대학생보고 애국하는 법 가르쳐달랠 사람 없으니까. 차라리 도둑놈보고 집 지키는 법을 가르쳐달래는 게 낫지. 공부나 제대로 가르칠 생각 해요. 조금도 어려울 게 없을 텐데. 교과서나 참고서에 조리(調理)해놓은 걸 그대로 우리 애에게 먹여주는 셈만 치면 될 텐데. 학생이 조리까지 할 생각일랑 말아줘요."

어느 틈에 내 호칭은 선생님에서 학생으로 격하되어 있었다. 그러나 그건 아무래도 좋았다. 나는 이제 이 집 가정교사 노릇을 그만둘 테니까. 나는 딴 이유로 몹시 초조했다. 이왕이면 나는 이 여자의 오만한 콧대를 푹 꺾어놓을 수 있는 짧고도 결정적인 웅변을 한마디 내뱉고 명배우가 무대를 퇴장하듯이 집을 박차고 나가고 싶었다. 그런데 나는 그 짧고도 멋있는 한마디를 도무지 생각해낼 수가 없었다. 멋있는 한마디는커녕 내일모레로 박두한 이 집에서의 첫 보수를 받을 날짜와 이만원이란 액수가 머릿속에서 벌떼처럼 어지럽게 윙윙댈 뿐이었다.

내 첫 보수는 나뿐 아니라 우리 온 집안의 관심사였다. 모두 그날을 기다리고 있었고 뭔가 조금씩 기대하고 있었다. 동생들은 노골적으로 구체적인 요구를 해왔다. 큰동생은 싸구려라도 좋으니 기타를 사달랬고 막내동생은 빵집에 가서 빵을 실컷 먹여주고 덤으로 극장 구경까지 시켜달랬다. 어머니는 어머니대로 은근히

"너 첫 월급 타면 아버지 섭섭잖으시게 담배라도 한 보루 사다드려라. 백원짜리 말고 백오십원짜리로. 알았지?"

아버지는 또 아버지대로

"너 인석 돈 타서 쏙싹하면 안 돼. 딴 사람은 몰라도 느이 엄만 구리무라도 한 통 사다줘. 여자들 소갈머리란 그렇지 않은 거야. 인석아, 알았쟈?"

그러나 이건 두 분이 각각 뒷구멍으로 한 소리요, 두 분이 합의한 당당한 요구는 이만원 중 만원은 등록금으로 매달 저금을 하라는 거였다. 이렇게 우리 식구들은 내 이만원에 잔뜩 눈독을 들이고 있었고, 내 이만원은 엿가락처럼 얼마든지 늘어나는 이만원인 줄 알고 있었다. 나도 그놈의 이만원 때문에 이 집을 분연히 떨치고 나가면서 해야 할 한마디 말도 생각해낼 수 없었고, 그 맞춤한 시간도 놓치고 말았다.

마침 소년이 계단 위에 나타나 짜증을 냈다.

"엄마, 선생님하고 얘기 그만 해. 오늘 선생님하고 할 것 많단 말야."

"그럼 선생님, 올라가보시죠."

부인은 학생을 다시 선생님으로 승격시키며 부드럽고 너그럽게 웃었다.

나는 비실비실 이층 계단을 밟았다. 그까짓 것 내일모레까지만 꾹 참자고 생각했다.

마침내 내일모레가 됐다. 그런데도 어쩐 일인지 감감무소식이었다. 부인은 여전히 손수 과일과 주스를 갖다주었고 내가 들어가고 나갈 땐 꼭 계단이 보이는 홀에 있었는데도 내 손에 돈봉투를 쥐여줄 기색이란 전연 없었다. 다시 이틀이 지났다. 그 이틀이 나에겐 못 견디게 길게 느껴졌고, 이만원이란 돈 생각 외에 딴생각이란 거의 할 수가 없었다. 치사한 노릇이었지만, 어쩔 수가 없었다. 제일 지겨운 건 밤에 집에 들어갈 때마다 식구들의 눈치를 봐야 하는 거였다.

마침내 사흘째 되는 날 부인이 나를 불렀다.

"보수를 드릴 날이 지났는데."

"네, 벌써 그렇게 됐던가요?"

나는 태연히 딴전을 부렸다.

"그런데 어떡헌다……"

부인이 난처한 듯 눈살을 모았다. 나는 가슴이 두방망이질하는 걸 느꼈다.

"우린 해가 진 후엔 절대로 돈 지불을 안 하기로 돼 있어요."

"네?"

나는 부인의 말뜻을 알아들을 수가 없었다.

"해 떨어진 후 금전 지불을 하면 영락없이 손재수가 끼거든요. 그래서 우린 오래 전부터 이런 일은 사위를 해왔다우. 시체 사람들은 미신이라고 웃을지 모르지만 돈푼이나 지니고 살려면 누구나 그만 사위는 하는 거라우. 그러니까 수고스럽지만 낮에 들러줘요."

실로 어처구니없는 소리를 부인이 어찌나 당당하게 하는지 가난뱅이가 줄곧 가난뱅이일 수밖에 없는 까닭도 바로 밤의 금전

거래 때문이 아닌가 하는 생각까지 들 지경이었다.

그날 소년을 가르치는데 바른생활 책인가에서 남이 장군 얘기가 나오니까 소년이 이상한 소리를 했다.

"선생님, 우리집에 남이 장군 할머니가 다니시는데 아주 무서워요. 툭하면 엄마 아빠한테 호령을 하고 야단을 치고, 그럼 엄마 아빤 굽실굽실하면서 뭐든지 그 할머니가 하라는 대로 해서요. 친할머니나 외할머니보다 더 으스대요. 그래도 난 안 무서워요. 나한테는 아주 잘해주거든요. 그 할머니가 그러시는데 나도 그 할머니가 점지해줬대요. 선생님, 점지가 뭐죠?"

소년의 말은 황당무계한 것 같았으나 뭔가 좀 알아낼 수 있을 것 같았다. 나는 점지란 부처님이나 신령님이 사람들에게 자식을 갖게 해주는 걸 말한다고 했더니, 소년은 그럼 아기가 생겨나게 하는 데 아버지가 하는 일과 신령님이 하는 일이 어떻게 다르냐고 꽤 심각하게 물었다. 나는 요 또래의 소년과 이런 문제를 어느 만큼 이야기해야 될지를 몰라 중학교에 가면 저절로 알게 된다고 얼버무렸다.

그렇지만 나는 소위 남이 장군 할머니와 이 집과의 관계에 대한 호기심을 누를 수 없어 소년에게 이것저것 물었다.

남이 장군 할머니란 이 집에 무상출입하는 단골 무당의 호칭인 것 같았다. 소년은 일 년에 한 번 자기 생일날 남이 장군 할머니네를 간다고 했다. 양력 생일날은 집에서 손님을 청해 생일 파티를 서양식으로 하고, 음력 생일날은 아침 일찍 거기 가서 생일

치성을 드리고 아침밥을 먹고 온단다. 그 집에는 여러 신령의 화상이 모셔 있는데 그중 무섭게 생긴 이가 남이 장군 화상이고 그 할머니도 딴 신령보다 남이 장군이 지폈을 때 제일 영검해지기 때문에 남이 장군 할머니라고 한다고 했다. 소년은 또 자기를 점지한 건 남이 장군 할머니네 남이 장군이 아니라 칠성님이라고도 했다. 그 집엔 별의별 신령이 다 있다는 것이었다.

"선생님, 우리 남이 장군 할머니는 나도 점지해줬지만 우리집 재산도 맨날 점지해주나봐요. 그 할머닌 우리 엄마한테 돈을 많이 받고도 하나도 안 고마워하고 '오냐, 되로 받고 말로 돌려주마. 너희들이 이만큼 사는 게 다 뉘 덕인 줄 아느냐' 한다니까요." 하며 재미있다는 듯 깔깔댔다.

나는 그 다음날 낮에 돈을 받으러 갈 생각이 굴뚝같았으나 참고 안 갔다. 참을 때까지 참아볼 터였다. 돈을 타면 뭘 해라, 어떻게 해라 하고 그렇게 미리부터 보채던 식구들도 돈 타는 날로 되어 있는 날부턴 일체 그 돈에 대해선 함구들을 하고 내 거동만 유심히 살피고 있었다. 혼자서 다 써버렸다고 생각하는 모양이었다. 나는 그런 상태가 도무지 싫었다. 그렇다고 여직껏 돈을 못 탔다고 실토를 하기도 싫었다.

밤에 공부를 끝내고 나오려는데 홀에서 부인이 다시 나를 불러세웠다.

"왜 낮에 들르면 보수를 드리겠다는데 안 들러요?"

부인은 뭐가 그리 재미있는지 생글대며 면구스럽도록 나를 빤

안히 바라다봤다. 나는 그 동안의 내 구질구질한 고민을 부인이 모조리 알고 있을 것 같아서 얼굴을 붉혔다.

"돈이 퍽 아쉬울 텐데 왜 허셀 부리는 거죠? 설마 취미 삼아 우리 앨 가르치러 다닌다곤 못 할 텐데. 금전 거래는 분명히 매듭져두는 게 상책이에요. 없는 사람일수록 제 몫, 저 찾아먹는 것 갖고도 괜히 점잔을 빼며 미적미적 미루기를 좋아하니, 참."

혀를 쯧쯧 차더니 느닷없이 그 깔깔거리는 드높은 웃음을 웃었다. 그 웃음이 다시 나를 헐벗기기 시작했다.

아아, 이 비참함. 나도 이 여자를 한번 저렇게 웃어줄 수만 있다면. 아아, 그럴 수만 있다면, 그까짓 거액 이만원과 바꾸리라.

드디어 버스값도 떨어진 날, 오후 두시쯤 나는 성북동을 찾을 밖에 없었다. 늘 문을 열어주던 젊은 아줌마가 반색을 하며

"어마나, 선생님도 굿 구경 오셨군요!"

"굿 구경이라뇨?"

"그럼 모르고 오셨군요. 오늘이 이 댁 재수굿날이에요. 거의 매달 하는걸요, 뭘. 지금 우리 남이 장군 할머니, 사슬 세우기를 하는데, 돈 더 우려내려고 어떻게 엉큼을 떠는지 볼 만해요."

나는 굿이라는 소리에 호기심이 동했다. 나는 아주 어렸을 때 딱 한 번 할머니를 따라 할미당에 굿 구경을 간 일이 있는데, 그때 어린 내가 받은 인상은 등골에 소름이 돋게 외경스럽고도 한편 흥겹고 신바람나는 거였다. 나는 아직도 퇴색한 신령들의 화상 앞에 차려놓은 울긋불긋한 종이꽃 색떡 떡시루 각종 유과 과

물 등과 함께 비단옷 위에 남색 전복 같은 걸 입고 자지러진 풍악 소리에 맞춰 빠르고 격렬한 춤을 추던 무당의 모습을 꽤 선명하게 기억하고 있다. 그건 밑도끝도없는 단순한 기억이지만 할미당이 있는 고풍스럽고 퇴색한 마을과 떼어놓고는 떠올릴 수 없는 기억이었다.

그런데 이 세련되고 호사스런 서구식 주택에서 하는 그 짓은 어떤 모습을 하고 있을까.

"어디서 하고 있습니까?"

"홀에서요."

응접실과 거실은 따로 있기 때문에, 화려한 샹들리에가 이층 천장으로부터 늘어져 있고, 그랜드피아노가 있고, 군데군데 소파가 있고, 벽에는 적어도 백 호 이상의 추상화가 즐비하니 걸려 있고, 이층으로 통하는 계단이 있는 것 외에는 몇십 명이 춤이라도 출 수 있는 거울 같은 마룻바닥이 그대로 비어 있는 넓은 방을 이 집에선 그냥 홀이라고들 부른다.

홀이 넓어서 그런지 굿을 위한 전물상(奠物床)은 자개상을 이어서 놓고, 바나나에 파인애플까지 있는데도 생각보다 초라해 보였다. 신령님의 화상이 모셔져 있어야 할 자리에 자리잡은 붉은 물감을 엎질러놓은 것 같은 추상화는 더욱 웃겼다.

장구도 피리도 멎어 있었다. 옥색 치마저고리 위에 남색 쾌자에 붉은 돌띠를 두른 남이 장군 할머니는 지금 한창 한 길이나 되는 큰 삼창에다 돼지 대가리를 꽂은 것을 소금이 담긴 접시 위에 곧추세우려고 애를 쓰고 있는 중이었다. 그런데 그게 설 듯 설 듯하면서도 좀처럼 서주지를 않았다. 창끝에 돼지 대가리를 꽂은 채 제법 균형을 잡아, 손을 떼도 서 있을 듯싶다가도 막상 할머니가 손을 떼면 삼창은 휘청했다. 할머니는 다시 질겁을 해서 창대를 잡고 소금이 담긴 접시에다 미친 듯이 비벼대며 넋두리를 했다.

"그저 쉰세 살 강씨 대주, 마흔여덟 살 서씨 계주, 이 미련한 인간들이 뭘 압니까. 그저 받들어주시고 도와주시고 관재구설 손재수 실물수 횡액수 몸수 상문 다 제해주시고, 대주 가는 곳 어디 가나 귀인을 만나게 해주시고, 어디 가든 남들이 꽃 본 듯이 보게 하시고, 높이 보고 우러러보고 받들어 모시게 하시고, 이 정성 받으시고 사흘이 못 가 져다주신 듯 안아다주신 듯 재산이 불 일듯이 일게 하시고, 무엇보다 이 집 강씨 대주 관운이 순풍에 돛 단 듯이 트이게 하시고……"

그 동안 부인은 빌고 절하고, 빌고 절하느라 얼굴에서 땀이 비오듯 하고 있었다. 할머니가 창대를 다시 놓았다. 창은 또 휘청댔다. 할머니는 얼른 창을 잡더니, "암만 해도 관재구설이 무섭다고 하시는구먼" 했다.

부인이 황망히 오백원짜리를 한 움큼 갖다가 할머니의 돌띠 사이에 주섬주섬 끼워주고 오천원짜리는 창끝에 꽂힌 돼지 대가리의 삐죽한 주둥이에 물렸다.

부인의 표정은 초조와 불안과 공구(恐懼)로 오그라들고 초라해 봤다. 그 도도하던 기품은 어디로 갔는지 그래서 전연 딴사람 같았다. 할머니는 아까와 비슷한 말을 지껄이며 다시 시작했다. 이때 이 집 바깥주인이 들어왔다. 관청이 파하긴 아직 이른 시간인데 아마 굿을 위해 들어온 것 같았다. 부인이 반색을 하며 남편의 귀에 뭐라고 속삭였다. 남편의 얼굴에도 당장 부인을 닮은 짙은 초조와 공구가 떠올랐다.

부부가 나란히 돼지 대가리 앞으로 다가가더니 공손하게 여남은 번쯤 절을 하고 나서 고개를 깊이 숙이고 두 손바닥을 싹싹 문질러 빌기 시작했다. 검찰청이란 위엄 있는 관청에 다닌다는 점잖은 양반이 돼지 대가리의 은총을 구걸하는 "싸악싸악" 소리가 느닷없이 내 뱃속으로부터 힘찬 웃음을 촉발했다. 나는 내 웃음을 참기 위해 전신을 강직시키고 어금니를 고통스럽게 악물었다. 그들은 계속해 빌었다. 손이 발이 되게 빈다는 소리가 생각났다. 손뿐 아니라 그들은 지금 온 정성을 다해 그들의 모든 것을 한없이 비굴하게 비하시키고 있었다.

그들에 비하면 과연 돼지 대가리는 예배받을 만한 가치가 있었다. 그건 어떤 부처님이나 보살님보다 더 오묘한 거의 해탈의 경지에 다다른 무심한 미소를 띠고 이 부부를 굽어보고 있었다. 그래서 나는 종교라는 게 돼지 대가리의 미소로부터 얻은 영감에서 비롯된 게 아닌가 하는 엉뚱한 생각까지 했다. 남이 장군 할머니의 넋두리는 "싹싹" 소리를 반주로 한층 구성졌다.

"쉰세 살 강씨 대주, 마흔여덟 살 서씨 계주, 그저 이 미련한 인간들이 뭘 압니까. 그저 받들어주시고 도와주시고 관재구설 손재수……" 넋두리를 해가며 어떡하든 돼지 대가리가 꽂힌 삼창으로부터 손을 떼려 해도 삼창은 할머니가 손만 떼면 따라서 휘청댔다. 할머니의 이마에선 구슬 같은 땀이 송골송골 솟았다.

"암만 해도 관재구설이 있다고 그러시는데."

삼창을 따로 세우기를 단념한 듯 창대를 꽉 움켜쥔 채 우뚝 선 할머니가 엄숙하게 선언했다.

할머니의 넋두리가 멎자 따라서 빌기를 멈춘 이 집 강씨 대주, 떨리는 손을 안주머니에 넣더니, 오천원짜리를 서너 장 꺼내 막걸리에 적셔 할머니의 이마와 뺨에 붙여주고는 만원짜리는 꺼내서 돼지 아가리에 물렸다. 만원짜리를 받아문 돼지 대가리의 미소는 온 인류라도 구원할 듯 자비와 연민의 극치를 보였다.

강씨 대주는 다시 빌기 시작했다. 지성이면 감천을 믿는 자의 끈질김으로 감돈(感豚)을 꾀하고 있었다.

마침내 돼지 대가리가 꽂힌 삼창이 할머니의 손을 떠나 꼿꼿이 섰다. 득의에 찬 할머니가 삼창이 서 있는 자개소반을 여기저기 탕탕 쳤다. 삼창은 말뚝이 되어 소반을 뚫고 거기 박혀내린 듯이 끄덕도 안 했다.

부부의 입에서 짐승의 울부짖음 같은 감격의 탄성이 터져나오자 장구, 피리, 꽹과리가 일제히 울리며 호기 있게 부채를 활짝 펴든 남이 장군 할머니가 남색 쾌자자락을 날리며 덩실덩실 춤을 추었다.

희색이 만면한 부인이 이마의 땀을 닦으며 뒤를 돌아다보았다. 나와 눈이 마주치길래 나는 웃는 것으로 인사를 대신하려 들었다. 그러나 부인은 무슨 불길한 거라도 본 듯이 질겁을 하면서 황망히 다가왔다.
"아니 어쩌자고 남 재수굿 하는 날 돈을 받으러 와요, 오긴!"
그리고 아줌마에게
"아줌만 어쩌자고 재수굿 날 돈 받으러 오는 사람을 집 안에 들이우. 사위스럽게스리!"
"돈 받으러 온 사람이라뇨? 도련님 선생님이신데?"
나는 그들의 대화를 더 듣지 않고 황망히 그곳을 빠져나왔다. 이 동네는 아름다운 동네였다. 인기척이 안 들려 묘지처럼 아름다운 동네였다.
나는 마지막으로 한번 웃고 싶었다. 이 동네를 인기척으로, 웃음소리를 자자하게 채울 만큼 크게 웃고 싶었다. 나는 아까 어금니 사이에 가둔 웃음을 풀어주고자 입을 크게 벌렸다. 그러나 헛김만 나오고 웃음이 되지는 않았다. 나는 영영 못 받게 될지도 모르는 이만원이 아까워서 웃을 수가 없었던 것이다.

카메라와 워커

 나에게는 조카가 하나 있다. 가끔 나는 내가 내 아이들보다 조카를 더 사랑하고 있는 게 아닌가 하고 생각할 때마다 조카가 생후 사 개월, 내가 스무 살 때 겪은 6·25사변을 생각 안 할 수 없다. 그때 며칠 건너로 오빠와 올케가 차례로 참혹한 죽음을 당하자 어머니와 나는 어린 조카를 키울 일이 도무지 막막하기만 했다. 우유는 고사하고 밥물이라도 끓일 몇 줌의 흰쌀을 구할 주변머리도 경황도 없었다. 어머니는 푸성귀하고 보리하고 끓인 멀건 국물을 아기 입에 퍼넣었다. 설탕도 못 넣은 이런 국물을 아기는 도리질하며 내뱉고 밤새도록 목이 쉬게 울었다. 어머니는 쯧쯧 불쌍한 거 할미 젖이라도 빨아보렴 하며 자기의 앞가슴을 헤쳤다. 담벼락 같은 가슴에 곧 떨어져버릴 병든 조그만 열매처럼 매달린 젖꼭지를 아기는 역시 도리질로 거부했다. 아기는 젖꼭지를 물어도 보기 전에 조그만 손으로 가슴을 더듬어만 보고도 알았던 것이다. 결코 젖줄을 간직한 가슴이 아니란 것을.

"늙은이 젖도 자주 빨면 젖이 나온다던데."

어머니는 아기가 젖을 물기만 하면 자기 젖에서 당장 젖이 펑펑 쏟아질 텐데, 아기가 안 빨아서 아기 배가 곯는 양 안타까워하다가 드디어는 아기의 엉덩이를 두들기기 시작했다. 토실한 엉덩이에 어머니의 손가락 자국이 선명히 솟아오르고 아기는 목이 쉬어서 차마 들을 수 없는 이상한 소리를 내면서, 울음을 토했다 숨이 깔딱 막혔다 했다.

그때 나는 별안간 내 가슴에 퍼진 실핏줄들이 찌릿찌릿하면서 뿌듯해지는 걸 느꼈다. 아니, 실핏줄이 아니라 바로 젖줄이다. 나는 그렇게 확신했다.

나는 올케가 해산하고 나서 아기에게 젖을 주려고 처음으로 사람들 앞에서 헤친 가슴의 잔뜩 분 탐스럽고 단단한 젖보다 훨씬 더 아름답고도 풍만한 젖가슴을 갖고 있었다. 이 젖이 돌기 시작하고 있다고 나는 확신했다.

젖이 돌 때는 가슴이 찌릿찌릿하면서 뿌듯해진다는 건 올케한테 들은 소린데 그것까지 똑같지 않나.

나는 어머니로부터 아기를 거칠게 빼앗아 안았다. 그리고 서슴지 않고 앞가슴을 헤쳤다. 아기의 손이 내 살찐 젖무덤을 더듬더니 이내 울음을 뚝 그치고 다급하게 "흐응, 흐응" 하며 허겁지겁 온 얼굴로 내 가슴을 파고들었다.

그러나 내 젖꼭지가 채 아기의 마른 입술에 닿기도 전에 어머니의 거친 손에 나는 아기를 빼앗기고 말았다. 어머니의 얼굴은 딸의 간음 현장이라도 목격한 것처럼 분노와 수치로 핏기마저 가셔 있었다.

"세상에, 망측해라. 처녀애가, 없는 일이다. 암 없는 일이고말고."

아기는 코 언저리가 새파랗게 질려 사색이 돌 만큼 자지러지게 울기 시작했지만 목이 잠겨 늙은이 가래 끓는 소리같이 기분 나쁜 소리가 끊겼다 이어졌다 했다.

나는 아기의 이런 울음소리를 듣자 느닷없이 가슴에서 젖줄이 넘쳐, 정말로 펑펑 넘쳐 옷섶을 흥건히 적시고 있는 것처럼 느끼며 이런 풍요한 젖줄과 목마른 아기를 굳이 떼어놓는 어머니에게 격렬한 적의마저 품었다.

그런 일은 오빠와 올케의 죽음이 정리되기도 전, 그러니까 상중의 일이었으니 상중의 일치곤 그리 대단한 일은 아닐지도 모른다. 난리중에 벼락 맞듯 두 참사를 한꺼번에 당한 집안 사정이 오죽했으며, 그런 일을 당하기까지의 사연인들 오죽했을까만, 나는 유독 조카의 목마름, 배고픔의 광경만을 딴 일과 뚝 떼어서 밑도끝도없이 선명하게 기억한다.

설사 난리중이 아닌 평화시라도 졸지에 엄마를 잃은 아기는 당분간은 배고프고 내팽개쳐지는 게 스스로가 타고난 박복이 아니겠는가. 그런데도 그때의 그 일이 차마 못 할 짓의 기억으로 아직도 생생하니 아프다.

그것은 아마 젖줄이 솟은 것 같은 신기한 기억 때문일 것이다.

그때 내가 젖을 물릴 수 있었다손 치더라도 젖이 나왔을 리 없다는 걸 그후 나도 알긴 알게 되었다. 그렇지만 그때 가슴이 찌릿찌릿하니 뿌듯하게 옷섶을 적시며 넘치던 게 전연 아무것도 아니었다고는 도저히 생각할 수 없다. 조카에 대한 고모 이상의 것, 이를테면 모성이 아니었던가 싶다.

그후 아기는 푸성귀하고 보리하고 끓인 푸르죽죽한 국물도 잘 받아먹게 되었다. 때로는 그것보다는 좀 나은 아기의 먹을 것을 장만할 수 있을 때도 있었다. 그러나 나는 자주자주 어쩔 줄을 몰라했다. 딱딱한 놋숟갈을 착살맞도록 쪽쪽 핥는 아기의 부드러운 입술에 젖을 물리고 싶다는 생각과 처녀가 젖을 빨린다는 건 아주 망측한 일이란 생각 사이에 억눌려서 어쩔 줄을 몰랐던 것이다.

그후 수복이 되고, 나는 미군 부대 하우스걸 같은 걸 하면서 아기에게 우유를 먹일 수 있었고 놋숟갈 대신 고무 젖꼭지를 물릴 수 있었다. 피난을 다니면서도 아기에겐 미제 우유를 먹일 수 있었다. 나는 자유를 위해 피난을 가는 게 아니라 돈만 있으면 우유를 살 수 있는 세상을 따라 남으로 움직였다.

조카는 잔병치레 하나 안 하고 잘 컸다. 천덕꾸러기란 다 그렇게 크게 마련이라고 어머니는 말했지만 나는 그 말이 듣기 싫었다. 어머니라고 당신 앞에 남겨진 이 집 대를 이을 단 하나의 핏줄인 손자가 소중하지 않을 리야 없겠지만 난 지 백날 만에 애비 에미를 잡아먹은—어머니는 이런 끔찍스러운 말을 썼다—손자를 가끔가끔 불길스러운 듯 구박을 했다. 아아, 어머니는 왜 이 조그만 아기의 팔자 따위가 그 6·25사변같이 엄청나게 큰 불길스러운 일을 일으킬 수 있다고 생각한 것일까.

조카는 말을 배우면서 아줌마 소리를 제일 먼저 했지만 아기들 말이 으레 그렇듯이 발음이 정확지 않아 "아윰마", 조금 응석을 부리면 "암마"로 들렸다. 어머니는 그걸 몹시 싫어해서 "아줌마" 대신 "고모"라는 말을 가르치기 시작했다. 잘못해서 아윰마 소리가 나오면 엉덩이를 맞아야 했다. 어머니는 "이 경을 칠 녀석, 또다시 그런 소릴 할련 안 할련" 하며 엉덩이를 모질게 찰싹찰싹 때렸다.

그리고 나한테는 조카를 너무 귀여워하는 게 아니라고 했다. 모르는 사람이 보면 꼭 모자지간같이 보인다는 거였다. 실제로 누구도 그러고 아무개도 그러는데, "따님하고 외손주하고 사시는구만, 사위는 군인 나갔수? 납치당했수?" 하더라는 거였다. 그만큼 그 시절엔 집에 장정 남자 식구가 없는 건 조금도 이상스럽지 않았다.

그러다가 혼인길 막히는 거 아닌지 모르겠다고 어머니는 근심했다. 조카는 최초의 말 "암마" 소리를 엉덩이를 맞아가며 부정당하고부터는 말없는 아이로 자랐다. 그리고 나는 혼인길이 트이어 시집을 갔다. 마치 자식을 떼어놓고 개가해가는 과부처럼 청승맞은 기분으로 죄의식조차 느끼며 시집을 갔다. 부부만의 단출한 살림이고 보니 친정 출입이 잦았다.

방마다 세를 들인 커다란 낡은 집 안방의 옴두꺼비 같은 구식 세간들 사이에서 할머니하고 단둘이 살아야 하는 어린 조카가 문득 불쌍한 생각이 나면 곧장 달려가곤 했다. 새로 난 장난감도 사가고 주전부리할 것도 사가지고 가서 한바탕 유쾌하게 수선을 떨다 왔다. 이런 나를 어머니는 시집을 가도 하나도 철이 안 난 주책바가지라고 나무라며 못마땅해하고, 사위에겐 미안쩍어하기도 했지만, 나는 그게 아니었다. 나는 친정집의 곰팡내나는 음습한 분위기로 해서 조카의 동심에까지 곰팡이가 슬까 봐 내가 햇빛이고자 바람이고자 그렇게 하는 거였다. 실제로 나를 맞는 조카의 얼굴은 음지가 양지로 변하는 것처럼 환하게 변했다.

나도 첫아기를 낳게 되었다. 꼭 둘째아기를 낳은 기분이었다. 둘째아기를 낳는 엄마라면 누구나 하는 근심, 아우에게 사랑을 빼앗긴 맏이의 상처받은 동심을 어떻게 위무할 것인가 하는 근심과 똑같은 근심을 나는 내 조카 때문에 했으니 말이다.

내 첫애는 딸이었고, 나는 내 딸이 엄마 아빠 소리보다 오빠 소리를 먼저 할 만큼 따로 사는 친정조카를 우리 식구처럼, 식구라도 상식구처럼 키우는 데 지나칠 만큼 신경을 썼다. 남편이 딸애를 주려고 과자를 사와도 "이건 오빠 거" 하며 우선 몇 개 집어두었고, 신발을 한 켤레 사려도 "이건 오빠 거, 이건 혜란이 거" 매사를 이런 식으로 했다.

마침내 조카가 국민학교에 들어가게 됐다. 나는 꼭 첫애를 국민학교에 보내게 된 젊은 엄마처럼 흥분해서 어쩔 줄을 몰랐다. 매일 딸을 데리고 따라가서 "혜란아 오빠 찾아내봐, 조오기, 조오기 있지. 우리 혜란이 오빠가 제일 잘하네. 노래도 제일 잘하고 유희도 제일 잘하고, 그치 혜란아" 하며 수선을 떨었다.

그러나 고모는 고모지 아무려면 엄마만 할 수야 있겠는가. 나는 지금도 조카의 첫 소풍날을 잊을 수 없다. 그때도 국민학교 일학년 첫 소풍은 창경원이었다.

어머니는 아침부터 줄창 조카를 따라다니기로 하고 나는 점심을 싸가지고 나중에 가서 창경원 속에서 만나기로 했다. 만나는 장소는 연못가로 하여 행여 어긋나는 일이 있을까봐 나는 용의주도하게 남편이 결혼 전에 차던 손목시계까지 어머니 손목에 채워드렸다. 그러고도 나는 어머니가 못 미더워 골백번도 더 "열한시 정각에, 연못가" 소리를 했더랬다. 그런 내가 한 시간이나 더 늦게 가고 말았다. 도시락도 요리책을 봐가며 좀 멋을 부려봤지만, 내 모양을 내는 데 분수없이 시간을 잡아먹었다. 미장원에 가서 머리도 새로 했고, 화장도 정성 들여 했고, 옷도 거울 앞에서 몇 번을 갈아입어봤는지 모른다. 그때만 해도 내 용모에 어느만큼은 자신이 있을 때라 나는 군계일학처럼 딴 엄마들 사이에서 뛰어나길 바랐었다. 그래서 조카까지가 그런 우월감으로 엄마 대신 고모라는 서운함을 메울 수 있기를 바랐었다. 그러다가 그만 한 시간이나 지각을 하고 만 것이다.

어머니는 미련하게도 그 한 시간 동안을 줄창 연못가에서 나만 기다리느라 정작 아이들이 해산하는 것도 모르고 있었다. 부랴부랴 어머니를 몰아세워 아이들이 집합해서 단체 놀이를 벌이던 곳으로 갔으나 아이들은 이미 뿔뿔이 헤어져 가족들과 점심을 먹고 있었다. 거의 한 시간이나 넘어 창경원 안을 미친 듯이 헤맨 끝에 조카를 만났다. 조카는 그때까지 국민학교 일학년생으로서의 체면상 가까스로 참았던 울음을 내 치마폭에 얼굴을 묻자마자 서럽게 터뜨렸다. 철들고 나서 그렇게 몹시 운 것은 처음이어서 나는 당황했다. "고모가 나쁘다, 나쁜 년이다." 나는 정말 내가 나를 때리는 시늉까지 해가며 달래다 못해 같이 울어버리고 말았다.

점심시간은 엉망일 수밖에 없었다. 워낙 몹시 운 끝이라 울음을 그치고 나서도 흑흑 느끼느라 김밥 하나를 제대로 못 넘겼다. 내 조그만 허영이 불쌍한 조카의 일학년 첫 소풍의 추억을 이렇게 슬프게 얼룩지워놓고 만 것이다.

내가 그애의 엄마라면 뭣 하러 그런 허영을 부렸겠는가. 내가 내 아이들보다 조카를 더 사랑한다는 느낌에는 그런 허영과도 공통된 과장과 허위가 있음직도 하다.

조카는 자랄수록 죽은 오빠를 닮아갔다. 아들이 애비 닮은 것은 당연한데도 어머니와 나는 그게 못마땅하고 꺼림칙했다. 외모가 닮은 건 어쩔 수 없다손 치더라도 말이 없는 것까지 닮은 걸 보면 속까지 닮았을까봐 그게 제일 걱정이었다.

오빠는 늘 침울한 편이었고 너무 말이 없었다. 그래도 가끔 친구들과 어울릴 때면 도맡아 떠들어댔던 것으로 미루어, 본래의 성품이 그랬던 게 아니라 집안 식구와 공통의 화제가 없었더랬는 게 아닌가 싶다. 집안 여자들이 흥미 있어하는 살림 걱정, 살림 재미, 친척의 소문, 계절의 변화 등에 오빠는 도무지 무관했다. 오빠는 일제 말기에 전문학교까지 나온 주제에 해방되고도 직장이라곤 가져본 적이 없다. 나는 이런 오빠를 막연히 빨갱이라고 생각했었다. 오빠 방의 책이 맨 그런 책이었고, 친구들과 떠드는 소리를 엿들어봐도 누가 들으면 큰일날 불온한 소리였기 때문이다.

나는 어머니에게 오빠가 빨갱이일 거라고 일러바쳐 어머니를 전전긍긍하게 했다. 어머니는 서둘러서 오빠를 장가들였다. 외아들이니 빨리 손을 봐야겠기도 했지만, 처자식이 생기면 자연히 책임이란 것을 의식하게 될 테고 그러면 위험한 짓도 삼가게 되려니와 직업도 갖게 될지도 모른다는 게 어머니의 속셈이었다.

오빠는 순순히 장가를 들어주었고, 이내 첫아기를 본 게 또 아들이어서 제법 푸짐하게 백날 잔치까지 하고 나서 며칠 만에 6·25가 터졌다. 나는 속으로 이제야말로 오빠가 활개칠 세상이 왔나보다고 생각했다. 처음엔 내 추측이 들어맞는 것 같았다. 불안할 만큼 생기가 나서 뻔질나게 외출을 했다. 그러다가 다시 침울해지더니 바깥출입을 끊고 들어앉았다가 친한 친구한테 반강제로 끌려나간 후 죽어서 돌아왔다. 그후 올케까지 친정으로

쌀을 얻으러 가다 폭사를 해, 내 조카는 그만 고아가 되고 만 것이다.

그래서 우리 모녀는 지금까지도 오빠가 빨갱이였는지, 흰둥이였는지, 아예 그런 사상 문제엔 집안일에 관심이 없었던 것처럼 관심도 없었는지, 그것조차 분명히 알고 있지를 못하다. 다만 어머니는 아들 치다꺼리만 했지 한 번도 아들이 벌어오는 밥을 못 얻어잡숴본 게 가슴 깊이 맺힌 한이어서 아무쪼록 오래 사셔서 하루라도 손자가 벌어오는 밥을 얻어잡숴보는 게 소원이시다. 손자가 좋은 학교 나와서 착실한 직장을 가지고 결혼해서 일요일이면 처자식 데리고 카메라 메고 놀러 나가고 당신은 집을 봐주는 게 평생 소원이시다.

카메라 메고 공일날 야외에 나갈 만큼의 출세랄까 안정이랄까 그게 어머니가 훈이(내 조카 이름)에게 바라는 전부였고, 나도 어머니가 노후에 카메라 메고 야외에 나간 손자 내외의 집을 봐주는 정도의 행복은 누리게 하고 싶었다.

훈이가 고등학교 이학년이 되자 반을 문과 이과로 나누게 되었고, 훈이가 나한테는 아무 상의도 안 하고 문과를 택한 걸 나는 나중에야 알았다. 나는 우선 그런 문제를 나한테는 상의 한마디 안 한 게 서운했고, 어머니는 어머니대로 오빠가 전문학교에서 문과였다는 것만으로 덮어놓고 문과를 싫어했다. 그래도 나는 훈이 편이 되어 고등학교 문과가 반드시 장래 문학 지망을 의미하지는 않는다고 어머니를 설득하려 했지만 어머니는 지레 겁을 먹고 있었다. 어머니는 오빠가 평생 사회에 참여해서 돈 한푼 벌어들인 일이 없는 주제에 까닭 없이 죽어야 하는 일엔 끼어들고 말았다는 사실이 문과 출신이라는 것과 반드시 무슨 상관이 있다고 믿고 있었기 때문이다.

나는 그럴 리가 없다고 어머니를 위로하면서도 속으론 어머니 생각에 동조하고 있었으므로 더 늦기 전에 일을 바로잡아보리라 마음먹었다. 나는 학교에 쫓아가서 담임선생님에게 애걸하다시피 해서 훈이가 문과에서 이과로 전과를 할 수 있도록 했다. 그러고 나서 훈이를 설득하려 들었다. 나는 막연히 훈이를 두려워하면서 중언부언 내 말을 했고, 훈이는 언제나처럼 말없이 젊은 이다운 대담한 시선으로 나를 쏘아보았다.

"훈아, 너희 담임선생님이 그러시는데 너는 인문계보다는 이공계가 더 적성에 맞는대. 좀 좋아. 공대 같은 데 가면 요새 공장이 많이 생겨서 공대 출신이 제일 잘 팔린다더라. 넌 큰 기업체에 취직해서 착실하게 일해서 돈도 모으고 연애도 하고 결혼도 해서 살림 재미도 보고 재산도 늘리고, 그러고 살아야 돼. 문과 가서 뭐 하겠니? 그야 상대나 법대로도 풀릴 수 있지만 그게 그리 쉬우냐, 까딱하단 문학이나 철학이나 하기가 꼭 알맞지. 아서라 아서. 사람이 어떡허면 편하고 재미나게 사느냐를 생각하지 않고, 사람은 왜 사나, 뭐 이런 게지. 돈을 어떡허면 많이 벌 수 있나는 생각보다 돈은 왜 버나 뭐 이런 생각 말이야. 그리고 오늘 고깃국을 먹었으면 내일은 갈비찜을 먹을 궁리를 하는 게 순

선데, 내 이웃은 우거짓국도 못 먹었는데 나만 고깃국을 먹은 게 아닌가 하고 이미 뱃속에 들은 고깃국조차 의심하는 바보짓 말이다. 이렇게 자꾸 생각이 빗나가기 시작하면 영 사람 버리고 마는 거야. 어떡허든 너는 이 사회에 순응해서 이득을 보는 사람이 돼야지 괜히 사회의 병폐란 병폐는 도맡아 허풍을 떨면서 앓는 소리를 내는 사람이 될 건 없잖아."

"고모, 아버지가 그런 사람이었나요?"

훈이가 내 말의 중턱을 자르며 푸듯이 말했다. 나는 당황했다. 훈이가 아버지에 대해 뭘 물어본 게 이번이 처음이라 그렇기도 했지만, 내가 오빠에 대해 오랫동안 몰래 추측하고 있던 걸 훈이한테 느닷없이 들키고 만 것 같아 더 그랬다.

나는 아니라고 강하게 부인하고 다시 아까 한 소리를 간곡하게 되풀이했다. 내 말에 감동했는지 귀찮아서 그랬는지 아무튼 훈이는 내가 옮겨준 대로 이과에 잘 다녔다. 그러나 형편없이 성적은 떨어졌다. 때마침 공대가 붐을 이룰 때라 우수한 지원자가 많이 몰려 훈이는 대학입시에 낙방했고, 재수는 막무가내 싫다고 해서 삼류 대학 공대 토목과에 들어갔다.

훈이가 대학에 다니는 사 년 동안 내내 대학가는 어수선해서 데모, 휴교, 조기방학의 악순환의 연속이었다. 데모가 있을 때마다 나는 훈이가 그런 데 휩쓸릴까봐 애를 태우고 미리미리 타이르고 했다.

"행여 그런 데 끼지 마라. 관심도 갖지 마라. 너는 기술자가 될 사람야. 세상이 어떻게 되든 밥벌이 걱정은 안 해도 될 기술자란 말야. 기술자는 명확한 해답을 얻어낼 수 있는 문제에만 관심을 가지면 되는 거야. 알았지?"

그러고는 혹시 꿈에 빠져서라도 그런 데 끼어들었다간 졸업 후 취직도 못 하고 일생 망치기 십상이라고 공갈을 쳤고, 너는 꼭 대기업에 취직해서 안정된 생활을 누리고 예쁜 색시 얻어 일요일이면 카메라 메고 동부인해서 야외로 놀러 나갈 만큼은 재미있게 살아야 한다고 설교를 했다. 훈이는 한 번도 말대꾸하는 법이 없었지만 거칠고 대담한, 그리고 경멸하는 듯한 시선으로 나를 쏘아봤다. 그러면 나는 괜히 부끄러워져서 딴전을 보며 지껄여댔다. 나는 부끄럼을 타면서도 꽤나 줄기차게 그런 말을 훈이에게 했었나보다. 대학교 졸업반 때 나는 돈의 여유가 좀 생긴 김에 훈이에게 카메라를 하나 사주고 싶어 의향을 물어봤더니 단호하게 거절하며 하는 말이

"고모, 난 카메라라면 지긋지긋해. 이가 갈려. 생전 그런 거 안 가질 거야."

그럭저럭 무사히 졸업하고 입대했지만 곧 의가사 제대를 할 수가 있었다. 이제 취직 문제만 남았는데 이것만은 그렇게 쉽지가 않았다. 대기업은커녕 착실한 중소기업의 문턱도 낮지는 않았다. 막상 취직 문제에 부딪히고 보니 남의 떡이 커 보이는 식으로 이공계보다는 인문계 출신의 문호가 훨씬 넓어 보이는 게 우선 나로서는 적잖이 속상하는 일이었다. 그래도 다행인 건 훈

이가 그런 문제에 나를 원망하려는 기색이 조금도 안 보이는 거였다. 말없이 고분고분 취직시험을 수없이 보고, 보는 족족 떨어졌다. 어떤 곳에선 아예 서류 심사부터 낙방을 시키는 걸 보면 대학교 성적이 시원치 않았던 것 같다.

어머니와 나는 한 번도 훈이가 대통령이나 장군이나 재벌이나 판검사나 그런 게 되기를 바란 적이 없다. 정직하게 벌어먹을 수 있는 기술 가르쳐 대기업에 붙여, 공일날 카메라 메고 야외에 나갈 만큼의 사람 사는 낙을 누릴 수 있기를 바랐을 뿐이다. 그런데 그나마도 쉽게 되어주지를 않았다. 취직시험도 하도 여러 번 치르니, 보러 가기도 보러 가라기도 점점 서로 미안하게 되었다. 이 년 가까이를 이렇게 지겹게 보내던 훈이 어느 날 나에게 해외 취업의 길을 뚫을 수 있을 것 같으니 교제비로 돈을 좀 달라는 당돌한 요구를 해왔다.

"뭐라고, 해외 취업? 그럼 외국에 나가 살겠단 말이지? 그건 안 된다."

"왜요 고모, 쩨쩨하게 돈이 아까워서? 아니면 고모가 영영 할머니를 떠맡게 될까봐 겁나서?"

훈이는 두 개의 간략한 질문을 거침없이 당당하게 했다. 마치 이 두 가지 이유 외에 딴 이유란 있을 수도 없다는 말투였다. 나는 뭣에 얻어맞은 듯이 아연했다.

글쎄 어떻게 설명할 수 있을 것인가. 그 녀석이 꼭 이 땅에서, 내 눈앞에서 잘살아주었으면 하는 내 간절한 소망의 참뜻을, 지랄같이 무책임한 전쟁이 만들어놓은 고아인 저 녀석을, 온 정성을 다해 남부럽지 않게 키운 게 결코 내 어머니를 떠맡기고자 함이 아니었음을 어떻게 납득시킬 수 있담.

제가 잘되고 잘사는 것으로, 다만 그것만으로 나는 내가 겪은 더럽고 잔인한 전쟁에 대해 통쾌한 복수를 할 수 있고 그때 받은 깊숙한 상처의 치유를 확인받을 수 있다는 걸 어떻게 저 녀석에게 알릴 수 있을 것인가.

나는 그 녀석을 똑바로 바라보았다. 그 녀석도 나를 똑바로 바라보았다. 시선이 강하게 부딪쳤으나 나는 단절감을 느꼈다. 문득 이 녀석 치다꺼리에 구역질 같은 걸 느꼈으나 가까스로 평정을 가장했다.

"해외 취업은 당분간 보류하렴. 할머니 때문이든 돈 때문이든 그건 네 마음대로 생각해도 좋다. 그리고 취직 문젠데, 너무 고지식하게 정문만 뚫으려고 했던 것 같아. 방법을 좀 바꾸어서 뒷문으로 통하는 길을 알아봐야겠다. 돈이 좀 들더라도……"

"흥, 돈 때문은 아니다 그 말을 하고 싶은 거죠?"

녀석이 나를 노골적으로 미워하며 대들었다. 나는 대꾸도 하지 않았다. 어머니는 곁에서 내가 늘그막에 이렇게 천덕꾸러기가 될 줄은 몰랐다면서 훌쩍였다.

취직운동이란 게 막상 부딪쳐보니 할 노릇이 아니었다. 우리를 위해 발 벗고 나서 애써줄 유력한 친척이나 친구가 있는 것도 아니니, 그저 좀 잘산다는 동창을 찾아가 남편을 통해 부탁을 좀

하려면 단박 아니꼽게 나오기가 일쑤였다. 토목과 출신만 아니더라도 어떻게 해보겠는데 요새 워낙 건설업계가 전반적인 불황이라 어쩌고 하면서 마치 제가 이 나라 건설업계를 손아귀에 쥔 듯이 허풍과 엄살을 겸해서 떠는 사람도 있는가 하면 선뜻 이력서나 가져와보라는 곳도 있긴 있었다. 감지덕지 이력서 가져가봤댔자 별게 아니었다. 이력선 시큰둥하게 밀어넣고는 기다려보라니 기다릴 수밖에 없지만 가타부타 무슨 뒷소식이 있어얄 텐데 그저 감감무소식인 데야 다시 어떻게 빌붙어볼 도리가 없었다.

그러다가 겨우 얻어걸린 게 Y건설의 영동고속도로 현장의 측량기사보 자리였다. 거기 현장 소장으로 가 있는 친구 남편이 서울 집에 다니러 온 김에 해온 연락으로 본인만 좋다면 당장 데리고 가겠다는 거였다. Y건설이라면 국내 건설업계에서는 다섯 손가락 안에 드는 업체였지만 정식사원이 아니라 현장 사무소장 재량으로 채용하는 임시직원으로 오라는 거니 우선은 섭섭할밖에 없었다. 그래도 한 반년만 현장에서 일 배우고 고생하면 본사 정식사원으로 상신해주겠다는 단서가 붙긴 붙었다. 마다할 계제가 아니었다.

현장 소장이 가르쳐준 준비물은 두둑한 침구, 겨울 내복, 라이너가 달린 점퍼, 작업복, 바지, 워커 등이었다. 사월도 하순으로 접어들어 서울에선 벚꽃놀이가 한창인데 현장은 해발 육백 미터의 고지대라 아직도 영하의 추위에 눈이 가끔 내린다고 했다. 어머니는 대문간에서 울면서 훈이를 떠나보내고 나는 마장동 시외버스장까지 전송을 나갔다. 생전 처음 집을 떠나 객지생활로 들어가는 훈이에게 그저 자주 편지하라는 말밖에 할 말이 없었다.

"자주 편지해. 그리고 아무리 고생이 되더라도 육 개월만 참아다고. 그 동안에 무슨 수를 써서든지 정식사원으로 발령나도록 해줄 테니까. 발령난 다음엔 곧 서울로 오도록 운동하면 될 테고. 문제없어, 다 잘될 거야."

나는 훈이가 별로 내 말을 귀담아듣지 않는 줄 알면서도 희떠운 장담을 했다. 훈이를 위로하기 위해서라기보다는 내 불안을 달래기 위해서였다.

짐작했던 대로 훈이한테서는 안부 편지 한 장이 없었다. 한 달에 서너 번씩 서울 집에 다니러 오는 현장 소장을 통해 훈이한테 별일이 없다는 소식이라도 듣기에 망정이지 그렇지 않으면 꼭 무슨 사고라고 난 것 같아 달려가보지 않고는 못 배겼을 게다. 어머니는 나만 보면 듣기 싫은 소리를 했다.

이 년이나 놀리고 나서 취직이라고 시켜준답시고 어떤 삼수갑산으로 귀양을 보냈기에 이렇게 한번 다니러 오지도 못하느냐고 하기도 했고, 집세만 받아먹어도 굶지는 않을 텐데 그게 어떤 귀한 자식이라고 객지로 노동벌이를 보냈느냐고도 했다. 대학 문턱에도 못 가본 사람도 아침이면 신사복에 넥타이 매고 출근하던데 헌다 헌 대학 나온 애가 노동벌이가 웬 말인가, 아무리 에미 애비 없고 출세한 친척이 없기로서니 이런 서럽고 억울할 데가 어디 있냐고 통곡을 하는 때도 있었다. 나는 이런 일을 묵묵히 견디었다. 그야 어머니 말대로 훈이가 취직을 안 한대도 덩그런 집 한 채는 있으니 밥을 굶지는 않겠다. 취직이 단순히 밥벌이만을 의미한다면 훈이는 취직을 안 해도 되겠다. 나는 다만 훈이가 자기가 배운 일을 통해 이 땅과 맺어지고, 이 땅에 정붙이기를 바랐을 뿐이다.

나는 열심히 현장 소장네를 찾아다녔고, 찾아갈 때마다 선물을 잊지 않았다. 어떤 낌새를 눈치 보기 위해서였다. 본사에서 특채가 있는 듯한 낌새만 보이면, 좀 어떻게 상신을 하고 중역하고 교제해달라고 슬쩍 케이크 상자 속에 수표를 넣어준다는 '와이로' 쓰기를 하겠는데 영 그런 낌새는 보이지 않았다.

한여름이 되도록 훈이는 한번 다니러 오는 법도 없고, 엽서 한 장 보내주지 않았다. 아무리 무소식이 희소식이라지만 이건 너무한다 싶었다. 훈이가 가 있는 곳은 변변히 봄도 안 거치고 곧장 여름으로 접어들었다기에 여름 옷도 우송해주었고 편지도 부지런히 써 부쳤다. 팔월에는 오빠와 올케의 제사가 며칠 건너로 있어서 이번만은 상경하겠지 싶으면서도 미심쩍어 미리 전보까지 쳤다. 그러나 훈이는 올라오지 않았다. 어머니는 이럴 수는 없다, 아무래도 무슨 일이 있는 거지로 시작해서 여직껏 꾼 온갖 불길스러운 꿈을 놀라운 기억력으로 주워섬기는 것이었다. 내 여직껏 입에 담기조차 사위스러워 참고 있었다만 지금 생각하니 진작 일러줄걸 그랬나보다는 게 어머니의 긴 사설의 결론이기도 했다.

어머니 꿈대로라면 훈이가 불도저에 깔려 암매장이라도 당한 걸 친구 남편인 현장 소장이 감쪽같이 숨기고 있는 것 같았다. 한번 그런 생각이 들자 걷잡을 수가 없었다. 편지가 없는 건 무소식이 희소식으로 돌린다 치더라도 산간벽지에서 도대체 공일 날을 뭘로 소일하는 것일까. 다방이나 당구장 오락실이 그리워서라도 공일마다는 못 오더라도 한 달에 두어 번쯤은 상경해야 배길 텐데 말이다. 대학 사 년과 놀고 있던 이 년 동안을 순전히 그런 데만 맴돌며 살았으니까. 의심이 나기 시작하니 한이 없었다. 도대체 온갖 도시적인 것과 훈이를 떼어놓고 생각하는 것조차 무리였다.

계집애처럼 앞뒤에 라인이 든 야한 빛깔의 와이셔츠에 줄무늬 합섬 바지에, 반짝거리는 구두를 신고 대담하고 권태로운 시선으로 아무나 아무거나 마구 얕잡으며 빙빙 다방에서 당구장으로, 탁구장에서 오락실로 날이 저물면 맥주홀이나 대폿집으로 쏘다니다가 밤늦게 흐느적흐느적 들어와서도 뭐가 미진한지 라디오의 음악 프로를 최대한의 볼륨으로 틀어 온 집안의 정적을 무참히 짓이기던 녀석이 산간벽지의 도로공사 현장에 어떤 모습으로 있을까가 좀처럼 상상이 안 되었다. 떠나기 전 남대문시장에서 사준 염색한 미군 작업복과 워커와 녀석을 아무리 내 상상 속에서 결합을 시켜보려도 되지를 않았다.

드디어 나는 현장에 찾아가보기로 결심했다. 떠나기로 한 날 아침부터 비가 억수로 퍼부었다. 그렇다고 미루기도 싫어서 어떻든 강릉행 버스를 탔다. 훈이가 가 있는 영동고속도로 현장은 강릉 못미처 진부에서 다시 갈아타야 하는 곳에 있었다. 버스가 서울을 떠나 팔당을 지나 양주 양평 땅으로 접어들면서 포장도로는 끝나고 시뻘건 흙탕길로 변했다. 게다가 길 오른쪽은 바로 한강줄기요, 왼쪽은 당장 무너져내릴 듯한 절벽이었다. 여름내 비가 잦았어서 그런지 흙탕물이 굽이치는 한강줄기가 제법 망망한 대하로 보였고, 버스가 달리는 길은 너무도 좁고 고르지 못했다. 당장 노반이 무너져내리며 버스가 한강물로 거꾸로 박힐 것 같아 엉치가 옴찔옴찔했다. 그래도 버스는 줄기찬 빗발 속을 잘도 달렸다.

문득 나는 만약에 여기서 차 사고로 내가 죽더라도 내가 왜 이 버스를 탔던가가 알려졌으면 좋겠다고 생각했다. 내 고모로서의 지극한 정성이 널리 알려져 신문에 보도되고 그걸 Y건설 사장이 읽게 되고 그러면 훈이를 제꺼덕 발령을 내 본사로 끌어올릴지 알게 뭔가 하는 실로 더럽고 치사한 생각을 했다. 나는 이 더럽고 치사한 공상에 실컷 탐닉했다. 그러고 나서야 내가 죽은 후의 내 아이들을 생각했다. 아마 서너 달쯤 있다가 계모가 생기겠지. 그렇지만 내 아이들은 아무리 생각해도 계모에게 들볶여서 불행해질 아이들이 아니었다. 도리어 계모를 교묘히 들볶고 골탕 먹여줄 게다. 계모를 지능적으로 불행하게 할 게다. 나는 마치 내가 죽어서 그런 일을 구경하고 있는 것처럼 고소해하기까지 했다. 그러고 보니 나는 내 자식을 조카인 훈이보다 덜 사랑해 키웠는지는 몰라도, 그게 더 잘 키운 건지도 모른다고 생각되었다.

버스가 강원도 지방으로 접어들자 산을 휘감은 비탈길이 많아 헉헉 숨이 차했지만 그곳은 맑은 날씨여서 훨씬 덜 불안했다. 진부에 닿은 것은 서울을 떠난 지 여섯 시간 만이었다. 거기서 유천리까지 갈 버스를 기다릴 동안 요기를 하기 위해 국밥집엘 들렀다.

국밥집은 Y건설의 마크가 붙은 초록색 모자를 쓴 남자들로 붐볐다. 현장이 가까우리라는 예감으로 우선 반가웠고 뭔가 가슴이 두근대기도 했다. 그러나 몇 사람을 붙들고 물어도 김훈이란 측량기사를 안다는 사람이 없었다. 다만 현장 사무소가 있는 유천리까지는 굳이 버스를 기다릴 거 없이 택시를 타도 오백원이면 간다는 걸 알 수 있었을 뿐이었다.

진부라는 면소재지는 거리의 끝에서 끝이 한눈에 들어오는 조그만 고장인데 다방도 서너 군데 되고 중국집 불고깃집 등 음식점엔 Y건설의 초록 모자, S토건의 빨강 모자 천지였다. 주위의 고속도로 공사로 활기를 띠고 호경기를 누리고 있는 고장이란 걸 한눈에 알 수 있었다.

운전사가 내려놓아준 Y건설 현장 사무소는 엉성한 가건물이었지만 여러 동이 연이어 있어 규모가 컸고, 넓은 광장에는 지프차, 트럭, 덤프트럭, 불도저 같은 차들이 멎어 있고 파란 모자를 쓴 사람들이 웅성거려 활기에 차 보였다. 다행히 김훈이를 알고 있는 사람을 단박에 만날 수 있었다. 몇십 리 밖 현장에 나가 있지만 곧 돌아올 시간이니 기다려보라고 했다. 저녁때라 트럭이 현장으로부터 파란 모자에 작업복을 입은 사람들을 가득 실어다간 너른 마당에 쏟아놓았다. 먼지를 뽀얗게 쓴 사람들이 앞 개울에서 세수 먼저 하곤 곧장 식당이라 쓴 곳으로 들어갔다.

저만치 한여름의 옥수수밭이 짙푸르고, 마을의 집들은 온통 약속이나 한 듯이 주황 아니면 빨간 지붕을 이고 있었다. 나는 이런 독한 원색의 대결에 피로감과 혐오감을 함께 느꼈다. 그러나 첩첩한 산들은 전나무가 무성하고 저 멀리 오대산의 산봉우리들은 웅장했고, 곳곳에 맑은 시냇물이 흐르고 있어 그 소리가 귀에 상쾌했다.

이제나저제나 훈이를 실은 차가 들어오기만을 기다리는데 전연 훈이 같지 않은 젊은이가 나에게 "고모" 하면서 다가왔다. 훈이는 그 동안 몰라보게 살이 빠진데다가 머리와 눈썹이 뽀얗게 보일 만큼 흙먼지를 뒤집어쓰고 있어 못 알아봤던 것이다. 나는 훈이를 확인하자 반가움과 노여움이 뒤죽박죽된 격정으로 목이 메었다.

"망할 녀석, 이렇게 잘 있으면서 어쩌면 엽서 한 장이 없니?"

훈이는 아무런 대꾸도 안 하고 앞장서서 개울로 갔다. 세수를 하곤 꽁무니에서 꾀죄죄한 타월을 떼다가 얼굴을 북북 문질렀다. 타월에서 너무 역한 쉰내가 나서 나는 얼굴을 찡그렸다. 훈이가 뜻 모를 웃음을 희미하게 웃었다. 이제야 제 살갗을 드러낸 얼굴은 옹기그릇처럼 암갈색의 광택이 났고, 드러난 이빨만이 징그럽도록 선명하게 희었다.

"어디로 좀 가자꾸나."

"주임한테 얘기하고—"

"아직도 퇴근시간 안 됐니? 일곱시가 넘었는데."

"밤일이 있어."

"뭐 밤에도 측량을 다녀?"

"밤일은 측량이 아니라 제도(製圖)야."

그러고는 터벅터벅 사무실로 들어갔다. 한참 만에 나오더니 말없이 앞장을 섰다.

"저녁을 어디서 먹는다지? 네 하숙집에 가서 닭이나 한 마리 잡아달래 먹으면 안 될까?"

"진부까지 나가서 먹지 뭐."

"진부에 특별히 음식 잘하는 집이라도 있니?"

"아뇨, 그냥 진부까지 나가보고파서."

할 수 없이 다시 진부로 나왔다. 손바닥만한 진부의 야경에 훈이가 사뭇 휘황해하고 흥분까지 하고 있다는 걸 알 수 있었다.

"너는 이까짓 데도 자주 나와보지 못한 게로구나. 낮에 보니 너희 회사 사람들이 널렸더라만."

"그런 사람들은 기술직이 아냐. 관리직이나 그 밖에도 빈들댈 수 있는 직종이야 수두룩하니까."

"그까짓 공사판에도—"

"네, 그까짓 공사판에도요."

녀석이 갑자기 씹어뱉듯이 말했다. 그러곤 말없이 불고깃집으로 들어갔다. 한증막처럼 후텁지근한 속 여기저기서 지글대는 고기 냄새에 나는 구역질을 느꼈다. 그러나 훈이는 땀을 뻘뻘 흘리면서 무섭게 먹어댔다. 식성이 까다롭고 소식이던 훈이로만 알고 있던 나는 무참한 느낌으로 이런 왕성한 식욕을 지켜봤다.

"하숙집 식사가 안 좋은가보지."

"하숙집에선 잠만 자고 식사는 회사 식당에서 하는걸."

"그래, 그럼 식사는 거저겠네?"

"거저가 뭐야, 봉급에서 꼬박꼬박 제해."

"봉급은 얼마나 받는데?"

실상은 가장 궁금했던 걸 이제서야 자연스럽게 물었다.

"거진 한 삼만원 되지만 식비 빼고 하숙비 주고 나면 몇천원 떨어질까 말까야. 가끔 소주 파티에 빠질 수도 없고, 그 재미도 없인 정말 못 참아내겠는걸 뭐. 집에다 돈 부쳐달란 소리 안 하는 것만도 내 딴엔 큰 안간힘이라구."

"그래 회사 식당 식사가 먹을 만하니."

"기똥차지, 기똥차. 그거 얻어먹고 폴대 메고 하루 몇십 리씩 산골을 누비는 나도 기똥차구."

말 안 해도 그 지칠 줄 모르는 식욕과 게걸스러운 먹음새만 봐도 알 만했다.

"하여튼 짜식들 사람 부리는 솜씨 또한 기똥차게 악랄하다구. 아침 일곱시서부터 폴대 메고 헤맬 데 안 헤맬 데 다 헤매다 기진맥진 돌아온 놈에게 그 지독한 저녁을 멕이곤 또 밤일을 시켜가면서도 주임에, 과장에, 소장이 번갈아가며 연방 공갈을 친다구. 뭐 우리 공구의 공사 진척이 제일 늦는다나. 하루 공사가 늦으면 어느 만큼 회사에 손해를 끼친다는 기맥힌 계산을 그분들한테 들으면 봉급이 적다든가 식사가 형편없다든가 하는 불평은 커녕 회사에 큰 손해를 끼치고 있는 죄인이란 생각이 먼저 들어 기를 못 펴게 되니 더러워서—"

엄청난 양의 불고기를 먹어치운 훈이는 커피도 먹고 싶다고 다방엘 가자고 했다. 다방에는 Y건설 패거리가 텔레비전을 둘러싼 앞자리에 앉아서 마담에 레지까지 불러다가 잡담을 하고 있었다. 훈이도 그중 몇과는 인사를 나누었으나 가서 끼지는 않았다. 잔뜩 찡그리고 커피를 훌쩍 들이켜더니 오나가나 저치들 꼴 보기 싫어 기분 잡친다고 빨리 가자고 했다.

훈이의 하숙방은 협소하고 더러웠다. 벗어만 놓고 빨지 않은 옷가지들이 여기저기 걸레뭉치처럼 쌓여가지곤 시척지근하고도 고릿한 야릇한 악취를 풍겼다. 그러나 워커를 벗어던진 훈이의 발에서 풍기는 악취에다 대면 아무것도 아니었다. 사람이 빨래 안 하고 청소 안 하면 돼지만도 못한 것 같았다.

"좀 씻고 자렴."

그러나 씻기는커녕 옷도 안 벗은 채 아무렇게나 쓰러지더니 코를 골기 시작했다. 나는 나 누울 곳을 마련하기 위해서도 방을 대강 치워야 했다. 썩은 내 나는 옷가지 사이엔 소주병, 고등어 통조림 먹다 남은 것, 깡 종류의 과자 부스러기 등이 숨어 있어 악취를 더해주고 있었다. 활자로 된 거라곤 흔한 주간지 하나 없는 황폐한 방구석이 이 녀석의 황폐한 내부를 들여다보는 것 같아 내 마음은 암담했다.

 더위와 악취와 이 생각 저 생각으로 한잠도 못 잔 나는 주인여자가 일어난 기척을 듣고 따라 일어나 그 동안 신세가 많았다고 치하도 하고 자기 소개도 했다. 주인여자는 시골 여자답지 않게 냉담하고 도도하게 "신세진 거 하나도 없습니다" 했다. 같은 말이라도 아 다르고 어 다르다고 이건 겸사의 말이 아닌, 돈 받고 하숙 치는 관계일 뿐 신세를 주고받는 관계가 아님을 강조하는 말투였다.

 나는 더욱 훈이가 안쓰러워지면서 자꾸 마음이 약해지고 있었다. 우선 산더미 같은 빨래를 개울로 날랐다. 비누가 없어 한길가 잡화상엘 갔더니 생소한 메이커 제품인 생선 비린내가 역한 비누가 한 장에 백원씩이나 했다. 비누를 사가지고 와서도 나는 선뜻 빨랫거리를 물에 담그지를 못했다.

 훈이가 나를 따라 서울로 가겠다고 할 것은 뻔하고 그렇게 되면 젖은 빨래는 곤란할 것 같아서였다. 실상 나는 그렇게 되길 바라고 있었다. 이대로 나만 떠날 수는 도저히 없었다.

어느 틈에 칫솔을 문 훈이가 내 곁에 와 서 있었다.

"고모 왜 그러고 있어. 빨래가 너무 많아 질린 게지. 대강 땟국이나 빼."

"애야, 이놈의 고장 참 고약하더라. 글쎄 이 거지 같은 빨랫비누가 백원이란다."

"고모도, 소줏값이 얼만 줄 알면 더 놀랄걸."

"녀석도 제가 언제 적 모주꾼이라고. 근데 산골 인심이 어째 이 모양이냐."

"관광 붐 때문일 거야. 바로 여기가 오대산 월정사 입구거든. 우리가 뚫는 영동고속도로 인터체인지도 이곳에 생길 테고, 돈 맛들이 들을 대로 들어서 서울놈 돈 긁어먹으려고 눈에 핏발 섰다니까. 글쎄 이 옥수수 고장에서 여직껏 옥수수 한 자루를 못 얻어먹어봤다면 말 다 했지 뭐. 돈 주고 사먹으려면야 먹어봤겠지만 나도 오기가 있다구, 안 사먹어. 고모, 나 오늘 농땡이 부리고 말 테니까, 월정사 구경시켜줄래. 주임은 고모 온 거 아니까 한번 사바사바해볼게."

그러곤 꽁무니에 찼던 타월까지 내 빨랫거리에 휙 던져 보태고는 부리나케 현장 사무소 쪽으로 갔다. 이내 옥수수밭에 가려서 모습이 안 보였다. 참 옥수수도 많은 고장이었다. 그러나 훈이가 그거 하나 여직껏 못 얻어먹었다고 생각하니 부아가 부글부글 치솟는 걸 느꼈다.

나는 개울물을 돌로 막고 빨래를 담갔다. 빨래를 하면서 보니 내복과 이불 호청에는 이까지 들끓고 있었다. 세상에 요즈음은 아무리 구더기 밑살같이 사는 집구석이기로서니 이는 없이 살건만 이게 웬일일까. 나는 형편없는 식사와 중노동을 악으로 버틴 훈이를 뜯어먹은 이를 지겹게 눌러 죽이다 못해 한동안 멍하니 앉아 있었다.

"농땡이 잘 안 되겠는데, 고모."

풀이 죽어 돌아온 훈이의 말이었다.

"그까짓 농땡이 칠 거 없다. 같이 가자 서울로. 몸이나 성할 때 일찌거니 집어치는 게 낫겠다."

"그건 싫어."

"왜 싫어?"

훈이의 싫다는 대답을 나는 전연 예기치 못했으므로 당황할밖에 없었다.

"나는 더 비참해지고 싶어. 그래서 고모나 할머니가 철석같이 믿고 있는 기술이니 정직이니 근면이니 하는 것이 결국엔 어떤 보상이 되어 돌아오나를 똑똑히 확인하고 싶어. 그리고 그걸 고모나 할머니에게 보여주고 싶어."

"그걸 우리에게 보여서 어쩌겠다는 거야? 그걸로 우리에게 복수라도 하겠다 이 말이냐?"

나는 훈이 말에 무서움증 같은 걸 느꼈기 때문에 흥분해서 악을 쓰며 덤벼들었다.

"고모 그렇게 흥분하지 말아. 나는 다만 고모가 꾸미고, 고모가 애써 된 이 일의 파국을 통해서 고모와 할머니로부터, 그리고 이 나라로부터 순조롭게 놓여날 수 있기를 바라고 있을 뿐이야. 그렇지만 고모, 오해는 마. 내가 파국을 재촉하고 있다고 생각하지는 마. 나는 내 나름으로 이곳에서의 일에 최선을 다하고 있어. 그러노라면 누가 알아, 일이 고모의 당초 계획대로 잘 풀릴지. 나도 어느 만큼은 그쪽도 원하고 있어. 파국만을 원하고 있는 게 아냐."

"그래 참, 잘될 수도 있을 거야. 잘될 여지는 아직도 충분히 있고말고."

나는 별안간 잘될 가능성에 강한 집착을 느끼며 태도를 표변했다.

"그렇지만 고모, 잘되게 하려고 너무 급하게 굴진 마. 와이로 쓰고 빌붙고 하느라 돈 없애고 자존심 상하고 하지 말란 말야. 여기 와보니 육 개월만 기다리라는 임시직 신세로 삼사 년을 현장으로만 굴러다니는 친구가 수두룩해. 임시직에겐 봉급 조금 주고, 일요일도 없이 부려먹고, 책임은 없고, 얼마나 좋아, 회사 측으로선 훌륭한 경영합리화지."

훈이는 버스정류장까지 나를 배웅했다. 진부까지 나가는 완행버스는 좀처럼 오지 않았다. 그 동안 나는 뭔가 훈이에게 이야기해야 될 것 같은 심한 압박감을 느꼈다. 나는 내가 여기까지 오는 동안 길이 나빠 얼마나 고생을 하고 시간을 많이 잡아먹었나를 과장해서 들려주면서 고속도로가 뚫리면 서울서 강릉까지가 얼마나 가까워지고 편안해지겠느냐, 너는 이런 국토건설사업에 이바지하고 있는 걸 자랑으로 삼아야 한다고 이야기했다.

 녀석이 구역질 같은 소리로 "웃기네" 했다. 때마침 바캉스 시즌이라 자가용이 연이어 강릉으로, 월정사로 달리면서 우리에게 흙먼지를 뒤집어씌웠다. 훈이도 한몫 참여한 영동고속도로가 개통되면 더 많은 자가용과 관광버스가 그 위에서 쾌속을 즐기겠지. 훈이도 그 생각을 하면서 "웃기네" 했을 생각을 하고 나는 내가 한 말에 심한 부끄러움을 느꼈다.

 드디어 버스가 오고 나는 그것을 혼자서 탔다. 나는 훈이에게 몇 번이나 돌아가라고 손짓했으나 훈이는 시골 버스가 떠나기까지의 그 지루한 동안을 워커에 뿌리라도 내린 듯이 꼼짝 않고 서 있었다. 나는 그게 보기 싫어 먼 딴 데를 바라보았다. 논의 벼는 비단폭처럼 선연하게 푸르고, 옥수수밭은 비로드처럼 부드럽게 푸르고, 먼 오대산의 연봉의 기상은 웅장하고, 오대산에서 흘러내린 맑은 물이 도처에서 내와 개울을 이루고 있다. 아름다운 고장이다. 이 땅 어디메고 아름답지 않은 곳이 있으랴.

 그러나 아직도 얼마나 뿌리내리기 힘든 고장인가.

 훈이가 젖먹이일 적, 그때 그 지랄 같은 전쟁이 지나가면서 이 나라 온 땅이 불모화해 사람들의 삶이 뿌리를 송두리째 뽑아 던져지는 걸 본 나이기에, 지레 겁을 먹고 훈이를 이 땅에 뿌리내리기 쉬운 가장 무난한 품종으로 키우는 데까지 신경을 써가며 키웠다. 그런데 그게 빗나가고 만 것을 나는 자인했다. 뭐가 잘

못된 것일까. 나는 가슴이 답답해서 절로 한숨을 쉬었다. 그러나 후회는 아니었다. 훈이를 키우는 일을 지금부터 다시 시작할 수 있다면 이러이러하게 키우리라는 새로운 방도를 전연 알고 있지 못하니, 후회라기보다는 혼란이었다.

도둑맞은 가난

 상훈이가 오늘 또 좀 아니꼽게 굴었다. 찌개 냄비를 열자 두부 점 위에 하필 커다란 멸치란 놈이 올라와 있었고, 그걸 본 상훈이는 허연 멸치 눈깔 징그럽다고 대가리는 좀 따고 넣으면 어떻겠느냐고 했다. 점잖게 눈살까지 찌푸리며 그런 소리를 했다. 나는 그 자리에서 여봐란듯이 대가리를 따서 입 속에 넣고 자근자근 씹으며 대가리에 영양분이 더 많은 것도 모르느냐고 대거리를 했다.

 멸치가 아무리 커도 멸치는 멸친데 그까짓 멸치 대가리에 달린 파리똥만한 눈깔 따위에 다 신경을 쓰는 상훈이가 나는 아니꼽기도 하거니와 막연히 불안하기도 했다.

 나는 내가 저를 얼마나 마땅찮아하고 있나를 나타내기 위해 입을 삐죽하며 눈을 보얗게 흘겨줬다. 그러나 상훈이는 탓하지 않고 곧 내가 하는 대로 덩달아 두부점과 우거지를 헤치고 멸치를 찾아 먹기 시작했다.

"제기랄 눈 감고 죽은 놈은 한 놈도 없잖아."

"제 명에 못 죽었으니까 그렇지 뭐."

"그럼 도미나 대구 같은 점잖은 생선도 눈 뜨고 죽게."

"그럼 그걸 말이라고 해."

우린 같이 낄낄대며 아침을 게 눈 감추듯 달게 먹었다.

"어때, 여자하고 같이 사니까 좋지?"

"응, 그렇지만 방이 너무 좁아서 더 불편하지 않아?"

나는 이 동네선 이만한 방에 대여섯 식구씩은 다 산다며, 저하고 나하고 같이 살게 된 후 절약되는 돈 액수를 또 한번 조목조목 따져들어갔다. 나는 그것을 따질 때마다 신바람이 났다. 먼저, 절약되는 액수 중 제일 큰 몫을 차지하는 방세 사천원, 그러고 나서 연탄값, 반찬값, 양념값 등 덜 드는 걸 시시콜콜 따지자면 한이 없었다. 그렇지만 두 가구가 한 가구가 됨으로써 이익 보는 수돗값, 전깃값, 오물세까지 따지면서도 가장 중요한 건 일부러 빼먹었다. 서로 좋아한다는 것, 실상은 이게 둘이 같이 사는 가장 중요한 이유일 텐데 나는 그 말을 번번이 빼먹었다. 그 말에 부끄럼을 타기도 했지만, 그 말만은 상훈이가 나에게 하게 하고 싶었다. 나는 같이 살자는 제안을 내 쪽에서 먼저 하면서도 그 말을 안 했다. 심지어 두 방 쓰다가 한 방 쓰면 연탄을 네 장에서 두 장으로 절약하는 데 그치는 게 아니라, 둘이 한 이불 속에서 꼭 껴안고 잠으로써 다시 하루 반 장 내지 한 장의 연탄을 더 절약할 수 있다는 소리까지 거침없이 하는 배짱이 그 소리는 안 했다. 안 한 게 아니라 아껴두었다. 언제고 제가 나에게 그 소리를 하게 할 테다. 나는 그렇게 벼르고 있을 뿐이다.

도시락을 싸서 상훈이를 먼저 내보내고 나는 서둘러 서름질을 했다. 상훈이는 멕기 공장에 다녔다. 은반지를 감쪽같이 금반지로 만들기도 하고 백통수저를 은수저로 만들기도 하는 곳이란다. 아무려면 진짜 금반지하곤 어디가 달라도 다르겠지 했더니 절대로 눈으로 봐선 다른 걸 알 수 없을 만큼 그 멕기 기술이란 게 희한하단다.

내가 서름질을 할 때쯤은 나란히 달린 여섯 개의 방마다 서름질할 시간이었다. 방 앞에 달린 쪽마루에서 서름질들을 했다. 쪽마루 밑에는 연탄 아궁이가 있고, 쪽마루 위에는 식기, 바께쓰, 간장병 따위가 있으니까 쪽마루가 조리대 싱크대가 되는 셈이었다. 집주인이 셋방에 부엌을 만들어준답시고 추녀 끝에서 블록 담까지 사이의 무명폭만한 하늘을 아예 슬레이트와 루핑 조각으로 막아버려 명색이 부엌인 이 속은 침침하고 환기도 안 된다. 늘 연탄가스와 음식 냄새로 숨이 막힐 것 같다. 매캐하고 짜고 고리타분하고 시척지근한 냄새가 밖에서 갓 들어서면 눈이 실 만큼 독했다. 이 냄새는 방에도 옷에도 이부자리에도 배어 있었다. 내 몸에서도 이 냄새가 날 것이다.

그러나 나는 이 냄새를 부끄러워하거나 싫어하면 안 된다. 우리 어머니와 아버지와 오빠가 이 냄새를 싫어했기 때문이다. 이

도둑맞은 가난

냄새를 맡느니 차라리 죽는 게 낫다고 생각하고 어느 날 죽어버렸기 때문이다. 나만 남겨놓고 죽어버렸기 때문이다. 나는 이런 못난 부모 동기에게 복수하는 뜻에서도 이 냄새에 길들여져야 하는 것이다.

서름질들을 하면서 누구나 나에게 말을 시키지 못해 안달을 하고 있다는 걸 나는 안다. 내가 끌어들인 청년에 대해 모두 궁금한 모양이었다. 그러나 별 악의가 있어 뵈지는 않았다. 제일 끝방 아줌마가 혀를 끌끌 차며 힐끗 내 눈치를 보는 꼴이 냉수라도 떠놓고 예를 갖추라는 소리가 또 나올 것 같았다. 나라고 그런 소리를 아주 귀담아듣지 않는 건 아니었다. 그까짓 거 예만 갖출까, 이왕이면 여섯 방 아줌마들에게 국수 대접인들 못 할까도 싶었다. 그렇지만 상훈이 제가 먼저 나를 좋아한다고 하기 전에 그런 일로 돈을 쓰다니 어림도 없다.

그래서 나는 아무도 나에게 말을 못 시키게 목청껏 노래를 뽑으며 서름질을 했다. 그까짓 두 식구 서름질, 저 푸른 초원 위에 그림 같은 집을 짓고— 한 곡 부를 사이도 안 걸렸다. 나뿐 아니라 이곳 셋방 여자들은 서름질을 대개 이렇게 후닥닥 엉터리로 해치웠다. 공장이나 취로사업장으로 나갈 시간이 바쁘기 때문이었다.

밖은 바람이 칼날같이 매운 겨울 아침이었다. 바람이 쓰레질하듯 길바닥을 훑으며 연탄재와 더러운 종잇조각을 한 군데로 수북이 쌓아놓았다가 다시 회오리바람이 되어 공중 높이 말아올려 삼지사방으로 더러운 진애(塵埃)를 살포했다. 뺨이 아리고 눈앞의 모든 것이 흙먼지 속에 부옇게 흐려 뵀다. 비탈에 닥지닥지 붙은 집들의 지붕을 덮은 슬레이트나 함석조각이 이상한 소리를 내며 몸을 뒤틀었다.

고개가 목도리 속에 자라 모가지처럼 움츠러들었거나 아예 머리통은 눈만 내놓고 강도처럼 복면을 하고서도 용케 만나는 사람마다 서로 잘 알아봤다. 거의 매일 같은 시간에 만나는 얼굴이기 때문이었다. 삽을 들고 취로사업장으로 나가던 어떤 아줌마는 눈을 찡긋하며 너 요새 재미좋다며 하기도 했다. 그럴 때 이 아줌마는 겹겹이 걸친 누더기 밖으로까지 이상하도록 짙은 색정적인 걸 발산했다. 나는 사춘기에 암내 내는 동물을 보았을 때처럼 부끄러움과 징그러움과 미묘한 호기심을 동시에 이 여자한테서 느꼈다. 그리고 연탄 반장을 아끼기 위해서라는 핑계로 한 이불 속에서 꼭 껴안고 자는 상훈이와의 뭔가 막연히 미흡한 교접을 생각하고 불안해졌다.

모든 것이 얼어붙은 겨울 아침의 산동네 골목골목은 살아 있는 것처럼 힘차게 꿈틀거리고, 만나는 사람마다 마치 여름 아침의 억센 푸성귀처럼 청청한 생기에 넘쳐 있다. 가난을 정면으로 억척스럽게 사는 사람들의 이런 특이한 발랄함을 우리 어머니는 얼마나 치를 떨며 경멸했던가. 배알도 없는 것들이 천덕스럽고 극성스럽기만 하다고. 그래서 어머니는 아버지와 아들을 꼬여서 같이 죽어버렸던 것이다. 흡사 찌개 속의 멸치처럼 눈을 동자 없이 하얗게 뒤집어깐 추한 주검과, 냄새나는 가난을 나에게 떠맡기고.

그들이 죽기를 무릅쓰고 거부한 가난을 내가 지금 얼마나 친근하게 동반하고 있나에 나는 뭉클하니 뜨거운 쾌감을 느꼈다. 그들은 겉으론 가난을 경멸하는 척했지만 실상은 두려워하고 있었다는 걸 나는 안다. 나는 뽐내기 좋아하는 소년처럼 가슴을 펴고 비탈길을 곤두박질하듯 달렸다.

공장이라 부를 것도 없는 서너 칸 정도의 온돌방에는 쏙닥거려놓은 헝겊조각이 무더기로 쌓여 있고 창가엔 세 대의 미싱이 놓여 있다. 주인아줌마가 피륙을 겹겹이 겹쳐놓고 본을 대고 면도칼로 오리는 일을 하다가 나를 쳐다보고 희미하게 웃었다. 나는 주인아줌마가 피륙을 이렇게 잘게 쏙닥거리는 걸 볼 때마다 가슴에 통증이 올 만큼 아까운 생각이 들었다. 인형도 입을 것은 다 입는다. 팬티도 만들고 앞치마도 만들고 브래지어도 만들어야 한다. 원피스엔 주머니도 달고 단추도 달고 수까지 놔야 한다. 속치마에 레이스도 달아야 한다. 이런 일은 다 철저한 분업으로 이루어지기 때문에 코딱지만한 인형옷 하나 만드는 데도 몇 사람의 손이 가야 한다. 나는 온종일 아줌마가 쏙닥거려놓은 걸 미싱으로 박기만 하면 된다. 꼬마옷을 한없이 박음질하다보면 나는 마치 내가 꼬마 나라에 유배되어 옷 짓는 노예 노릇을 하고 있는 것처럼 느꼈다.

주인아줌마도 저녁때쯤은 지쳐서 나더러 어깨를 쳐달라며 같잖은 것들이 옷들도 육시랄하게 입어쌓는다고 욕을 했다. 그렇지만 그것들이 옷을 입어쌓지 않고 벌거벗고 살게 되는 날이면 주인아줌마도 나도 밥줄이 끊어지고 만다는 걸 모를 리가 없다.

나는 미싱을 놀리며 언제고 양재를 배울 것을 꿈꿀 때가 제일 즐거웠다. 옷다운 옷을 만드는 일류 재봉사가 되어 일류 양장점에 고용될 날을 막연히 꿈꾸며 재봉틀을 놀리면, 이런 단조로운 작업도 한결 덜 지루했다. 내가 일류 재봉사가 된 후에도 상훈이가 멕기 공장 직공이어도 괜찮을까. 그걸 잘 모르겠어서 약간 고민도 되었다. 은반지를 감쪽같이 금반지로 만드는 일은 확실히 신기한 일이지만 너무 요술기가 있어서 사기꾼 같은 일이 아닐까 하는 생각도 들었다. 그렇지만 상훈이 말로는 장사꾼들이 그걸 갖다가 금반지로 속여 파는 일은 없고 다만 금반지를 끼고 싶지만 돈이 없는 사람들에게 싸게 팔 뿐이라니 얼마나 좋은 일인가도 싶었다. 실상은 나도 그런 거라면 하나 끼고 싶었다. 언제고 한 번은 상훈이가 나를 좋아한다는 소리를 하긴 할 테고, 그때 넌지시 멕기한 금반지를 내 손에 끼워주면서 그런 소리를 한다면 얼마나 무드가 날까. 그러면 나는 누구에게도 그게 멕기한 반지란 걸 알리지 말아야지. 이런 공상은 절로 웃음이 비죽비죽 나올 만큼 행복한 공상이었다.

그러나 주인아줌마는 남의 속도 모르고 즐겁고 훈훈한 공상에 구정물을 끼얹는 것 같은 소리를 했다. 밑도끝도없이 푸듯이

"쯧쯧, 네 에미년은 죽일 년이다. 죽일 년이고말고."

어머니는 몇 달 전에 이미 죽었고, 주인아줌마는 누구보다도 그걸 잘 알고 있을 터인데도 그걸 욕이라고 했다. 어머니가 죽었을 때도 제일 먼저 달려와준 이 아줌마는 이런 몹쓸 년 봤나, 이런 죽일 년 봤나, 하고 치를 떨었다.

아줌마는 우리가 지독하게 가난해진 후에도 우리와 왕래하던 어머니의 단 하나의 친구였고, 어머니의 허영을 어느 만큼은 이해했던 친구이기도 했다. 아버지 회사가 망해서 아버지가 머리가 허연 나이에 퇴직금 한푼 못 받고 실직했을 때 어머니가 앞으로의 생활 대책을 논의했던 단 하나의 친구도 이 아줌마였다. 아줌마는 소싯적에 과부가 되어 이것저것 안 해본 일이 없었기 때문이었다. 아줌마는 우선 우리가 그 동안 한푼의 저축도 없이 살았다는 걸 알고 어안이 벙벙해했다. 너 그 동안 내가 태워준 계만 해도 몇구찐데 그 목돈 다 어쨌느냐고 따졌다. 어머니는 조금도 풀이 죽지 않은 채, 넌 월급쟁이 생활을 몰라서 그렇지 다달이 적지 않이 적자가 나게 마련이고 곗돈으로 그 적자 메우기도 바빴었다고 발뺌을 했다. 아줌마는 너 앞으로 고생 좀 해도 싸다며 방이나 한 칸 전세나 주어서 식료품 가게나 내보라고 일러주었다. 다행히 집이 길목이 좋으니까 두 내외가 열심히 뛰면 생활은 될 거라고 했다.

그러나 어머니는 아줌마 말을 따르지 않았다. 사회적으로 어엿하게 출세한 남편 갖고, 생활기반이 확고하게 잡힌 친구들 보기 창피하게시리 어떻게 구멍가게를 할 수 있느냐는 거였다. 사람이 한번 본때 있게 살아보려면 통이 크고 투기성이 있어야 하고 기회를 잘 잡아야 하는데 지금이 바로 그 기회라고 어머니는 아버지를 충동질했다. 아버지가 회사에 잘 다녀 착실하게 생활을 꾸려나갈 때도 어머니는 외출만 했다 돌아오면 신경질을 부렸었다. 남들은 수단들이 좋아 작년 다르고 올해 다르게 살림이 늘고 으리으리하게들 사는데 이놈의 집구석은 어떻게 된 게 만날 요 모양 요 꼴로 사는지 모르겠다고, 아버지를 상전이 하인 들볶듯 들볶아쳤다. 그러니까 어머니는 아버지의 실직이 아버지가 쩨쩨한 월급쟁이 생활을 면하고 통이 큰 사업가가 될 좋은 계기가 되길 바랐던 것이다.

그래서 어머니는 수억대를 가지고 있다는 부자 친구네를 뻔질나게 드나들더니 드디어 집을 담보로 목돈을 빌릴 수가 있었다. 어머니의 이런 내조에 힘입어 아버지는 사무실을 얻고, 전화 놓고 회전의자 돌리고, 급사도 두고 사장 노릇을 시작했다. 어머니는 하루에도 몇 번씩 아버지 회사에 전화 걸기를 좋아했다. 응, 미스 최야? 여기 사장님 댁인데 사장님 좀 바꿔줘. 그 소리를 하고 싶어 못살아했다. 그러나 미처 그 소리에 사모님다운 가락이 붙기도 전에 회사는 망하고 집까지 내쫓겼다. 저당권 설정하고 빌린 돈을 이자도 원금도 한푼도 안 갚았으니 명의가 이전되고 내쫓기는 건 당연한 결과라는 거였다. 그 밖에도 조금씩 얻어다 쓴 푼돈 때문에 세간살이까지 돈 될 만한 건 다 빼앗겼다. 어머니는 어머니의 부자 친구한테 네가 이렇게 나올 줄은 정말 몰랐다고 원망하다가 나중에는 미친 듯이 대들었지만 모든 것이 그 친구의 뜻대로 되고 말았다. 나는 지금도 우아하고 기품 있는 어머니의 그 부자 친구가 눈썹 하나 까딱 안 하고 우리의 모든 것을 빼앗아가던 날을 생생하게 기억한다.

그래도 그 친구는 우리를 거리로 내쫓지를 않고 전세방을 하나 얻어주었다. 너는 고생해 싸지만 네 자식들이 불쌍해서 베푸는 동정이라고 하면서.

이렇게 어머니의 친구들은 인형옷 만드는 집 아줌마건, 수억 대를 주무르는 부자 친구건 모두 어머니에게 고생을 해서 싸다고 그랬었다. 그러나 죽어도 싸다곤 안 그랬었다.

어머니는 전세방에 나앉은 후에도 도저히 자식들 공부를 계속시킬 수가 없다는 현실을 인정하려 들지를 않았다. 세상에, 개돼지도 아니고 인두겁을 쓴 사람으로서 어떻게 자식 대학공부를 안 시키겠느냐고 철없이 설쳤다. 아버지도 어머니도 어디 가서 한푼이라도 벌 궁리는 안 하고 그저 공부 공부 하면서 전셋돈을 빼다가 오빠들 삼류 대학 등록금 하고, 내 고등학교 등록금 하고, 그러곤 사글셋방으로 옮겨앉았다. 그러나 학교고 뭐고 다 그만둬야 할 날은 어김없이 왔고, 기어이 보증금도 없이 월세만 사천원인 산동네까지 가는 신세가 되고 말았다. 그러면서도 어머니는 우리가 알거지가 됐다는 걸 인정하려 들지 않았다. 고리타분하고 시척지근한 가난의 냄새에 발작적으로 진저리를 쳤고, 가난한 사람들의 끈질긴 생활력을 더러운 짐승처럼 징그러워했고, 끝내 가난뱅이하곤 상종을 안 했다. 아무리 없는 것들이기로서니 아무리 상것들이기로서니 인두겁을 쓰고 어떻게 이런 굴속 같은 방에서 이렇게 비위생적으로, 이런 지독한 냄새를 풍기며 살 수 있을까 하고 흉을 보았다.

그러면서도 어머니는 우리 살림을 제일 더럽게 해서 우리 쪽 마루엔 서름질도 안 한 그릇들이 다음 끼니때까지 그대로 헤벌어져 있어 온 동네 파리가 살판난 듯 엉겨붙게 내버려두었다. 어머니는 이렇게 가난에 길들여지기를 한사코 거부했던 것이다.

인형옷 만드는 집 아줌마가 어머니에게 자기 집에 와서 그 일이라도 거들어서 새끼들 굶기지는 않아야 할 것 아니냐고 몇 번이나 권하다 못해 나한테 너라도 나와보지 않으련 했다. 나는 얼씨구 하고 거기 나가서 그 앙증한 옷을 만드는 일을 배웠다. 그 일은 재봉틀이나 놀릴 줄 알면 되는, 기술이랄 것도 없는 쉬운 일이었다. 내가 하는 것을 며칠 지켜보던 아줌마는 한 달에 만원씩 주마고 했다. 너니까 너희 식구 살려주는 셈 치고 특별히 후하게 준다는 거였다. 그날 나는 그 소식으로 식구를 즐겁게 하고 싶어 한달음으로 집으로 달려왔다. 만원이라야 집세 빼면 다섯 식구 쌀값도 안 떨어질 푼돈이었지만, 식구 중 제일 어린 내가 만원을 벌 수 있으니 식구가 다 발 벗고, 체면치레도 벗고 나서면 제가끔 만원씩이야 못 벌어들일까 싶었다.

합심하면 살 수 있어요. 이 동네 사람들이 다들 그렇게 사니까 창피할 것 하나도 없어요. 아이들도 벌고 어른들도 벌고 노인들

도둑맞은 가난

도 벌고, 개같이 벌어서 정승같이 살고들 있어요. 텔레비전 놓고 사는 집도 있고, 며칠에 한 번씩 돼지고기 구워 먹으면서 사는 집도 있고 아무튼 시끌시끌 노래도 부르고 낄낄낄 웃기도 하며 살고 있어요. 우리도 그렇게 살아요, 네. 우리 식군 노인도 없고 아이도 없고 다 벌 수 있잖아요. 서로 기대지 않고 다 나가서 벌면 못 살 것도 없단 말예요. 나는 이렇게 열심히 식구들을 부추겼다. 그러나 어머니는 오냐 우리가 너한테 기댈까봐, 안 기댄다 안 기대 두고 보렴 하더니 그 다음날 내가 공장에서 돌아왔을 때 우리 식구는 죽어 있었다. 가을이라곤 하지만 노염이 가시지 않은 무더운 날, 방에 연탄불을 피워놓고 문틈은 꼭꼭 봉하고 네 식구가 나란히 죽어 있었다. 나만 빼놓고 자기들끼리만 죽어 있었다.

공장에서 돌아오는 길에 아무리 늦어도 시장에 들르는 게 내가 상훈이하고 함께 살게 된 후 새로 생긴 버릇이었다. 생선가게 앞에서 나는 대구와 도미를 구경했다. 생선은 아무리 점잖은 고급 생선이라도 눈 뜨고 죽는다고 아침에 상훈이한테 장담했지만 어째 좀 어정쩡해서 다시 확인해봤다. 모든 생선이 해맑은 눈을 둥그렇게 뜨고 좌판에 누워 있었다. 생선은 눈은 있어도 눈꺼풀이 없겠거니 싶자 웃음이 쿡쿡 치밀었다.

나는 짜게 절인 고등어를 한 손 샀다. 고등어란 놈을 연탄불에 얹어서 구우려면 기름이 많은 놈이라 연기도 몹시 나겠지만 냄새도 지독할 게다. 아마 터널 속 같은 여섯 가구 공동의 부엌을 짜고 비린 고등어 굽는 냄새로 꽉 채울 게다. 나는 의기양양해서 산동네를 향해 종종걸음을 쳤다. 상훈이는 먼저 와 있었으면서 아무것도 안 해놓고 벌렁 누워 있었다.

"먼저 온 사람이 밥해놓기로 했잖아."

상훈이는 들은 척도 안 하고 담배만 한 개비 꼬나물었다.

"너 정말 이러기야. 네가 날 부려먹으려면, 네가 날 먹여 살려야 게 아냐. 안 그래? 누가 누구 덕 보려고 같이 사는 거 아니잖아."

우리 생활비를 서로 공평하게 반분해서 부담하고 있으니만큼 가사에 소모하는 노동력도 그러기로 했던 것인데 암만 해도 노동력에선 내가 밑지고 있는 것 같아 억울한 생각이 들었다.

"오늘은 좀 내버려둬줘."

상훈이는 풀이 죽어 있었다. 슬픔을 억제하고 있는 것같이도 보였다.

"왜, 공장에서 무슨 기분 나쁜 일이라도 있었어?"

나는 대번에 상냥해지고 말았다.

"만식이, 그치가 오늘 기어코 공장에서 피를 토했잖아."

"어머머, 그럼 개가 정말 폐병쟁이였구나. 그래서? 그래서 어떻게 됐어?"

나는 만식이를 만난 일은 없지만 상훈이한테서 창백하고 늘 밭은기침을 콜록콜록 한다는 얘기를 들어서 알고 있었다. 암만 해도 폐병쟁이 같다고 같이 점심 먹을 때가 제일 기분 나쁘다고 했었다.

"별안간 각혈을 하고 정신을 못 차리고 쓰러지니까 주인은 송장 치우게 될까봐 겁이 나는지 빨리 집에 업어다주라고 괜히 우리들만 갖고 호통을 치잖아. 그래서 업어다주고 주인이 준 돈도 전해주고 그러고 왔지 뭐."

"주인이 돈을 얼마나 주었는데."

"얼만 얼마야. 어제까지 일한 거 일당으로 쳐줬지."

"깍쟁이 자식. 그건 그렇고, 그래 너희들은 가만히 보고만 있었어?"

"보고만 있잖으면 어떡해?"

"친구가 그 꼴이 됐는데도 같이 일하던 공장 친구들이 보고만 있었단 말이지. 그러고도 마음이 편하단 말이지? 그러면 못써. 뭐니뭐니 해도 어려울 땐 어려운 사람들끼리 도와야지, 그러면 못쓴다구."

상훈이는 그래도 내 말을 못 알아듣고 어리둥절해했다. 그럴 때의 그는 몹시 아둔하고 맹추스러워 보였다. 가난뱅이답지 않게 수려한 이목구비도 백치스러워 보였다. 나는 그런 그에게 맹렬한 저항을 느꼈다. 그래서 와락 짜증을 내면서 없는 사람끼리 그러면 못쓴다고 돈을 추렴해가지고 문병 가서 가족을 위로하고 특히 본인에겐 곧 나을 테니 걱정 말고 몸조리나 잘하라고 거짓말을 해야 한다고 가르쳤다. 죽을 때까지 가끔가끔 그렇게 해줘야 된다고 타일렀다. 죽을 때까지라면 한없이 긴 동안 같지만 각혈을 했다니 살면 얼마나 살랴. 나는 처연한 기분으로 그런 계산까지 했다.

　우리는 맛없게 저녁을 먹고, 말없이 뜨악하게 앉았다가 자리에 들었다. 외풍이 센 방에선 그저 눕는 게 제일이었다. 이불 밖으로 코를 내놓으면 코끝이 시리게 외풍이 세고 방바닥이라야 겨우 냉기가 가신 방에서 우리는 어쩔 수 없이 서로를 밀착시켰다. 그리고 한 이불 속에 든 남녀라면 누구나 할 수 있는 짓을 하면서도 나는 이게 아닌데, 아아, 이게 아닌데 하고 생각했다. 그건 우리가 둘 다 서로 그 방면에 풋내기라는 데서 오는 초조감하곤 달랐다. 나는 그 짓을 통해 따뜻하고 평화스러운 느낌이 되길 바랐지만 정반대의 느낌으로 끝나게 마련이었다. 그래서 나는 울고 싶었다. 그러나 억지로 참았다. 나는 행복했던 적에도 울기 잘하는 계집애였어서 울고 난 후에 모든 것이 씻겨내린 듯한 상쾌감을 알고 있었다. 그러나 나는 지금 모든 것을 씻겨낸 후의 내 모습을 보는 것을 원치 않았다.

　아침에 나는 우리 공동의 예금통장을 상훈이한테 주면서, 돈을 거두려면 먼저 주동자가 선뜻 돈을 내놓고 나서 남에게 손을 벌리는 게 순서이고, 그렇게 해야 일이 쉬울 거라고 일러줬다. 얼마간이라도 걷히는 대로 빨리 갖다주라고 신신당부를 하고 공장에 나와서도 뭔가 좋은 일을 하고 있다는 걸로 온종일 마음이 흐뭇했다. 내가 살고도 남아 남을 돕는다. 생각만 해도 자랑스러웠다.

　그러나 밤에 집에 돌아온 나는 기절을 할 만큼 놀랄밖에 없었다. 예금통장에 잔고가 한푼도 남아 있지를 않았다. 몽땅 털어 폐병쟁이한테 갖다줬다는 거였다. 삼만원이 넘는 돈을 몽땅, 그게 어떤 돈이라고. 정말이지 미치고 환장을 하지 않고서는 도저히 그럴 수는 없는 일이었고 나 역시 미치고 환장을 하지 않고서는 도저히 참아줄 수 없는 일이었다.

"미안하게 됐어. 그렇지만 말야, 네가 몰라서 그렇지 누구한테 돈을 걷니? 다 말도 못 하게 지독한 가난뱅이들뿐인걸."

"뭐라구. 모두 가난뱅이들뿐이라구? 그럼 우린 뭐니? 우린 부자니 응? 우린 부자야?"

나는 내 분을 내가 이기지 못해 그의 멱살을 잡고 질질 끌어다가 골통을 벽에다 콩콩 부딪쳐주었다. 그래도 그는 태평스레 히죽히죽 웃었다. 그는 삼만여원 중 반이 넘는 돈이 자기 돈인데도 조금도 아까워하지 않고 있었다. 그렇다고 그가 그 폐병쟁이를 뼈아프게 동정했던 것도 아니란 걸 나는 안다. 둘 다 그에겐 조금도 절실하지 않았다. 바로 그것이 문제였다. 따라서 도와주고 싶은데 돈은 아깝고, 그래서 돈을 꺼냈다 넣었다, 이천원을 내놓을까, 삼천원을 내놓을까, 천원 상관으로 십 분도 넘어 괴로워하고 도와줄까 말까로 한 시간도 넘어 애타심과 이기심이 투쟁을 하는 그 뼈아픈 갈등을 전연 겪지 않고, 헌신짝 버리듯 무심히 삼만여원을 그냥 버렸던 것이다. 그걸 깨닫자 나는 오한처럼 오싹 기분 나쁜 불안감을 느꼈다.

"넌 뭐니, 넌 뭐야? 이 새끼야. 넌 부자니, 부자야?"

나는 불안을 털어버리려고 다시 악을 썼지만 그는 여전히 히죽히죽 웃기만 했다. 나는 제풀에 지쳤다. 나는 기진맥진 지칠 대로 지쳤는데도 좀처럼 잠들지 못했는데 그는 곧 잠들었다. 나는 수명이 다 돼 침침한 이십 촉짜리 형광등 밑에서 그의 자는 얼굴을 곰곰이 들여다보았다. 도대체 넌 뭐냐? 삼만원이 넘는 돈을 헌신짝처럼 버리고 편히 잠들 수 있는 너는 뭐냐. 기가 죽지 않는 건 좋다고 치자. 그렇지만 너의 그건 가난뱅이들의 억척스럽고 모진 그 청청함하곤 확실히 다르다. 전연 이질적인 것이다. 나는 깊이 전율했다.

내가 상훈이를 만난 것은 오원짜리 풀빵을 굽는 포장 친 구루마 앞에서였다. 나는 한눈에 그가 그 근처에 즐비한 가내공업 하는 공장의 직공이라는 걸 알 수 있었다. 그런데 풀빵을 먹는 꼴이 여간만 꼴불견인 게 아니었다. 손이 더럽다는 걸 지나치게 의식해서 그랬겠지만 풀빵을 맨손으로 잡지를 않고 어디서 났는지 오톨도톨한 꽃무늬가 있는 하얀 종이 냅킨으로 싸서 집어먹고, 다 먹고 나서는 그 냅킨으로 입 언저리를 자못 점잖게 꾹꾹 눌러 닦았다.

같은 오원짜리 풀빵을 먹으면서 그까짓 종이 한 장으로 이곳에서 풀빵을 먹고 있는 배고프고 피곤한 저녁나절의 직공들 사이에서 우월감 같은 걸 누리고 있는 게 몹시 꼴사납게 보였다. 그때 나는 도시락도 못 싸가지고 다닐 때라 배가 몹시 고팠기 때문에 풀빵을 계속해서 정신없이 집어먹었다. 다 먹고 나서야 냅킨으로 싸서 먹던 아니꼬운 녀석이 여직껏 나를 지켜보고 있었다는 걸 알았다. 너 그렇게 먹고도 목메지 않니. 어디서 차나 한잔 사줄까 하고 그가 수작을 붙였다. 차를 사준다는 소리에 나는 배꼽을 움켜잡고 숨이 막히게 웃고 또 웃었다. 저 얼간이 같은 게 여자를 꼬드길 때, 다방에나 가자로 시작한다는 건 그래도 어디서 들어서 알고 있구나 싶어 그게 그렇게 우스울 수가 없었다. 저하고 나하고 그 주제꼴하며 풀빵 먹는 뱃속하며 다방이 아랑곳인가. 그렇지만 차츰 나는 이 얼간이가 마음에 들었고, 풀빵집에서 못 만나고 마는 날은 하루를 헛산 것같이 허수했다. 혼자 산다고 하기에 나처럼 고아려니 했고, 그래서 같이 살자고 내 쪽에서 먼저 꼬드겼고—이것이 내가 상훈이를 알게 되고 같이 살게 된 전부였다.

폐병쟁이 사건이 있은 후도 우리는 같이 살았지만, 나는 가끔가끔 그에게 발작적으로 신경질을 부렸다. 나는 삼만원 때문에 그를 그렇게 들볶는 척했지만 실상은 그게 아니었다. 그가 폐병쟁이에 대해 완전히 잊어버리고 하루하루를 편히 사는 게 가끔 미운 생각이 났고 그래서 그렇게 들볶는 거였다.

그러던 어느 날 그는 아무런 예고 없이 집에 들어오지 않았다. 다음날도 그 다음날도 계속 들어오지 않았다. 기다리다 기다리다 드디어 나는 굴욕감을 무릅쓰고 멕기 공장에 찾아가보았다. 멕기 공장에도 안 나온다는 거였다. 주인이 나에게 무서운 소리를 했다. 어디서 사고가 나도 크게 났을 게 틀림이 없다는 거였다. 다른 데로 날리려면 월급도 당겨 쓰고 구멍가게 외상도 잔뜩 지고 나는 법인데 월급 셈도 안 해가지고 없어졌으니 차에 치여 죽었든지 깡패 칼에 맞아 죽었든지 둘 중의 하나겠지 하고 자못 자신 있게 장담을 했다.

그날 나는 별의별 끔찍한 공상을 다 하며 잠을 못 잤지만 그를 위해 무엇을 어떻게 해야 되는지에 대해서는 전연 알지를 못했다. 서울 장안이 어느 만큼 크고 복잡한가 나는 그것을 제대로 파악조차 할 수 없는 채 다만 겁이 날 뿐이었다. 나는 밤마다 오 그리고 새우잠을 자면서 훌쩍훌쩍 울고 아침에는 여전히 공장에 나갔다. 밥벌이를 위해서도 공장에는 나가야 했지만 공장에 나가 있는 동안 그가 돌아와 있을지도 모른다는 생각, 꼭 돌아와 있을 것만 같은 확신으로 하루를 보내고, 방에 불이 켜져 있을 것을 믿으며, 산동네의 비탈길을 미친 듯이 달음질치는 뜨겁고 부푼 기대의 시간을 위해서 공장에 나가는 거였다. 나는 기적이란 사람 눈에 안 띄게 몰래 일어나는 것으로 막연히 알고 있었고, 그래서 내 방에서 기적이 일어나게 하기 위해서도 매일 방을 비워줘야 하는 것이었다. 나는 매일 허탕을 치면서도 매일 기다렸다. 내가 할 수 있는 일은 그것밖에 없었다.

어느 날, 내 방에 불이 켜져 있었다. 그리고 상훈이가 돌아와 있었다. 그는 냉랭하고 남남스러운 얼굴로 나를 맞았다. 그는 좋은 옷을 입고 있었고, 머리끝에서 발끝까지 깨끗했다. 그래서 그런지 그가 내 방에 앉아 있는 게 아주 비현실적으로 보였다. 나는 그가 비참하게 돼서 돌아오는 경우만 상상했지 이렇게 훌륭하게 돼서 돌아오는 경우를 전연 예기치 못했으므로 우두망찰을 했다. 잠시라도 어디로 도망갔다 다시 나타날 수 있으면 뭔가 좀 수습할 수 있을 것 같았다.

"웬일이야?"

나는 내가 들어도 내 목소리 같지 않은 가래가 걸린 듯한 잠긴 소리로 겨우 이렇게 말했다.

"응, 돈 갚으려고. 그때 그게 삼만 얼마더라?"

그는 은행원처럼 친절하고 사무적인 태도로 말했다. 나는 내 속에서 꿈틀대던 정다운 것들이 영영 사라져가고 있는 것처럼 느꼈다. 지독한 혼란이 왔다.

문득 그의 옷깃에서 빛나는 대학 배지가 눈에 띄었고, 방바닥에 그의 것인 듯한 술이 두꺼운 책까지 눈에 띄었다. 번개처럼 어떤 생각이 머릿속에 떠올랐다. 나는 겁먹은 소리로 악을 썼다.

"너 미쳤니? 너 기어코 도둑질을 했구나. 해도 왕창. 그리고 가짜 대학생 짓까지. 너 정말 미쳤니?"

그러자 그게 다 나 때문인 것 같았다. 삼만원 때문에 허구한 날 들볶은 나 때문인 것 같았다. 나는 더럭 겁도 났지만 심장이 짠하도록 감동했다. 그래서 나는 잔뜩 울상을 하고 그에게 안기려고 했다. 그러나 그는 나를 고상하게 거부했다.

"여봐, 이러지 말고 이제부터 내가 하는 소리를 정신 차리고 똑똑히 들어. 나는 미치지도 않았고 도둑놈은 더구나 아냐. 나는 부잣집 도련님이고 보시는 바와 같이 대학생이야. 아버지가 좀 별난 분이실 뿐이야. 아들자식이 너무 고생을 모르고 자라는 걸 걱정해서 방학 동안에 어디 가서 고생 좀 실컷 하고, 돈 귀한 줄도 좀 알고 오라고 무일푼으로 나를 내쫓으셨던 거야. 알아듣 겠어?"

어떻게 그걸 알아들을 수가 있단 말인가. 우리 어머니는 부자들이 얼마나 호강들을 하며 사나에 대해 아는 척하기를 좋아했었다. 세상에 돈만 있으면 안 되는 게 없고 못 하는 게 없고, 인생의 온갖 열락이 돈 주위에 아양을 떨며 모여든다고 했다. 그렇지만 가난뱅이 짓을 장난 삼아 해보는 부자들에 대해선 들은 바가 없다.

"우리 아버진 좋은 분이야. 요즈음 세상에 보기 드문 분이지. 자식들에게 호강 대신 여러 가지 어려움을 겪게 하고 싶으셨던 거야. 덕택에 나는 이번 방학에 아주 소중한 경험을 할 수 있었지. 돈 주고도 살 수 없는 귀한 경험이었어."

참 생각난다. 인형옷 만드는 집 아줌마가 텔레비전 연속극 얘길 하면서, 재벌의 아들이 인생 공부 삼아 물장사가 뭔가 하는 얘기를 하던 것이 생각났다. 아무리 연속극이라지만 구역질 나는 얘기라고 생각했다. 도대체 가난을 뭘로 알고 즈네들이 희롱을 하려고 해. 부자들이 제 돈 갖고 무슨 짓을 하든 아랑곳할 바 아니지만 가난을 희롱하는 것만은 용서할 수 없지 않은가. 가난한 계집을 희롱하는 건 용서할 수 있다손 치더라도 가난 그 자체

도둑맞은 가난 403

를 희롱하는 건 용서할 수 없다. 더군다나 내 가난은 그게 어떤 가난이라고. 내 가난은 나에게 있어서 소명(召命)이다.

"아버진 만족하고 계셔, 내가 그 동안 그 지독한 생활을 잘 견딘 걸. 그래서 친구분한테도 자식들을 그렇게 고되게 키우는 걸 권하실 모양이야. 실상 요새 있는 사람들, 자식을 너무 연하게 키우거든."

맙소사. 이제부터 부자들 사회에선 가난장난이 유행할 거란다. 기름진 영감님들이 모여 앉아, 자네 자식 거기 아직 안 보냈나? 웬걸, 지금 여권 수속중이네. 누가 그까짓 미국 말인가, 빈민굴 말일세 하고.

"그래서 아버지가 기분좋아하시는 낌새를 타가지고 네 얘기를 했어. 이런저런 빈민굴의 비참한 실정을 말씀드리다가 대수롭지 않게 슬쩍 내비쳤지. 글쎄 하룻밤에 연탄 반장을 애끼자고 체온을 나누기 위한 남자를 한 이불 속에 끌어들이는 여자애가 다 있더라고 말야. 물론 끌려들어간 남자가 나였단 소리는 빼고. 그랬더니 아버지가 의외로 깊은 관심을 보이시고 집에 데려다 잔심부름이라도 시키다가 쓸 만하면 어디 야학이라도 보내자고 하시잖아. 좋은 기회야. 이 기회에 이런 끔찍한 생활을 청산해. 이건 끔찍할뿐더러 부끄러운 생활이야. 연탄을 애끼기 위해 남자를 끌어들이는 생활을 너도 부끄러워할 줄 알아야 돼."

암 부끄럽고말고. 부끄럽다. 부끄럽다. 부끄럽다. 당장 이 몸이 수증기처럼 사라질 수 있으면 사라지고 싶게 부끄럽다. 부끄럽다.

"자 돈 여기 있어. 다시 데리러 올 테니 옷가지라도 준비해. 당장이라도 데리고 가고 싶지만 그런 꼴로 갈 순 없잖아."

나는 돈을 받아 그의 얼굴에 내동댕이치고 그리고 그를 내쫓았다. 여섯 방의 식구들이 맨발로 뛰어나와 구경을 할 만큼 목이 터지게 악다구니를 치고 갖은 욕설을 퍼부어 그가 혼비백산 도망치게 만들었다.

"가엾게스리, 미쳤구나."

그는 구두짝을 주섬주섬 집어들고 도망치면서 중얼거렸지만 아마 곧 나에 대해 잊어버리게 될 것이다. 폐병쟁이를 잊어버리듯이 쉬 잊어버릴 것이다.

나는 그를 쫓아보내고 내가 얼마나 떳떳하고 용감하게 내 가난을 지켰나를 스스로 뽐내며 내 방으로 돌아왔다. 그런데 내 방은 좀 전까지의 내 방이 아니었다. 빗발로 얼룩얼룩 얼룩진 채 한쪽이 축 처진 반자, 군데군데 속살이 드러나 더러운 벽지, 지퍼가 고장난 비닐 트렁크, 절뚝발이 날림 호마이카 상, 제 몸보다 더 큰 배터리와 서로 결박을 짓고 있는 낡은 트랜지스터 라디오, 우그러진 양은냄비와 양은식기들―, 이런 것들이 어제와 똑같은 자리에 있는데도 어제의 것이 아니었다. 그것들은 다만 무의미하고 추했다. 어제의 그것들은 서로 일사불란 나의 가난을 구성하고 있었지만, 지금 그것들은 분해되어 추한 무용지물일 뿐이었다. 판잣집이 헐리고 나면 판잣집을 구성했던 나무 판대기, 슬레이트, 진흙덩이, 시멘트 벽돌, 문짝들이 무의미한 쓰레기 더미가 되듯이 내 가난을 구성했던 내 살림살이들이 무의미하고 더러운 잡동사니가 되어 거기 내동댕이쳐져 있었다. 나는 그것들을 다시 수습할 수 있을 것 같지가 않았다. 내 방에는 이미 가난조차 없었다. 나는 상훈이가 가난을 훔쳐갔다는 걸 비로소 깨달았다. 나는 분해서 이를 부드득 갈았다. 그러나 내 가난을, 내 가난의 의미를 무슨 수로 돌려받을 수 있을 것인가.

나는 우리 집안의 몰락의 과정을 통해 부자들이 얼마나 탐욕스러운가를 알고 있는 터였다. 아흔아홉 냥 가진 놈이 한 냥을 탐내는 성미를 알고 있는 터였다. 그러나 부자들이 가난을 탐내리라고는 꿈에도 못 생각해본 일이었다. 그들의 빛나는 학력, 경력만 갖고는 성이 안 차 가난까지를 훔쳐다가 그들의 다채로운 삶을 한층 다채롭게 할 에피소드로 삼고 싶어한다는 건 미처 몰랐다.

나는 우리가 부자한테 모든 것을 빼앗겼을 때도 느껴보지 못한 깜깜한 절망을 가난을 도둑맞고 나서 비로소 느꼈다.

나는 쓰레기 더미에 쓰레기를 더하듯이 내 방 속에, 무의미한 황폐의 한가운데 몸을 던지고 뼈가 저린 추위에 온몸을 내맡겼다.

서글픈 순방(巡房)

"세상은 점점 좋아지고 있어. 사람들이 오늘 다르고 내일 다르게 잘살게 되거든. 젠장, 우리만 빼놓고 말야."

신문을 읽다 말고 밥을 먹다 말고 아침에 눈을 뜨고 멀뚱히 천장을 쳐다보다 말고 남편은 밑도끝도없이 이런 말을 뇌까리기를 잘했다. 특히 "젠장, 우리만 빼놓고 말야" 소리는 어찌나 영탄조로 구슬프게 하는지 나는 들을 적마다 가슴이 찐했다. 그리고 우리만 만날 요 모양 요 꼴로 사는 게 꼭 내 탓만 같아 저절로 기가 죽고 몸이 오그라들었다.

그러나 혼자 있을 때 기죽을 펴고 곰곰 생각해보면 실상 내 탓일 건 아무것도 없었다. 나는 정말 억울했다. 월급봉투를 요 핑계 조 핑계로 야금야금 축내오는 것도 남편이었고, 학비를 도와달라느니 비룟값을 보내달라느니 해서 일 년에 몇 차례씩은 꼭 적지 않은 목돈을 뜯어가고야 마는 것도 시집 식구들이었으니 말이다. 나는 결혼하고 오 년 동안에 첫딸 영아를 낳느라고 병원에 사흘 동안 입원한 것 외에는 감기 고뿔 한번 앓은 적도 없거니와 버젓하게 옷 한 가지 맞춰 입어본 적도, 내 입에 넣자고 계란 프라이 한번 부친 적도 없었다.

그런데도 그 소리가 꼭 나를 원망하는 소리로 들렸고, 실제로 남편은 나를 원망하다 못해 요즈음 들어서는 경멸까지 하고 있었다. 남편 말에 의하면 남편 친구들은 동창이건 회사 동료건 하나같이 그렇게 처덕이 있을 수가 없다는 거였다. 처덕—그 처덕이란 걸 남편이 얼마나 부러워하고 있는지는 그가 처덕이란 소리를 얼마나 미묘하고 감칠맛 있게 발음하나만 봐서도 알 수가 있었다.

누구는 자기하고 같은 월급쟁인데도 아내의 살림 솜씨가 어찌나 짭짤한지 결혼 삼 년 만에 벌써 집 장만을 했다든가, 누구는 아예 아내가 시집올 때 시민 아파트를 하나 가지고 와서 그걸 요리조리 잘 요령 있게 굴려 지금은 한강변의 삼십육 평짜리 맨션 아파트 주인이라든가, 누구는 아내가 계 오야 노릇을 해서 목돈을 만들어 변두리에 사놓은 땅이 껑충 뛰어, 그걸 팔아 싼 땅을 사면 또 껑충 뛰고, 사는 족족 이렇게 뛰기를 몇 차례 되풀이하고 나더니 이젠 으리으리한 양옥집 주인에다가 변두리에 땅도 몇백 평 갖고 있는 알부자라든가, 뭐 이런 얘기를 어디서 잘도 알아들였다.

그러나 나는 이런 얘기를 모욕으로 알아듣고 발끈하는 대신 그냥 가슴이 찐해하기만 했다. 나는 알고 있었기 때문이다. 남편은 다만 셋방살이를 지긋지긋해하고 있을 뿐이란 걸. 나도 지긋지긋했다. 더군다나 문간방 살림은 참을 수 없을 때가 많았다. 안집은 주인 내외가 동대문시장에서 포목상을 하고 아이들도 다 커서 낮에는 집에 식모 계집애 혼자 남게 마련이었지만 이 계집애가 여간 맹랑하지가 않았다. 못 하나를 박으려도 문간방 아저씨, 김칫독 하나를 옮기려도 문간방 아저씨, 연탄불이 꺼져도 문간방 아줌마, 쓰레기차가 와도 문간방 아줌마—마치 심한 상전이 행랑아범 어멈 부려먹듯이 우리 내외를 마구 대했다. 밤에 제가끔 제멋대로 들어오는 안집 그 여러 식구의 대문 시중도 이 계집앤 나에게 떠맡기고 모른 척했다.

통금 직전에 들어오는 일이 잦은 안집 맏아들 때문에 우리 부부의 사랑의 행위까지 훼방당하는 일도 고통스러웠다. 나는 후닥닥 남편을 밀치고, 허둥지둥 잠옷을 수습하고 그 위에 뭐라도 하나 더 걸치고, 방금 곤한 잠에서 깬 듯 찌뿌드드한 얼굴을 하고 대문을 연다. 그러면 능구렁이가 다 된 노총각인 맏아들은 흥, 아무리 그래도 나는 다 알고 있다는 듯이 징그러운 시선으로 나를 핥고는 미안하다는 말 한마디 없이 안으로 들어간다. 그 동안 남편은 골이 잔뜩 나 돌아누워 있다. 나는 별수 없이 남편의 등에라도 안기려 든다. 그럴수록 남편의 등은 나를 거부하고 나의 반대쪽으로 꽁꽁 오그라든다. 등이란 밖으로 굽을 수는 없는 것이다. 도대체 남편 등에 매달린 아내의 꼴처럼 비참한 꼴이 또 있을까. 내가 무얼 잘못했기에 이런 꼴을 당해야 한단 말인가.

드디어 기다리고 기다리던 날이 왔다. 나의 영문 모를 오랜 잘못을 씻고 떳떳해질 수 있는 때가 됐다고 나는 생각했다. 삼 년 동안이나 먹을 것 입을 것을 이를 악물고 줄여서 부은 적금 오십만원을 타게 된 것이다. 이 문간방의 전셋돈이 사십만원이니 우리 재산이 별안간 배 이상으로 불어난 셈이 된 것이다. 십만원이 모자라는 백만원이 생긴 것이다. 나는 남편에게 자랑스럽게 이 사실을 고백했다. 나는 남편이 희색이 만면해지길 바랐고, 아주 처덕이 없지만은 않다는 걸 깨달아주길 바랐다. 그러나 남편은 좋아하기에 매우 인색했다. 그 동안 하도 안달을 하면서 살길래 행여 큰 계나 몇 구찌 든 줄 알았더니 겨우 고지식하게 은행 적금 하나 들었더냐고 빈정대기까지 했다. 총재산 구십만원의 씀씀이에 대해서도 의견이 안 맞았다. 나는 어디 변두리에 나가서 우선 땅이나 몇십 평 사놓고 보자고 했다.

내 땅이 있고 보면 거기다가 비바람이나 가릴 움막부터 시작해서 다달이 블록도 좀 사고 시멘트도 좀 사서 조금씩 집 모양을 엉귀갈 수 있을 게 아니냐고 했다. 남편은 내 이런 소견을 기특해하기는커녕 매정하게 얕잡고 비웃었다.

"아니 뭐라고? 남들은 오늘 다르고 내일 다르게 자꾸 잘살게 돼가는데 우린 예서 더 못살자구, 이 문간방도 모자라 움막부터 시작하자구? 대관절 남편 체면을 뭘로 알고 하는 소리야."

남편은 아담한 독채 전셋집을 원했다. 독채면 남 보기에 내 집 같이 보일 수도 있고 그까짓 거 훗날 돈 벌어서 아주 사버리면 될 게 아니냐고 했다. 그러고 보니 남편 생각이 내 생각보다는 더 앞날을 내다본 생각 같았다. 남편은 또 전셋집에 들었다가 그 집을 그냥 눌러 사버린 예를 얼마든지 알고 있었다.

그 바람에 나도 전셋집을 얻으러 다닌다는 일이 조금도 섭섭하지가 않았다. 처음엔 그냥 내 집인 척만 하다가 나중에 정말 내 집을 만들어버리는 일이 마치 빌려본 책을 차일피일 돌려줄 날짜를 미루다가 슬금슬쩍 떼어버리는 일만큼이나 쉽게 느껴졌다. 마침내 합의가 이루어져 나는 곧 독채 전세를 얻으러 나섰다.

제3한강교 건너 영동 신시가지란 곳엔 참 예쁘게 생긴 집도 많았다. 모양이 어찌나 오밀조밀하고 아기자기하고 색스러운지, 집 같지가 않고 고급 양과점 진열장 속의 데코레이션 케이크 같았다. 나는 설레는 기분으로 이런 예쁜 집들 사이의 잘 포장된 골목길을 걸었다. 차츰 설렘이 가라앉더니 나중에는 울적해지고 말았다. 나는 이 예쁜 집들과 나와 무슨 관계가 있을 것 같지가 않았다. 나와 무관한 아름다운 풍경이 나를 울적하게 했다.

그런데 이 동네엔 가도가도 그 흔한 복덕방이란 게 안 보였다. 하긴 이만저만 염치가 없지 않고서야 이 빤빤한 동네 어디다가 그 후줄근한 현수막을 늘어뜨릴 수 있을 것인가. 그러면 저 예쁜 집을 보금자리로 삼고 있는 복 많은 이들은 맨 처음 무엇을 저 예쁜 집을 열 최초의 열쇠로 삼았을까. 궁금증이 체증

서글픈 순방(巡房) 411

처럼 내 뱃속에 충만했다. 이런 걸 물어보려면 구멍가게가 제격인데 이놈의 동네엔 그 흔한 구멍가게조차 없었다. 나는 빙빙 돌고 돌아서 결국은 내가 처음 버스를 내렸던 큰길로 돌쳐오고 말았다.

그리고 큰길가 양쪽에 즐비한 빌딩의 아래층이 모조리 부동산 소개소라는 것을 그제서야 알았다. 한신 부동산이니 강남 부동산이니가 바로 복덕방을 의미한다는 걸 알아차린 것이다. 그걸 알고 나서도 나는 그 앞에서 주저했다.

그 앞엔 재벌회사의 주차장보다 더 많은 고급 승용차가 대기해 있었고 아무리 내부를 기웃대도 복덕방 영감 비슷한 늙은이도 눈에 안 띄었다. 젊고 민첩하고 영리해 뵈는 젊은 신사들과 교양도 돈도 있어 뵈는 귀부인들이 꽉 차게 들어앉은 사무실 속은 내가 이해할 수 없는 열기와 생기가 함께 넘치고 있었다. 나는 괜히 겁이 났다. 그래서 기웃대기만 하고 그대로 지나치기만을 되풀이하다가 겨우 늙수그레한 신사가 혼자 하품을 하고 있는 한가한 사무실을 한 군데 발견할 수 있었다. 그도 늙었다는 점 하나만 빼고는 내가 알고 있는 복덕방 영감다운 특징을 하나도 갖추고 있지 않았다. 그렇지만 늙었다는 것만도 반가워 나는 이 노인에게 빌붙기로 작정했다.

우선 나는 응접세트 옆 둥근 보조의자에 궁둥이를 어설프게 붙이고는 영아를 앞으로 돌려안고 젖을 물렸다. 그리고는 비로소 구십만원짜리 독채 전세 얘기를 꺼냈다. 노인이 깜짝 놀랄 만큼 크고 탁한 소리로 웃었다.

"아니, 작은 것 한 장도 못 되는 돈 갖고 이 바닥에서 독채 전세를 얻겠다고?"

그러더니 다시 한바탕 해소라도 발작한 것같이 급하게 웃었다. 거금 구십만원을 작은 것 한 장도 안 된다니, 이 노인이 귀가 좀 어두운가 해서 나는 다시 목청을 돋우어 구십만원을 강조했다.

그래도 노인은 탁하고 급한 웃음을 멎을 척도 안 했다. 사무실 앞에 승용차가 나란히 두 대가 멎더니 부인들과 신사들이 섞인 한 떼가 안으로 들이닥쳤다. 이곳도 결코 파리 날리는 한가한 곳이 아니었던 것이다.

"사모님, 지금 보신 그 땅 눈 꽉 감고 잡아놓으십시다. 글쎄 문제없다니까요. 중도금 치르기 전에 평당 오천원 띠기는 누워서 떡 먹기라니까요."

젊은 신사들이 부인들을 꾀고 노인도 합세했다.

"우리하고 손잡고 이 바닥에서 큰돈 잡은 사모님네들 숱합니다. 숱해."

나는 그들에게 완전히 잊혀졌다. 영아 기저귀를 갈아주고 다시 업고 나올 때까지 아무도 거들떠보지 않았다. 나는 다시 버스를 타고 이 아름다운 신흥 주택가에 앙심을 품고 떠났다.

그 다음날은 수유리 쪽으로, 그 다음날은 망우리 쪽으로, 그 다음날은 갈현동 쪽으로 다녀봤지만 어디서고 구십만원짜리 독

서글픈 순방(巡房)

채 전세는 구경도 못 하고 다만 구십만원의 가치를 좀더 분명히 알아온 데 불과했다.

결국 우린 의논을 다시 해서 독채는 아니더라도 안집으로부터 뚝 떨어진 부엌도 따로 있고 출입문도 따로 있어 독립된 오붓한 생활을 할 수 있는 전세방을 구하기로 합의했다. 어차피 전셋집도 못 되는 전세방을 구할 바에야 구태여 교통이 불편한 변두리로 갈 게 뭐냐고 도심에 가까운 주택가를 돌기 시작했다. 구십만원짜리 전세방을 구한단 소리에 복덕방 영감의 반응은 괜찮았다. 사뭇 굽실대기까지 했다. 그 바람에 나도 좀 배짱을 부렸다. 방이 깨끗하고 널찍해야 된다느니, 부엌에 상하수도 시설이 갖춰져야 한다느니, 그리고 남편이 하던 소리도 했다. 정원이 있는 양옥집이어야 하고 주인집에 전화가 있어야 한다고 말이다. 나는 남편이 나한테 그런 소리를 했을 때 그 철딱서니 없음이 딱하고 한심해 대꾸도 안 했었는데 거드름을 부리고 싶은 나머지 그 소리까지 했다.

그런데 재수 나쁘게도 첫번째 본 집에서 등에 업힌 영아를 트집잡았다. 아무리 뚝 떨어진 방이지만 갓난애가 딸린 집은 싫다는 거였다. 주인여자는 외눈 하나 까딱 안 하고 그런 소리를 하며 우리 영아를 냉랭하게 쏘아보았다. 세상에 이럴 수가— 나는 그 여자의 시선에 못된 주술이라도 걸려 있어 우리 영아가 곧 어떻게 되는 것 같아 허둥지둥 그 집을 뛰쳐나왔다. 세상에, 겨우 생후 일 년밖에 안 된 천사 같은 것을 그런 독사 같은 눈으로 노려보다니, 정말 재수 옴 붙은 날이었다.

애는 무조건 싫다니, 그럼 셋방살이 신세가 무슨 대역죄라고 단종수술이라도 하란 말인가.

그러나 그 다음에 본 집도, 또 그 다음에 본 집도 아이를 꺼리기는 마찬가지였다. 마당에 기저귀 널어놓는 것 보기 싫다는 둥, 걸음마 타면 잔디를 망쳐놓을 거라는 둥, 꽃을 딸 거라는 둥, 멋대로 트집들을 잡았다. 어떤 점잖은 중년 부인은

"쯧쯧, 미련도 하지. 아이는 집 장만부터 하고 낳아야지 어쩌자고 아이부터 낳았수?"

그 여자 말을 들으니 집 장만하기 전에 아기를 낳는다는 일이 사생아를 낳는 일보다 훨씬 더 부끄러운 일로 여겨졌다. 나는 수치심으로 온몸이 불화로처럼 달아올랐다. 이런 나에게 복덕방 영감이 넌지시 귀띔을 했다.

"아주머니, 애 업고 다니시면 방 얻기가 영 어렵습니다. 내일은 누구한테 좀 맡기고 나오세요."

"그럼 있는 애를 없는 것처럼 속이란 말씀이세요?"

"뭐 아주 속이시라는 게 아니라요, 어름어름 방만 얻어놓고 보시란 말이죠. 이사 갈 때 데리고 들어가면 제까짓 것들이 어쩔 겁니까? 계약서에 아이가 달렸다고 해약하라는 조항은 없으니까요."

나는 저녁에 남편이 돌아오자 울기부터 했다. 그리고 낮에 당한 수모를 낱낱이 고해바쳤다. 남편은 내일이 공일이니 같이 집

을 보러 가자면서 나를 달래려 들었다. 나는 싫다고 몸부림치며 땅을 사서 움막부터 시작하자는 소리를 또 꺼냈다. 남편은 또 발칵 화를 냈다.

"방정맞게 움막 움막…… 그 움막 소리 좀 작작해. 여편네가 무슨 악담을 못 해 노상 움막 푸념이야."

나는 남편에게 등을 돌리고 내 몸을 둥글게 오그려 아주 따습고 평안한 둥우리처럼 만들어갖고, 그 속에 영아를 꼭 품고 잤다.

다음날은 남편이 먼저 눙쳐 말도 시키고, 아아, 기분좋다…… 하며 보건체조 흉내도 몇 번 냈다. 그리고 집을 보러 가자고 나섰다. 별수 없이 나도 따라나섰다. 내가 아직도 좀 토라져 있건 말건 소풍 가는 국민학생처럼 혼자 기분을 내고 있던 남편은 느닷없이 고깃간에 들러 쇠고기를 한 근 샀다.

"여보, 이왕 동부인해 나선 김이니 처갓집 좀 들러 갑시다. 당신도 친정에 다녀온 지 오래됐지. 그 동안 우리 장모님 얼마나 섭섭하셨을까. 그리고 참, 이왕 들른 김에 영아를 장모님께 좀 맡기고 집 보러 다닙시다. 벌써 며칠째 당신 등에 업혀 다녔으니, 우리 귀한 장래 미스 코리아 감이 안짱다리가 안 됐나 모르겠어."

영아를 친정에 맡기고 방을 얻으러 다니자는 남편의 속셈이 무엇인가를 빤히 알면서도 나는 남편이 하자는 대로 했다. 어제 다니던 동네와는 딴 동네를 택했다. 복덕방 영감은 식구부터 물었다. 남편이 먼저 나서서 천연덕스럽게 보면 모르냐고 두 식구라고 했다. 어째 아직 아기가 없느냐고 복덕방 영감이 수상쩍어하니까 남편은 집 장만하고 아이는 낳으면 되지 뭐가 급하냐고 했다.

영감이 껑충껑충 앞장섰다. 몇 집을 볼 때까지 남편은 쓰다 달다 말이 없이 시종 무표정했다. 그럴수록 복덕방 영감은 서툴게 알랑을 떨었다.

"오늘 새로 나온 방을 보여드릴갑쇼? 주인아주머니가 까다로워 함부로 아무나 방 뵈기가 싫다고 우리한테만 내놓은 방이 하나 있는데, 보아하니 점잖은 내외분 같아서 믿고 보여드리는 거니 그런 줄이나 알고 계십쇼."

아름다운 집이었다. 살고 싶은 집이었다. 담장은 낮고 마당의 초하의 푸름이 눈부셨다. 나는 가슴이 울렁거렸다. 대문 양쪽 인조 대리석 기둥 한쪽엔 인터폰이 있고, 다른 한쪽엔 차임벨의 버튼이 달려 있다.

"이 인터폰은 주인댁 전용이고, 이 차임벨은 셋방 전용이랍니다. 주인아주머니가 어찌나 깔끔하고 자상한지."

복덕방 영감은 괜히 자꾸 으스댔다. 대단치 않은 거지만 남편이 벌써 감격하고 있다는 걸 나는 알 수 있었다.

제 몫의 차임벨을 누르고 이 아름다운 집 대문을 들어설 수 있다는 것만으로도 남편의 허영심이 동할 만했다. 나도 싫을 건 없었다. 얼마나 지겨운 문간방에서의 대문 시중이었던가.

주인여자는 젊고 예뻤다. 공주같이 예쁘고 공주같이 치렁치렁한 옷을 입은 어린 계집애가 둘이나 엄마의 화사하고 풍부한

서글픈 순방(巡房) 417

홈웨어 자락에 휘감긴 채 우리를 빤히 쳐다봤다. 마당의 잔디는 잘 손질돼 있고 디딤돌은 현관으로 한 줄, 뒤란으로 한 줄, 두 줄이 나 있었다. 뒤란으로 난 디딤돌이 셋방으로 통하는 디딤돌이었다.

"잔디 밟지 마세요." 주인여자가 맑고 차가운 목소리로 주의를 주고 먼저 현관으로 들어가더니 뒤란으로 난 셋방의 부엌문을 안에서 열어주었다. 부엌도 방도 넓고 정결하고 밝았다. 방의 벽지도 고급이었고 부엌의 상하수도 시설도 갖추어져 있었다. 여자가 다시 식구를 물었다. 남편이 냉큼 두 내외뿐이라고 하자 여자는,

"젊은 두 내외 믿을 수 있나요. 언제 애가 생길지. 그렇지만 어린애가 생기면 방은 당장 옮기실 각오하셔야 돼요."

하고 못을 박았다. 나는 가슴이 마구 두방망이질하는 걸 느꼈다. 영아도 영아였지만 나는 지금 몸에 이상을 느끼고 있는 중이었다. 어머니의 해몽에 의하면 아들이 틀림없다는 용꿈까지 꾼 뒤였고, 나도 낳는 김에 아주 아들 하나 더 낳고 그만둘 셈이었다. 그런데 이 여자는 남의 배까지 흘끔흘끔 보며 이런 야박한 소리를 거침없이 하는 것이었다. 나는 집에 대한 정나미까지 뚝 떨어지고 말았다. 그래도 남편은 이 집을 얻기를 고집했고, 언제나 그렇듯이 일은 남편 고집대로 되고 말았다.

"영아는 이사 가는 날 내가 당당히 안고 들어갈 테니 당신은 조금도 걱정 말라구. 제년이 어쩔 거야, 내 새끼 내가 끼고 들어

가는데."

이렇게 큰소리를 탕탕 치고는 정작 이사 가는 날은 딴소리를 했다.

"여보, 장모님 기력도 예전 같으시잖은데 이삿짐 거들어주십사기도 뭣하니, 여보, 집에서 편히 영아나 좀 봐주십사고 합시다."

이삿짐을 대충 정리하고 밤에 영아를 데리러 나서려는데 남편은 또 딴소리를 했다.

"여보, 이 다음 공일까지만 영아를 외할머니한테 두어둡시다. 이 기회에 아주 젖을 떼게. 돌이 넘도록 젖을 빨린다는 건 무식하고 야만적이야. 더군다나 임신 초기에 젖을 그대로 빨린다는 건 애에게도 해롭고 모체에게도 해롭고 태아에게도 해롭고 그야말로 백해무익이라는 거야."

고대하던 다음 일요일, 나는 일찍부터 친정 나들이를 서둘렀다. 남편도 순순히 따라나섰다. 집을 비우려면 뒤란으로 난 부엌문을 안에서 잠그고 주인집 마루를 지나 현관으로 나가야 한다. 주인여자가 괜히 샐쭉하며 동부인해서 정답게 어디를 가느냐고 했다.

"네, 이 사람 외식도 좀 시키고 쇼핑도 좀 하려구요."

"어머머, 재미가 깨가 쏟아지셔."

"그럼요. 아이 없을 때 실컷 재미 봐야지 언제 봅니까."

오늘은 꼭 영아를 데려오고야 말겠다던 남편의 수작이 이랬다. 나는 가슴이 막히는 듯한 절망감을 느꼈다.

서글픈 순방(巡房) 419

일 주일 동안에 영아는 많이 여위었다.

목이 상큼하고 눈은 더 크고 슬퍼 보였다. 어머니도 많이 수척해지신 것 같았다. 올케의 기색도 안 좋았다.

"아니, 작은아씬 가사시간에 육아를 어떻게 배웠길래 그렇게 무지막지하게 애 젖을 떼려고 그래요. 그러다간 애 어른 다 잡겠어요."

그런 핀잔이야 골백번 들어도 싸지만 영아의 변모가 슬펐다. 그 동안 엄마 아빠를 잊어버린 것처럼 반가워할 줄도 모르고, 그렇다고 낯을 가려 울지도 않았다. 오라면 오고, 가라면 가고 말을 너무 잘 듣고 아이답지 않게 풀이 없는 게 꼭 딴 애 같았다. 맑고 큰 눈이 어른처럼 사려와 눈치가 있어 뵈는 것도 슬펐다. 나는 이런 영아를 다시는 안 놓칠 듯이 꼬옥 껴안고 볼을 비비며 "집에 가자, 집에 가자, 뛰뛰빵 타고 아빠랑 엄마랑 집에 가자"를 수도 없이 되풀이했다. 피나는 마음으로 하는 소린데도 이상하리만큼 공허하게 들렸다. 나는 내 말이 빈말이 되리라는 걸 미리 알고 있었던 것이다. 아니나 다를까 남편이 또 딴소리를 했다.

"장모님, 이왕 고생하신 김에 며칠만 좀더 봐주십시오. 이 사람이 영아 설 때는 안 그렇더니만 이번엔 어떻게 심하게 입덧을 하는지 옆에서 애처로워서 볼 수가 없다니까요. 누가 아들 아니랄까봐 미리 엄포를 놓을 셈인가봐요. 아무것도 못 먹고 온종일 헛구역질만 해싸니, 그래도 아는 병이니까 저만하지 그렇지 않으면 벌써 몸져누웠을 겝니다. 이 판에 영아까지 휘감기면 에민들 견디겠습니까."

얼마나 내 딸을 아끼고 사랑하는 착한 사위인가. 어머니는 며느리 눈치 볼 새도 없이 "그러게, 그러게" 하는 것이었다. 영아를 떼어놓고 집에 오면서 남편은 내내 나에게 따뜻하고 부드럽게 굴었다. 우리는 일요일날 외식과 쇼핑을 즐긴 행복한 한 쌍이 되어 집으로 돌아왔다. 마루에선 안집 두 내외가 어린 딸을 하나씩 무릎에 앉히고 저녁을 먹고 있었다.

나는 그날 온종일 거의 아무것도 입에 넣은 게 없었다. 영아 일로 가슴이 메어 식욕도 없었거니와 남편 말대로 심한 입덧을 하는 척까지 해야 했기 때문이다. 식탁에서 풍기는 음식 냄새를 맡자 별안간 내 빈속으로부터 힘찬 구역질이 치솟았다. 참을 수 없었다. 나는 손으로 입을 틀어막은 채 마루로 면한 화장실로 뛰어들었다. "웩웩." 아무것도 토해지지 않은 채 뱃속에선 폭풍이 인 듯 오장육부가 뒤집히고, 눈에선 뜨거운 눈물이 왈칵왈칵 넘쳤다. 남편이 허둥지둥

"이거 식사하시는데 미안합니다. 낮에 불고길 하도 맛있게 먹더라니—"

나는 계속 웩웩하며 그때마다 출렁이는 컵에서 물이 넘치듯이 눈에서 눈물이 넘쳤다. 남편은 건성건성 내 등을 두드리며, "불고길 너무 과식하더니만—" 소리를 주절주절 되풀이했다.

나는 계속 웩웩 토했다. 아니 웩웩 울었다. 엉엉 울 줄도 몰라

서글픈 순방(巡房)

웩웩 울었다. 저런 더러운 남자가 내 남편이란 설움을 그렇게 울음 울 수밖에 없었다.

| 해설 |

개념에의 저항과 차이의 발견
―박완서 초기소설에 대하여

류보선(문학평론가)

> 나는 너무 첨단의 노래만을 불러왔다
> 나는 정지의 미에 너무 등한하였다
> ― 김수영, 「서시」

1. 이론에의 저항, 혹은 박완서 문학의 기원

우리는 너무 '첨단의 노래'만을 불러왔다. 그래서 전통적 규범의 업적이나 생명력은 감안하지 않고 첨단의 담론체계·제도·내러티브 등을 이식해오기에 바빴다. 그렇게 우리는 전통적 규범을 모두 지워내고 그 자리에 선진 자본주의의 제도는 물론 내러티브, 개념까지를 이식하려 했다. 하지만 기존의 것에 대한 특수한 부정이 아닌 전면적인 부정은 곧 무기력한 부정이다. 보편적인 것과 전통적인 것을 길항시켜 보다 의미 있는 사회적 내용과 형식을 창출하지 않는 한, 기존의 규범은 어떻게든 더 강한 생명력을 유지한다. 첨단의 삶에 대한 지나친 경사는 첨단의 삶과 전통적인 세계를 동시에 공존시키는 역설적인 결과를 낳는다.

이러한 상황에서도 우리는 새로운 삶의 양식, 전 지구적 자본주의 현상에만 주목했다. 전 지구적 자본주의라는 플롯에 어긋나는 현상들은 논의에서 제외되었고, 동시에 전통적인 것과 보편적인 것을 의미 있게 병존시키려는 모든 노력도 무의미한 것으로 규정되었다. 삶의 한 징후를 곧 본질로 읽었고 그것만을 주관과 객관을 연결하는 절대적인 인과율로 설정했다. 즉 우리는 우리의 삶이 보편세계와 마찬가지로 자본주의적 플롯에 의해 유지된다는 문제틀을 유지하기 위해 온갖 현상들을 적이나 지지 기반, 혹은 사물과 도구로서만 만났던 것이다. 첨단의 노래를 위해 우리는 개념을 주인공으로 떠받들었고 인간을 기호로 전락시켰다. 한마디로 개념을 위해 인간을 수단으로 다루었으니, 이러한 이성의 파괴행위는 광기의 전쟁의 중요한 요인이 되기도 한다.

하여, 근대 이후의 한국문학은 보편세계와 우리의 특수한 사회 사이에 존재하는 차이를 읽어냈어야 했다. 하지만 우리 문학은 이 차이를 주목하지 않았다. 다시 말해 보편적 내러티브와 토착적 내러티브가 서로 뒤엉켜 만들어내는 그 복잡한 사회상에 아무런 관심도 두지 않았던 것이다. 서구 보편세계를 완전무결한 이상적인 세계로, 대신에 자신의 사회는 폐기 처분해야 할 전통으로 가득 찬 사회로 규정한 채, 맹목적으로 전 지구적 자본주의라는 플롯에만 집착했다. 그 결과 근대 이후의 한국문학은 현실과 이상, 현상과 본질, 과거로부터 이어져내려온 전통과 다가올 미래 사이에 어떤 의미 있는 병존형식을 발견하는 대신에, 완전무결한 이상적인 보편세계와 편협한 민족적 전통(혹은 추악한 한국사회) 사이의 비교라는 대단히 제한되고 왜곡된 변증법만을 행했다. 해서 근대 이후 한국문학은 내내 "말하려는 것과 그리려는 것의 분열"(임화, 「본격소설론」)을 느꼈으며 이 분열을 결단(혹은 금욕적 집중)과 환멸로 해소하려 했다. 즉 근대 이후 우리 문학은 식민지 권력에 의해 강제적으로 진행된 우리 근대화가 빚어낸 어떤 특수성에 대해 그리 큰 관심을 갖지 않았고 이후에도 사정은 마찬가지였다. 보편적 세계와 우리의 특수한 사회에서 확인할 수 있는 차이에 대한 무관심은 이처럼 근대 이후 한국문학의 장(場)의 구조를 이루었으며, 이 장의 구조는 현재에도 존속되고 있다.

박완서는 근대 이후 한국문학의 장의 구조에 일대 충격을 가한 작가다. 박완서의 주된 관심 영역은 근대 이후 우리 문학사가 아직 개념화시키지 못한 것, 그러니까 보편세계와는 구분되는 우리 사회의 특수성이다. 그래서 박완서는 복잡하게 흩어져 있는 온갖 현상들을 위계질서화하고 총체화하는 보편적인 개념을 경이의 시선으로 바라보기보다는 그 개념(혹은 그 개념의 위계질서)이 행하는 천재적인 은폐를 항시 예의주시했고, 그를 통해 개념에 은폐된 사실들의 봉기를 유도해내어 결국은 우리네 삶을 가장 밀도 있게 형상화한다. "망가지고 흩어진 걸 복원하는 데 있어서 제 조각을 찾으려는 노력 없이 딴 조각으로 메운 걸 진정한 복원이라고 볼 수 있을까. 설사 그 딴 조각이 금(金)이라 해도 말이다."(박완서, 「복원되지 못한 것들을 위하여」) 이처럼 박완서는 개념 혹은 담론체계를 앞세운 사실의 취사선택이 아닌 소여적 조건의 면밀한 관찰 이후에 행해진 추상화를 중요시하거니와, 그를 통해 우리가 경험하고 느끼고 바라보는 바로 그 삶을 생동감 있고 구체적으로 표현한다.

선험적인 이론에 대한 저항의식과 사실의 복원 의지로 요약할 수 있는 이러한 박완서의 작가의식을 우리는 미메시스 정신이라고 부를 수 있으며, 이 미메시스 정신이야말로 박완서 문학을 위대하게 한 원천이다. 박완서는 여느 작가와는 달리 서구적 담론체계라는 절대적인 존재에 스스로 굴복하는 데서 누리는 평온하고 안정된 마음을 끝끝내 거부한다. 그리고 그 순간 우리 문학사에서 어느 누구도 깊이 있게 성찰하지 못했던 현실, 바로 우리의 역사를 발견한다.

> 엄마는 기생 바느질이나 하면서도 근지만 따졌다. (……) 그러나 엄마는 왜 저럴까? 하고, 자기가 하는 일은 무조건 다 옳다고 믿는 엄마를 은근히 한심하게 여길 꼬투리가 되기도 했다. 시골에 두고 온 우리의 뿌리와 바탕을 자랑스러워할 때의 엄마는 시골 와

서 식구들에게 자기의 서울 사람됨을 은근히 과시하며 으스댈 때 하고 똑같았기 때문이다. 시골선 서울을 핑계로 으스대고, 서울선 시골을 핑계로 잘난 척할 수 있는 엄마의 두 얼굴은 나를 혼란스럽게도 했지만 나만 아는 엄마의 약점이기도 했다.

— 『그 많던 싱아는 누가 다 먹었을까』 중에서

박완서만이 그려낼 수 있는 위와 같은 장면은 왜 상징이 사실보다 오랜 생명력을 유지할 수 있는가를 단적으로 보여준다. 그만큼 박완서가 어린 화자를 빌려 말하는 "시골선 서울을 핑계로 으스대고, 서울선 시골을 핑계로 잘난 척할 수 있는 엄마의 두 얼굴"이라는 상징은 근대 이후 한국사회의 특성을 가장 정확하게 드러내는 표현이라 할 만하다. 우리 근대화는 전근대세계의 규범이 지녔던 업적이나 잠재적인 가치를 비판하고 계승하는 과정, 다시 말해 우리의 토착적인 내러티브와 전 지구적 자본주의라는 보편적 내러티브를 조정 혹은 조율하는 과정을 거치지 않았다. 그 결과 우리 사회는 부르디외가 말하는 '제도의 형태 속에 객관화된 역사'와 '지속적 성향들의 체계의 형식으로 신체에 육체화된 역사' 즉 아비투스(Habitus) 사이의 극단적인 분열을 경험하게 된다. 즉 우리 사회의 어느 곳은 자본주의적 플롯과 형식에 의해 운영되며, 또다른 곳은 혈연, 지연, 학연 등 전근대적 질서에 의해 지탱되었던 것이다. 결국 한국사회의 깊숙한 곳에는 전혀 이질적인 두 개의 중심원리가 동시에 자리잡게 된 셈이다. 하여, 이곳의 사회 구성원들은 사회적 형식과 사회적 내용, 보편적 내러티브와 전통적 내러티브, 대의명분과 생존 본능, 영혼과 기록적 사실, 공공 영역과 사적 세계 사이에 극심한 분열을 경험하며, 또한 이 양자들 사이에 일관성 없고 자의적인 관련으로 인해 모든 사회 구성원들은 냉철한 실용주의자가 되거나 상대주의자가 된다. 즉 자신의 고유한 가치를 증명하는 대신에 타자들의 가치에 자신을 끼워 맞추거나 주위의 여건에 따라 자신의 모습을 천재적으로 변모시키는 연극적인 자아 혹은 철저한 속물 근성의 소유자로 살아가는 것이다. 자본주의적 플롯의 강제적이고도 불완전한 이식을 통한 근대화는 지금-이곳의 존재들에게 위선, 위악, 내적인 필연성 없는 변신의 삶을 강요했던 바, 박완서는 이러한 정황을 '엄마의 두 얼굴'이라는 뛰어난 상징으로 포괄한다.

박완서 특유의 서기관 정신은 제도의 이식을 통한 근대화가 발생시킨 또하나의 중요한 역사적 요소를 포착한다. 그것은 이성의 광기이다. 박완서는 자본주의적 제도와 함께 흘러들어온 보편적 내러티브와 그 보편적 내러티브에 대한 종교적 집착이 결국은 사실을 왜곡하고 존재들의 자기 의식 실현과정을 철저하게 제한하는 등의 인식상의 폭력을 초래했다고 파악한다.

그때의 우리의 곤경은 6·25라는 커다란 민족적 비극 속의 한 작은 단위에 불과했지만 중산층이 모여 사는 점잖은 동네의 인심의 간사함, 표리부동성과도 불가분의 관계가 있었다. (……) 그만큼 그는 지조를 최고의 이상으로 삼는 선비 기질을 간직하고 있었고, 그런 선비 기질이 목적을 위해 수단을 안 가리는 좌익사상의 본심(本心)을 참을 수 없는 데서 그의 갈등은 불가피했다. (……) 살기 위한 방편으로서의 변신이란 생각조차 하기 싫은 그의 인품이기에 더욱더 국민을 듣기 좋은 말로 달래 적 치하에 팽개치고 저희끼리 뺑소니친 꼴이 된 정부에 대한 원망도 컸다. 원망과 불신, 불안, 그리고 고독으로 그는 날로 정신이 망가져갔다.

—「엄마의 말뚝 2」 중에서

박완서는 한국전쟁의 기원으로 지금-이곳을 살아가는 존재들의 '표리부동성'과 더불어 '목적을 위해 수단을 안 가리는 좌익사상'을 주목한다. 현실과 인간을 떠난 서구적 담론체계에 대한 맹신과 그 담론체계를 강압적으로 이식하려는 의지는 해방 후 드디어 물리적인 힘을 획득하기 시작했으며, 이러한 이성의 광기는 급기야 연극적 자아들에게 처참한 악역까지를 떠맡김으로써 한국전쟁은 그야말로 모든 사회 구성원들의 정신을 망가뜨리는 가장 비극적인 사건이 되었다는 것이다. 이렇게 박완서의 '목적을 위해 수단을 가리지 않는'이라는 표현에는 한국의 근대적 지성에 숨어 있던 광기를 정확하게 포착하고 있으며, 이러한 박완서의 역사적 총괄은 한국전쟁 전반에 대한 새로운 성찰이자 동시에 놀랍도록 설득력 있는 가설이라 하기에 충분하다.

박완서 특유의 서기관 정신은 박완서 소설의 특성과 문제성을 구성하는 중요한 원천이다. 사실에서 출발하지 않은 이성은 곧 광기의 이성으로 전락한다는 한국 근대사에 대한 박완서 특유의 경험과 통찰은 박완서에게 자본주의적 플롯, 개념, 내러티브의 이식으로 진행된 근대화가 초래한 두 가지 비극적 요소(연극적 자아, 이성의 광기)를 정확하게 포착하게 하거니와 동시에 서구적 내러티브를 통한 현실 규정과 판단을 극도로 경계하게 한다. 개념에 대한 불신은 박완서를 어떤 개념을 매개로 한 현실적 파악이나 판단을 정지하도록 이끌며, 이러한 현상학적 환원을 통해 박완서는 생활세계에 대한 관심으로 나아간다. 박완서 특유의 생활세계에 대한 핍진한 묘사는, 워낙 생활 영역 깊숙한 곳에서 은밀히 작동하고 있어서 보편적 내러티브에 대한 관심만으로는 포착되지 않는 근대 이후 우리 역사의 핵심적인 요소(연극적인 자아, 이성의 광기 등)를 발견하고 드러내는 가장 최적의 소설적 방법인 것처럼 보인다. 즉 박완서는 어떤 개념을 앞세우는 대신에 지금-이곳을 살아가는 존재들의 생활 현장 속에서 그들이 내세운 명분과 실제 의도, 형식과 내용, 오늘과 어제, 낮과 밤, 공공 영역과 사적 공간을 철저하게 비교, 대조, 유추함으로써 우리 삶에 작용하는 이질적인 여러 사회 구성요소를 정확하게 읽어내는 것은 물론 여러 이질적인 요소들을 변증법적으로 지양시켜나갈 수 있는 잠재적인 가능성까지를 포착해내는 것이다. 이것은 우리 소설사에서 박완서 소설만이 보여주는 어떤 경지이자 박완서 문학의 가장 위대한 성과이다.

박완서가 이러한 경지에 한달음에 오른 것은 물론 아니다. 금빛으로 화려하게 빛나는 담론체계들 속에서 버려진 사실들을 홀로 중요한 것으로 받아들이는 일은 쉽지 않았을 것이며, 또 근대 이후 한국문학의 장의 구조가 어렵사리 찾아낸 연극적 자아와 이성의 광기는 생활세계의 사실들을 다만 사소하고 의미 없는 것이라고 유혹했을 것이다. 이 유혹을 견딜 수 있었던 것은 박완서 자신이 자신의 경험 내용 혹은 시대적 정황을 놀라울 정도로 생생하게 기억하고 있었기 때문이며, 기억과 사실을 토대로 특수한 한국 역사를 성공적으로 서사화할 수 있었기 때문이다. 그렇다면 박완서를 말하기 위해서는 박완서가 어떤 과정을 통하여 수많은 담론체계들이 행하는 천재적인 은폐 속에서 자신의 기억, 경험했던 사실들을 되찾으며 또 그것들의 의미를 복원해내는가가 충분히 고려되어야 할 터이다.

그럼 박완서는 어떤 과정을 통해 자신만의 진리 내용에 도달하는가. 박완서의 초기 단편소설을 통해 그 과정을 되짚어보고자 하는 것, 이것이 이 글의 출발점이자 또한 궁극적인 목적지이다.

2. 일상성, 욕망하는 기계들의 왕국

박완서 소설의 예외적인 성격, 곧 문제성은 박완서의 초기소설에서부터 나타난다. 박완서 초기소설의 예외적인 성격은, 이는 거대한 역사적 격랑을 헤치고 난 뒤늦은 나이에 등단했다는 것과 관련이 깊은 것이겠지만, 박완서 소설의 역사철학적 기반이 바로 낭만적 아이러니 상태라는 것이다. 다음을 보자.

> 너도 결혼을 해야지. 처자식만 알 착실한 남자하고. 어느 날 어머니가 그랬다. 나는 어머니의 그 말에 대번에 동의했다. 처자식만 아는 착실한 남자라는 말이 내 마음에 쏙 들었다. 처자식의 먹이를 벌어들이는 것 외에는 자기가 속한 사회에 섣불리 참여하지도 저항하지도 않는 남자, 그런 뜻이 아니겠는가. 그런 남자가 좋고말고. 그리고 나는 왠지 그런 남자와 결혼함으로써 오빠와 아버지에게 복수라도 하는 기분이었고, 무엇보다도 사는 일에 지쳐 있기도 하였다. (……)
> 처자식만 아는 남편, 많은 아이들. 그래도 나는 행복하지 않았다.
> 사는 게 매가리가 없고 시들시들하고 구질구질하고 답답하고 넌더리가 났다. 사는 즐거움, 나는 흥미를 받아들이는 감수성이 마치 망가진 용수철처럼 매가리가 없이 풀려 있었다.
> ―「부처님 근처」, 108~109쪽

박완서는, 위의 인용에서 볼 수 있듯, 작가로서의 첫 출발점부터 부조리한 세계와 싸우는 것이 대단히 절망적이라는 전제에서 있다. 박완서는 자기가 속한 사회에 섣불리 참여하거나 저항하는 행위는 한 주체를 죽음으로 몰고 갈 뿐만 아니라 이러한 죽음에도 불구하고 부조리한 세계는 조금도 개선되지 않는다는 사실을 이미 확인하고 있다. 그리고 부조리한 현실과 타협하는 것은 더욱 불가능하다는 사실도 깨닫는다. 결국 박완서는 거대한 현실과 싸움을 벌이는 것은 승리할 가능성이 없다는 절망과 그 싸움을 포기함으로써 경험한 더 큰 절망 사이에 서 있게 된다. 이러한 이중적인 절망 상태, 혹은 낭만적 아이러니의 상태에서 박완서의 소설은 씌어지며, 그래서 박완서의 소설에는 루카치가 말한 성숙한 존재의 멜랑콜리가 깃들어 있다. 이러한 이중적인 절망 상태라는 역사철학적인 자리에서 씌어진 소설은 우리 문학사에서는 대단히 예외적이다. 한국소설의 대부분은 현실이라는 감옥에 갇히는 것은 곧 죽음이라는 하나의 절망만을 문제삼는 적극적인 주인공들의 모험이거나, 아니면 두 개의 절망을 표현했다 하더라도 주인공의 길을 한 발자국 앞장서 나아가는 신의 분위기가 워낙 짙게 드리워져 있어 성숙한 상태의 멜랑콜리라는 정조와는 거리가 멀다. 다시 말해 근대 이후 한국소설은 보편적 내러티브의 실현 가능성에 대해 절대적인 믿음을 보였으며, 따라서 대부분의 소설들은 현실에 대한 정밀한 탐사도 없이 확신에 찬 개인적 모험을 거듭 감행해왔다고 할 수 있다. 이에 비해 박완서는 거친 역사적 격랑을 헤쳐나오면서 교활한 현실의 전지전능함과 싸우지 않는 삶의 무의미성을 누구보다도 절실하게 깨달은 작가인 것이다. 이로 인해 박완서만의 고유한 정조를 확보하게 되니, 이것이 바로 박완서 초기소설이 보이는 예외성의 근원이 된다.

박완서는 이처럼 자신의, 그리고 동시대인들의 삶을 타락한 현실과 싸우는 문제적인 개인이 아닌 그것을 포기한 존재들의 삶으로 규정한다. 따라서 박완서의 초기소설은 당연하게도 현실과 맞서는 문제적인 개인의 희망과 절망을 서사화하기보다는 삶의 타성에 안주함으로써 자초한 더 큰 절망을 집중적으로 묘사한다. 박완서의 초기 소설에서 현재의 거대한 담론체계에 순응하는 존재들이 경험하는 절망의 가장 핵심적인 내용으로 주목하는 것은 삶의 반복 가능성과 대체 가능성 그리고 사물화(사물의 주인공화와 인간의 사물화)이다.

박완서 초기소설의 주인공들은 하나같이 자신들을 둘러싼 환경과의 진정한 싸움을 포기한 자들이다. 친밀성, 안정성, 세속적인 의미의 행복 등은 어떤 목적에 도달하기 위한 수단이 아니라 목적 그 자체이다. 만약 자신의 삶의 목표에 걸림돌이 된다면 그들은 언제든지 자신들만의 고유한 가치라든가 자기만의 진리 등의 질적인 가치들을 밀어낼 준비가 되어 있다. 즉 그들은 양적인 가치에 의해 혹은 양적인 가치를 위해 그들의 질적인 가치를 포기하는 데 아무런 주저도 보이지 않는 존재들인 것이다. 그들은 친밀성, 안전 등의 양적인 가치를 잃게 되면 모든 것을 잃으리라고 두려워하며, 따라서 이들은 이 양적인 가치에 주술적으로 집착한다. 그래서 그들이 세계의 논리를 자기화하면 할수록 그들의 영혼은 점점 더 비어가지만, 그들은 괘념치 않는다. 박완서 초기소설의 주인공들은 "흙냄새와는 이질적인 도회의 훈향"(「어떤 나들이」「주말농장」)에 매혹되기도 하고, 돈을 삶의 수단이 아니라 목적으로 숭배하는 사회적 분위기(「세모」「맏사위」)에 압도당하기도 하고, 언제 "총구가 되어 내 아이의 가슴 향해 겨누어질지" 모르는 "시대의 횡포, 광기"(「부처님 근처」「카메라와 워커」)를 피해서 현재의 담론체계가 강요하는 실존 조건을 충실하게 받아들인다. 즉, 자신의 고유한 가치를 철저하게 비워가면서 세계를 충실하게 자아화한다.

박완서의 초기소설이 면밀하게 묘사하는 것은 바로 이 지점부터이다. 일방적으로 세계를 자아화했을 때 필연적으로 경험할 수밖에 없는 절망으로 박완서가 주목하는 것은 삶의 기계적인, 그리고 지긋지긋한 반복이다. 그들은 세계를 자아화하는 단계까지만 해도 비록 고통스럽지만 살아 움직인다. 그들은 자기의 고유한 가치를 포기하면서 어쩔 수 없이 회의의 과정을 거치기도 하고, 또 세계를 자아화하여 타락한 세계의 중심부로 올라서는 과정이 결코 쉽지 않기에 여러 고난을 넘어서기도 한다. 하지만 그들은 결국 자기를 비워낸 자아여야만 행복하게 살 수 있다는 확신 때문에 흔쾌히 자신만의 비교 불가능한 가치, 차이, 고유함

등을 포기한다. 하지만 그들은 자신들의 목표가 그들을 영원한 부자유의 상태로 전락시킨다는 사실을 뒤늦게 깨닫는다. 이 때문에 자신의 삶의 목표에 도달한 박완서 초기소설의 주인공들은 하나같이 무력감에 빠진다. 이들은 자신만의 목표나 진리도 없이 집단이 만들어낸 자의적인 어떤 기준을 삶의 목표로 설정했던 존재들이므로 그 목표점에 도달한 순간 더이상 자기를 움직여나갈 터전을 찾아나서지 못하는 것이다.

이제 그들을 위협하는 것은 발전하고 있다는 뿌듯한 쾌감도 전락한다는 위기의식도 없는, 악무한에 가까운 기계적인 일상의 반복이며, 박완서는 이것을 타락한 현실에 순응하는 자가 경험하는 더 큰 절망의 내용으로 주목한다. 도시의 화려한 이미지에 영혼을 빼앗긴 한 여성의 일상사를 다룬 「어떤 나들이」는 박완서의 이러한 문제의식이 한눈에 드러나는 소설이다. 「어떤 나들이」의 주인공은 세계를 무반성적으로, 그리고 아무런 자의식도 없이 받아들인 존재이며, 그녀의 목표였던 도시라는 공간으로 편입한 이후 그녀의 삶은 권태 그것이다. 도대체가 그녀의 삶에는 어떤 변화도, 어떤 사건도 발생하지 않는다.

실상 생각할 거리란 일거리보다 더 아쉽다. 우선 저녁반찬을 뭘로 할까 궁리할 필요가 조금도 없다. 김치와 두부찌개, 아침엔 콩나물국. 남편의 수입은 꼭 그 정도의 식단을 허용하고 가족의 식성 또한 내가 콩나물찌개나 두부국을 끓이는 창의성을 발휘하는 것을 용납하지 않는다.

　나는 아무것도 근심하거나 걱정할 필요가 정말이지 조금도 없는 것이다.

—「어떤 나들이」, 40~41쪽

　이렇게 아무 일도 없이 반복되는 일상은 그녀를 지치게 하고 병들게 한다. 해서 「어떤 나들이」의 주인공은 좋은 팔자마저 저주한다. "팔자가 좋다는 건" 곧 "구원이 없는 암담한 늪"이기 때문이다. 뿐만 아니라 "이미 나는 가장 안 미친 상태를 잘 알고 있었고 그 상태가 얼마나 재미없나를 알고 있"기 때문에 어떤 광기의 상태에 강한 유혹을 느끼기조차 한다. 그녀는 "구원 없는 암담한 늪"에 허우적거리는 삶의 권태로부터 벗어나고자 한다. 그러나 일상이라는 감옥으로부터의 탈주는 그녀를 더욱더 권태롭게 만들고 급기야는 절대 고독의 상태에 빠뜨린다. 그녀는 일상에서 탈출하기 위해 타자와의 소통을 꿈꾸지만 그것은 오히려 권태로부터 벗어나려는 그녀에게 더 큰 무력감을 안겨준다. 남편, 자식 등 자신의 주변의 존재들이란 "어느 틈에 패류(貝類)처럼 단단하고 철저하게 자기 처소를 마련하고 아무도 들이려 들지 않"기 때문이다. 그녀는 술의 힘을 빌린 환각상태에서만 자유를 느끼며, 환각을 통해서만 세계의 생동성을 맛본다. 하지만 이것이 그녀에게 주어진 마지막 은총이다. 일상성으로부터의 진정한 탈주란 자신의 전체 삶을 서사화, 역사화하여 그 과정에서 자기가 활동할 공간을 만들어갈 때 가능하다면, 「어떤 나들이」의 주인공은 그것이 불가능하다. 그녀는 현재의 이 생활을 권태스러워할 뿐 그 외의 가능성을 찾기 위한 어떤 노력도 하지 않기 때문이다. 그래서 결국 「어떤 나들이」의 주인공은 "아무의 도움도 없이 내 의지나 체력의 도움조차도 없이 그냥, 자석에 이끌리는 쇠붙이처럼 열한 평의 틀을 향해 곧바로" 되돌아온다.

박완서가 보기에 싸우지 않는 자의 절망이란 악무한의 기계적인 반복과 그에 따른 권태에 그치지 않는다. 박완서는 타락한 현실에 그대로 순응하는 자들이 경험하는 더 큰 절망의 내용으로 또하나의 사실을 주목하는데, 그것은 인간의 대체 가능성이다.

> 이렇게 나나 철이 엄마나 딴 방 여자들이나 남보다 잘살기 위해, 그러나 결과적으론 겨우 남과 닮기 위해 하루하루를 잃어버렸다. 내 남편이 십팔 평짜리 아파트를 위해 칠 년의 세월과 부드러움과 따뜻함을 상실했듯이.
>
> (……) 여직껏 철이 엄마는 내 거울 같은 존재였다. 내가 얼마나 권태로운가, 얼마나 공허한가, 얼마나 맥이 빠져 있나를 그 여자를 보면 알 수 있었다.
>
> ─「닮은 방들」, 284쪽

> 그러나 그는 거기 없었다. 거기 윗목에 엉거주춤 쭈그리고 앉아 있는 건 내 사위가 아니라 내 남편이었다.

실제의 나이보다 더 들어 뵈고 어깨가 축 처지고 어릿어릿하고 비실비실하고 멍청하고 비굴하고 소심하고 슬프게 찌든 남편이 거기 있었다.

삼십 년이나 같이 산 남편이지만 이때처럼 곰곰 바라다보긴 처음이었다. 진짜로 그가 거기 있대도 그렇게 분명한 그의 모습을 볼 수는 없었을 것이다.

—「맏사위」, 190쪽

이곳의 존재 대부분이 "남보다 잘살기 위해" 타자의 가치를 자기화하는 자리에서 자기 의식의 실현과정을 중단하기 때문에 이곳의 존재들은 서로 닮게 된다는 것이다. 자기의 고유한 가치들을 모두 버린 마당에 한 개인과 다른 개인 간에 차이란 존재할 수 없을 터이다. 그래서 박완서의 초기소설의 주인공들은 겉으로는 서로 다르지만 실제로는 동질적인 인물과 수시로 조우하고 전율한다. 이들은 "닮음에의 싫증에 진저리를 쳐가면서" "이곳으로부터, 이곳의 무수한 닮은 방으로부터, 놓여날 수 있는 가능성"(「닮은 방」)을 찾아나선다. 그러나 이것 역시 쉽지는 않다. 이러한 대체 가능한 기호로 전락한 자신의 삶으로부터 벗어나기 위해서는 "남들보다 잘살기 위해" 포기했던 자신의 가치들을 되살려와야 할 터인데, 박완서 소설의 주인공들은 이 원리를 포기하지 않은 채 "남들보다 잘사"는 범위 안에서 고유한 가치를 찾아나서기 때문이다. 이러한 존재가 선택할 수 있는 일이란 낯선

해설 개념에의 저항과 차이의 발견 439

것을 향한 모험인데, 이때 이 모험은 기존의 규범이 지니는 업적을 모두 부정하는 방향으로 진행된다. 즉 남과 닮지만 않으면 되는 것이다. 이러한 낯선 것에의 강렬한 유혹은 기존의 질서에 대한 보다 높은 차원의 비판이 되지 않음은 물론 또 때로는 가학적이고 자학적인 방향으로 치달을 가능성이 농후한데,「닮은 방」의 주인공이 바로 그러하다. 그녀는 이웃집 남자와의 간음을 통해 남과는 다른 자기의 정체성, 즉 자기의 고유함을 증명하려 하는바, 이를 통해 작가는 자신의 고유한 영혼이 지니는 문제성을 찾아나서지 않는 상태에서 이루어지는 낯선 것에의 지향은 결국 자멸의 길로 나아갈 수밖에 없음을 드러낸다.

그렇다고 작가 박완서가 타락한 현실과 맞서지 않는 자들 모두가 권태와 동어반복의 무기력한 삶을 산다고 바라보는 것은 아니다. 작가는 오히려 현행 담론체계의 위계질서에 철저하게 순응하는 자들 대부분이 끊임없이 결핍을 느끼고 그 결핍을 충족시키는 역동성과 활력 속에서 살아간다고 파악한다.

그의 일상은 다만 편안하고 행복했다. 그렇다고 그에게 아주 근심이 없는 것은 아니었다. 심심하지 않을 만큼 그에게 근심이 생겼지만 그는 아주 신속히 그 근심의 해결책을 발견하고는 그 근심이 없었던 때보다 한층 더 행복해졌다.

현대란 얼마나 살기 좋은 시댄가? 현대가 청부 맡을 수 없는 근심 걱정이란 게 도대체 있을 수 있을까? 한 가지의 근심을 위해 여남은 가지도 넘는 해결책이 아양을 떨며 달려드는 시대인 것이다.

어느 날, 남편은 그의 정력이 전만 못하다고 느꼈다. 제기랄, 마흔을 넘긴 지가 엊그제 같은데 벌써 이게 무슨 꼴이람. 그러나 그는 결코 오래 비참해할 필요가 없는 것이다. 아주 신속히 아주 신효한 정력제의 이름을 알아내고야 말았기 때문이다.

―「지렁이 울음소리」, 122~123쪽

세상과의 싸움을 포기한 자가 일상적으로 경험하는 이러한 역동성과 활력은 결국 허위의식의 산물이라는 것이다. 자신만의 고유한 가치를 지니고 있지 못하다는 것은 곧 세상의 모든 사물들을 자기화하는 어떠한 기준도, 조건도, 목표도 없다는 것을 의미할 터이다. 이러한 존재들에게 외부적 현실은 전체가 아니면 아무것도 아니다. 이들은 외부에서 주어지는 자극을 더이상 취사선택할 수 있는 정보로서가 아니라 삶의 절대적인 규율, 혹은 아무런 가치도 없는 것으로 받아들인다. 새롭게 발생하고 다가오는 외부적 현실을 아무것도 아닌 것으로 받아들일 경우 권태에 빠지며, 전체로 받아들일 경우 역동적인 삶을 이어갈 수 있지만 그 역동성이란 사물이 주인공이 되고 인간은 사물로 전락하는 자기 파멸의 역동성이다. 사물이 주인공의 자리에 올라서면 내용과 형식, 기의와 기표, 목적과 수단이 서로 뒤바뀌는 전도된 관계, 즉 어떤 내용이 형식을 창출하는 것이 아니라 형식이 내용을 규정하며 어떤 목적을 위해 모색되어야 할 수단이 곧 목적이 되는 관계의 왜곡이 발생하기 때문이다. 박완서 초기소설의 몇몇 주인공들이 경험하는 역동성이란 인간이라는 목적에서 기계라는 수단으로 전락하는 역동성이다. 그렇게 그들은 돈을 풍족한 삶을 위한 수단이 아닌 궁극적인 목적으로 설정하고 돈을 위해 자신들의 고유한 정신적 활동을 포기하거나(「세모」「맏사위」「주말농장」), 아니면 기의와 관계 없이 홀로 떠돌아다니는 기표에 현혹되어 결핍을 느끼고 그 기표가 지시하는 대로 결핍을 충족시키는 전도된 변증법을 실천한다(「지렁이 울음소리」).

박완서 초기소설은 이처럼 타락한 세계와 싸우지 않는 자들의 왜곡된 존재방식을 집요하게 파헤치거니와 그를 통해 자신의 고유한 가치를 포기한다는 것은 곧 주체의 죽음을 의미한다는 결론에 도달한다. 그렇다면 박완서가 나아갈 길은 하나밖에 없는지도 모른다. 비록 또다른 절망이 기다릴 뿐이지만 타락한 세계와 맞서는 것. 그렇게 박완서의 자신의 고유한 가치를 증명하기 위한 정신적 여정은 시작된다.

3. 두 개의 중심, 연극적 자아

하지만 박완서가 곧바로 타락한 세계에 맞설 수 있는 의미 있는 가치나 영혼의 내적 문제성의 실체를 찾아내는 것은 아니다. 박완서에게는 이미 젊은 열정만이 누릴 수 있는 신적인 후광이

나 이념적 파토스가 사라진 지 오래인 것이다. 다시 말해 그의 영혼에 잠복되어 있는 내적 문제성은 타락한 세계의 논리에 의해서 이미 찢겨지고 흩어져버린 상태이며, 그 상태에서 곧바로 의미 있는 가치를 제시하기란 자신을 과장하거나 기만하는 경우를 제외하고는 쉽지 않다. 박완서는 자신의 어떤 한 측면을 과장하는 대신에 자기 자신을 반성적으로 성찰한다. 비록 필연적인 동기는 있었겠지만 자기 자신이 세계의 타락한 가치 앞에서 자신의 고유한 가치를 포기한 것만은 분명한 사실이라고 한다면, 이러한 지나간 자신의 전 역사에 대한 서사화는 꼭 필요한 과정인지도 모른다. 박완서는 자신의 역사에 대한 총체적 재구성이라는 중요한 과정을 피해가지 않으며, 그런 연후에 의미 있는 가치를 제시하고자 한다. 타락한 세계와 타협한 자신에 대한 박완서의 자기 반성은 자신을 포함한 동시대인들이 타락한 세계와의 싸움을 기피하게 된 계기를 객관화하는 방식으로 이루어진다. 그렇게 박완서는 이곳에 생존하는 개인들이 역사적인 존재이기를 포기하고 일상의 굳은 벽에서 스스로 안주하게 된 사회적, 역사적 계기를 찾아나선다.

우선 박완서는 이곳의 존재들이 위신 투쟁을 포기하면서 살아가게 된 이유로 각자의 고유한 가치를 공인해주지 않는, 도대체가 너무 중층적으로 얽혀 있어서 특정의 개념으로는 규정하기 힘든 사회적 분위기를 주목한다. 「서글픈 순방」은 왜 이곳의 존재들이 자신의 고유한 가치를 타자에게 전이시키는 대신에 타자의 가치에 일방적으로 순응하게 되었는가를 잘 보여준다. 여기, 단란한 가정만을 꿈꾸는 여성이 있다. 타인의 방해가 없는 가족만의 주거공간을 마련하고자 생활비를 한 푼 두 푼 쪼개 적금을 붓던 이 여성에게 드디어 자신의 꿈을 실현할 수 있는 시기가 다가온다. 어렵사리 모은 적금으로 가족만의 단란한 거처를 찾는 이 여성은 곧 최소한의 고유한 가치마저도 인정하지 않는 현실과 조우한다. "애는 무조건 싫"으므로 전세를 내줄 수 없다는 것. "겨우 생후 일 년밖에 안 된 천사 같은 것을 그런 독사 눈으로 노려보"는 집주인의 시선에서 그녀는 "그 여자의 못된 시선에 못된 주술이라도 걸려 있어 우리 영아가 곧 어떻게 되는 것 같"은 공포와 전율을 느낀다. "집 장만하기 전에 아기를 낳는다는 일이 사생아를 낳는 일보다 훨씬 더 부끄러운 일로 여겨"지는 이 이해하기 힘든 사회적 분위기 때문에 그녀는 어쩔 수 없이 "애를 없는 것처럼 속이"고 마침내 거처를 얻는다. 자립적 가치를 포기해야만 사회적 공인을 받을 수 있는 곳, 사회적 공인을 받기 위해서는 자신의 가치를 포기해야만 하는 곳, 따라서 개개인의 자립적 가치가 존재할 최소한의 틈, 혹은 최소한의 가능성도 남아 있지 않은 곳, 작가는 이렇게 우리의 터전을 묘사한다.

박완서는 이처럼 이곳의 존재들이 자유로부터 서둘러 도피하는 이유로 어떠한 기준도, 조건도, 가치도 분명하지 않으면서 개인의 자립적 가치를 불온시하는 사회적 분위기, 혹은 집단적인 열정이나 광기를 주목한다. 문제는 우리 사회를 움직이는 힘이

자의성과 우연성이라는 사실에 있다는 것이다. 그럼 우리 사회에 어떠한 기준도 조건도 확립되지 않은 이유는 무엇인가. 이에 대해 박완서는 한국사회에는 두 개의 중심이 서로 지양되지 않은 채 공존하고 있으며 이 두 중심이 자의적이고 우연적으로 결합하면서 때로는 거대한 폭력을 발생시키며, 이 자의성이 빚어내는 폭력이 결국은 이곳의 개인들로 하여금 자기 자신의 고유한 가치를 스스로 부정하게 한다고 분석한다. 두 개의 중심과 그것의 자의적이고 우연적인 결합이 문제인 것이다.

박완서가 보기에 우리 사회는 서로 양립하기 힘든 요소가 기이한 형태로 공존하는 사회이다. 「재수굿」에서 작중화자가 관찰하는 가정은 "편안하고, 부드러운 미소를 띠고 있었고, 아이들까지도 자신에 넘쳐 있었고, 무엇보다 자유로워 보였고, 서로 깊이 사랑하고 있음이 역력"한, "사람이 사람답게 사는 본보기"처럼 보이는 가족이다. 그래서 작중화자는 부자에 대해 가지고 있던 편견을 부끄러워하며 오히려 "부(富)야말로 사람이 지녀야 할 최상의 미덕이 아닐까" 하는 회의까지 가지게 된다. 그러나 재수굿을 벌이며 돼지머리 앞에서 "지성이면 감천을 믿는 자의 끈질김으로 감돈(感豚)을 꾀하"는 이 가족의 갑작스러운 표변에서 작중화자는 일종의 경이감을 느낀다.

박완서는 이러한 무원칙성(표리부동성, 자의성)이 사적 영역은 물론 사회를 운영하는 핵심적인 제도, 즉 공공영역에까지도 관철되고 있다고 파악한다. 작가가 보기에 우리 사회는 이러한 사회이다. '높은 사람'이 지나간다는 기준도 조건도 없는 명분을 들어 경찰들이 육교의 통행을 막는다. 기준도 명분도 없는 금기 체계에 한 청년이 '더이상 머저리일 수만은 없다는 오기'와 '용기'로 육교를 건너는 권리를 행사한다. 그러나 이것은 곧 무모한 모험이었음이 밝혀진다. 그들은 "무슨 빽으로 함부로 법과 질서를 무시해"라며 법전 어디에도 명기되어 있지 않은 법과 질서를 내세우며 군중들 앞에서 폭력을 가하고, 기본권이 침해당했다고 같이 분해하던 군중들은 갑자기 표변하여 이 폭력의 현장에서 '유열(愉悅)'한다. 하지만 공공 영역의 표리부동성은 여기에서 그치지 않는다. 그 청년은 분하다. 술을 마시고 "야간 통금 위반 음주 폭행의 죄목으로 칠 일간의 구류 처분을 받"는다. 청년의 '여자애'가 면회를 온다. 그런데 거기에도 원칙은 없다. 모든 것이 자의적이다. 누구는 하루에 몇 번이나 면회가 되나, 누구는 안 되는 것이다. 항의한다. 간수의 응대는 폭력적이며 그래서 '주술적인 공포'를 불러일으킨다. "같잖은 년 같으니라구. 아니 꼽게 뭐, 법을 다 쳐들어. 지금 내 기분이 울고불고 빌붙어도 될까 말깐데." 그리고 터득한다. '스스로를 지키려는 지혜' 혹은 '오천 년의 유구한 생활철학'인 "똥이 무서워서 피하나 더러워서 피하지"라는 '비열의 철학'을. 그리곤 이 청년은 깨닫는다.

나는 사람은 누구나 스스로의 사람다움을 지키기 위한 가시를 인두겁과 함께 타고 태어난다고 믿고 있었기 때문에 요즈음 사람들은 도대체 언제 어디다 써먹으려고 가시를 감추고 숙맥 노릇을 하나 그걸 몰랐었다. 그런데 난 지금 그걸 알아낼 꼬투리를 잡은 듯했다. 마치 어떤 흉악한 음모의 단서라도 잡은 듯이.

그래, 거긴 분명히 음모의 냄새가 있어. 우리를 고분고분 길들이고, 우리의 가시를 마멸시키기 위해 용의주도하게 꾸며진 음모의 냄새가.

—「연인들」, 213쪽

박완서는 이처럼 합리성과 비합리성, 대의명분과 숨은 의도, 형식과 내용 사이의 철저한 단절 혹은 자의적인 병존관계가 사회의 구성원들을 '고분고분 길들'이고 있음을 지적한다. 박완서는 여기서 더 나아간다. 즉 한 사회에 존재하는 두 개의 중심, 그리고 그 두 중심의 우연적이고 자의적인 병존 형식은 때로는 「재수굿」처럼 냉소를 머금게 하는 소극(笑劇)을 연출하기도 하고, 또 때로는 「연인들」처럼 서서히 개인의 고유한 가치를 지워내기도 하지만, 어떤 경우에는 한 존재의 삶을 송두리째 뒤트는 직접적인 폭력과 광기로 작용하기도 한다는 것이다. 박완서가 한국사회에 공존하는 두 개의 중심, 그리고 그것들의 자의적이고 우연적인 결합에 그토록 주목하는 것도 바로 이 자의성이라는 기호가 뿜어내는 광기 때문임은 물론이다.

「세상에서 제일 무거운 틀니」에 등장하는 작중화자의 남편은 우리 사회를 움직이는 자의성이라는 무원칙적인 원칙이 한 인간을 얼마나 황폐하게 전락시키는가를 단적으로 보여준다. 말단 공무원인 그는 한국사회의 움직임을 좌우하는 하나의 중심원리인 학연, 지연, 혈연 등의 혜택을 받지 못한 까닭에 줄곧 승진에서 누락된다. 그러다가 대학의 은사가 자신이 근무하는 관청으로 옮겨오고 자신의 대학 선배들이 속속 승진하면서 드디어 학연의 은총을 받을 계기를 맞이한다. 하지만 그의 기대는 여지없이 깨져나간다. 아내의 오빠가 월북했던 것. 생전 만나보지도 못한 처남 때문에 그는 승진은커녕 해외 시찰마저도 번번이 제외된다. 그러니 "점점 더 폭음으로 난폭해"질 수밖에. 그의 삶은 그렇게 황폐해진다. 삶이 철저하게 황폐해지기로는 이런 남편을 바라보는 작중화자 또한 마찬가지이다. 그녀 또한 오빠가 월북했다는 이유 하나만으로 언제나 불안 속에서 살아야 하고 동시에 남편의 "성한 사람이 문둥이 보듯 증오와 연민으로 대"하는 수모를 겪어야만 하는 것이다. 그렇다고 이 질곡으로부터 벗어날 방법이 있는가 하면, 그것도 없다. 현재 겪는 불행의 원천이 현재 자신들의 잘못된 선택에 있는 것이 아니라 과거 오빠의 행적에 있으며 또한 과거 오빠의 행적과 지금의 나를 아무 인과관계도 없이 연결시키는 주술적인 인과율(혹은 권력에의 의지)에 있으니, 이 권력에의 의지가 진정한 이성으로 표변하지 않는 한 도대체가 이 질곡으로부터 벗어날 가능성이란 없는 것이다.

「부처님 근처」의 작중화자가 겪는 불행 역시 마찬가지의 기원을 지니고 있다. 그녀 역시 「세상에서 제일 무거운 틀니」의 작중화자의 경우처럼 아주 오래 전에 아버지와 오빠가 보였던 행적 때문에 현재를 불행하게 살아가는 인물이다. 오빠는 한때 좌익운동에 가담했고 무슨 이유 때문인가 자신이 선택한 이념에 회의를 품는다. 그러나 어떤 선험적인 모범세계를 종교적으로 숭배하던 권력화되고 인격화된 관념은 이 회의를 인정하지 않았고 오빠는 허무하게 죽어간다. 이에 대한 복수심이 아버지를 좌익으로 이끌었고, 아버지 역시 이 이유 때문에 한 인간이 발전하기 위해 거쳐야 할 시행착오를 인정하지 않는 광기의 이성에 의해 죽는다. 하지만 시대의 광기는 있는 그대로의 사실을 인정할 최소한의 여지조차 남겨주지 않았고, 그래서 그녀와 그녀의 어머니는 생존을 위해 스스로 사실을 왜곡한다. 그리고 평생 동안을 "어머니와 함께 두 죽음을 꿀꺽 삼켰을 당시의 그 뭉클하기도 하고, 뭔가가 철썩 무너져내리는 것 같기도 하고, 속이 뒤틀리게 메슥거리기도 하던 그 고약한 느낌"을 지니며 그야말로 연명한다.

박완서는 이처럼 한국사회를 근대적인 것과 전근대적인 것이라는 두 개의 중심이 공존하며 이 이질적인 요소의 기기묘묘한 공존을 한국사회의 모든 악의 근원으로 설정한다. 제도의 이식을 통한 근대화가 근대적인 것과 전근대적인 것이라는 두 개의 중심을 공존시켰으며 이 두 개의 중심의 자의적이고 우연적인 결합이 우리의 삶을 결정짓는 중요한 요소로 작용함으로써 도대체가 이곳의 존재들은 자신의 삶을 예측할 수 없는 상황에 빠져든다. 게다가 우리 사회는 근대적인 것과 전근대적인 것을 서로 길항시켜 이것을 긍정적인 방향으로 지양시키기는커녕 각 원리 속에 숨어 있는 부정적인 요소만을 기형적으로 결합시키는 방향으로 전개되었으며, 이 때문에 사회 구성원들은 자기의 고유한 가치를 포기해야만 생존할 수 있는 상황이 벌어졌다는 것이다. 일관성 없는 사회 운영체계가 그 사회의 모든 성원들을 실용주의자나 기회주의자로 만든다고 한다면, 우리 사회가 바로 그러한 사회라는 것이다.

이처럼 박완서는 자신의 과거를 끊임없이 부정하고 살아가거나 '고분고분 길들여'지며, 그것이 아니면 자학적인 생활을 할 수밖에 없는 궁극적인 요인을 우리 사회에 존재하는 두 개의 중심에서 찾고 있거니와, 동시에 보편세계 주변에서 근대화를 추구했던 우리 사회의 근대성의 중층적인 성격과 이러한 근대성의 복합적인 성격 때문에 형성된 우리네 삶의 특수한 존재방식을 추출해낸다. 작가가 우리네 특수한 삶의 전형적인 요소로 제시하는 것은 연극적인 자아와 속물근성이다. 박완서는 이곳의 존재들은 의식했건 의식하지 않았건 간에 천재적인 연기력을 발휘하며 살고 있다고 규정하고 그러한 삶의 선과 후, 낮과 밤, 외면세계와 내면세계, 그리고 공공 영역에서의 삶과 사적 영역에서의 삶을 속속들이 비교한다. 이곳의 존재들은 공공영역에서는 자신의 위치에 충실한 직업인이지만 그렇지 않은 곳에서는 돼지머리 앞에 머리를 조아린다(「재수굿」). 아니면 밖으로 공포된 글에서는 "돈이니 명예니 하는 것에 담박하고, 돈이니 명예니와 상관없는 보잘것없는 것들에 따뜻한 시선을 보냄으로써 거기서 자기의 삶을 가꾸고 풍부하게 할 어떤 의미를 찾아낼 줄 아는 사람"이었으나 실제로는 그와 정반대의 성향을 지닌 존재이기도 하다.

  그러나 나는 곧 내가 속았다는 걸 알아야 했다. 그는 겁쟁이이고 비겁하고 거짓말쟁이였다. 순 엉터리였다. 그의 본심은 돈과 명예에 기갈이 들려 있었고 T시와 T대학 강사 자리를 지긋지긋해하고 있었다. (……) 더욱 웃기는 것은 그는 그의 글을 통해 결코 도시, 돈, 명예에 대한 그의 절실한 연정을 눈곱만큼도 내비치는 일이 없이 늘 신랄한 매도를 일삼는다는 거였다. 도저히 구제할 수 없이 비비 꼬인 남자였다.
  그도 나와 결혼한 걸 후회하는 눈치였다. 자기같이 학문밖에 모르는 선비는 유능한 여편네를 얻어야 출셋길이 트이는 건데, 처덕이 더럽게 없어서 만날 이 꼴이란 소리를 서슴지 않고 했다.
                                                    —「부끄러움을 가르칩니다」, 320쪽

  근대적이면서도 동시에 전근대적이라는 우리 사회의 이율배반적인 특성은, 그리고 이 이율배반적인 요소들의 우연적이고 자의적인 결합은 이곳의 구성원들에게 연극적인 자아를 강요한다. 박완서가 보기에 이곳의 존재들은 사회 운영원리가 그러하듯 대의명분과 실제 의도, 선과 악, 근대적인 것과 전근대적인 것을 철저하게 분리시켜 이질적인 두 개의 자아를 동시에 지닌다. 그들은 자신을 '바라보는 나'와 '보여지는 나'로 분열시키고 시기에 맞게, 그리고 상황에 따라 천재적으로 얼굴 표정을 변화시키는 연극적인 삶, 혹은 포즈로서의 삶을 살아간다. 결국 이곳의 존재들은 "노련한 연기자처럼 미적 효과를 미리 충분히 계산한 아름다운 포즈"를 취할 줄 알며 "알맹이는 퇴화하고 겉껍질만이 포즈로 잔존하"(「부끄러움을 가르칩니다」)는 그런 삶 속에서 자족해야만 한다는 것이다.

박완서는 정신의 상궤를 벗어나는 것이지만 탁월한 방향감각만은 예찬할 만한 이러한 삶의 방식은, 이곳의 존재들이 선택할 가능성이 가장 높은 생존방식이지만, 그럼에도 불구하고 이 사회의 모순의 근원이라고 판단하는 듯하다. 이곳의 존재들은 '바라보는 나'와 '행동하는 나'를 일치시키려는 모든 노력을 재앙의 근원으로 터부시하고 또 그러한 존재를 비현실주의자 혹은 몽상가로 몰아붙이며 사회 구성원들을 묶어세울 끈, 다시 말해 공동체를 결속시킬 수 있는 건전한 정신이 자리잡기 힘들게 한다는 것이다. 박완서에 따르면 개체를 보존하기 위해 형성된 한국인 특유의 연극적 자아가 한국사회를 병들고 황폐하게 한다는 것인데, 이는 충분한 설득력이 있다. 일반적으로 연극적인 자아가 한 사회의 중심을 차지할 경우, 그 사회는 겉으로 내세워진 담론의 대의명분 혹은 형식과 실제 내용 사이에 현격한 분열이 일어난다. 겉으로 내세워진 방향성은 항시 절대 선을 표명하고 있고, 그 절대 선의 이름 아래 모든 사회적 제도나 형식이 도입됨에도 불구하고, 실제로 절대 선은 거창한 그러나 공허한 대의명분일 가능성이 농후하기 때문이다. 이처럼 허위의식을 저 깊은 곳에 숨겨둔 채 진실, 진리라는 기치를 높이 세울 경우, 이 위장된 진리는 한 사회에서 의미 있는 모든 정신이나 진리를 향한 모든 열정을 무의미하게 만든다. 즉 허위의식에 가득 찬 자가 진실을 소리 높이 외칠 경우 사회 구성원들은 서서히 진실을 더럽고 불길한 욕망의 역설적 표현으로 읽어들이기 시작하며, 따라서 그 사회에서는 진실을 추구하는 모든 노력이 불길한 욕망을 채우려는 음험한 의도로 받아들여진다. 결국 이 사회에서는 사회 구성원들의 각자의 노력을 통해 의미 있는 공동체를 건설하려는 모든 시도가 중단된다. 그리하여 이 사회의 구성원들은 개인의 음험한 음모를 숨긴 채 거창한 명분을 내세우거나, 스스로 확인한 진리가 아니면서도 진리의 구현자를 자처하는 속물들로 전락한다. 박완서는 한국사회가 바로 이러하다고 파악하며, 이는 한국사회에 대한 가장 냉정하고도 깊이 있는 관찰이라 할 수 있다.

이렇게 박완서는 이곳 사회 구성원들을 "오천 년의 유구한" 역사를 지닌 "용의주도하게 꾸며진 음모"의 희생자이자 동시에 가해자로 위치시킨다. 음모에 희생당하고 다음 순간 그 음모에 가담하기 때문이다. 결국 인간 각자의 고유한 가치를 포기하게 하고 주관과 객관, 근대적인 것과 전근대적인 것, 보편적 내러티브와 토착적 내러티브, 대의명분과 개체 보존본능을 의미 있게 병존시키려는 모든 노력을 무의미한 것으로 만든 장본인은 우리 모두라는 것을 박완서는 아프게 환기시키거니와, 그래서 박완서의 소설은 우리를 불편하게 한다. 그래도 어쩔 것인가. 그것이 바로 우리의 삶인 것을. 타락한 현실은 어느 한 개인에 의해서가 아니라 그 사회의 구성원 모두에 의해서 만들어지는 것을.

4. 환멸에서 모험으로, 자기 보존에서 자아 실현으로

외부세계에 자신을 실현하는 것은 이미 선험적으로 불가능하다고 판단하고 이를 미리 포기할 때, 그러면서도 자신을 필사적으로 지키고자 할 때 환멸이 발생한다면, 타락한 현실과의 싸움을 미리 승산이 없다고 판단하는 존재에게 이 환멸은 보다 매혹적이다. 타락한 현실과 맞서지 않는 것은 엄청난 절망만을 가져온다는 사실을 이미 확인하였지만 도대체가 자신의 고유한 가치를 세계 속에 실현하려는 모험이 무모하게만 느껴질 때, 환멸은 모험을 대체할 수 있는 매혹적인 통로로 비쳐지는 것이다.

이미 현실과 싸우지 않는 더 큰 절망을 확인했지만 모험 역시 불가능하리라는 것을 잘 아는 박완서에게 세계에 대한 환멸은 매혹적으로 다가온다. 꿈, 환상 등의 실현 가능성은 이제 이곳에서는 없다. 이러한 이곳에 대한 극단적인 환멸은 이곳으로부터 벗어나고 싶다는 강한 열망을 낳는다. 「세상에서 제일 무거운 틀니」의 작중화자는 "나를 내리누르는 온갖 한국적인 제약의 중압감, 마침내는 이 나라를 뜨는 설희 엄마와 견주어 한층 못 견디게 느껴지는 중압감" 속에서 "이 나라와 이 나라의 풍토가 주는 온갖 제약으로부터 자유로워진 그녀가 부러워서, 그녀에의 선망과 질투"를 느낀다. 이곳에서는 자신을 실현하는 것이 선험적으로 불가능하다는 사실 때문에 「세상에서 제일 무거운 틀니」의 작중화자는 이제 다른 곳으로 떠나고 싶다는 강한 열망에 휩싸인다. 마치 『광장』의 이명준이 그렇게 제3국을 향해 떠났듯이. 하지만 이곳에 대한 환멸 때문에 다른 곳으로 떠난다는 것은 그 존재를 역설적인 상황에 빠뜨린다. 이곳에 대한 환멸 때문에 이곳을 등지는 존재는 자신이 설정한 목적지에 다가서려 할수록 그 목적지에서 멀어진다. 박완서가 그의 등장인물을 통해서 저곳에 대한 열망을 보이는 것은 자기만의 고유한 가치를 인정받기 위해서이며 또 그것이 가능한 자유의 왕국을 건설하기 위해서이다. 이것이 박완서의 궁극적인 목표인 것이다. 박완서는 이 궁극적인 목표를 포기한 적이 없음은 물론이며, 그래서 자율적인 자아를 인정하지 않는 현실에 대한 깊은 환멸을 느껴 저곳에 대한 강한 열망을 보였다고 할 수 있다. 하지만 저곳으로의 열망은 작가를 그의 궁극적인 목표에 근접시키는 것이 아니라 그 목표로부터 멀어지게 한다. 저곳으로 옮겨간다는 것 역시 자신의 고유한 가치, 역사, 진리를 스스로 포기하기는 마찬가지이기 때문이다. 이러한 이율배반적인 상황에서 박완서는 저곳으로의 탈출이 아무런 의미가 없음을 다음과 같이 확인한다.

노파는 노파의 아들들이 이를 갈며 싫어했고 진저리를 치며 놓여나기를 갈망했던 이 땅의 모든 구질구질한 것까지 자기가 얼마나 사랑했던가를 안다. 노파는 마치 자기 시신을 보듯 숨 막히는 공포로 뽑혀 나동그라진 거대한 나무와 지상으로 노출된 수만 가닥의 수근(樹根)이 말라비틀어지는 참담한 모습을 환상하며 심장을 쥐어짜듯이 서럽게 운다.
일찍이 이렇게 서럽게 운 적도, 이렇게 서럽게 운 사람도 이 세상엔 없겠거니 싶다. 산 채로 자기의 시신을 볼 수 있는 그런 끔찍한 불행을 겪은 사람이 나 말고 어디 또 있을 수 있단 말인가. 노파의 울음은 자기 자신에게 바치는 조곡(弔哭)인 듯 처절하다.
―「이별의 김포공항」, 240쪽

이렇게 박완서는 타락한 현실이 만들어준 실존의 그늘에 안주할 수도, 그렇다고 필사적으로 자기를 방어만 할 수도 없는 상황에 빠져든다. 보이지 않는 끈으로 모두가 묶여 있는 이 타락한 현실에서 자기만을 방어한다는 것은 자신을 참담한 절망의 상황으로 몰고 가는 것은 물론 다른 존재까지를 그곳으로 밀어넣는 계기가 되기도 하는 것이다. 「카메라와 워커」의 작중화자는 "오빠가 평생 사회에 참여해서 돈 한푼 벌어들인 일이 없는 주제에 까닭 없이 죽어야 하는 일에 끼어들고 말았다는 사실" 때문에 부모 없이 자란 그녀의 조카에게 "카메라 메고 공일날 야외에 나갈 만큼의 출세랄까 안정이랄까"를 끊임없이 강요한다. 문과로 진학하려는 조카를 이과로 바꾸게 하고, "어떡하든 이 사회에 순응해서 이득을 보는 사람이 돼야지 괜히 사회의 병폐란 병폐는 도맡아 허풍을 떨면서 앓는 소리를 내는 사람이 될 건 없"다는 실용적이고 속물적인 논리를 조카에게 끊임없이 주입시킨다. 작중화자는 "제(작중화자의 조카―인용자)가 잘되고 잘사는 것으로, 다만 그것만으로 나는 내가 겪은 더럽고 잔인한 전쟁에 대해 통쾌한 복수를 할 수 있고 그때 받은 상처의 치유를 확인받을 수 있"기를 바란 것이지만, 이러한 작중화자의 열망은 조카의 삶을 오히려 황폐하게 하는 가장 직접적인 계기가 되고 만다. 결국 작중화자는 "지랄 같은 전쟁이 지나가면서 이 나라 온 땅이 불모화해 사람들의 삶이 뿌리를 송두리째 뽑아 던지는 걸 본 나이기에, 지레 겁을 먹고 훈이를 이 땅에 뿌리내리기 쉬운 가장 무난한 품종으로 키우는 데 신경을 써가며 키웠다. 그런데 그게 빗나가고 만 것을 나는 자인한다"고 말할 수밖에 없는 상황에 직면한다. 세계와의 싸움을 중단한 채 자기만을 방어하려는 소극적인 의지가 결과적으로는 작중화자 자체를 자신의 내부에서는 세상에 대한 분노를 불태우면서도 겉으로 드러난 행동에서는 세상과의 타협을 제시하는 이중적인 삶을 유지하는 연극적인 자아로 전락시켰던 것이며, 급기야는 이 연극적인 자아가 한 청년의 고유한 가치를 포기하게 만들었던 것이다.

 박완서에게 남은 유일한 길은 타락한 현실과 맞서는 것이다. 다시 말해 아무리 큰 절망이 뒤따른다고 하더라도 자신만의 고유한 가치를 발견해내고 그것을 외부세계에 실현하는 것 외에 달리 어떠한 길도 없는 상황에 다다른 것이다. 여기까지 이르러서야 박완서는 드디어 타락한 현실과의 싸움을 시작한다. 이제 박완서는 '무난한 품종'의 지향이야말로 우리 사회의 악의 근원이라는 판단 아래 가난, 인간 사이의 미묘한 갈등, 그리고 사회에의 어설픈 참여나 저항이 지니는 진실한 의미를 찾아나선다. 그리고 이때부터 박완서 소설의 주인공들은 더이상 타자가 만들어놓은 실존의 그늘에 안주한 채 권태와 무기력함에 빠져 있지 않으며, 공공영역과 사적 영역이 일치하지 않는 삶에 분노하고 대신에 비록 화려하지는 않더라도 이 양자를 일치시키려는 모든 노력을 포기하지 않는다. 또한 개인에게 스스로의 고유한 가치를 포기하게 만드는 거대한 음모 앞에서도 전율만을 느끼지 않는다.

 그러나 도피하고 굴종해야 할 것으로 느낀 게 아니라 맞서서 감당하고 극복해야 할 것으로서 느꼈다. 그러기 위해 나는 사람 속에 도사린 끝없는 탐욕과 악의에 대해 좀더 알아야겠다. 옳지 못할수록 당당하게 군림하는 것들의 본질을 알아내야겠다. 그것들의 비밀인 허구와 허약을 노출시켜야겠다. 설사 그것을 알아냄으로써 인생에 절망하는 한이 있더라도 멀미일랑 다시는 말아야 겠다.

—「어느 시시한 사내 이야기」, 270~271쪽

이제 박완서 소설의 주인공들은 "잘살고 잘되는 것"에 선망을 보내기보다는 그러한 삶을 "옳지 못할수록 당당하게 군림하는 것"으로 규정하고 그들의 본질, 허구, 허약에 맞서 자신들의 가난과 고통의 소중한 가치를 증명하고자 한다. 그리고 "빛나는 학력, 경력만 갖고는 성이 안 차 가난까지를 훔쳐다가 그들의 다채로운 삶을 한층 다채롭게 할 에피소드로 삼고 싶어하는", 그 효과를 미리 충분히 계산한 포즈를 경멸하고 "내 가난은 나에게 있어서 소명(召命)이다"(「도둑맞은 가난」)라고 자신 있게 말한다.

박완서의 소설은 이렇게 초기부터 줄곧 개념의 추상적 메커니즘에 의해 삭제된 것이나 아직 개념의 본보기가 되지 않은 것들, 예컨대 우리 근대성의 특수한 표정을 드러내는 데 모아졌거니와, 이는 박완서 문학에서만 볼 수 있는 풍경이며 어떤 경지이다. 더구나 이러한 경지가 우연적이거나 외부적인 계기에 의해서 한순간 다가왔다 명멸한 것이 아니라 고난에 찬 자기 모색의 결과라는 사실을 상기하면, 박완서의 이러한 경지는 매우 소중하다. 여러 가능성을 상정하고 치열한 자기 모색을 거쳐 선택한 길이기에 박완서는 이 길을 계속 갈 수 있었으며, 그래서 「엄마의 말뚝」 연작, 『미망』 『그해 겨울은 따뜻했네』 「그 가을의 사흘 동안」「꿈꾸는 인큐베이터」『그 많던 싱아는 누가 다 먹었을까』 등 우리 시대의 살아 있는 고전을 써낼 수 있었는지도 모른다. 역시 위대한 소설을 쓰게 하는 중요한 원천은 자신의 고유한 영혼을 증명하려는 모험이자 의지인 모양이다.

5. 특수성의 발견, 박완서 문학의 문제성

모든 개념은 발견의 천재이자 동시에 은폐의 천재이다. 모든 원리는 수많은 현상들을 일목요연하게 배치시킴으로써 무의미하게 흩어져 있는 온갖 현상들을 비로소 하나의 의미 있는 현상으로 전화시키지만, 동시에 그 개념은 그 개념과 어긋나는 현상들을 철저히 배제하는 천재적인 은폐를 행한다. 그런데 문제는 어떤 개념은 수많은 것들을 은폐하면서도 천재적인 은폐를 행함으로써 있는 그대로의 사실을 보지 못하게 한다는 점이며, 이때 이 개념은 주관과 객관 혹은 본질과 현상, 보편과 개별 사이의 그 미묘한 관계를 고정적이고 절대적인 인과율로 고정해버린다. 광기의 이성으로 전락하는 것이다.

이처럼 개념에는 항시 광기의 이성으로 전락할 가능성이 내장되어 있는 것이지만, 특히 특정 사회를 읽어내기 위한 이 개념이 사회적 역사적 맥락을 달리하는 다른 사회에 무조건적으로 이식될 경우 이 개념이 뿜어내는 광기는 걷잡을 수 없을 정도로 배가 된다. 특정 사회에서 추출되는 개념은 어디까지나 그 사회를 읽어내기 위한 하나의 가설로 제시되며, 따라서 그 사회를 구성하는 사회적 내용이 변화할 경우 그 개념은 보다 고차의 개념으로 지양되게 마련이다. 그러나 한 사회를 구성하는 사회적 내용과 형식을 추상화하고 그 사회가 안고 있는 모순을 줄여나가려는 이론체계나 제도를 오히려 상상 속의 모범세계로 규정하고 그 이론체계나 제도를 강제적으로 이식할 경우 그 사정은 판이하게 달라진다. 특정의 사회를 규정하고 그 모순을 지양하기 위해 하나의 가설로서 정초된 이론체계나 사회적 제도가 이제는 천년왕국을 향한 복음으로 자리잡게 되는 것이다.

우리 사회는 오랫동안 또다른 모순이 발생하면 지양될 개념이나 이데올로기를 너무 절대적으로, 그리고 종교적인 심성으로 신뢰해왔다. 항시 기존의 잘못된 보편성을 부정하고 새로운 보편성을 향해 나아가는 것을 속성으로 하는 문학도 불행하게도 예외는 아니었다. 이광수가 전통적인 것 모두를 지워내고 그 자리에 선험적이고 총체적인 사회 모델을 이식하려는 무모한 모험을 감행한 이래, 근대 이후 우리 문학은 줄곧 이광수의 그러한 모험을 충실하게 계승하려고 했다. 항시 개념은 자체 완결적일 뿐만 아니라 그 개념을 수미일관한 위계질서가 떠받치고 있어서, 다시 말해 모든 혼란을 한순간에 분명한 질서로 뒤바꾸는 연금술적인 속성을 지니고 있어서 대단히 매혹적이게 마련이다. 더더구나 전혀 새로울 뿐만 아니라 모든 고정된 것을 연기처럼 사라지게 하는 전 지구적 자본주의를 처음으로 목도한 존재들에게 그것을 체계적으로 설명하는 개념이야말로 전지전능한 신의 목소리처럼 다가왔을지도 모를 일이다. 그렇게 보편적 내러티브나 개념을 통한 현실 규정은 한국 근대문학이라는 장(場)의 구조를 결정짓는 가장 중요한 요인이 되었다. 새로운 현실적 징후가 나타날 때마다 새로운 개념이 도입되었고, 예상했던 대로 현실이 진행되지 않을 경우 우리 문학은 또다시 새로운 개념을 끌어들였다. 이러한 과정이 악무한의 상태로 반복될 수밖에 없었던 이유는 한국 근대문학 전반에 미메시스 정신이 전혀 개입하지 못했기 때문이다. 근대 이후 한국문학은 근대적인 것과 전근대적인 것이 갈등하고 굴절되면서 만들어진 다양한 현상들, 보편사와 개별사의 차이를 읽어내려 하지 않았던 것이다. 그래서 근대 이후 한국문학은 우리 현실을 묘사하면서도 우리가 실제 살아가고 고민하는 내용과는 거리가 있었다. 한마디로 변증법적 발전의 역사라기보다는 형식논리적인 변화의 역사가 바로 근대 이후 한국문학사였던 것이다.

박완서는 한국 근대문학이라는 장의 구조를 근본적으로 뒤흔들었을 뿐만 아니라 우리 문학사를 변증법적 발전의 역사로 이끌어낸 바로 그 작가이다. 동시에 박완서는 근대 이후 한국문학의 잘못된 보편성을 부정하고 새로운 보편성을 창출한 작가이다. 기존의 보편성이 주로 우리에게 중요한 현실적 맥락을 무화시킨 자리에서 이루어졌다면, 박완서는 근대적인 것(보편적인 것)과 전근대적인 것(전통적인 것)의 굴절현상에 누구보다도 민감한 반응을 보임으로써 보편세계의 주변부에서 근대화를 추진했던 나라들이 경험하는 근대성 일반에 대한 새로운 성찰의 길을 열어놓았다. 한마디로 박완서의 소설은 근대 이후 우리 문학사에서 개념화하기 힘들다는 이유만으로 배제되었던 우리의 특수한 역사를 텍스트의 중심부로 끌어올린 문학사의 전환점이며, 한국문학사에서 거의 유일하게 우리의 특수성에 근거한 담론체계를 독자적으로 형성한 문학사적 사건이다. 사실과 관련 없는 개념 혹은 사실의 자의적인 해석이 오히려 열렬히 환영받는 이 황무지에서 박완서와 같은 엄정한 리얼리스트가 탄생했다는 사실은 일종의 경이이며 동시에 축복이다.

| 작가 연보 |

1931년　　10월 20일 경기도 개풍군 청교면 묵송리 박적골에서 출생. 아버지 박영노朴泳魯, 어머니 홍기숙洪己宿. 열 살 위인 오빠 있음.

1934년　　아버지 별세. 어머니는 오빠만 데리고 서울로 떠남. 조부모와 숙부모 밑에서 어린 시절을 보냄.

1938년　　서울로 와서 살게 됨. 매동국민학교 입학.

1944년　　숙명여고 입학.

1945년　　소개령疎開令이 내려져 개성으로 이사, 호수돈여고로 전학. 고향에서 해방을 맞음. 서울로 와 학교를 계속 다님. 여중 5학년 때 담임을 맡은 소설가 박노갑 선생에게서 많은 영향을 받음.

1950년　　서울대학교 문리대 국문과 입학. 6월 초순에 입학식이 있어서 학교를 다닌 기간은 며칠 되지 않음. 전쟁으로 오빠와 숙부가 죽고 대가족의 생계를 책임지게 됨. 미군 부대에 취직, 미8군 PX(동화백화점, 곧 지금의 신세계백화점 자리)의 초상화부에 근무. 거기서 박수근 화백을 알게 됨.

1953년　　호영진扈榮鎭과 결혼, 이후 1남 4녀의 자녀를 둠(1954년 원숙, 1955년 원순, 1958년 원경, 1960년 원균, 1963년 원태).

1970년　　『나목』으로 『여성동아』 여류장편소설 공모에 당선.

1975년   『도시의 흉년』을 『문학사상』에 연재.

1976년   첫 소설집 『부끄러움을 가르칩니다』(일지사) 출간. 『휘청거리는 오후』를 동아일보에 연재.

1977년   『휘청거리는 오후』(창작과비평사, 전2권), 중편집 『창 밖은 봄』(열화당), 산문집 『꼴찌에게 보내는 갈채』(평민사), 『혼자 부르는 합창』(진문출판사) 출간.

1978년   소설집 『배반의 여름』(창작과비평사), 장편소설 『목마른 계절』(원제 『한발기』, 수문서관), 산문집 『여자와 남자가 있는 풍경』(한길사) 출간.

1979년   『도시의 흉년』(문학사상사, 전3권), 『욕망의 응달』(수문서관, 이 책은 1985년 같은 출판사에서 『인간의 꽃』으로, 1989년 원제대로 우리문학사에서 재출간), 창작동화 『달걀은 달걀로 갚으렴』(샘터, 『마지막 임금님』으로 재출간) 출간.

1980년   「그 가을의 사흘 동안」으로 한국문학작가상 수상. 전해부터 동아일보에 연재했던 『살아 있는 날의 시작』(전예원) 출간. 「오만과 몽상」을 『한국문학』에 연재.

1981년   「엄마의 말뚝 2」로 제5회 이상문학상 수상. 제5회 이상문학상 수상작품집 『엄마의 말뚝 2』, 소설집 『도둑맞은 가난』(민음사, 「나목」이 재수록되어 있음), 콩트집 『이민가는 맷돌』(심설당) 출간. 20년간 살던 보문동 한옥을 떠나 강남의 아파트로 이사.

1982년   10월, 11월 문공부 주최 문인해외연수에 참가하여 유럽과 인도를 다녀옴. 소설집 『엄마의 말뚝』(일월서각), 장편소설

　　　　　『오만과 몽상』(한국문학사, 1985년 고려원에서 재출간), 산문집 『살아 있는 날의 소망』(학원사) 출간. 『그해 겨울은 따뜻했네』를 한국일보에 연재.

1984년　7월 1일 영세 받음. 풍자소설집 『서울 사람들』(글수레) 출간.

1985년　11월에 '일본 국제기금재단'의 초청으로 일본을 여행함. 장편소설 『서 있는 여자』(학원사, 『떠도는 결혼』과 동일 작품), 작품선집 『그 가을의 사흘 동안』(나남) 출간.

1986년　산문집 『서 있는 여자의 갈등』(나남), 소설집 『꽃을 찾아서』(창작사, 1982년에서 1986년 사이에 창작한 중·단편을 수록) 출간.

1988년　남편과 아들을 연이어 잃음. 서울을 떠나는 일이 많아짐. 미국 여행을 다녀옴. 『문학사상』에 연재하던 『미망』을 10월부터 다음해 6월까지 쉼.

1989년　『그대 아직도 꿈꾸고 있는가』를 여성신문에 연재. 장편소설 『그대 아직도 꿈꾸고 있는가』(삼진기획) 출간.

1990년　『미망』(문학사상사, 전3권) 출간. 이 작품으로 대한민국문학상 우수상을 수상. 산문집 『나는 왜 작은 일에만 분개하는가』(햇빛출판사) 출간. 『그대 아직도 꿈꾸고 있는가』의 성공으로 출판사 주최 성지순례 해외여행을 다녀옴.

1991년　회갑 기념 소설집 『저문 날의 삽화』(문학과지성사), 콩트집 『나의 아름다운 이웃』(작가정신) 출간. 장편 『미망』으로 제3회 이산문학상 수상.

1992년　『그 많던 싱아는 누가 다 먹었을까』『박완서 문학앨범』(웅

	진출판사) 출간.
1993년	「꿈꾸는 인큐베이터」(『현대문학』 1월호)로 제38회 현대문학상 수상. 제38회 현대문학상 수상작품집 『꿈꾸는 인큐베이터』(현대문학) 출간. 제19회 중앙문화대상(예술 부문) 수상. 장편소설 『휘청거리는 오후』를 제1권으로 『박완서 소설전집』(세계사) 출간 시작. 소설전집 제2·3·4·5권으로 장편소설 『도시의 흉년』(상·하), 『살아 있는 날의 시작』 『욕망의 응달』 출간.
1994년	「나의 가장 나종 지니인 것」(『상상』 창간호, 1993)으로 제25회 동인문학상 수상. 제25회 동인문학상 수상작품집 『나의 가장 나종 지니인 것』(조선일보사), 소설집 『한 말씀만 하소서』(솔), 창작동화 『부숭이의 땅힘』(한양출판사), 소설전집 제6·7·8·9권으로 장편소설 『목마른 계절』, 소설집 『엄마의 말뚝』, 장편소설 『오만과 몽상』 『그해 겨울은 따뜻했네』 출간.
1995년	장편소설 『그 산이 정말 거기 있었을까』(웅진출판사), 산문집 『한 길 사람 속』(작가정신) 출간. 「환각의 나비」(『문학동네』 봄호)로 제1회 한무숙문학상 수상. 소설전집 제10·11권으로 장편 『나목』 『서 있는 여자』 출간.
1996년	소설전집 제12·13권으로 장편 『미망』(상·하) 출간.
1997년	티베트, 네팔 여행기 『모독冒瀆』(학고재), 동화집 『속삭임』(샘터) 출간. 장편소설 『그 산이 정말 거기 있었을까』로 제5회 대산문학상 수상.

1998년   산문집 『어른 노릇 사람 노릇』(작가정신) 출간. 보관문화훈장(문화관광부) 받음. 소설집 『너무도 쓸쓸한 당신』(창작과비평사) 출간.
1999년   묵상집 『님이여, 그 숲을 떠나지 마오』(여백) 출간. 『너무도 쓸쓸한 당신』으로 제14회 만해문학상 수상. 『박완서 단편소설 전집』(문학동네, 전5권) 출간.
2000년   장편소설 『아주 오래된 농담』(실천문학사) 출간. 제14회 인촌상 수상.
2001년   단편소설 「그리움을 위하여」(『현대문학』 2월호)로 제1회 황순원문학상 수상.
2005년   기행산문집 『잃어버린 여행가방』(실천문학사) 출간.
2006년   『박완서 단편소설 전집』 개정판(문학동네, 전6권) 출간. 서울대학교 명예문학박사학위 수여. 제16회 호암상 예술상 수상.
2007년   산문집 『호미』(열림원), 소설집 『친절한 복희씨』(문학과지성사) 출간.
2009년   동화집 『세 가지 소원』(마음산책), 장편동화 『이 세상에 태어나길 참 잘했다』(어린이작가정신) 출간. 『문학동네』 가을호에 단편소설 「빨갱이 바이러스」 발표.
2010년   산문집 『못 가본 길이 더 아름답다』(현대문학) 출간.
2011년   1월 22일, 담낭암 투병중 향년 81세를 일기로 별세. 1월 24일, 정부로부터 금관문화훈장을 추서받음.
2012년   산문집 『세상에 예쁜 것』(마음산책), 마지막 소설집 『기나

	긴 하루』(문학동네) 출간.
2013년	『박완서 단편소설 전집』 개정판(문학동네, 전7권), 짧은 소설집 『노란집』(열림원) 출간.
2014년	티베트, 네팔 여행기 『모독』, 산문집 『호미』 개정판(열림원), 그림동화 『엄마 아빠 기다리신다』(어린이작가정신) 출간.
2015년	『박완서 산문집』(문학동네, 1~7권), 그림동화 『이 세상에서 제일 예쁜 못난이』 『7년 동안의 잠』(어린이작가정신) 출간.
2016년	대담집 『우리가 참 아끼던 사람』(달) 출간.
2017년	소설집 『꿈을 찍는 사진사』(문학판), 그림동화 『노인과 소년』(어린이작가정신) 출간.
2018년	『박완서 산문집』 제8·9권 『한 길 사람 속』 『나를 닮은 목소리로』(문학동네), 대담집 『박완서의 말』(마음산책) 출간.
2020년	『프롤로그 에필로그 박완서의 모든 책』(작가정신), 소설집 『복원되지 못한 것들을 위하여』(문학과지성사), 산문집 『모래알만 한 진실이라도』(세계사) 출간.
2021년	소설집 『지렁이 울음소리』(민음사), 장편소설 『그 많던 싱아는 누가 다 먹었을까』 『그 산이 정말 거기 있었을까』 개정판(웅진지식하우스), 장편소설 『그 남자네 집』 개정판(현대문학) 출간.
2024년	산문집 『사랑을 무게로 안 느끼게』 『한 말씀만 하소서』(세계사), 장편소설 『미망』(민음사, 전3권) 개정판 출간.
2025년	『박완서 산문집』 제10권 『다만 여행자가 될 수 있다면』(문학동네) 출간.

| **단편 소설 연보**(1979.3~1983.8) |

「세모(歲暮)」, 『여성동아』, 1971. 3
「어떤 나들이」, 『월간문학』, 1971. 9
「세상에서 제일 무거운 틀니」, 『현대문학』, 1972. 8
「부처님 근처」, 『현대문학』, 1973. 7
「지렁이 울음소리」, 『신동아』, 1973. 7
「주말농장」, 『문학사상』, 1973. 10
「맏사위」, 『서울평론』, 1974. 1
「연인들」, 『월간문학』, 1974. 3
「이별의 김포공항」, 『문학사상』, 1974. 4
「어느 시시한 사내 이야기」, 『세대』, 1974. 5
「닮은 방들」, 『월간중앙』, 1974. 6
「부끄러움을 가르칩니다」, 『신동아』, 1974. 8
「재수굿」, 『문학사상』, 1974. 12
「카메라와 워커」, 『한국문학』, 1975. 2
「도둑맞은 가난」, 『세대』, 1975. 4
「서글픈 순방(巡房)」, 『주간조선』, 1975. 6

박완서(1931~2011)
1931년 경기도 개풍 출생. 서울대 문리대 국문과 재학중 육이오전쟁을 겪고 학업을 중단했다. 1970년 불혹의 나이에 『나목(裸木)』으로 『여성동아』 장편소설 공모에 당선되어 작품활동을 시작한 이래 2011년 향년 81세를 일기로 영면에 들기까지 사십여 년간 수많은 걸작들을 선보였다.
『부끄러움을 가르칩니다』『배반의 여름』『엄마의 말뚝』『그해 겨울은 따뜻했네』『꽃을 찾아서』『미망』『친절한 복희씨』『기나긴 하루』 등 다수의 작품이 있고, 한국문학가상(1980) 이상문학상(1981) 대한민국문학상(1990) 이산문학상(1991) 중앙문화대상(1993) 현대문학상(1993) 동인문학상(1994) 한무숙문학상(1995) 대산문학상(1997) 만해문학상(1999) 인촌상(2000) 황순원문학상(2001) 등을 수상했다. 2006년 호암상, 서울대 명예문학박사학위를 받았다. 타계 후 금관문화훈장을 추서받았다.

박완서 단편소설 전집 1
부끄러움을 가르칩니다
ⓒ 박완서 2013

1판 1쇄 1999년 11월 20일
2판 1쇄 2006년 8월 25일
2판 8쇄 2013년 1월 8일
3판 1쇄 2013년 6월 4일
3판 12쇄 2025년 10월 17일

지은이 박완서

펴낸곳 (주)문학동네 | 펴낸이 김소영
출판등록 1993년 10월 22일 제2003-000045호
주소 10881 경기도 파주시 회동길 210
전자우편 editor@munhak.com | 대표전화 031) 955-8888 | 팩스 031) 955-8855
문학동네카페 http://cafe.naver.com/mhdn
인스타그램 @munhakdongne | 트위터 @munhakdongne
북클럽문학동네 http://bookclubmunhak.com

ISBN 89-546-0193-6 04810
　　　89-546-0192-8 04810 (세트)

* 이 책의 판권은 지은이와 문학동네에 있습니다.
　이 책 내용의 전부 또는 일부를 재사용하려면 반드시 양측의 서면 동의를 받아야 합니다.

www.munhak.com